# O TROVADOR

Rodrigo Garcia Lopes



1ª edição

EDITORA RECORD
RIO DE JANEIRO • SÃO PAULO
2014

FUNDAÇÃO NACIONAL DE ARTES
funarte
Ministério da Cultura

Esta obra foi selecionada pela
Bolsa Funarte de Criação Literária

CIP-BRASIL. CATALOGAÇÃO NA PUBLICAÇÃO
SINDICATO NACIONAL DOS EDITORES DE LIVROS, RJ

Lopes, Rodrigo Garcia
L859t O trovador / Rodrigo Garcia Lopes. – 1. ed. – Rio de Janeiro: Record, 2014.

ISBN 978-85-01-03034-4

1. Romance brasileiro. I. Título.

CDD: 869.93
14-11126 CDU: 821.134.3(81)-3



Texto revisado segundo o novo Acordo Ortográfico da Língua Portuguesa.



Impresso no Brasil

ISBN 978-85-01-03034-4



Seja um leitor preferencial Record.
Cadastre-se e receba informações sobre
nossos lançamentos e nossas promoções.

Atendimento e venda direta ao leitor:
mdireto@record.com.br ou (21) 2585-2002.

## NOTA DO AUTOR

Esta é uma obra de ficção. Qualquer semelhança com nomes, datas, eventos e pessoas reais, vivas ou mortas, é mera coincidência.

PARANA PLANTATIONS LIMITED.

AV. PARANA, 56 – LONDRINA – BRASIL – TEL:1648

1.4.1931

.13

Er vei vermeills, vertz, blaus, blancs, gruocs,
Vergiers, plais, plans, tertres e vaus,
e il votz dels auzels son' e tint
ab doutz acort maitin e tart.
So'm met en cor qu'ieu colore mon chan
d'un'aital flor don lo fruitz sia amors
e jois lo grans, e l'olors de noigandres.

D'Amor mi pren penssan lo fuocs
e'l desiriers doutz e coraus,
e'l mals es saboros qu'ieu sint
e'il flama soaus on plus m'art,
c'Amors enquier los sieus d'aital semblan,
verais, francs, fis, merceians, parcedors,
car a sa cort notz orguoills e val blandres.

Mas mi no camia temps ni luocs,
cosseils, aizina, bes ni maus;
e s'ieu al meu enten vos mint,
jamais la bella no m'esgart,
qu'el cor e'l sen tenc dormen e veillan;
qu'eu non vuoill jes, mas per gein true aillors,
esser ses lieis on plus valc Alixandres.

Maintas vetz m'es solatz enuocs
ses lieis, car de liei vuoill sivaus
ades dir lo cart mot o'l quint
que'l cor non vir vaus autra part;
qu'ieu non ai d'als desiriers ni talan,
qu'il mes de totz los bos sabers sabors
e vei l'el cor s'er' en Poilla o en Flandres.

Mout desir qu'eu si'enger sos cuocs
on m'escaia aitals jornaus
qu'ie'n viuria be d'anz plus vint,
tan me te'l cor baut e gaillart.
Ben son donc fols Que vau aillors cercan?
Qu'ieu non vuoil, lai on son la ricors,
baillir l'aver que clau Tigris e Meandres.

En autres faitz soven fein juocs,
e'l jorns sembla'm us anoaus,
e pesa'm car Dieus no'm cossint
com pogues temps breujar ab art,
que loncs respiech fant languir fin aman.
Luna e soleills, trop faitz loncs vostres cors
Pesa'm car plus sovens no'us faill resplandres.

A lieis cui son, vai, chanssons, derenan,
c'Arnautz non sap comtar sas grans ricors
que d'aussor sen li auria ops espandres

# PARTE UM

*Setembro-outubro de 1936*

# A CARTA

O vento agitava a floresta ao redor de Forte Belvedere. A residência de fim de semana do rei Edward VIII imitava o estilo gótico. Com torres e ameias de pedra, a construção era protegida por trinta e seis canhões antigos, dispostos sobre um muro em formato de ferradura. Uma piscina e uma quadra de tênis adornavam as pontas superior e inferior do semicírculo. As torres esparramavam sua sombra pelo gramado esmeralda. Folhas de bétulas e loureiros, sopradas do Windsor Great Park, rodopiavam e flutuavam no ar da manhã, batendo na porta envidraçada da sala de estar. O chofer de Sua Majestade avançava em passos lentos na direção do gramado, atrás da bolinha de pingue-pongue. Uma voz aguda o alcançou:

— Volte aqui, Ladbroke! Não tente esfriar o jogo.

O homem loiro de rosto queimado de sol virou-se para a mesa e sorriu com o canto da boca. Enxugou a testa com um lenço de linho e ajeitou os punhos da camisa.

— Um uísque, alteza? — sussurrou Osborne, o velho mordomo. — O senhor parece irritado. Será porque Ladbroke venceu as três últimas partidas?

O homem loiro deu um riso seco. Apontou a raquete na direção de Osborne, brandindo-a como uma espada medieval.

— Eu já conheço seus truques, Leonard... Quer ser a próxima vítima? — Edward piscou um olho para o seu mordomo, que fez uma mesura e saiu. Nesse momento Ladbroke retornava do gramado com a bolinha.

Em meio aos vestígios da festa da noite anterior, o rei retomou a partida. O estalido monótono da bola de celuloide voltou a encher a sala de estar. O chão de mármore branco e negro dava ao ambiente o aspecto de um tabuleiro de xadrez. As paredes eram decoradas por Canalettos. A mesa de jogo estava armada ao lado do piano novo, no centro da antessala octogonal. Uma lareira, para onde agora Ladbroke se encaminhava atrás de outra bolinha, era encimada por quadros de cavalos e animais exóticos, pintados por Stubbs.

— Wally! — gritou o rei sobre os ombros. Deu uma olhada para a porta da biblioteca. — Venha jogar uma partida!

Não obteve resposta.

O mordomo reapareceu, trazendo uma bandeja de prata com uma garrafa e um copo de cristal. Edward enfiou a mão na bolsa escocesa e retirou um cigarro. Aproximou o copo, deu um gole e estalou a língua. Acendeu o cigarro, dando uma longa tragada.

Em janeiro daquele ano de 1936 Edward Albert Christian George Andrew Patrick David havia assumido o trono britânico, depois da morte de seu pai, George V. Era um homem baixo, magro e elegante. Apesar da jovialidade, bolsas escuras se formavam sob os olhos azuis, denunciando noites de álcool e insônia. A sobrancelha esquerda pendia de modo irregular em relação à direita, o que dava a seu rosto de garoto dourado uma expressão de tédio, cansaço e insegurança. Aos 42 anos, o novo rei era um playboy solteirão. Antes de assumir o trono, quando não estava cuidando do Forte ou em alguma de suas viagens imperiais, seus principais esportes eram caçar raposas, cervos e mulheres casadas.

A quinze metros da sala de estar ficava a biblioteca. O canto dos pássaros invadia o ambiente e se misturava com a música antiga que escapava do gramofone. A mobília continha lembranças das viagens: tapetes e máscaras tribais, cabeças de jaguares, marfins, coroas e esculturas exóticas. Nas paredes, fotos da família real e das excursões de Edward como príncipe de Gales pelos quatro cantos do mundo, saudado pelas multidões. Em outras, aparecia de smoking, em ambientes luxuosos e rodeado de personalidades. Na mesa de trabalho do rei a papelada se esparramava como cascata pelo chão. Sobre ela ficavam as caixas de despacho vermelhas com a coroa e as iniciais estilizadas ER — *Elizabeth Regina*. Nas caixas vermelhas era entregue, semanalmente, a correspondência oficial que exigia a assinatura do soberano. Uma caixa estava aberta.

Ao lado da janela, uma mulher muito magra, lábios finos, cabelo negro rigorosamente repartido no alto da cabeça, abrira o envelope com bordas verde-amarelas entregue ao rei naquela manhã. Wallis Warfield Simpson, americana de Baltimore, vestia um conjunto xadrez. Na mesa ao seu lado havia um quebra-cabeça de uma floresta encantada que se tornara a obsessão do rei e de seus convidados de fins de semana. Sob o olhar tristonho de Slipper, o cão terrier que ganhara do amante, a mulher ajeitou o colar sobre o peito e se concentrou na leitura da carta. Seus olhos, dois discos cinza-azulados, brilharam de repente e sua testa se franziu. Sua respiração acelerou. Foram segundos até seu semblante mudar, como um dia de sol interrompido por uma tempestade. Uma lufada de vento varreu a biblioteca, derrubando mais papéis sobre o chão. A mulher suspirou, pegou a taça e comprimiu os lábios. Soltou um palavrão e caiu para a frente, sobre o espaldar da cadeira. Estava tremendo.

— Wally! — a voz esganiçada de Edward ecoou pela porta entreaberta da biblioteca, seguida do ruído de uma taça a se despedaçar no chão.

# LONDON WALL BUILDINGS Nº 1

O táxi preto dobrou a Moorgate Street, passou pelo Banco Britânico da América do Sul e entrou no Finsbury Circus, percorrendo lentamente seu trajeto circular. Os carvalhos se debatiam sob a chuva forte. O carro parou com um guincho diante do número 1 do imponente complexo de escritórios do London Wall Buildings, no centro financeiro do império britânico. Um homem gordo e sorridente, seguido de um outro, magro e circunspecto, parcialmente cobertos por guarda-chuvas, saltaram do carro e entraram pela grande porta de mogno. Seguindo pelo corredor e subindo dois lances de escada, chegaram à recepção da PARANA PLANTATIONS LIMITED, FUNDADA EM 1925, como anunciava a placa na entrada.

Atrás de uma mesa, uma mulher de meia-idade, cabelos negros tingidos, datilografava memorandos. Ela se ergueu, cumprimentou os homens com reverência e os acompanhou até uma porta em que se lia: LORD LOVAT — PRESIDENTE.

A sala tinha janelas altas, emolduradas por cortinas de veludo verde-escuro. O brasão do clã escocês dos Lovat ocupava um lugar de destaque na parede principal do gabinete: dois cervos de pé, tradicionais símbolos de nobreza, as patas dianteiras segurando o escudo com três flores de framboesa. Acima, uma faixa com o lema *Je suis pres* (Estou pronto).

Os homens se entreolharam, enquanto a secretária acendia os abajures. Prestes a se aposentar depois de anos dedicados ao MI6,[1] o

1. *Military Intelligence, Section 6*, o serviço secreto britânico.

inspetor Hugh Sinclair, esguio e calvo, o rosto marcado por fundos vincos, sentou-se numa poltrona de couro e pôs uma pasta negra sobre suas pernas. Suas sobrancelhas eram espessas. O bigode negro tinha o formato de um guidão de bicicleta invertido. Sinclair varreu a sala com os olhos escuros e curiosos. Depois sorriu para seu acompanhante.

Winston Churchill, parlamentar da Câmara dos Lordes, um homem corpulento de olhos azuis, retirou o sobretudo preto e o passou para a secretária, que o pendurou no mancebo, com uma vênia. Os cabelos ralos emolduravam uma cabeça redonda e rosada, que conferia ao homem de 62 anos um aspecto ao mesmo tempo esperto e bonachão. Estava de terno preto. Uma gravata-borboleta enlaçava o pescoço roliço.

A secretária anunciou solenemente:

— Lorde Lovat os receberá em um minuto.

Eles agradeceram. A senhora Daniels deu um sorriso prático, pediu licença e se retirou.

— O senhor confirmou com o senhor Blake? — perguntou Churchill.

— Sim — respondeu Sinclair. — Ele garantiu que viria.

Havia na sala um cheiro acre de aposento há muito tempo fechado. Numa das paredes um mapa-múndi exibia vastas áreas tingidas de vermelho, marcando a extensão do Império Britânico. Os dois homens passaram alguns instantes admirando fotografias de lugares como África do Sul, Sudão, Austrália, Canadá e Brasil. As imagens mostravam campos de irrigação, imensas plantações de algodão, cafezais, assentamentos de colonos e cidades no meio da floresta. Três figuras sorridentes em trajes militares, Lovat, o rei George V e seu filho Edward, então príncipe de Gales, apareciam sentados em cima de uma vagoneta descoberta, com os trilhos ladeados de toras e árvores altas. A foto trazia a legenda "Diretório Florestal do Exército, Le Touquet, França, 1916". Churchill tamborilou os dedos sobre a legenda e depois caminhou até o aparador da lareira. Olhou para cima.

Uma pintura a óleo mostrava um homem alto, cerca de 60 anos, vestindo kilt, no melhor costume escocês. Tinha braços longos e mãos grandes. O rosto comprido era dominado por um nariz imponente. Bigodes espessos e grisalhos pendiam sobre os lábios e os cantos da boca, como os de um leão-marinho. Um dos pés se apoiava no degrau de granito. Estava a meio perfil, exibindo um olhar decidido e uma vontade férrea. Esse era Simon Joseph Fraser, décimo quarto chefe dos Fraser de Lovat, um clã tão antigo quanto a ideia de Escócia.

Ouviu-se o ruído da maçaneta da porta lateral da sala. Assim que ela se abriu, a mesma figura da pintura transpôs a soleira.

Com cabelos mais ralos e brancos, o lorde cumprimentou os recém-chegados com um sorriso simpático. Lovat era um homem de ação, dado a viagens, aventuras e desafios, com devoção incondicional ao Império. Condecorado por bravura na Guerra dos Bôeres e na Primeira Guerra Mundial, era ainda reconhecido engenheiro florestal e um dos maiores proprietários rurais da Inglaterra. Fez sinal para o rapaz que o acompanhava.

— Permitam-me apresentá-los Mr. Adam Blake. Ele é tradutor e intérprete de nossa companhia. É homem de minha total confiança.

Nascido em Inverness, 1,80 de altura, Blake tinha 30 anos e muitos de seus cabelos ruivos já grisalhavam nas têmporas. Magro, ombros largos, trajava elegante terno marrom de tweed e trazia nas mãos um chapéu de feltro fedora, da mesma cor. Tinha olhos cinza-claros penetrantes, nariz reto, rosto longo e liso. Ele se inclinou:

— É uma honra conhecê-lo em carne e osso, Mr. Churchill.

— Temo que mais carne que osso! — respondeu Churchill, soltando uma sonora gargalhada.

— Venha ver uma coisa, Winston — disse Lovat, apontando para uma mesa de vidro onde estavam alguns dos espécimes de pássaros empalhados recolhidos em sua expedição pela floresta africana em 1898.

O inspetor se aproximou de Blake. Apertou as mãos do jovem.

— Como vai, Adam?

— Não poderia estar melhor.

Blake franziu os olhos, inclinou-se um pouco para trás e espirrou, virando-se e cobrindo o rosto com a mão direita. Retirou um lenço do bolso do paletó e assoou o nariz.

— Resfriado?

— Acho que é a sua água-de-colônia, inspetor. Sou alérgico a qualquer tipo de perfume.

Sinclair desculpou-se, voltou os olhos para Lovat e Churchill, que conversavam amenidades, e de novo para Blake.

— Do Sudão para Londres é uma mudança e tanto, não? Desejo-lhe sorte na nova função.

Blake agradeceu, com o lenço no nariz.

— E sobre seu filho, alguma notícia?

— Infelizmente, não.

— Bem, rezo para que o encontrem.

Blake abaixou o tom de voz e perguntou:

— Inspetor, o que está acontecendo?

Neste exato instante Lovat se aproximou dos dois com um sorriso jovial, seguido de Churchill, que já acendera seu primeiro charuto.

— Ah!, vejo que os senhores já se conhecem.

— O inspetor foi amigo do meu falecido pai — disse Blake, abrindo um sorriso.

Lovat assentiu, indicou as poltronas de couro e todos foram se sentando diante da mesinha de jacarandá brasileiro. Cubos tilintaram nos copos de cristal. Os homens serviram-se de *scotch*. Churchill comentou sobre as quatro medalhas de ouro conquistadas pelo corredor negro Jesse Owens nas Olimpíadas de Berlim. Falou então de Hitler e da ostensiva propaganda do regime nazista. Sob o olhar atento de Lovat, Churchill confessou sua apreensão com a Guerra Civil na Espanha. O inspetor Sinclair pigarreou, olhou para o relógio e depois para Churchill. O político compreendeu o gesto, limpou a garganta e falou:

— Cavalheiros, convoquei esta reunião na qualidade de conselheiro do rei Edward e, sobretudo, a pedido da rainha-mãe; e também porque lorde Lovat, além de partilhar da amizade de Sua Majestade, cuida de alguns de seus interesses no Brasil.

— De fato, Sua Majestade é um dos principais acionistas da Paraná Plantations. Suponho que esta reunião se deva a algum fato importante.

— Exatamente, lorde. Por isso peço sigilo sobre o que iremos expor — disse Churchill. — Como não bastasse a morte do rei George, alguns fatos das últimas semanas têm deixado a família real e o gabinete de governo bastante apreensivos. Temos motivos para acreditar que algumas informações confidenciais possam ter caído nas mãos de pessoas que gostariam de ferir o nosso jovem rei. Creio que a tentativa de assassinato no desfile em Hyde Park no mês passado seja suficiente para nos persuadir do perigo que Sua Majestade corre. O fato é que temos um problema. Sinclair poderá explicar melhor. — Churchill voltou-se para o inspetor.

Sinclair esmagou o cigarro no cinzeiro de cobre, ergueu a cabeça e disse:

— O bem-estar e a integridade física do rei são nossa prioridade. Nos últimos meses sua privacidade tem se tornado uma preocupação para nós. Desde sua posse nosso departamento tem observado falhas preocupantes em sua segurança, em especial nas festas e saraus em sua casa de campo.

Lovat olhou para Churchill, que pediu paciência com as mãos.

— Permita-me dizer que os visitantes de Forte Belvedere formam uma fauna bem diversificada, sir — prosseguiu o inspetor. — Vão de proprietários de terra a estadistas, de esportistas a políticos, de socialites a financistas. Bem, o senhor já esteve em uma dessas festas, eu presumo.

— É verdade — Lovat limitou-se a dizer, encarando o inspetor.

— Pois bem. Além de certas visitas que ele tem recebido no forte, nos preocupa o grande descaso com seus papéis, o que pode causar vazamento de informações.

— Sobretudo o descaso com os papéis do gabinete do governo — acrescentou Churchill.

Lovat continuou calado. Sinclair prosseguiu:

— O secretário particular do rei, Mr. Hardinge, ficou alarmado com o fato de as caixas vermelhas oficiais ficarem muitas vezes abertas e à vista dos convidados. E ainda com o estado inaceitável de algumas correspondências, com marcas de vinho, de dedos engordurados e de batom.

— Além de exporem assuntos discutidos e sabidos apenas pelo gabinete — disse Churchill.

Lovat coçou o queixo. Olhou para Blake, que pinçava o rosto com os dedos, sem expressão.

— Nos últimos meses — continuou Sinclair —, a pedido da família real e do primeiro-ministro, adotamos novos procedimentos para a correspondência real. Além, é claro, dos documentos que são enviados para inspeção e assinatura do rei. Não irei entrar em detalhes no momento.

As pálpebras de Lovat se levantaram:

— Estou confuso.

— Bem, nós estamos convencidos de que algumas informações confidenciais e privilegiadas estão chegando ao Continente. Nosso departamento desconfia que esses vazamentos estejam partindo daquela amiga dele. A americana.

— O inspetor se refere à senhora Simpson?

Sinclair fez que sim.

— O senhor sabe. O rei tem sido visto cada vez mais em companhia da mulher do senhor Ernest Simpson. Os jornais americanos já estão acompanhando o caso. Suspeitamos que o rei pode estar em maus lençóis. Dê uma olhada nisto — disse Churchill, passando um jornal para Lovat.

Aberta na seção internacional, a página do *The New York Times* mostrava Edward e Wallis num cruzeiro em trajes sumários, sob o título A VIAGEM DO FUTURO CASAL REAL PELO MEDITERRÂNEO. Churchill prosseguiu, depois de alguns segundos:

— Até quando acha que ele conseguirá silenciar as raposas da imprensa britânica?

Lovat pegou o jornal nova-iorquino e depois retirou os óculos da lapela. Passou os olhos pela manchete e pela foto, com um ar irônico. O casal estava de óculos escuros e confortavelmente instalado em espreguiçadeiras. "A bordo do iate *Nahlin*", dizia a legenda, "o rei da Inglaterra e a socialite americana num momento descontraído." Wallis estava com a boca bem aberta e a cabeça inclinada para trás, no instante exato de uma gargalhada. Sem camisa e de calção branco, Edward tinha uma expressão marota e um cachimbo no canto da boca.

Lovat passou o jornal para Blake, tirou os óculos e falou:

— Já tive a oportunidade de encontrar a senhora Simpson e ela me pareceu uma perfeita dama. Além de uma mulher de gosto refinado e que cozinha muito bem, sabe entreter como poucas. Não vejo motivo para preocupação. Pelo que sei, ela não tem nenhum interesse por política. E é casada.

— Mas não por muito tempo. Ela acaba de dar entrada no processo de divórcio, o segundo... — informou Churchill, com apreensão na voz. — Vansittart[2] também está obcecado por essa mulher, mas por outros motivos. Ela tem andado com más companhias.

— Ela está tendo um caso com o embaixador alemão, Joachin von Ribbentrop — completou Sinclair. — Sabe o risco que isso significa?

Lovat contraiu os lábios, deu um gole no *scotch*, coçou a cabeça branca e disse, fitando Sinclair e Churchill:

— Não acredito que o divórcio possa acontecer antes de Edward ser coroado. Isso será em maio do ano que vem. Por outro lado, não podemos negar os efeitos benéficos que ela tem produzido na vida do rei. Seu humor melhorou muito. Cavalheiros, esse caso é apenas um passatempo.

— O senhor está enganado. Eu não o culpo, a maioria da população não sabe o que está acontecendo. O rei tem demonstrado urgência no divórcio. O processo está correndo em Ipswich, bem longe de Londres, para acelerar os trâmites e evitar o assédio da imprensa.

Lovat e Blake trocaram olhares rápidos. Churchill acrescentou:

— Asseguro-lhe que, sendo americana, e com dois maridos vivos, a situação seria muito delicada. Insustentável, na verdade, ainda mais pelo fato de o rei ser o chefe supremo da Igreja da Inglaterra. Lembro, mais uma vez, que viemos a pedido da rainha-mãe...

Lovat ergueu as mãos em sinal de rendição:

— Desculpem-me, cavalheiros. Não sei o que isso possa ter a ver comigo...

---

2. Robert Vansittart, chefe do Foreign Office.

— Mostre a ele, Sinclair — pediu Churchill.

O inspetor abriu sua valise de couro e retirou um envelope, puxando a cópia fotostática de uma carta e depositando-a sobre a mesa.

— Interceptamos esta carta no começo da semana. Não tem remetente, e está datilografada na frente e no verso. Como tem sido a rotina desde janeiro, fizemos uma cópia fotostática do documento e despachamos a original para o forte, com as demais correspondências oficiais.

— E do que trata essa carta?

— Na verdade é um poema, lorde.

Lovat deu um riso seco.

— Um poema.

Sinclair confirmou.

Lovat balançou a cabeça e disse, com voz amistosa:

— Ora, inspetor. Edward é famoso em todo o mundo. Popular como é, deve receber centenas de cartas de admiradoras...

— Quisera fosse apenas isso, sir. Não precisaríamos estar aqui.

— Não entendo.

— Veja o envelope. A carta não está destinada ao rei, mas a WE.[3]

— WE?

— W, de Wallis — informou o inspetor. — E E, de Edward. Um código de intimidade usado entre eles na correspondência privada. Ninguém poderia saber disso, além do casal, do nosso departamento e... de vocês, agora.

Lovat se remexeu impaciente na cadeira e entrelaçou as mãos sobre os joelhos. Sinclair deixou a fumaça de mais um cigarro escapar pelas narinas.

— O que chamou nossa atenção foi a reação do casal: desde que esta carta com este poema chegou ao forte eles não foram mais vistos juntos. E no dia seguinte Ms. Wallis Simpson viajou com o marido para o sul da França — afirmou o inspetor.

— Cavalheiros, não sei como uma simples carta e as peripécias sexuais do nosso jovem soberano podem ter a ver com este modesto súdito — disse Lovat. — Não, em absoluto. Eu não sei do que se trata.

3. *Nós*, em inglês.

Sinclair pegou o papel da mesa e apontou para o lorde.

— Esta carta foi enviada da sua companhia colonizadora, no Brasil. De uma cidade chamada Londrina.

Lovat abriu a boca. Hesitou, antes de dizer:

— Da "Pequena Londres"?

— É um documento curioso. Dê uma lida — pediu o inspetor, apontando as cópias fotostáticas do envelope e da carta sobre a mesa. Lovat trouxe a carta para perto do rosto. Forçou a vista e comprimiu os lábios. O envelope trazia a expedição postal de Londrina, Paraná. A carta fora datilografada dos dois lados de uma única folha. Leu as primeiras linhas.

*Er vei vermeills, vertz, blaus, blancs, gruocs,*
*vergiers, plais, plans, tertres e vaus;*

Ergueu a cabeça e deu um olhar interrogativo para Blake, e depois para Sinclair.

— Há uma tradução para o inglês no verso... — explicou o inspetor.

Então virou a folha e leu a tradução:

*Vejo vermelhos, verdes, azuis, brancos, amarelos,*
*Jardins, matas, planícies, colinas e vales;*
*e as vozes das aves soam, lindas,*
*com doces acordes, de manhã, de tarde:*
*fazem que eu dê cor à minha voz e cante*
*sobre uma flor cujo fruto se chama amor,*
*prazer o grão, e o aroma de noigandres.*

*Amor faz do pensar o meu braseiro*
*e o desejo é doce e corajoso, dá-lhe*
*sabor saber do mal que sinto ainda*
*e a chama é mais suave quanto mais arde,*
*pois de seu servo Amor requer semblante*
*vero, franco, fiel, de perdão merecedor,*
*pois na corte orgulho e bajulação são grandes.*

*Nem tempo nem lugar me mudam por inteiro,*
*nem motivo, conselho, sorte, boa ou má;*
*e se minha intenção provar que eu minta*
*que a minha bela nunca mais me guarde,*
*ela que trago na mente, dormindo ou vigilante,*
*já que só cobiço, fingindo por outras ter ardor,*
*Esse império que expande o de Alexandre.*

*Às vezes a vida é sem gosto e sem cheiro*
*sem ela, e dela quem sabe quantas partes há*
*pois só confesso um quarto ou quinto*
*já que o coração não revela a outra parte,*
*já que não tenho outro pensamento nem talante,*
*ela é meu tempero, o saber do meu sabor,*
*vejo-a em meu peito, seja em Puglia ou Flandres.*

*Meu desejo era de novo ser seu cozinheiro*
*e para adiar este dia que há de chegar*
*eu viveria muitos anos, ao menos vinte,*
*tanto que meu peito se debate, faz alarde:*
*como sou tolo, por que não pensei nisso antes?*
*não quero, lá onde ela guarda seu valor,*
*Me apossar do entre o Tigre e o Meandres.*

*Em fingir no jogo eu me esmero,*
*e um dia leva um ano para passar,*
*e pesa saber que, por Deus, não me permito*
*abreviar o tempo com a minha arte,*
*pois a espera longa definha os amantes:*
*Lua e Sol, como demoram para se pôr!*
*Lamento que essa luz nunca debande.*

*Vai, canção, agora, antes que o sol se levante*
*Já que Arnaut suas virtudes não sabe contar*
*Pois precisaria de um talento muito grande.*

Lorde Lovat levantou o queixo e disse:

— Parece grego para mim. — Olhou para Blake por cima dos óculos e fez um gesto para que seu secretário se aproximasse. — O que acha, Blake?

O jovem escocês se aproximou da mesa e se pôs a ler o original e a tradução com atenção. Por alguns instantes pôde-se ouvir o som do tráfego sob o aguaceiro que caía lá fora enquanto os homens bebiam seus *scotches*.

— Um poema de amor.

Blake conferiu a carta mais uma vez.

— Parece a canção de algum trovador. — Blake levantou os olhos para Sinclair. — O tema é típico do amor cortês, em que o objeto costuma ser, aliás, uma mulher casada, a mulher de um nobre ou do rei.

O inspetor assentiu.

— Isto só pode ser uma brincadeira — interrompeu Lovat, abanando o ar como se espantasse uma mosca.

— Sim, a princípio pensamos que fosse algum engano — disse Sinclair. — Mas o fato é que ela se encontrava entre as correspondências, na caixa vermelha, conforme informou nossa fonte.

— Não imagino quem teria tido esta ideia estapafúrdia de usar o papel timbrado de nossa companhia para fazer piadas em francês.

— Provençal — corrigiu Blake. — A *langue d'oc*, o dialeto falado no sul da França.

— Reitero apenas — interrompeu Churchill — que esta carta causou mal-estar entre o rei e a senhora Simpson. Soubemos que naquele dia Sua Majestade chegou a cancelar uma visita que faria à frota da Marinha. Ele parecia preocupado, segundo nossa fonte.

O lorde consultou o relógio de bolso com certo nervosismo e o guardou. Churchill encarou Sinclair. Este perguntou abruptamente:

— Sir, poderia falar sobre um homem chamado Erich Nussbaum? Mr. Eckstein não quis nos dar muitas informações, a não ser que é natural da Áustria e que obteve a cidadania britânica.

O lorde coçou o rosto e disse:

— Trata-se de um funcionário da Paraná Plantations, e com grandes serviços prestados à nossa companhia.

— Qual é a função dele em Londrina?

— Nussbaum é o contador-chefe.

— Bom funcionário?

— Excelente. É um profissional muito qualificado e importante para a companhia. Reúne todas as qualidades para o nosso tipo de empreendimento: tem zelo administrativo, conhece economia, tem bom senso e é especialista em contabilidade forense. Trabalha há alguns anos para nós, primeiro em Londres, depois na filial no Brasil. Foi muito bem recomendado.

Churchill e o inspetor se entreolharam.

— Nós sabemos disso, Simon — disse Churchill. — E é por isso que estamos aqui.

— Por que me perguntam sobre Nussbaum?

— Ele está desaparecido. Ele e um casal de médicos, os Müller, todos antigos funcionários de sua companhia. A polícia brasileira não tem nenhuma pista sobre seus paradeiros.

— Do que está falando?

— Não estava informado, sir? — perguntou Churchill.

— Claro que não! Eu cheguei ontem do Canadá — respondeu Lovat, engolindo em seco. — Desde que assumi a Subsecretaria de Estado dos Domínios tenho andado um pouco afastado da companhia. Quando souberam do fato?

— Antes de ontem, quando viemos procurá-lo a respeito desta carta — continuou o inspetor. — O senhor ainda estava viajando. Mr. Eckstein nos recebeu. Ele comentou que recebera um telegrama da agência em São Paulo dando conta do que acontecera e lamentou o incidente. Ficamos intrigados. Então decidimos não comentar nada sobre a carta com ninguém da sua empresa. Achei mais prudente esperar que voltasse.

— Mas como ainda não fui comunicado disso? O que houve, afinal?

— As versões que nos chegaram são contraditórias — disse Sinclair. — A polícia brasileira suspeita que tenha sido um crime passional. Seu contador-chefe estava tendo um caso com a mulher do médico da Paraná Plantations.

Lovat franziu a testa.

— Como isso aconteceu?

— A informação que nos chegou é de que o médico-chefe da sua companhia no Brasil, o doutor Kurt-Peter Müller, flagrou sua mulher com Nussbaum e o matou.

Lovat se remexeu na cadeira, bufou pelo nariz e em seguida fitou o vazio.

— Conhece esse Dr. Kurt-Peter Müller? — perguntou Churchill.

— Creio que não. Foi indicado por Eckstein. É um médico de Hamburgo.

O inspetor apontou para a cópia fotostática.

— O que chamou nossa atenção é que o carimbo postal mostra que esta carta foi enviada da sua empresa no mesmo dia em que seus funcionários desapareceram. Tinha endereço certo, Forte Belvedere. Isso foi há pouco mais de um mês. No dia 1° de agosto, para ser exato. Tem algum palpite sobre quem poderia ter enviado isto? Como esta carta teria chegado até a correspondência real?

Lovat mostrou as palmas da mão e se virou para Churchill:

— Isso é algum inquérito, Winston?

— Calma, Simon. Estamos apenas querendo esclarecer algumas coisas.

O lorde fitou a carta e balançou a cabeça negativamente.

— Ora, os senhores mesmos acabaram de falar do descuido de Sua Majestade com os papéis. É uma brincadeira. Ou simples coincidência.

— Mas tem outra coisa interessante. A data que aparece na carta não é a mesma da postagem.

Lovat releu o cabeçalho e confirmou a informação do inspetor, datilografada no alto da página, um pouco acima do poema:

*1.4.1931*

— Essa data, 1° de abril de 1931, lhe diz alguma coisa?

O lorde pensou um pouco, e esfregou os lábios, antes de responder:

— Não, não me ocorre nada no momento, inspetor.

Sinclair perguntou:

— Esses seus funcionários, Müller e Nussbaum. Fale-nos mais sobre eles.

— Como disse, o doutor Müller foi indicado por Eckstein. É especialista em doenças tropicais. Segundo soube, tem feito um bom trabalho. — Lovat tomou um gole de uísque e prosseguiu. — Já Nussbaum é um homem de confiança. Tem nos ajudado a atrair muitos europeus para imigrar para nossas terras. Ele foi de grande valia no projeto dos curdos junto à Liga das Nações.

— Sim, lembro-me disso — disse Churchill.

— Foi ele quem coordenou o estudo econômico do Comitê Nansen, que defendia a transferência dos curdos do norte do Iraque para o norte do Paraná — explicou Lovat. — Conduziu as negociações com discrição. Foi uma pena termos fracassado. Teria sido um bom negócio. O ditador Getúlio Vargas não aprovou. Pressão política, os senhores sabem...

Lovat tirou o relógio de algibeira do colete, conferiu as horas, ergueu os olhos e fitou os visitantes.

— Bem, cavalheiros, prometo que estudarei o incidente. Hoje mesmo reportarei ao rei Edward sobre o que se passou na Paraná Plantations. E enviarei um telegrama ao Brasil solicitando uma investigação rigorosa dos fatos. Assim que tiver mais informações, entrarei em contato.

Churchill e Sinclair se entreolharam de novo.

— Temo que não compreendeu — prosseguiu Churchill, cruzando as mãos e se inclinando na direção de Lovat. — Nós estamos aqui porque temos uma missão para o senhor.

— Não entendo... Uma missão?

— Na realidade viemos aqui lhe pedir duas coisas: a primeira é que parta imediatamente para o Brasil e descubra o que aconteceu com Nussbaum e o casal de médicos — prosseguiu Churchill. — A segunda é: que, para a própria segurança do rei, não o informe de nada do que conversamos aqui. Nem aos seus sócios e muito menos ao pessoal no Brasil. Isso iria atrapalhar nossas investigações em Londres. Seria melhor fazer esta viagem no máximo sigilo e discrição. Acredite, temos motivos para ficar preocupados. Seria prudente que informasse sobre a sua chegada apenas quando desembarcasse no Brasil. Avise-nos assim que descobrir alguma coisa.

Lovat parecia atônito.

— Enquanto isso — disse Sinclair —, continuaremos investigando. Nós suspeitamos que o rei possa estar em perigo.

— Perigo?

Churchill fez menção de dizer algo quando foi interrompido pelo inspetor:

— Infelizmente, não podemos revelar nada ainda sobre isso. Confie em nós.

Houve um silêncio na sala.

Lovat alterou-se, bufou e disse, com um ar contrariado:

— Por Deus, cavalheiros, essas missões ao exterior têm consumido a minha saúde.

— Nós sabemos do excelente trabalho que fez diante do Comitê de Assentamento Ultramarino.

Lovat voltou-se para Blake:

— Eckstein não poderia ter escolhido hora pior para viajar para o Sudão...

Blake meneou a cabeça e passou a examinar a carta mais uma vez.

O lorde levantou-se e caminhou até a janela. Parou de costas para os homens, afastou as cortinas e contemplou os desenhos da chuva sobre o vidro por alguns instantes. Blake agora examinava a carta com interesse. Churchill tamborilou nos apoios da cadeira e acrescentou:

— Encare essa viagem como um pedido especial da rainha-mãe e de seu velho amigo de armas. Apenas queremos saber o que aconteceu com o contador-chefe da empresa da qual Sua Majestade é um dos sócios majoritários.

Depois de alguns segundos, Lovat virou-se e disse, com ar contrariado:

— Parece que não me resta alternativa.

Blake devolveu o papel para Sinclair. Coçou o rosto. Churchill se inclinou na cadeira. — Encare isso de maneira mais positiva, Simon. Será uma boa oportunidade de dar uma olhada no andamento dos negócios. — Fez uma pausa e acrescentou: — Prometo que me empenharei junto aos lordes para sua nomeação para a Secretaria de Estado dos Assuntos dos Domínios.

Lovat soltou um suspiro e baixou os olhos. Sinclair então estendeu a cópia da carta para Lovat:

— Fique com ela. Poderá ser útil em sua busca.

— Obrigado, Simon — disse Churchill. — Há um navio da Mala Real Inglesa partindo dentro de alguns dias para o Brasil. Cuidaremos dos arranjos necessários. Assim que tiver descoberto alguma coisa, entre em contato conosco. Já soubemos que as comunicações no país são bastante precárias. Sinclair lhe passará um contato de minha confiança que pode ajudá-lo se precisar que informações nos cheguem com urgência. Mais uma coisa: é importante que o que conversamos aqui não caia no conhecimento dos inimigos do rei. O que descobrir, reporte a nós, e a ninguém mais.

— Creio que podemos contar também com sua confidencialidade, Mr. Blake? — perguntou Churchill.

— É claro que sim, sir — disse Blake. — Os senhores têm a minha palavra.

Lovat olhou para Sinclair, que assentiu em direção ao lorde com um leve movimento de cabeça.

Quando a porta foi aberta, o som da máquina de escrever da senhora Daniels encheu a sala. A chuva tamborilava forte nas vidraças, quase abafando o ruído do centro financeiro de Londres. Churchill e Sinclair pegaram seus chapéus e bengalas, despediram-se e desapareceram pelos corredores escuros. Enquanto Blake fechava a porta, Lovat se aproximou da mesa, soltou um longo suspiro, serviu-se de mais um *scotch* e virou-se para seu funcionário:

— Há muito o que planejar. Partiremos nos próximos dias.

— Nós?

— Naturalmente. Você nos será muito útil em Londrina. Aquela cidade é uma Babel. Na verdade, essa viagem vem em boa hora. A companhia sempre precisa de intérpretes na região. Além disso, o senhor poderá afinar meu português durante a viagem.

Lovat caiu numa espécie de estupor por alguns segundos. Blake coçou a nuca e deu mais uma olhada na carta. Então se aproximou do carrinho de chá, onde estavam o uísque e a agua. Serviu-se de um copo d'água. Foi até a janela. Viu os riscos prateados da chuva cortando a paisagem da City do lado de fora. Abaixou a cabeça e olhou para o letreiro do pub do outro lado da rua. Suas mãos tremiam. Bebeu um pouco de água, voltou-se para Lovat e disse, num tom polido:

— Será um prazer acompanhá-lo, sir.

— Ótimo — disse Lovat, com a voz rouca, desanimada, erguendo o copo e recostando-se na cadeira. — Você tem passado por maus bocados nos últimos anos. A viagem lhe fará bem. Nunca esteve no Brasil, acredito.

Blake fez que não. Lovat encarou Blake e disse:

— Será de bom alvitre que se mantenha sóbrio.

Blake sorriu, bebeu um pouco de água. Então mirou-se num espelho acima do aparador da lareira. Viu seus olhos úmidos, o rosto levemente inchado. Molhou os lábios e se virou para Lovat, que acendia um charuto. Apontou em direção à mesa. Falou:

— Uma coisa me deixou intrigado nessa carta.

— Como disse, Blake?

— A máquina em que ela foi escrita... Parece-me que tem um pequeno defeito nas letras A e G. Há também uma falha entre alguns espaços. Mesmo na cópia é possível ver isso. É muito difícil encontrar duas máquinas de escrever que sejam idênticas. Isso pode ser um começo.

— Pode facilitar nossa busca.

Blake assentiu.

— Se descobrirmos em que máquina ela foi datilografada...

Lovat refletiu um pouco, afagou o bigode de leão-marinho e tocou a sineta sobre sua mesa. Quase no mesmo instante a senhora Daniels entrou na sala, ajustando os óculos sobre o nariz fino.

— Ligue para o Rules — ordenou Lovat. — Avise Laura que chegarei atrasado. Melhor: diga que não esperem por mim para jantar.

A secretária concordou e voltava para a porta quando Lovat acrescentou:

— Peço que não fale a ninguém das presenças de Churchill e Sin clair aqui hoje. Esta visita deve permanecer estritamente confidencial.

— Compreendo, sir.

A secretária parecia esperar por mais ordens.

— Isso é tudo, senhora Daniels.

Houve um silêncio na sala depois que a porta foi fechada, coberto apenas pela chuva incessante que caía do lado de fora.

Blake caminhou em direção a Lovat, que agora examinava um mapa do norte do Paraná pendurado na parede.

— Por onde começamos?

O lorde suspirou, pegou os óculos e apontou a folha de papel.

— Deixe-me ver essa carta.

## NO CORAÇÃO DA FLORESTA

O sol empilhava nuvens de ouro maciço sobre o horizonte vermelho. Três horas e meia antes os escoceses tinham decolado do Campo de Marte, em São Paulo, e sacudiam-se agora sobre o manto verde-escuro da Mata Subtropical do norte do Paraná. O aeroplano avançava pelo céu de inverno a pouco mais de mil metros de altura. Uma lua diurna e opaca se avistava na distância, pairando sobre a floresta densa, interminável. Embalado pela monotonia do ruído do motor, Lovat cedia ao cansaço depois da travessia de treze dias a bordo do vapor *Southern Prince*, seguida da viagem de trem de Santos a São Paulo. Depois de massagear o pescoço e mexer as pernas, encostou novamente o nariz e a testa na janela direita. Na outra janela, meio enjoado com o sacolejo do avião, Blake tirava fotos, pontuando-as com goles de uísque que trazia numa pequena garrafa. Em quarenta minutos estariam na cidade-sede da Paraná Plantations.

O piloto era o experiente comandante Anton Boliek, antigo funcionário da companhia. Blake bocejou e acenou com a cabeça para a paisagem lá embaixo:

— É um abismo verde.

— Imagine, meu caro, o que seria cair de avião num lugar desses — comentou Lovat.

Blake fitou o lorde com espanto. Suspirou e disse:

— E desaparecer na selva brasileira, como Fawcett? — Blake se referia ao misterioso desaparecimento do explorador britânico Percival Fawcett, em 1925, no estado do Mato Grosso. — Não diga isso nem de brincadeira, sir!

Lovat riu.

— Anime-se, meu jovem, mais vinte minutos e chegamos. Verá como foi acertada a minha decisão de trazê-lo comigo. O ar da selva lhe fará bem.

— Quantas línguas são faladas na cidade?

— Existem cerca de 33 etnias. Não se preocupe. Você terá bastante trabalho.

Blake tossiu um pouco e se acomodou no banco.

— Deve ter lhe dado trabalho trazer tanta gente para este fim de mundo. Começo a entender por que o senhor viajava tanto.

Lovat olhou pela janela do avião.

— Esse empreendimento exigiu boa parte de minhas energias nos últimos anos, tentando convencer pessoas a colonizar as terras da empresa. Tudo ficou mais fácil em 1928, quando compramos a companhia férrea. Na verdade, a companhia de terras e a ferrovia são uma coisa só. Eis a diferença entre esse empreendimento e as tentativas anteriores. Malha férrea combinada com uma colonização planificada e racional.

— O senhor contou-me alguma coisa sobre o Brasil, mas não por que a companhia decidiu aplicar seu capital aqui.

Um sorriso surgiu lentamente nos lábios de Lovat.

— Primeiro vim no fim de 1923, na Missão Montagu.[4] Esta missão estava encarregada de fazer o levantamento das possibilidades de investimentos no Brasil, como parte das negociações da dívida brasileira com a Casa Rotschild. Depois voltei várias vezes ao Paraná. Eu ainda era diretor da Sudan Plantations quando visitei uma fazenda e fiquei encantado com as potencialidades de um empreendimento. O coronel Barboza Ferraz não quis vender a fazenda dele nem por 15 mil contos de réis!

Blake sacudiu os ombros.

— E quanto é isso?

4. Em referência ao líder da missão de estudos econômicos, Edwin Samuel Montagu (1879-1924), ex-secretário de Finanças do Tesouro Britânico.

— Digamos que daria para comprar 5 mil Fords. — Olhando pela janela mais uma vez, o lorde escocês prosseguiu: — Foi melhor assim, pois em seguida compramos terras do governo do Paraná a um preço muito, mas muito baixo. Quando voltei para Londres, reuni alguns sócios e fundamos a companhia. Naquele mesmo ano adquirimos este território selvagem. Sabe o que significa comprar 13 mil quilômetros quadrados de floresta pela bagatela de 700 mil libras esterlinas? Quase 20 por cento do estado do Paraná?

Blake soltou um assobio. Disse:

— Um verdadeiro negócio da China.

— Sem falar que as condições aqui são bem melhores do que no Sudão.

— Por exemplo?

— A terra roxa, fertilíssima. O algodão com certeza irá se adaptar com facilidade. — Lovat fez uma pausa e acrescentou: — No momento estamos concentrando nossa ação na venda de lotes e na colonização, além da extensão da linha férrea.

— E esse nome, Londrina? Pequena Londres?

— "Nascida em Londres" seria uma tradução mais adequada, não acha? Foi a primeira cidade fundada pela Paraná Plantations. Imagine você, há até uma cidade com o nome de Lovat! — disse o lorde, rindo. — É empolgante ver a civilização surgindo no coração da floresta. Estamos falando de um empreendimento que oferece oportunidades a todos. Lotes com preços ao alcance do comprador, com estradas, ferrovia e água abundante. Sem falar do que isso significa para a Coroa na atual crise.

Lovat olhou as nuvens mais uma vez. Deu um breve suspiro e prosseguiu:

— Desde a conclusão da ponte, a cidade está em conexão direta com São Paulo, o porto de Santos e o Rio de Janeiro. Em breve abriremos outro ramal, o que também nos dará acesso ao Paraguai. Descobriram petróleo por lá. Sabe o que isso significa?

— O tráfego de mercadorias e pessoas aumentará bastante. E os lucros também.

— Exato, Blake. E estamos contribuindo para o progresso de uma região inexplorada. O governo brasileiro nos agradecerá por isso um dia.

— Estou impressionado. É uma empreitada e tanto. Creio que tenha sido um ótimo acordo.

Lovat acenou com a cabeça, concordando.

— Apenas no Canadá vi tamanho potencial, meu jovem. Isso aqui é a nova Califórnia. O novo Eldorado!

Blake lhe dirigiu um olhar cínico e comentou:

— Sempre um otimista, não é, sir?

Lovat observou Blake, que examinava a garrafinha de uísque vazia. Apontou para o objeto prateado e disse, com ar divertido:

— Demos um jeito de fazer com que não falte *scotch* para o pessoal na cidade. A companhia abastece os bares de uísque, que chega aqui com o material de reposição da ferrovia.

Blake deu uma risada que pareceu mais um rosnado.

— Direto da Escócia para o coração das trevas.

— Quem sabe você não passa uma temporada na cidade?

Blake então disse, em gaélico escocês:

— É, não seria uma má ideia. Vou pensar sobre isso.

Os dois ficaram calados por alguns minutos olhando a imensidão verde. Ao mudar de posição, o pé direito de Blake tocou em um objeto: um torrão de terra, do tamanho de um novelo de lã, de onde saía uma pequena planta. Blake pegou o torrão, que se despedaçou, deixando um talco vermelho na palma de sua mão.

— Agora o senhor anda plantando café até no seu avião? — Lovat gritou para Boliek.

O piloto virou-se, olhou surpreso para a mão de Blake e respondeu com uma risada, num inglês mal-ajambrado:

— De onde surgiu isso? Preciso fazer uma faxina assim que chegarmos.

Uma mistura difusa de azuis, vermelhos e brancos se confundia no horizonte. Da janela dianteira do Piper, via-se uma grande formação de nuvens douradas pelo sol que ia mergulhando no ventre escuro da floresta. Em alguns pontos se avistavam fitas de fumaça emergindo da vastidão. Boliek comentou que quem voava pela região reclamava da fumaça, que atrapalhava a visibilidade e chegava a provocar turbulência. No fundo do céu, alguns relâmpagos riscavam o horizonte. Um pouco abaixo da aeronave, um bando de pássaros cruzou o azul. Minutos depois, ainda estava claro o bastante para que tivessem uma bela e estranha visão: as plantações de café, milhares de pontos verde-escuros formando desenhos sinuosos na pele vermelha da terra. Sobrevoaram o terroso rio Tibagi e a ponte sobre ele. A oeste, o pôr do sol ardia como um incêndio fora de controle.

— Londrina, senhores — avisou o piloto.

Os escoceses endireitaram-se em seus assentos. O tapete da mata virgem pouco a pouco foi sendo substituído por manchas retilíneas de áreas povoadas, sítios, estradas e plantações. Pequenos rios serpenteavam a floresta e devolviam os reflexos do sol, como se feitos de mercúrio. Blake lançou um olhar para seu chefe, comprimindo os lábios. Abria a boca para dizer algo quando, devido a uma rajada de vento, o avião mergulhou uns cinquenta metros no vácuo, provocando um solavanco na aeronave e nos corpos dos tripulantes.

— Segurem-se! — exclamou Boliek.

Blake arregalou os olhos. Lovat o encarou e provocou, gritando em meio ao ruído do motor:

— Não era você que queria tanto conhecer o *Far West*?

O avião sobrevoava a cidadezinha que parecia uma enorme clareira povoada, recortada na mata, deixando entrever centenas de telhados. O pontilhado de casas tinha um círculo central e ruas traçadas num formato de tabuleiro de xadrez, com uma longa avenida principal cortando o círculo em forma de elipse. No coração da cidade erguia-se uma igreja de madeira, ocupando o alto de uma colina coroada de perobas. Enquanto o Piper seguia com um enorme ronco rumo ao campo de aviação, ao sul da cidade, Lovat chamou a atenção de Blake. A praça principal, vista do alto, tinha o formato da bandeira da Inglaterra. Observou também o traçado da linha férrea atravessando a cidade em sentido leste-oeste, ladeada por dezenas de galpões, pátios e barracões. Momentos depois, o monomotor pousou com segurança na pista, levantando uma grande nuvem de poeira.

# CIDADE VERMELHA

O piloto desceu, amarrou a porta na fuselagem e acenou para o interior da aeronave. Blake saiu da cabine, seguido do lorde, ambos protegendo o rosto da poeira vermelha que encobria a pista. Uma pequena comitiva os esperava.

Lovat foi recebido primeiro por Nilson Garden, um homem de estatura baixa e atarracado, de olhos pequenos e amendoados, rosto redondo, cabelo à escovinha e bigode no estilo Carlitos. Tinha uns 50 anos e vestia roupas e chapéu de safári. As calças estavam metidas dentro das botas de cano longo. Ex-diretor da Sudan Plantations, filho de pai inglês e mãe brasileira, colonizador de cidades e fazendeiro, desde janeiro Garden estava encarregado de uma dupla função: a diretoria da filial da Paraná Plantations e a prefeitura da cidade. Deu as boas-vindas, retirando o chapéu num gesto solene:

— Fico feliz que tenham chegado, cavalheiros — disse, apertando a mão de Lovat vigorosamente.

Lovat cumprimentou o prefeito com um sorriso.

— Como vai, Garden? É muito bom vê-lo de novo.

— Como estão sua senhora e as crianças?

— Ótimos.

Uma rajada de vento levantou mais poeira. O odor e a umidade da floresta envolveu o grupo. Blake espirrou e tirou um lenço do bolso do paletó.

— Não parece incrível que cinco anos tenham se passado desde minha última visita? — comentou Lovat. — Bem, pelo que pude perceber, os progressos foram grandes. A ponte ficou uma beleza.

— Temos trabalhado bastante, sir. É uma grata surpresa a sua presença. Só ontem fui avisado de que estava chegando. Fez boa viagem? — perguntou Garden.

— Sim, obrigado.

— Permita-me dizer que o senhor não mudou nada.

— Ora, Garden, sem exageros. Estou ficando velho. Já passou da hora de me aposentar. É Shimi quem tomará conta de tudo quando eu regressar. Antes que me esqueça: os rapazes do White's Club[5] mandaram-me dizer que sentem sua falta.

Ao lado de Garden estava Ernest Günther, fazendeiro e diretor da Sociedade Sul-Americana de Colonização. Alto e corpulento, Günther trajava um terno de linho branco e gravata amarelo-canário. Trazia uma bengala com castão de nácar, que servia de apoio para a perna esquerda, com a qual mancava um pouco. O cabelo loiro com brilhantina estava penteado para trás. Ao seu lado estava uma jovem. Lovat o cumprimentou:

— Como vai, Ernest?

— Com a sua chegada, melhor ainda — respondeu o fazendeiro, abrindo um largo sorriso. — Sejam bem-vindos.

— Senhores, este é Mr. Adam Blake — disse Lovat.

Blake cumprimentou os homens brevemente, apertando-lhes as mãos.

— Ora, que prazer reencontrá-lo... Minha filha, Angelika — disse Günther, abraçando a moça. Angelika tinha cabelos loiros, olhos azuis e agressivos com sobrancelhas bem delineadas, e a pele tão branca quanto o vestido. Parecia ter cerca de 20 anos. Adiantou-se sorridente e entregou a Lovat um buquê de flores adornado com fitas azul, branca e vermelha.

— Aceite nossas sinceras boas-vindas, lorde Lovat — disse a garota, num inglês com forte sotaque alemão. — É uma honra para todos nós recebê-los aqui.

Ao ver as cores da bandeira inglesa Lovat agradeceu com a voz algo embargada, inclinando-se para dar um beijo na testa da jovem. Em seguida voltou-se para Günther:

---

5. Tradicional clube de cavalheiros estabelecido em Londres desde 1693.

— Não acredito que aquele pequeno anjo que conheci tenha se transformado numa jovem tão bonita.

Blake estapeou o pescoço. Depois ficou inspecionando o inseto morto na palma da mão, com uma careta de dor. Borrachudos e pernilongos já haviam registrado a presença de sangue novo. Angelika cobriu a boca com a mão, reprimindo uma risada. Günther foi até o Ford e retirou um cantil e dois pequenos copos de alumínio do banco do carona, servindo água aos recém-chegados. Lovat e Blake beberam sofregamente. Angelika ajeitou o vestido e, com uma voz suave, dirigiu-se ao lorde, enquanto enlaçava o braço do pai:

— O senhor Eckstein contou que o senhor mora em um castelo... É um castelo de verdade? Sou fascinada por história medieval.

Günther olhou para Lovat e depois para a filha, batendo levemente os dedos em seu ombro.

— Angelika...

Lovat abanou-se com um chapéu.

— Ah, minha cara... moro num castelo, não há problema algum em dizer. O Beaufort data do fim do século XIII, do tempo de Alexandre I, rei da Escócia. É muito bonito. A senhorita está convidada a me visitar com seu pai, quando quiser.

Angelika agradeceu o convite e apertou o braço do pai, que devolveu um sorriso caloroso.

— A ocasião pede um banquete em sua homenagem — anunciou o prefeito Garden. — É só termos tempo de preparar tudo.

Günther concordou e perguntou:

— Por quanto tempo nos dará o prazer de sua presença?

— O necessário para verificar o andamento dos negócios — disse Lovat, mantendo o sorriso no rosto.

— Bem, fazemos votos de uma feliz permanência na cidade — acrescentou Günther.

Uma nuvem de fina poeira vermelha avançava pela estrada de acesso à pista de pouso. O rosto de Lovat se iluminou ao reconhecer o topógrafo Alexandre Razgulaeff saindo de um DeSoto azul-marinho e caminhando com pressa em direção ao grupo. Com uma testa ampla parcialmente coberta com cabelos que ficavam cada vez mais ralos, bigode espesso, também ruivo, olhos amendoados e atentos, Razgulaeff trajava um terno de linho marrom e trazia um chapéu-panamá em ambas as mãos. Formado em Geodésia na Rússia, 42 anos, czarista fanático e membro da caravana pioneira de colonização, desde agosto ele respondia pela gerência de operações da empresa.

— Ora, se não é o lorde Lovat! — exclamou o russo. — Meu atraso é imperdoável. Peço sua clemência pela minha falha, milorde — prosseguiu, fazendo uma mesura.

— Razgulaeff, nem na selva o senhor sossega! Tem nos deixado loucos com seus planos mirabolantes para a cidade — respondeu Lovat, dando uma risada, após cumprimentar o recém-chegado.

O russo gargalhou, mostrando os dentes amarelos como grãos de milho. Cumprimentou o grupo e passou um lenço pela testa, limpando o talco marrom da poeira. Blake abanou a mão perto do rosto, espantando uma nuvem de pernilongos.

— Não pense que desisti daquele plano para a cidade — disse o topógrafo. — Londrina vai crescer mais rápido do que pensávamos. Aliás, sua presença aqui é uma excelente oportunidade para discuti-lo mais uma vez. Não é mesmo, Garden?

O prefeito soltou um pigarro:

— Não é hora para isso, Alexandre — resmungou, voltando-se para Lovat. — Razgulaeff teima em aumentar o tamanho das ruas.

Lovat respondeu com um "Ah" silencioso, enquanto o russo olhava Blake com curiosidade. Blake deu um sorriso polido e cumprimentou-o com o chapéu. Razgulaeff virou o rosto. Günther disse, apoiando o peso do corpo na bengala, a voz metálica:

— Lorde, eu gostaria de agradecer todo o trabalho que tem feito pelos colonos e pela nossa Sociedade de colonização. A organização da Paraná Plantations é um exemplo para todos nós. Um modelo de planejamento regional, devo dizer.

— Sim, mas ainda há muito a ser feito — corrigiu Lovat. — Não tem sido fácil administrar as cidades, com a crise financeira internacional. A solução é unir nossos esforços. — Lovat voltou-se para Blake e de novo para o grupo. — Quase me esquecia de apresentar devidamente Mr. Adam Blake. Ele é o novo tradutor e intérprete da nossa companhia. Creio que será de muita valia para os nossos negócios, já que estamos recebendo um número cada vez maior de colonos estrangeiros. Ele fala mais de dez línguas. E agora inventou de aprender o africâner!

Todos olharam para o tradutor. Blake acenou para o grupo e enfiou as mãos nos bolsos do paletó.

— Ora, não são tantas assim, lorde Lovat está carregando nas tintas... — respondeu, abrindo um sorriso sem graça.

Garden e Günther trocaram um olhar rápido. Sorriram também. A conversa entre Lovat, Günther e Garden enveredou pelas próximas safras e o perigo das geadas para os novos cafezais. Razgulaeff se aproximou de Blake, olhou para o poente e tirou do bolso um isqueiro que era a miniatura de um zepelim. Ofereceu um cigarro a Blake.

— Primeira vez no Brasil?

Blake assentiu.

O russo soltou um murmúrio de aprovação e acendeu o cigarro com a mão em concha. Deu uma boa tragada:

— Creio que vai gostar de nossa cidade. É bem curiosa — disse com uma voz chiada.

— Espero que sim. Gosto de conhecer lugares novos, senhor Razgulaeff.

O russo concordou. Os dois homens soltaram a fumaça quase ao mesmo tempo.

— Curioso seu isqueiro — comentou Blake, devolvendo-o ao russo.

— É uma lembrança de uma viagem que fiz no Graf Zeppelin. Pena que já dei todos os que eu trouxe.

Blake fez um gesto vago e perguntou:

— Graf Zeppelin?

— É, nunca ouviu falar? No ano passado fui de Recife ao Rio de Janeiro com minha mulher. É uma experiência e tanto. Cada paisagem de sonho!

— O senhor gosta do Brasil? — perguntou Blake.

— Claro! Foi o país que me acolheu. Melhor estar aqui do que ver a minha pátria dominada pelos malditos comunistas. — O russo limpou a garganta e prosseguiu: — Como costumo dizer, a primeira vítima da revolução não foi o czar. Foi a verdade.

O gerente ajeitou o chapéu e apontou para o peito de Blake:

— Quem sabe não aproveita esta chance de ouro oferecida pela companhia, compra um lote e começa a plantar café? Garanto que não vai se arrepender.

— Não devo permanecer muito tempo aqui. Sou meio nômade.

— Nem me fale. Já morei em tantos lugares. Cheguei a vender banana na praça da República, em São Paulo. Peguei malária cinco vezes medindo essa mata. Estive no Sudão no ano passado. O senhor também passou pela Sudan Plantations, não?

Blake franziu os olhos entre a fumaça e olhou para Lovat, que parecia discutir com Garden. Razgulaeff pareceu esperar um comentário de Blake. Como ele não veio, o russo prosseguiu:

— Bem, se precisar de qualquer coisa, estamos à disposição.

— Obrigado pela cortesia, senhor Razgulaeff.

Uma aragem fria soprou da mata ao lado da pista. Um trovão ecoou no fundo do céu.

— Parece que vem tempestade por aí — anunciou o russo.

Lovat mirou a fita azul-cobalto no horizonte. Depois fez um leve aceno de cabeça para Garden e o conduziu pelo antebraço para trás de um dos carros. Ao se aproximar do rosto redondo do prefeito a expressão sorridente desapareceu. Sua voz se tornou mais grave:

— Que diabos aconteceu aqui? Onde estão Nussbaum e o casal Müller?

Garden encolheu os ombros. Endireitou a gravata.

— Garanto-lhe que tudo será explicado.

— Assim espero, Nilson, pois esse assunto me forçou a sair de Londres num momento bastante inconveniente. Estou prestes a ser nomeado para um cargo muito importante no Canadá.

— Não se preocupe, sir. Acho que gostará de saber que já repusemos nossos três funcionários. Garanto que tudo está sob controle.

Lovat reprimiu um palavrão e olhou em direção ao grupo. Virou-se para Garden com um olhar inquiridor.

— Verá que, apesar do ocorrido — prosseguiu o prefeito —, não há motivo para se preocupar. Os negócios nunca estiveram tão bem. Tenho que lhe mostrar os números. São animadores.

— Por Deus, Nilson. O contador-chefe e dois de nossos melhores médicos desaparecidos e você vem falar de números! Amanhã bem cedo você vai me esclarecer essa história. Quero ver os livros contábeis e a chave do escritório de Nussbaum — sussurrou Lovat, ao sair de trás do carro ao mesmo tempo que abria um sorriso para o grupo, que conversava animadamente. Garden o seguiu, cabisbaixo.

Günther dirigiu-se a Lovat enquanto ele se aproximava:

— A famigerada hora dos mosquitos... Acredito que o que nossos amigos mais desejam depois de tão longa viagem seja um bom abrigo, um jantar e uma boa noite de sono. — O presidente da Sociedade Ultramarina ergueu o queixo em direção ao motorista, um grandalhão loiro e de queixo quadrado, que no mesmo instante ligou o motor do carro.

Mais um trovão ecoou sobre a floresta, fazendo tremer os vidros dos automóveis. As primeiras gotas se fizeram sentir.

— Melhor irmos — avisou Razgulaeff, apontando para o DeSoto —, se não quisermos ficar atolados na estrada.

O grupo embarcou nos carros e os faróis romperam o lusco-fusco. No caminho, como um vulto gigantesco que os circundava, a mata exalava uma umidade opressiva. O vento castigava as copas altas das grandes perobas.

Chovia forte quando chegaram à sede da Paraná Plantations, deserta naquele domingo. Carregaram as bagagens e entraram. Lovat pediu a chave do escritório para Garden e em seguida foi jantar, acompanhado de Blake. Eram oito da noite quando o lorde terminou de comer, arrastou a cadeira para trás, se levantou da mesa e se despediu do jovem escocês, que foi conduzido por um funcionário até seu quarto, nos alojamentos da companhia.

Uma vez em seu aposento, Lovat esperou alguns minutos e diminuiu a intensidade da luz. Voltou a atenção para o barulho da chuva no telhado. Um trem apitou à distância. De vez em quando Lovat consultava o relógio. Depois se levantou, pegou a lamparina, saiu do quarto, atravessou um longo corredor e se dirigiu para a sala do contador. Entrou.

Na sala havia uma estante de livros-caixa, uma mesa e três cadeiras. Ao lado da mesa havia um pequeno cofre de aço verde e uma máquina de escrever Underwood. O lorde abriu a gaveta da escrivaninha.

A gaveta continha folhetos de propaganda da empresa e recortes de jornais ingleses. Havia também alguns cartões-postais de nus femininos e celebridades do cinema. Uma pequena caixa, que guardava cartuchos e uma pistola Webley calibre 38, envolta em feltro vermelho. Debaixo da caixa os olhos de Lovat pousaram em uma pasta com o brasão dos Lovat e o logotipo da Paraná Plantations. Abriu o lacre e examinou alguns documentos. A seguir, sacou do bolso a duplicata da carta que trouxera de Londres. Tirou uma folha em branco da gaveta, enfiou-a no cilindro da máquina de escrever e datilografou algumas palavras. Colocou a folha na mesa, retirou a carta do bolso e passou alguns minutos comparando-a com outras páginas datilografadas. Então deu um suspiro e disse, falando para si mesmo:

— Não foi na máquina de Nussbaum.

Repôs a carta em seu bolso e pressionou os dois dedos indicadores sobre duas linguetas de madeira no fundo da gaveta, que cederam com um leve clique. Seu coração disparou.

— A chave do cofre. Onde ele a colocou? — sussurrou, franzindo o cenho.

Refletiu durante meio minuto, apertou o espaço entre as sobrancelhas com o indicador e o polegar, a respiração mais pesada. Quando conseguiu se recompor, Lovat devolveu os objetos à gaveta. Fechou-a e olhou com ansiedade para o cofre de aço. Dirigiu-se para a porta, trancou o escritório e voltou para seu quarto.

# TIROS NOTURNOS

A sede da Paraná Plantations, conhecida apenas como "companhia de terras" pela população, ocupava um grande terreno na avenida Paraná, a principal da cidade. Era uma construção comprida de madeira sem pintura e com telhas de barro. O prédio havia sido concebido como quartel-general para o empreendimento imobiliário britânico e as operações de colonização das cidades que nasciam. Diante da entrada principal, uma tabuleta anunciava com orgulho tratar-se de A MAIOR EMPRESA COLONIZADORA DA AMÉRICA DO SUL.

A cidade crescia a olhos vistos. O município já contava com mais de 30 mil habitantes, fato registrado pelo aumento de pensões, pequenas indústrias, lojas, casas comerciais, armazéns de secos e molhados, sorveterias e bares. E, apesar das dificuldades causadas pela crise iniciada em 1929, os esforços diplomáticos e a propaganda da Paraná Plantations estavam funcionando bem: um contingente humano cada vez maior se deslocava para a região. A eficiente propaganda da companhia não atraía apenas trabalhadores honestos e imigrantes ilustres que vinham começar uma nova vida. Golpistas, jagunços, picaretas[6] e pessoas de passado obscuro também buscavam aquela terra onde, como se dizia, "se andava em dinheiro". Havia inúmeras dificuldades naturais a uma cidade plantada na floresta, um lugar que menos de dez anos antes era uma coleção primitiva de casebres. O saneamento básico ainda era precário, e em dias quentes o cheiro

6. Nome que se dava aos corretores que ludibriavam compradores de terras, no norte do Paraná.

do matadouro da cidade pairava no ar. O índice anual de homicídios havia saltado de cinco, em 1933, para vinte, em 1936. Além do mais, os homens usavam armas nas ruas como se fossem pentes. Com os negócios e as cidades sob sua responsabilidade crescendo dia a dia, o que a companhia menos desejava era propaganda negativa afetando seu empreendimento e afastando compradores em potencial.

Diante das Casas Pernambucanas um casal avançava, hesitante, pela lama da rua, apoiando-se em cercas precárias de madeira e desabando no barro vermelho, para deleite dos fregueses dos bares mais próximos. Os mais prudentes já haviam aderido ao costume local de usar ferraduras, pequenas correntes que se fixavam nos sapatos e com as quais se podia caminhar com firmeza pelas ruas diabolicamente escorregadias em dias de chuva e nos seguintes. O som das serrarias e dos homens, brasileiros e estrangeiros, construindo casas, enchiam as manhãs da jovem cidade. No centro, compravam-se os últimos terrenos: datas, ou *datchas*, conforme batizara o russo Razgulaeff. Em certos dias, uma chuva de cinzas caía sobre a cidade vermelha, resultado das queimadas.

Em seu quarto, lorde Lovat dava o nó na gravata quando ouviu as badaladas do sino da igreja de madeira. Olhou o relógio sobre a cômoda: sete horas. Ainda sonolento, abriu a janela de guilhotina. Viu quando um caminhão carregado de toras fez um enorme barulho e parou no meio da rua, impedindo a passagem de algumas charretes que vinham atrás. O homem que estava sentado sobre três enormes troncos de peroba-rosa, seguros por grossas correntes, pulou com destreza para ver o que estava acontecendo. O feirante japonês, que tinha agora sua caçamba bloqueada pelo caminhão, reclamava em voz alta com o motorista, que por sua vez dirigia uma saraivada de palavrões ao japonês. Na entrada, as pessoas chegavam e procediam ao ritual de raspar a camada de barro das botas na lâmina do "chora-paulista", como os habitantes locais apelidaram o rastelo posto na entrada de casas e lojas. O nome havia sido dado porque a lama era tanta que provocava lágrimas desconsoladas nos pioneiros e imigrantes vindos de São Paulo. Lovat também viu Garden chegando com seu chapéu safári e cumprimentando o piloto Boliek, que conversava com dois trabalhadores da companhia ferroviária, encostados num Citroën novinho em folha.

No outro lado da avenida, na acanhada estação de ônibus, uma jardineira lotada estacionou com dificuldade. Seu teto estava abarrotado de malas. Era um caminhão Ford 1929 cuja carroceria havia sido adaptada para passageiros. Colonos italianos, japoneses, alemães, brasileiros e espanhóis começaram a se aglomerar, numa grande confusão, entre galinhas, gaiolas com pássaros e outros animais silvestres. Corretores e funcionários do escritório, engravatados, chegavam para mais um dia de trabalho. Alguns se distraíam, estando ali mais para conferir os recém-chegados. Era a rotina das manhãs no novo Eldorado.

Depois de terminarem o café com toucinho, ovos caipiras e bolo, servido por Glória, a cozinheira, uma negra corpulenta e de sorriso generoso, os homens foram para a sala de reuniões. Garden se levantou, cumprimentou Lovat e ocupou uma cadeira ao lado da mesa. Blake sentou-se num canto e passou a folhear uma edição do jornal local, o *Paraná-Norte*. O tabloide de quatro páginas era a principal peça de propaganda do empreendimento. Abaixo do título PARANÁ PLANTATIONS — COMPANHIA DE TERRAS NORTE DO PARANÁ vinham as palavras AGENTES EM TODA PARTE.

A cozinheira entrou e deixou uma jarra de água e três copos numa bandeja. Trocou algumas palavras com Lovat, que a tratou com cortesia, perguntando dos filhos, do marido e da saúde. Depois Glória pediu licença e fechou a porta. Garden prendia o chapéu safári sobre o colo e examinava alguns documentos. Estava inquieto.

— Então, o que aconteceu? — perguntou Lovat, sem rodeios.

— Ainda estamos tentando entender. Foi um duro golpe para nós. Nussbaum e o casal Müller eram pessoas da mais alta estima, excelentes funcionários — disse Garden, ajeitando-se na cadeira. — Segundo a apuração do delegado, no dia 1° de agosto Müller teria flagrado Nussbaum com Magdalene em sua cama. Os vizinhos ouviram tiros e gritaria vindos da casa naquela noite.

— Onde eles moravam?

— Em uma pequena chácara na rua Heimtal.

— Creio que não me lembro do casal Müller.

— Eram bons médicos. O casal falava várias línguas, o que facilitava bastante os atendimentos. O senhor sabe, além da malária, temos tido muitos acidentes na mata, durante as derrubadas. O médico e sua companheira e assistente, a Dra. Magdalene, foram indicados por Eckstein.

— Sim, me recordo disso.

— Estavam fazendo um bom trabalho, pois temos carência de médicos na cidade. Foi uma tragédia o que aconteceu. — Garden tomou um gole de água e depois limpou o suor que escorria em fitas em seu rosto. — Hoje lamento não ter levado a sério os boatos de que Nussbaum estava tendo um caso com a Dra. Magdalene, e nas barbas do marido. Uma semana antes, numa festa, funcionários testemunharam o médico ameaçar matá-lo se não ficasse longe de sua mulher. "E se eu te matar, ninguém vai te encontrar", ele disse. Algo mais grave só não aconteceu ali mesmo porque Müller foi contido — prosseguiu Garden, exalando ar dos pulmões. — Deveria ter transferido Nussbaum para São Paulo por um tempo.

— Quando viu Nussbaum pela última vez? — perguntou o lorde.

— Na noite do incidente, pouco antes de ir embora para casa. Eu havia retornado da prefeitura por volta das nove horas e resolvi pegar uns papéis na companhia. Vi luzes acesas e notei que ele ainda estava trabalhando. Era comum que ficasse até tarde no escritório. O senhor o conheceu, sabe que quando tinha algum prazo a ser cumprido, seu espírito ficava preso ao trabalho e alheio do mundo. Nussbaum era muito dedicado.

— Sim, muito dedicado — disse Lovat. — Conversou com ele antes de ir embora?

— Rapidamente. Ele pediu apenas que eu trancasse a porta de entrada, pois ele tinha uma cópia da chave. Voltei, tranquei-a por fora e fui embora para minha casa.

Blake ergueu os olhos para o prefeito. Garden estava rígido em sua cadeira, os braços rentes ao corpo.

— Quando deram falta do contador-chefe, senhor Garden? — quis saber Blake, intrometendo-se na conversa.

Garden relanceou os olhos para Blake e voltou-os de novo para o lorde.

— Bem, primeiro demos falta dos médicos, que costumavam vir juntos para o trabalho. Na manhã seguinte ao ocorrido, por volta das oito horas, pacientes vieram reclamar que os Müller não haviam aparecido ao hospital. Pouco depois ficamos sabendo que Nussbaum também não viera trabalhar. Achamos estranho, pois era raríssimo que ele faltasse, não era do seu feitio. Ele sempre pedia a alguém que avisasse quando não podia comparecer. Pedi que fossem à sua casa, mas ele não estava. Fomos imediatamente atrás do delegado, que já estava voltando da casa dos Müller.

— O delegado foi o primeiro a chegar ao local? — perguntou Lovat.

— Sim. De manhã bem cedo ele fora procurado por um dos vizinhos. Além de ouvirem a gritaria e os disparos, dois vizinhos viram o casal dentro do carro, saindo da residência.

— A que horas foi isso?

— Por volta das onze e meia da noite.

Garden tomou um gole de água. Lovat fez sinal para que o diretor da companhia e prefeito da cidade prosseguisse.

— Não havia ninguém na casa. A porta não tinha sinal de que tivesse sido forçada. O automóvel do contador estava lá, mas não o de Müller. Havia muito sangue e marcas de tiros no local. Eu mesmo pude conferir. Ele poderá lhe contar todos os detalhes

Lovat alisou os bigodes e depois perguntou:

— Tem alguma teoria sobre o que aconteceu?

Garden piscou um pouco os olhos e prosseguiu:

— Falando com franqueza, sir, crimes passionais são comuns por aqui. Digamos que existe um desequilíbrio entre os sexos. Há falta de mulheres na cidade. Müller tinha motivos para ter ciúmes da mulher. Surras eram constantes. Para mim, ele cometeu o crime para lavar a sua honra. Voltou do atendimento a uma fazenda antes do esperado, então surpreendeu a mulher com Nussbaum. Matou-o e fugiu com a esposa.

Lovat fitou Garden por alguns instantes, sem dizer nada. Garden moveu os músculos da boca na tentativa de um sorriso.

— Sei que está preocupado, mas devo dizer que já repusemos os três funcionários. Garanto que esse incidente em nada afetou o andamento dos negócios. Nossas vendas de lotes não sofreram nenhum abalo e...

O lorde deu um soco na mesa. Blake teve um sobressalto.

— Está me dizendo que um crime acontece na companhia, envolvendo funcionários importantes, e está tudo certo? — bradou Lovat. — Por que ninguém me informou sobre isso?

Garden secou o suor de sua face com o lenço. Seu maxilar se contraiu.

— A falha não foi nossa, e sim da filial em São Paulo. Foram eles que ficaram encarregados de dar a notícia ao escritório em Londres. Estranho Mr. Eckstein não tê-lo avisado.

Lovat balançou a cabeça, fazendo uma careta de impaciência. Olhou pela janela e viu a rua, os rios de lama teimando em não secar. Voltou-se para Garden e disse:

— Nilson, você é o responsável aqui. Como você deixou que as coisas chegassem a este ponto? Nós temos que dar o exemplo. Isto é péssimo para os negócios!

Então levantou-se, cruzou as mãos às costas e passou a andar pela sala, provocando rangidos nas tábuas do chão. Garden mordia os lábios sob o bigodinho enquanto acompanhava o giro silencioso de Lovat. O lorde sentou-se outra vez, tomou um gole d'água e perguntou, com a voz um pouco mais calma:

— O que mais sabe sobre os últimos passos de Nussbaum?

— O que sei é que naquela noite ele passou pelo bar Eldorado. Havia bebido, ao que parece... Estava aflito, falava coisas desconexas. Contaram que ficou pouco tempo, despediu-se e disse que ia resolver um problema.

— Um problema — murmurou Lovat. — Falou o que era?

— Não, disse apenas que não estava se sentindo bem. Disse que precisava de cuidados médicos, e partiu. Sugiro que converse com Günther e Razgulaeff. Eles estavam no bar e foram umas das últimas pessoas a vê-lo.

Lovat anuiu e fez um gesto vago. Blake terminou de anotar os nomes na caderneta e ergueu a cabeça para Lovat.

— Como era a rotina do casal Müller? — perguntou o lorde.

— O casal não saía muito.

— E?

— Creio que o médico não gostava de exibir sua mulher fora do ambiente de trabalho, a não ser, de vez em quando, nos bailes da companhia. Eles eram bastante reservados. Tanto que nem empregados tinham.

— Não foi encontrado nada relevante, alguma pista?

— Se foi, está com o delegado. Foi ele quem fez a perícia no local. A casa dos Müller está abandonada desde então, até a família dele na Alemanha decidir o que fazer com o imóvel. Já no escritório dele garanto que nada foi mexido — disse Garden.

— E onde fica a casa de Nussbaum? — perguntou Lovat, voltando os olhos de novo para Garden.

— Ele morava sozinho, na Higienópolis, uma avenida nova que Razgulaeff projetou, mas desde o acontecido há uma família morando lá. Temos enfrentado um problema sério de acomodações para os compradores recém-chegados. O imóvel pertencia à companhia. Nussbaum pretendia se mudar em breve para a casa que estava construindo.

— O que aconteceu com os pertences, os objetos pessoais do contador?

Garden engoliu em seco, comprimiu os lábios. Depois de alguns segundos, disse:

— Após o incidente, as malas, suas roupas e demais objetos pessoais foram doados, os poucos móveis dele foram leiloados e o resto, queimado.

Lovat e Blake se entreolharam. O lorde bufou e coçou a face.

— E posso saber quem teve tal ideia infeliz?

— Um funcionário negligente, senhor.

— Onde ele está?

Garden desviou os olhos de Lovat por alguns segundos, depois o fitou novamente.

— O senhor Francisco morreu no mês passado, enquanto ajudava nossos homens a derrubar uma mata para abrir novos lotes. É, temos visto muitos acidentes assim.

Lovat soltou ar das narinas. Balançou a cabeça por uns instantes, o rosto duro. Viu de soslaio o jornal na cadeira ao lado do tradutor e voltou-se para o prefeito:

— Qual a tiragem do *Paraná-Norte*?

— Dois mil exemplares.

— Aumente-a para 4 mil. Coloque um anúncio em destaque, oferecendo uma gratificação generosa para quem fornecer qualquer pista que nos leve aos seus paradeiros. Faça cartazes e mande espalhar em todos os vagões de trem de Rolândia a Ourinhos. Com certeza existem fotografias deles nas fichas de contratação.

— Fotografias?

— Sim, e Blake poderá ajudar na redação do texto em outras línguas — informou Lovat, apontando com o queixo para o tradutor.

— Providenciarei isso hoje mesmo.

— E coloque as fotos e uma boa recompensa por qualquer informação útil — ordenou Lovat, com voz grave.

Blake tirou a carta do bolso do paletó e colocou-a dentro da caderneta. Em seguida olhou para Lovat. Este captou o movimento e voltou-se para Garden:

— Mais uma coisa. Como se arranjam com as cartas, com as correspondências?

Garden pareceu surpreso.

— Cartas?

Lovat assentiu. Garden coçou a testa e respondeu:

— Até o começo do ano as pessoas tinham que vir aqui para pegar e enviar cartas. Os Correios abriram uma agência em janeiro, mas muitas pessoas ainda preferem despachar e enviar usando o posto da companhia. Acham mais seguro. Claro que não queremos mais ficar fazendo esse tipo de serviço. É uma situação apenas temporária.

— Pois bem, quero todos os registros de correspondência feita através da companhia entre fins de julho e começo de agosto deste ano.

Garden sacudiu a cabeça.

— Não acredito que mantenhamos registro de envios de cartas, sir.

— Bem, tente descobrir. Deve existir alguma lista de pessoas que pegaram ou receberam cartas no dia 1° de agosto. Não devem ser tantas assim.

— Procura alguma carta específica?

— Apenas cumpra minha ordem — disse Lovat, num tom de voz irritado. Depois de tomar um gole de água, perguntou: — Quem é o guarda-livros desde o incidente?

— Um contador da empresa em São Paulo. E contratamos três jovens médicos brasileiros. Todos estão fazendo um bom trabalho.

Lovat conferiu o relógio.

— Contate São Paulo e convoque o novo contador para uma reunião. Agora eu gostaria de falar com o delegado.

Garden franziu o rosto e desviou os olhos de Lovat. Este perguntou:

— Algo errado?

— Creio que será preciso esperar uns dias. O delegado Ubirajara Silva está em Curitiba para um encontro com o chefe de polícia do Estado. Foi tentar aumentar a força policial da cidade com o interventor Manoel Ribas.

Lovat bufou alguma coisa incompreensível antes de dizer:

— Bem, agende um encontro com ele assim que puser os pés na cidade.

O lorde olhou para Blake, deu um tapa no apoio de braço da cadeira e levantou-se. — Bem, por ora é isso. Agora quero dar uma volta pela cidade.

Blake se despediu de Garden, que tinha o rosto orvalhado de suor. Lovat desejou bom dia e se retirou, seguido pelo tradutor.

Já na rua Minas Gerais, onde novos estabelecimentos comerciais estavam sendo construídos, viram homens em pé ou acocorados sobre as vigas das casas, trabalhando. Ouviram o uivo das serrarias, os ruídos de martelos e serrotes enchendo a manhã. Blake perguntou, enquanto caminhavam:

— E então? O que acha que aconteceu?

— É cedo ainda para qualquer conclusão, meu jovem. O que achou?

— Muito estranho que tenham se livrado de todos os pertences de Nussbaum, ou que a pessoa que fez o serviço esteja morta.

Lovat concordou, enquanto afagava o bigode de leão-marinho.

— Continue.

— Há outra coisa — prosseguiu Blake. — Não parece que alguém que está construindo uma casa desapareça assim, do nada. E por que Mr. Garden se referiu ao contador no passado?

— Não encontraram o corpo. E talvez nunca encontrem, senhor Blake.

O tradutor assentiu, arqueando as sobrancelhas.

Lovat ia dizer alguma coisa quando avistou Razgulaeff por cima dos ombros de Blake. Ele se aproximava, descendo a rua com as mãos nos bolsos, assobiando. O russo cumprimentou com cortesia uma moça bonita que passava por ele. Logo depois, abriu um sorriso quando avistou os escoceses e os cumprimentou com voz chiada, de fumante. Ficaram um segundo conversando amenidades sob o olhar silencioso de Blake, então combinaram uma reunião e se despediram. O sol já havia secado a terra. Lovat e Blake ficaram observando o movimento nas ruas, enquanto a poeira soprada pelo vento tingia de vermelho a pele, os cabelos e as roupas. Alguns quintais ainda mostravam restos de mata na forma de tocos e troncos carbonizados. As telhas novas das casas de madeira luziam sob o sol da manhã.

Lovat e Blake desceram a colina até a estação ferroviária. Diante do entra e sai do hotel Berlim, garotos jogavam bola num terreno baldio. Os dois escoceses subiram por uma das alamedas da cidade. Um grupo barulhento de estudantes passava pela fila do hospital, perto do Paço Municipal, de volta da escola. Pararam no alto da colina, diante da igreja matriz, um imponente triângulo de madeira, no ponto onde os britânicos decidiram começar sua cidade. Viram o recorte linear da mata se perdendo no horizonte e no relevo sinuoso e azul, as nuvens rolando no céu. A floresta, antes um colosso impenetrável, recuava mais e mais com o avanço da civilização, deixando para trás as colinas cobertas de cafezais e plantações.

O restante do dia de Lovat foi dedicado às visitas de campo. De volta ao seu bom humor, o lorde fez questão de acompanhar algumas negociações com novos compradores de lotes. Com Blake, MacEnroe,

Leyton e Newberry, agentes de terra, visitou a fazenda Invernairn, de propriedade da Companhia Territorial Maxwell. Ouvia-se dizer na cidade que as fazendas, de fato, não eram de Ian Fraser, seu sobrinho, mas do próprio Lovat. O lorde escocês ficou maravilhado com os pés de café, alguns com 4 metros de altura. Emocionou-se com a visão, ao rés do chão, da ponte ferroviária sobre o sinuoso rio Tibagi, realizada pela empresa alemã Christofell & Companhia. Comentou que estava feliz com o fato de o planejamento original estar sendo seguido à risca. Às margens do rio, Lovat estendeu um mapa da região sobre o capô do Ford, enquanto os agentes desciam para falar com um colono. As terras da Paraná Plantations estavam indicadas em vermelho.

— Veja como funciona, Blake. Os lotes são na maioria pequenos e compridos, 15 alqueires no máximo — disse Lovat.

Blake tirou os óculos escuros para examinar melhor o mapa.

— É, uma área enorme, e bem servida de rios.

— Determinamos que as referências para o loteamento fossem os cursos das águas. Nossas possessões são basicamente demarcadas pelos rios Ivaí e Piquiri, a oeste, e o Tibagi, a leste. Fizemos um levantamento minucioso de todas as bacias hidrográficas da região. Daí partimos para a divisão dos lotes.

Blake se aproximou, inclinou-se sobre o mapa, apontando para a localização de um espigão.

— Os padrões de divisão dos lotes lembram uma espinha de peixe.

— Exato. A maioria dos lotes está cortada em faixa, limitados numa ponta pela estrada e na outra pelo rio. E esses pontos equidistantes — indicou o lorde, o dedo seguindo o mapa em sentido leste-oeste — mostram as futuras estações de trem, as novas cidades que estamos plantando aqui — completou, apontando para uma linha pontilhada que lembrava um rosário.

— O senhor pensou em tudo, não?

— Planejamos para que as propriedades não ficassem distantes do trem. Uma cidade a cada 15 quilômetros. Foi assim com Heimtal, Nova Danzig, Roland, Arapongas, Lovat e Apucarana, rumo a Maringá e ao outro lado do Ivaí, onde temos ainda todo este imenso território, veja — comentou Lovat, correndo o indicador sobre uma imensa área também marcada em vermelho, mais a oeste.

— É um projeto de colonização bem ambicioso — disse o tradutor, limpando os óculos escuros com um lenço. — A área pega quase um terço do norte do Estado.

Lovat concordou.

— Vai ser a ferrovia mais importante do Brasil.

— A linha pontilhada penetra a floresta e corta as terras da companhia rumo ao sudoeste. O trem chegará ao Paraguai?

Lovat concordou de novo, enquanto retirava o relógio de bolso e consultava as horas.

Blake examinou o mapa mais uma vez e falou:

*— não quero, lá onde ela guarda seu valor,*
*Me apossar do entre o Tigre e o Meandres.*

— O que disse? — perguntou Lovat, enquanto dobrava o mapa e o colocava no bolso do paletó, já recheados de pequenos bilhetes e anotações que fizera nas visitas.

— É um trecho daquela canção do trovador. As terras da companhia ficam entre dois grandes rios, Piquiri e Tibagi. A canção fala de um lugar parecido com o Éden. E aqui todos se referem a cidade como o novo Eldorado, um paraíso terrestre. O poema também fala de Alexandre, que é o nome do homem que mediu boa parte dessas terras. Alexandre Razgulaeff.

— Vamos — disse Lovat, entrando no carro. — Estamos atrasados.

Alguns macacos observavam os invasores do alto das árvores. Acima de todas, envolta por um manto verde de lianas e chumaços de barbas-de-bode, as perobas. Olhando à sua direita, Blake testemunhou o rasante de um gavião-rei sobre a água barrenta do rio, no momento em que ele quase tocava a superfície, agarrava um peixe e sumia com sua presa pelo ar. Blake colocou os óculos, ajeitou-o sobre o nariz e entrou no carro.

Naquela tarde, na sala de reuniões da companhia, Lovat recebeu cerca de vinte pessoas, entre representantes de colonizadoras de terra, proprietários rurais e membros da Associação Comercial. Medidas fortes precisavam ser tomadas quanto a iluminação pública, polícia, escolas e saneamento. O número de mortes durante a construção incessante da ferrovia, nas derrubadas, e os casos de malária estavam atingindo níveis alarmantes. A malária, ou "maleita", que, segundo alguns, "dava até em árvore", havia matado trezentas pessoas em 1935. Os encargos da companhia aumentavam, pois era ela quem administrava a cidade. A verdade era que Lovat teria muito a reportar aos homens da companhia. Em dez anos, a "cidade-jardim" planejada na City de Londres havia crescido bem mais que os 5 mil habitantes imaginados a princípio, e tudo indicava uma rápida evolução. Com a propaganda agressiva dos últimos anos, a venda de lotes havia aumentado em progressão geométrica. Havia grande expectativa em torno do café. Por outro lado, a Paraná Plantations já colhia os frutos de seu empreendimento, o que significava mais dinheiro circulando na "nova Canaã". A Terra da Promissão.

# O ELDORADO

No começo da noite do dia 1º de outubro apenas Blake e Lovat estavam na sala, depois de terem se reunido com Nilson Garden e Wallace Morton, o superintendente e engenheiro responsável pela estrada de ferro São Paulo-Paraná. Enquanto discutiam o ambicioso prolongamento da ferrovia, Blake foi atraído pelo anúncio estampado na nova edição do *Paraná-Norte*. Na página três havia fotografias e uma gratificação por qualquer pista do paradeiro dos funcionários.

A primeira foto, tirada em estúdio, trazia a legenda "Erich Nussbaum". Mostrava um homem magro, cabelos pretos besuntados de brilhantina e cortados rente às têmporas, bigode como um acento circunflexo, traços inexpressivos. Aparentava 50 anos e vestia um terno escuro com uma gravata-borboleta. Tinha lábios finos, enquanto os olhos, aumentados pelo grau dos óculos, pareciam assustados pelo efeito do flash. Ao lado da foto do contador-chefe estava a de um casal, com a legenda "Kurt-Peter e Magdalene Müller". Estavam de pé diante da escada de uma varanda, ao lado de um cão pastor. O médico parecia bastante alto e forte, tinha cabelos claros, cortados à escovinha, nariz imponente e uma grande pinta na face esquerda, um pouco acima da boca. Estava bastante sério no momento da foto, o queixo levemente erguido, encarando a câmera com os braços ao redor da mulher. Magdalene usava os cabelos loiros amarrados atrás. Olhos claros e separados, proporcionais ao resto do rosto. Sua beleza fazia jus à fama. Sobrancelhas desenhadas com cuidado adornavam a delicada fronte. Tinha 35 anos, mas parecia mais nova. Os olhos eram grandes e penetrantes. Blake soltou um assobio em direção à foto. Diante do casal, o cão estendia a pata esquerda para Magdalene, com as orelhas levantadas e a língua de fora, numa atitude amistosa.

— Preciso fazer um pouco de exercício — disse Lovat, ajeitando alguns papéis e levantando-se da mesa, a expressão cansada. — Vamos sair e dar uma volta.

As vendas e operações da companhia movimentavam todo tipo de comércio, que florescia a olhos vistos: dezenas de pensões, serrarias, olarias e empresas de beneficiamento, dois bancos, posto de gasolina, selarias, sorveterias, armazéns de secos e molhados e até um cinema já haviam se instalado na cidade. Um novo hospital começava a ser construído, para atender toda a região, e algumas das ruas principais já começavam a ser pavimentadas. Os dois escoceses passaram por alguns colonos recém-chegados das lavouras de Minas Gerais e São Paulo. Observaram grupos de japoneses e espanhóis contratando motoristas de praça para uma visita a um lote. De um deles ouviram a reclamação de demora nos assentamentos. Viviam como escravos nas fazendas do interior de São Paulo e estavam felizes em começar vida nova. Toldos na entrada da Casas Fuganti protegiam a loja do sol forte. Letreiros anunciavam ferragens, motores e utensílios agrícolas, armas e munições.

Subiram pela alameda até a esquina onde ficava a quadra de tênis, diante de um grande bosque de mata nativa que havia sido preservada pelos colonizadores. A quadra usada pelos funcionários britânicos nos fins de semana estava sendo usada naquele momento para um jogo de futebol. Na lateral, no pavilhão retangular de madeira da sede provisória do Londrina Country Club, alguns garotos esperavam a vez de seu time jogar. Perto dali, instalado no alto de um poste na praça da matriz, um alto-falante anunciava lojas e serviços variados.

Blake apontou o queixo para o chão.

— De onde vem esta terra vermelha? — perguntou, em gaélico escocês.

Lovat fitou Blake e respondeu, com a autoridade de um perito:

— É resultado do maior derrame de lava vulcânica do planeta, há mais de 200 milhões de anos. O Derrame de Trapp. A cor vermelha é por causa do ferro.

Lovat coçou o queixo e disse:

— Bem, agora você sabe também por que apelidam os londrinenses de pés vermelhos.

— "Adam" quer dizer "terra vermelha", em hebraico. E agora estou aqui, pisando nela.

Lovat semicerrou os olhos e abriu um sorriso:

— É, meu jovem, como diz o antigo dito latino, um nome é uma profecia.

Atravessaram a avenida Rio de Janeiro num trecho em que as sombras generosas de três sibipirunas protegiam os pedestres do sol abrasador. Pararam diante de um letreiro que anunciava BAR ELDORADO. Um convidativo aroma de café emanava do interior. Bem diante do bar se viam a praça, a Igreja Matriz ladeada por duas figueiras imponentes.

O bar tinha mesas redondas de madeira com toalhas xadrez e uma mesa de bilhar. No fundo, havia um balcão diante de uma prateleira de garrafas coloridas e um corredor, que levava a uma saleta reservada. Blake e Lovat circularam o olhar pelo recinto. Nas paredes, propagandas de bebidas, reproduções baratas de paisagens nevadas e castelos europeus. O lugar estava apinhado, e em algumas mesas jogava-se baralho. A paisagem humana misturava corretores de terras de terno e gravata, fazendeiros, funcionários de serrarias de aspecto selvagem devido à serragem que sujava suas roupas, cafeicultores com as calças enfiadas nas botas, maquinistas de café, mascates com suas malas surradas e lavradores estrangeiros que falavam um português precário. Ao lado de charretes, cavalos e bicicletas, alguns homens conversavam acocorados na entrada do bar, fumando cigarros de palha e com os chapéus enterrados nas cabeças.

Os dois escoceses foram atraídos pelos ruídos das bolas de bilhar e pela figura longilínea de Razgulaeff, que lhes acenava com um chapéu-panamá. O russo tomava uma cerveja de pé junto ao balcão, acompanhado pelo fazendeiro Ernest Günther.

— É um prazer reencontrá-lo, senhor Günther — disse Lovat, em inglês.

— Igualmente, sir. Espero que não tenha esquecido o nosso almoço no domingo.

Lovat confirmou. Olhou de relance para três homens mal-encarados que bebiam pinga numa mesa próxima, e de novo para Razgulaeff e Günther.

— Preciso conversar com os senhores, mas preferia um lugar mais silencioso.

O russo deu um sorriso. Ajeitou os suspensórios.

— Esse povo não entende inglês... podemos falar à vontade.

Lovat anuiu e virou-se para Blake.

— Razgulaeff esteve na primeira caravana de pioneiros. Foi quem desenhou o mapa da cidade. Foi o responsável pela demarcação e divisão dos lotes das terras da companhia.

Blake os cumprimentou, fazendo uma mesura com o chapéu. Lovat continuou.

— Mediu todas as terras entre o Tibagi e o Ivaí.

Razgulaeff encheu o peito e falou:

— Bondade sua, sir. Devo dizer que há um batalhão de homens fazendo o trabalho. A verdade é que precisamos contratar mais topógrafos para dar conta de tanta terra...

— Um belo trabalho — interveio Blake. — Parabéns. Só achei as ruas um tanto estreitas.

Razgulaeff e Günther trocaram um sorriso. O russo deu uma risada alta e em seguida um tapinha no ombro do alemão:

— Não falei, Günther? Até ele, que acaba de chegar, percebeu isso!

Günther deu um sorriso simpático e balançou a cabeça. Uma tacada violenta numa bola de bilhar fez Blake levantar os olhos e virar-se para trás.

O russo disse:

— Isso aconteceu e não foi por minha culpa, mas do senhor Garden, além da teimosia do pessoal de Londres. Sobretudo dos senhores Asquith e Green. Eu avisei que a cidade ia crescer mais rápido do que pensávamos.

Lovat assumiu um ar sério. Parecia distante.

— Senhor?

Lovat fitou Razgulaeff outra vez e disse, num tom de voz mais baixo:

— Reconheço agora que o senhor tinha razão. Vamos corrigir isto. Temos uma reunião geral marcada para o mês que vem.

Razgulaeff contorceu os lábios num sorriso não muito confiante.

— Lá de cima achei curioso o traçado central da cidade — comentou Blake. — Tem o formato de uma noz, me pareceu.

— Um grão torrado de café foi minha verdadeira inspiração — corrigiu o topógrafo, erguendo o copo e bebendo de um só gole. — Afinal, é no café que jaz nosso futuro.

— A cidade é quente demais — comentou Blake. — Apesar de tanta mata ao redor, ela quase não tem árvores.

— Cavalheiros — interrompeu Lovat —, importam-se de irmos para uma mesa mais reservada?

Günther empilhou dois níqueis sobre o balcão de fórmica e guiou o grupo, apoiando-se na bengala, até uma saleta com uma única mesa no fundo do bar. No caminho, fez sinal para um homem grandalhão e seguiu o grupo até uma mesa. Um garçom apareceu para passar um pano e deixar uma jarra de água com copos. Razgulaeff se dirigiu a ele em português:

— Zeferino, por favor, traga um cafezinho para nosso nobre amigo aqui — pediu, apontando para Blake e depois para o garçom. — De onde você veio mesmo, seu Zeferino?

— Da Bahia, senhor.

— Está bem longe de casa, então.

— Ôxi, seu Razgu... se tô... Eu já contei como vim parar aqui?

— Sim, umas quinhentas vezes — gracejou o russo. — De caminhão pau de arara, fugindo da seca.

— Minha família todinha tá chegando semana que vem. Eu tô muito feliz.

O garçom pediu licença e se afastou com a bandeja debaixo do braço. O fazendeiro olhou para Lovat e fez um gesto vago para seu secretário, um grandalhão com cabelo loiro cortado rente e rosto antipático, que estava junto a uma coluna. O homem loiro assentiu com um gesto rápido de cabeça, deu dois passos e sentou-se. Günther então abriu um sorriso para Lovat:

— Quais são suas primeiras impressões da cidade depois de cinco anos?

Lovat tomou um gole de água.

— As melhores... e também as piores.

— Compreendo. Bem, o algodão não se mostrou muito adaptável à região, mas acredito que as safras de café serão magníficas... E o senhor Blake, o que achou da cidade? — acrescentou o alemão, voltando-se para o tradutor.

— Vermelha...

O alemão sorriu e emendou:

— O presidente Vargas disse num comício na cidade que achou as moças bonitas, mas um tanto empoeiradas. Uma tremenda gafe, não acham?

— Acredito que, por enquanto, não temos muita escolha — disse Razgulaeff, sorrindo. — Em Londrina, ou é poeira ou é barro.

— Quando chove — completou Günther — a lama suga até a alma.

— E temos que tirar o maldito matadouro de onde ele se encontra. Já está quase no centro. Não é um cartão de vistas muito agradável.

— Nós vamos resolver isso — disse Lovat. — Instruí Garden para mudá-lo de local e para acelerar a pavimentação das ruas principais no mês que vem. Comunicarei tudo isso em nossa próxima reunião.

Günther se empertigou e levantou as mãos.

— Que ótima notícia!

— Esta cidade é a menina dos olhos da Paraná Plantations — acrescentou Lovat.

Günther aproveitou então para elogiar o interventor Manoel Ribas por seu empenho pelo progresso da região. Razgulaeff virou-se para Blake, apontando para um copinho que o garçom acabara de depositar ao seu lado.

— Vai deixar seu café esfriar?

O escocês apanhou o copo e deu um grande gole. Fez uma careta e perguntou:

— O que é isso?

— Café com cachaça — Razgulaeff respondeu, rindo. — Achei que gostasse de uma bebida. Pelo menos, essa era sua fama no Sudão...

Blake endireitou o corpo e apertou os olhos. Fez menção de se levantar. Lovat pôs a mão em seu braço, pedindo calma.

— Razgulaeff e suas ironias — comentou Lovat. — O Sudão são águas passadas... Razgulaeff trabalhou em nosso empreendimento em Cartum...

Blake deu um sorriso com o canto da boca, pegou o copo mais uma vez e virou-o de um só gole enquanto encarava o russo.

Lovat pigarreou e disse:

— Temos várias questões importantes para resolver em Londrina, e uma delas é a segurança. Bem, gostaria de saber a opinião dos senhores sobre o episódio ocorrido em agosto, na casa dos Müller. Como os senhores explicam o que aconteceu?

Günther olhou para o russo, parecendo surpreso pela mudança brusca de assunto. Fez uma pausa, acendeu um cigarro, soprou a fumaça em direção ao teto e falou:

— Este escândalo afetou muito nossa comunidade... Este é um problema em cidades como a nossa, em que faltam mulheres. Magdalene e Nussbaum andavam se encontrando quando o médico saía em suas visitas às cidades vizinhas. Na noite do crime, Müller flagrou os dois e fez uma besteira. Não consigo imaginar outra coisa. — Deu mais uma tragada e prosseguiu: — E não foi por falta de aviso, isso posso lhe garantir. Nos últimos tempos a cidade inteira sabia que Nussbaum e a mulher do médico eram amantes.

Lovat encarou o russo.

— E o senhor, Razgulaeff, o que tem a dizer?

— Milorde, com todo o respeito, a doutora era dessas mulheres que fazem os homens perder a cabeça. Ela também não era flor que se cheire, se me permite a expressão.

Razgulaeff deu mais uma tragada e prosseguiu:

— Se me permite a franqueza, Nussbaum tinha um ponto fraco: mulheres.

— Como alguém que eu conheço, não é, russo?

Razgulaeff deu de ombros para Günther e soprou mais fumaça sobre os ombros.

— Garden contou que os senhores viram o contador naquela noite — comentou Lovat.

O russo coçou a nuca e confirmou:

— Sim, ele passou por aqui por volta das onze da noite. Contou que fechara o escritório e dera um pulo na Casa da Lorinda.

— E posso saber o que é a Casa da Lorinda?

— É uma casa de tolerância que fica na saída da cidade. Ele disse que não estava se sentindo bem e que ia procurar o Müller. Tentamos convencê-lo a não ir, mas ele já estava bastante alterado. Não foi isso, Günther?

O alemão assentiu, balançando a cabeça e piscando os olhos.

— Viu se ele estava armado? — perguntou Lovat.

— Ah, isso eu não posso afirmar. Que eu saiba, ele nunca andou armado. Ele dizia que só gente medrosa anda armada. Nussbaum dizia não ter nenhum medo de morrer.

— O fato é que o Dr. Müller passou pelo bar meia hora depois de Nussbaum partir. Convidei Müller para unir-se a nós. Ele não quis. Estava agitado, comentou que tinha ido atender um paciente no sítio dos Schneider. Então foi para a casa dele. Foi a última vez que o vimos também — interveio Günther, fazendo contato visual com o russo. — Ficamos aqui conversando até as duas da manhã. Sim, lorde, Müller estava armado. Dizia que era para sua proteção.

Lovat perguntou:

— Como sabe que ele foi direto para casa?

— Bem, foi o que ele disse que faria — disse Günther.

Razgulaeff confirmou.

— Nenhum deles jamais entrou em contato com os senhores depois do ocorrido? — Lovat quis saber.

— Claro que não — respondeu Günther. — Com certeza teríamos dado parte à polícia na mesma hora.

Lovat olhou para Blake, que acompanhava a conversa com atenção.

— Nussbaum estava mexendo com fogo, senhores — murmurou Razgulaeff. — Saberiam o que estou dizendo, se tivessem conhecido a doutora Magdalene.

Depois de alguns segundos, Lovat coçou a testa e perguntou:

— O que eu gostaria de saber é quem poderia se beneficiar com...

Neste instante ouviram um barulho de briga. Um tiro ecoou dentro do bar. Um pedaço do forro caiu sobre alguns clientes. Lovat levantou-se e sacou uma arma, praguejando alguma coisa em gaélico. Os homens na mesa se sobressaltaram e se viraram para olhar para a frente do bar, de onde viera o disparo. O aglomerado de gente que se formou durante a briga impedia ver direito a confusão. Ouviram-se uns palavrões, mais ruídos de luta, e dois homens sendo arrastados para fora pelo garçom e o dono do bar. Lovat exalou o ar dos pulmões e guardou a arma de novo. Günther era o mais assustado, e imediatamente seu acompanhante com cabelo à escovinha se postou entre o aglomerado e o fazendeiro alemão. Razgulaeff se levantou para saber o que estava acontecendo, forçando passagem entre os clientes. Os demais foram aos poucos se sentando.

— Que raios foi isso? — perguntou Lovat um minuto depois, enquanto o russo voltava para a mesa.

Razgulaeff deu de ombros e fez uma careta, abanando o ar com a mão.

— Não foi nada.

— Alguém se machucou? — perguntou Lovat.

— Não. Eram dois valentões brigando por causa de jogo. Tem gente que não sabe perder.

Lovat olhou para Blake, que devolveu uma expressão preocupada. Depois abaixou a cabeça e pressionou a base do nariz. Bebeu um gole d'água, empurrou a cadeira para trás e se levantou novamente. Os três homens acompanharam o gesto do lorde. O bar Eldorado agora exalava odores de café, álcool, suor e pólvora.

# HOTEL CAMPESTRE

Naquele domingo o céu amanhecera límpido, sem nuvens. Uma luz suave de primavera banhava o amplo salão de refeições do hotel Campestre. Era ali que a proprietária, a viúva Frieda Flöringer, recebia os compradores de terra que vinham de longe. Blake concluía seu almoço em silêncio, enquanto Lovat conferia o cardápio com curiosidade. No menu em letras góticas, bolas de peixe *à la* Finsbury, aspargos frios à Nova Escotia, peru à provençal, batatas *à la* Walton, ervilhas, vinho do Reno, torta de creme Don Arturo e café. Ouviam-se vozes altas, ruídos de copos, tinidos de louças e talheres.

— Acabo de cometer um pecado — confessou Helmut Braun, sorrindo atrás dos óculos de aro redondo e se inclinando sobre a mesa. O padre palotino, natural de Freiburg, era conhecido por sua erudição e por ser o representante consular da Alemanha na região. Tinha compleição forte, mãos calejadas, rosto austero e uma calva lustrosa, que ele acariciava de tempos em tempos. — Desta vez a senhora se superou — disse Braun, dirigindo-se à anfitriã.

A corpulenta senhora alemã enrubesceu. Depois deu um pequeno sorriso, enquanto alisava a toalha branca da mesa como se fosse a pele de um gato.

— O que acham de um pouco de música? — disse, levantando-se da mesa. Atravessou a sala, foi até o gramofone, que ficava ao lado de uma escarradeira, girou a manivela e colocou a agulha na ranhura do disco.

Depois de alguns chiados uma orquestra começou a tocar um *foxtrot*. O som da música encheu a sala. A anfitriã abaixou um pouco o volume e se aproximou da mesa mais uma vez, ensaiando alguns passos de dança.

— O padre que me desculpe, mas sou obrigado a dizer que seu tempero é uma tentação dos diabos — observou Razgulaeff, dando uma risada.

Sentado na cabeceira da mesa em que estavam o padre Braun, Garden e Günther, Lovat virou-se para Blake.

— Coma, Adam. Iguarias como essas você não encontrará nem na França — disse em voz alta, abrindo um sorriso em direção à senhora alemã.

Frau Flöringer agradeceu o elogio com uma pequena mesura, depois sentou-se e perguntou ao jovem intérprete:

— É verdade que o senhor fala mais de dez línguas?

Blake engoliu o vinho e limpou os lábios com um guardanapo.

— Como soube disso, madame?

— Ah, rapaz, as notícias correm rápido por aqui.

— O senhor mencionou que sua propriedade ficava em Beauly? — Braun perguntou para Lovat.

— Exato, nas Terras Altas da Escócia, perto de Inverness. Nosso clã está na região há mais de seiscentos anos. É uma bela área banhada pelo lago Ness.

— Oh! Lago Ness? — interrompeu a senhora Flöringer, com voz aguda, já um pouco alterada pelo vinho. — É verdade que um monstro misterioso foi visto por lá? O senhor já o viu?

— Até a senhora já ouviu falar nisso? — disse Lovat, dando uma risada. — Não, minha cara. Os Fraser, que eu saiba, nunca viram nenhum monstro no nosso velho lago. — Lovat alcançou a jarra de água e serviu-se. — Na verdade, creio que temos outros monstros com os quais nos preocupar no momento — continuou, assumindo um tom sério. — Como essas nuvens negras que se avolumam sobre a Europa.

— Lady Lovat deve se sentir muito só naquele castelo... — desconversou Frau Flöringer.

Lovat limpou a boca e os bigodes grisalhos com um guardanapo, colocando-o sobre o colo.

— É verdade, mas prometi a Laura, minha esposa, que esta seria minha última viagem.

Nilson Garden, que servia vinho para Ernest Günther no outro lado da mesa, se intrometeu na conversa:

— Já que a senhora aprecia histórias de mistério, deixe-me contar um episódio verdadeiro envolvendo nosso amigo Lovat. Está no livro *A guerra dos bôeres*, do senhor Arthur Conan Doyle.[7]

— O criador de Sherlock Holmes? — perguntou o padre.

— Ele mesmo — respondeu Garden.

— É verdade. Doyle cobriu a guerra como jornalista e foi meu camarada — afirmou Lovat. — Há uma menção a mim no livro, mas não é nada de mais.

— Nada de mais? — O prefeito e diretor da companhia deu um riso seco, inclinou-se sobre a mesa com as duas mãos cruzadas. Olhou para as pessoas ao redor da mesa e começou: — O batalhão escocês de Lovat havia sofrido grandes perdas. Estavam em trapos, famintos e cansados da guerra de emboscada praticada pelos bôeres. Era uma noite de lua cheia, e Lovat decidiu fazer um levantamento sobre a posição que ocupavam para uma retirada, já que pareciam estar encurralados no fundo de um desfiladeiro, prestes a serem trucidados. Enquanto fazia o reconhecimento com dois voluntários, ele se deparou com um aborígene, que pensou ser um dos vigias voltando de sua posição. Então o homem disse a Lovat uma palavra que ele não compreendeu, em seguida apontou para o sul e embrenhou-se pela vegetação naquela direção. Lovat o seguiu. Quando deu por si, estavam num atalho que dava em um campo aberto. Avistaram então as fogueiras do acampamento do batalhão Aberdeen, de seu camarada Macintosh. Se o seguissem por ali durante a noite, ficariam a salvo do ataque iminente dos bôeres. Quando Lovat se virou para agradecer, o vigia misterioso havia desaparecido.

Lovat assentiu. Todos os olhos estavam concentrados nele.

---

7. Garden refere-se aqui à guerra travada entre a Inglaterra e os colonos franceses e holandeses (chamados de bôeres) na África do Sul no fim do século XIX, em disputa pelas minas de diamantes, ferro e ouro.

— E o que aconteceu, Mr. Garden? — perguntou Frau Flöringer.

— Bem, Lovat voltou com os dois homens e passou as próximas horas tentando convencer os capitães MacClooney e MacDonald de que teriam boas chances de escapar de um ataque ao nascer do dia, se seguissem por ali na calada da noite. Lovat jurou que assumiria a responsabilidade por qualquer erro, incluindo uma corte marcial. Era isso ou morreriam. O batalhão de Lovat Scouts seguiu no meio da noite pelo desfiladeiro. O dia amanhecia quando chegaram ao acampamento de Macintosh. Foram recebidos como fantasmas, homens que voltavam de outro mundo.

— Oh! — suspirou a senhora Flöringer, os olhos cintilando. — *Fantastisch!*

— Foi a Providência Divina — suspirou Lovat.

— Quem sabe tenha sido seu anjo da guarda — disse o padre Braun.

Mais cigarros foram acesos e mais vinho e uísque consumidos. Aos poucos a conversa enveredou sobre a colonização. Günther elogiava os métodos da companhia:

— É por isso que digo que o modelo que estamos implantando no norte do Paraná é um belo exemplo de cooperação internacional. A Europa tem muito a aprender conosco.

— Sábias palavras... — disse Lovat, assentindo.

— Isso merece um brinde! — sugeriu Garden, erguendo-se. Apanhou uma colher e bateu duas vezes na taça de cristal. — Deus salve o rei! — E, levantando ainda mais a taça: — Ao império no qual o sol nunca se põe!

— À paz europeia! — acrescentou Günther, arrastando a cadeira atrás de si e se levantando. — E que o novo rei da Inglaterra tenha um longo e próspero reinado.

Todos se levantaram. Brindaram e beberam. Blake serviu mais uma dose para a anfitriã.

— *Sláinte* — disse, em gaélico escocês, brindando mais uma vez.

O padre Braun ajeitou os óculos e dirigiu-se ao lorde:

— Estou curioso para lhe perguntar um coisa desde que cheguei. Como o jovem rei Edward está se saindo?

Lovat fez uma pausa para acender o cigarro e disse, depois de soprar a fumaça:

— Ele é um monarca moderno. É bem diferente do pai. Sua Majestade é carismático e muito popular. Um soberano que se preocupa com seu povo.

— Diferente da imagem que se faz de um soberano... — opinou Braun.

— Ele conhece o mundo todo. Serviu na Grande Guerra, mas foi impedido de ir ao front por ser herdeiro do trono. O que posso dizer é que o rei sabe que o único caminho para a paz nos dias de hoje é a manutenção das boas relações internacionais — completou o lorde.

— Pelo que li nos jornais, ele não medirá esforços para impedir outra guerra — disse Braun.

— Tudo que nos livre dos comunistas — disse Garden, dirigindo o olhar para Razgulaeff, que concordou com um enfático meneio de cabeça.

— Sua visita à nossa região foi rápida mas memorável — emendou Günther, cruzando os dedos sobre os joelhos.

— Ele já estava com as mãos inchadas de tantos cumprimentos! — exclamou Lovat.

— Foi a primeira visita de um príncipe de Gales ao Brasil — lembrou Garden.

— Ele fez um esforço especial para conhecer Londrina, do qual não nos esqueceremos — continuou o prefeito.

— Muita gente na cidade não acreditou — disse a anfitriã. — Por ser um 1° de abril.

Todos riram, menos Lovat. Garden prosseguiu:

— O príncipe ficou muito impressionado com a floresta. Disse que estávamos despertando este sertão inóspito de seu sono histórico. Lembro-me de que ele fez questão de andar alguns quilômetros pela ferrovia.

— De fato, ficou bastante maravilhado com o que viu — disse Lovat, batendo o cigarro num cinzeiro de latão.

— Quem não ficaria, com tanta natureza? — comentou a anfitriã.

Frau Flöringer fez sinal para dois empregados, que em segundos trouxeram mais garrafas de vinho e uísque para os convidados.

— Ele viu um futuro estupendo para nosso empreendimento — continuou Garden, olhando ao redor da mesa. — É verdade que, na mente de alguns, pairava a dúvida de que o príncipe de Gales seria capaz de servir como embaixador da Coroa. Mas, depois da viagem ao Paraná e dos negócios fechados entre a Brazilian Railway e a Vickers, ele se credenciou como o homem ideal para assumir o trono.

— E acabou até lançando moda na cidade, como usar a barra da calça dobrada para fora — explicou a anfitriã. — No dia seguinte, vários já o imitavam, como o senhor Razgulaeff. — O russo arregalou os olhos. — O homem parecia um galã de cinema. E é solteiro, imagine! — prosseguiu Frida Flöringer. Refletiu um pouco, uniu os lábios e disse: — Aquela moça americana que veio em sua companhia também era muito agradável. Lembro que o príncipe ficava ansioso quando ela não estava por perto. Como era mesmo o nome dela?

Garden respondeu, deixando escapar um sorriso:

— Creio que era Wallis, Wallis Simpson...

Blake parou de girar o dedo na taça e se desencostou da cadeira. Garden prosseguiu:

— É amiga dele. E ela não estava sozinha. Estava com o marido.

— É verdade. Aquele sujeito era tão chato quanto um mosquito. Já a mulher parece ter deixado fãs por aqui. Não é verdade, senhores? — disse a alemã, dando risada, abanando-se com as mãos, as faces afogueadas pelo vinho.

Enquanto pratos eram retirados e copos eram preenchidos, Blake se inclinou, aproximando-se do rosto de Lovat e cochichando em seu ouvido:

— Eu não sabia que os Simpson estavam na comitiva que veio à cidade.

Lovat respirou fundo enquanto sorria, voltando os olhos para Blake e de novo para a anfitriã.

— Pobre senhora. Ela quase derreteu de calor. Temi que fosse devorada pelos insetos...

— E isso num 1º de abril? — comentou Blake.

— Sim. Eu mesma mandei imprimir os menus para aquela noite. Temos os registros no livro de visitas aqui, se o senhor não estiver acreditando...

— Uma cena memorável — interrompeu Garden, num tom de voz divertido — é a de Razgulaeff cercando animais para o príncipe tirar fotografias. Parecia o próprio Noé!

A sala se encheu de risadas.

— O que posso dizer — emendou a alemã — é que foi uma das melhores noites que tivemos neste hotel. Um pouco de luz nas trevas, um pouco de civilização! Bem, pelo menos os senhores não ficaram falando de terras, terras, terras...

Garden esvaziou o copo e falou:

— Até o velho professor Emil Levy, que nunca sai da tumba, apareceu.

— Ah, sim! Herr Professor bebeu além da conta aquela noite — comentou Herr Flöringer. — Sabe que acho que foi por isso que nosso Clube do Livro não foi à frente. Levy estava bebendo demais. Mas naquela noite ele nos deu uma verdadeira aula sobre poesia medieval. Falou de trovadores, imaginem, no meio desta floresta... Só não entendi por que teve de ir embora tão cedo.

Blake, que apalpava os bolsos à procura de um fósforo, arqueou levemente as sobrancelhas.

— O senhor Nussbaum me contou que o professor havia levado um tombo — disse Lovat.

Fez-se um breve silêncio. Günther e Braun se entreolharam. Blake pareceu perceber o movimento.

— O professor saiu à francesa — disse a anfitriã. — Creio que não estava se sentindo muito bem.

— A verdade é que todos beberam um pouco além da conta naquela noite — opinou Lovat.

— Temos que aproveitar os momentos de felicidade. Para mim o ponto alto da festa foi o sarau com que nossa anfitriã nos brindou - disse Garden, olhando para a alemã. — Ficamos muito emocionados com seu pequeno recital.

Frau Flöringer foi interrompida por Razgulaeff, que derrubara uma taça de vinho sobre a toalha branca.

— Me desculpem... Sou um desastrado!

A alemã deu um pequeno grito e pôs-se a secar a mesa com um guardanapo. Lovat falou, enquanto acendia um cigarro e trazia o cinzeiro para perto de si.

— Aquele arco do triunfo ficou imponente. Ver a palavra *welcome* num portal no meio da floresta é de impressionar qualquer mortal, mesmo alguém já acostumado a recepções grandiosas, como Edward.

— As perobas pintadas de branco ficaram parecidas com colunas de mármore, não é mesmo? — perguntou Günther.

— O arco deu um trabalho danado, mas valeu a pena — respondeu Garden.

Eram duas da tarde quando o padre Braun anunciou que precisava ir embora. Blake continuava a cochilar numa poltrona ao lado do gramofone. Lovat consultou o relógio e avisou que também precisava ir. Começavam a se levantar quando Angelika, a filha de Günther, entrou pela porta da frente, acompanhada por um homem loiro e grande, cabelo à escovinha, que não chegou a entrar. Angelika estava radiante. Correu os olhos pelos presentes e cumprimentou a todos. Contou que havia almoçado com algumas amigas e viera pegar o pai para voltarem juntos de carro para Rolândia. Aos poucos, todos foram se levantando e dirigindo-se à porta de saída. Ernest Günther e Helmut Braun trocaram algumas palavras e seguiram por um corredor.

Blake abriu um olho, depois o outro, esperou meio minuto. Levantou-se e tomou o rumo dos fundos do hotel. Cruzou o corredor comprido que levava aos quartos e parou numa das portas laterais de acesso para uma ampla sala. Era ali que Frau Flöringer realizava seus famosos saraus. Esticou o pescoço para dentro e observou atentamente. Havia uma mesa baixa rodeada por quatro cadeiras de vime. Do outro lado, junto a uma das duas janelas, algumas cadeiras empilhadas diante de um biombo. Com uma imagem dos Alpes suíços, o biombo estava encostado em um dos cantos, perto de um piano negro, e ocultava parcialmente um velho divã. O aposento recendia a charuto. Quando chegava à porta da cozinha Blake ouviu as vozes de Günther e Braun. Parou na penumbra do corredor. Estavam baixas demais para se entender o que falavam. Os passos do escocês provocaram um pequeno rangido no assoalho de madeira. As vozes cessaram de repente. Blake girava nos calcanhares quando deu um encontrão no corpo macio de Angelika, em sobressalto. A jovem ergueu os olhos azul-claros para o escocês e perguntou:

— Perdido, Mr. Blake? Vim resgatar o senhor.

— Acho que errei o caminho... — balbuciou, dando um passo para trás.

Ela estreitou os olhos e abriu um sorriso.

— Venha conhecer o pomar — sussurrou a moça, com uma voz sedutora, colocando o braço no de Blake e o conduzindo à porta. — Deve ser a milésima vez que vamos ouvir Frau Flöringer palestrar sobre o vigor dos pés de café, o tamanho dos abacates, a beleza dos jacarandás, o sabor das frutas e a qualidade dos temperos de seu jardim. Sem falar dos *grapefruits*! Tem certeza de que está preparado para a tortura?

— Ela é uma mulher muito simpática — limitou-se a dizer Blake, enquanto pegava a máquina fotográfica numa mesinha ao lado do gramofone. E com um sorriso tímido: — A senhorita também.

Angelika piscou o olho direito e sorriu. Seus dentes eram brancos, perfeitos.

— O senhor é um homem muito interessante — disse Angelika, enlaçando o braço de Blake e levando-o para o jardim.

A floresta nativa a algumas centenas de metros do hotel Campestre parecia uma muralha natural contra o azul do céu. Em plena primavera, a luz do sol emprestava ao jardim todas as suas cores. Günther e Braun retornaram sorrindo dos fundos do hotel, acenando para o resto do grupo. Logo se uniram às despedidas diante dos automóveis estacionados. Um grupo de galinhas cruzou o pomar em zigue-zague, soltando cacarejos. Uma borboleta azul e negra esvoaçou diante do grupo, chamando a atenção de Lovat, e sumiu atrás de uma mangueira.

— Onde vocês estavam? — perguntou Frau Flöringer, a mão direita protegendo os olhos da luz do sol. — Sabem que discutir negócios aos domingos causa indigestão?

Os dois homens riram. Blake notou um outro homem loiro e grande, empregado de Günther, encostado num dos carros. Ele deu um sorriso e fez um gesto vago para o tradutor.

— Encontrei o senhor Blake — disse Angelika.

A senhora alemã disse, abanando o ar com a mão:

— Se soubesse que o senhor Blake estava tão cansado teria oferecido meu divã. É onde coloco alguns convidados para tirar uma soneca.

— Blake, Blake... — murmurou Lovat, fitando o jovem e depois virando-se para o grupo. — Ele tem traduzido tantas línguas nos últimos dias que deve estar meio confuso.

O lorde sentou-se no banco do motorista, com as mãos no volante, seguido pelo jovem escocês. No outro carro Angelika, Günther e o padre Braun tomaram seus assentos. O loiro grandalhão acenou com a cabeça para Günther e assumiu o banco do motorista. Olhou para Blake e abriu um sorriso. No terceiro carro foram Garden e Razgulaeff. Todos despediram-se de Frau Flöringer com longos acenos e buzinas. Lovat foi o último a sair, pois a anfitriã fez questão de pegar um saco de frutas de seu pomar para os escoceses.

Seguindo para oeste, rumo à cidade, os três Fords deixavam para trás uma nuvem de poeira roxa. No começo da estrada dos Pioneiros uma placa plantada na entrada da cidade chamava a atenção de quem passava por ela. Lovat pediu que Blake parasse o carro e a retirasse. Dois homens que estavam acocorados à beira da estrada se levantaram enquanto olhavam com interesse para os forasteiros. A tabuleta, furada de balas, dizia:

VOLTE!
IGUAL A VOCÊ
JÁ TEMOS 30 MIL

# DELEGADO SILVA

— O que aconteceu naquela noite foi crime de honra — disse o homem corpulento, enquanto tirava o chapéu-panamá e punha o paletó no espaldar da cadeira.

Na sala abafada da pequena cadeia, o delegado Ubirajara Silva encarava seus visitantes com curiosidade, o suor escorrendo pelo pescoço. Silva retirou uma moringa de uma pequena estante, serviu três canecas de água e empurrou duas aos visitantes. O que mais se destacava no delegado de polícia era a barriga, em forma de barril. Silva era de meia-idade e calvo. Sua face dura ostentava um vasto bigode. Exímio atirador, conhecido como "olhos de águia" pelos colegas, fora transferido para Londrina depois de trabalhar na Delegacia de Polícia de Costumes e Segurança Pública, em Curitiba. Pouco mais de um ano antes era o xerife da cidade e, comentava-se, um homem com ambições políticas.

— Müller era uma pessoa agressiva — continuou o delegado, com voz firme e calma. — Batia na mulher. Brigas do casal eram comuns. Não é novidade para ninguém que o médico morria de ciúmes dela. Além do mais, há um precedente importante.

— Que precedente? — perguntou Lovat.

— Um advogado, um compatriota dele chamado Júlio von Schütz, se engraçou com a Dra. Magdalene. O doutor Müller pegou a mulher e o amante num vagão de trem e o matou.

— Quando foi isso?

— Há cerca de dois anos, antes de minha transferência. Mas não houve flagrante, e não havia provas contra Müller. O caso foi a julgamento, e o médico foi inocentado de qualquer acusação. A verdade é que houve pressão da companhia e do consulado alemão para abafar o caso e julgá-lo como legítima defesa da honra.

— Defesa da honra?

— Sim, e há coisa de dois meses fui procurado pelo senhor Nussbaum, que me trouxe um bilhete anônimo com uma ameaça de morte.

— Ameaça de morte? — perguntou Blake.

Silva assentiu.

— Por parte de quem? — perguntou Lovat.

— Quando perguntei de quem ele desconfiava, o senhor Nussbaum desconversou, não quis me dizer. Parecia bastante assustado.

— O senhor ainda tem esse bilhete? — perguntou Lovat.

— Claro que sim.

— Gostaria de vê-lo, se não se importa.

Silva enfiou a mão na caixa e voltou com um envelope de papel-manilha. Retirou o bilhete e passou-o para Lovat. A mensagem continha uma única linha, datilografada em português num pedaço de papel do tamanho de um cartão de visitas:

ABRA O BICO E É UM HOMEM MORTO.

Lovat ergueu os olhos interrogativos para Silva.

— Abra o bico?

— Fale e... — disse o delegado, correndo o indicador pela própria garganta, imitando uma navalha.

O lorde bufou pelo nariz e passou o bilhete para Blake. Depois fixou os olhos na janela, com expressão vazia. Após examinar o bilhete por uns instantes, Blake franziu a testa e disse:

— Que estranho. Não parece uma ameaça vinda de um marido que está sendo traído, mas de alguém que teme que ele revele alguma coisa.

— Bem, eu comparei os tipos da carta com os da máquina de escrever do médico. O bilhete foi datilografado na Adler que Müller tinha em sua mesa no hospital. Ela está aqui, caso queiram dar uma olhada. O papel usado foi o mesmo que Müller tinha em sua gaveta. — Silva abriu o envelope, retirou alguns papéis e passou-os para Lovat.

— Eu vi o senhor Nussbaum poucas vezes depois disso — prosseguiu o delegado, retirando um lenço do bolso e enxugando a cabeça. — Quando voltei ao assunto, ele desconversou, disse que havia sido um trote de um amigo.

Lovat perguntou, passando os papéis para Blake enquanto voltava-se para o delegado:

— Nussbaum alguma vez expressou o desejo de ir embora da cidade?

— Não. Seu passaporte britânico estava na companhia. Não creio que tivesse planos de fugir ou ir embora. Ao contrário, há pouco tempo ele tinha aberto uma conta no banco e descobrimos que não fez nenhum saque. E, os senhores sabem, ele estava construindo uma casa. Testemunhas disseram que Nussbaum estava pensando em se casar e ter filhos.

— Com Magdalene?

— Isso não sei dizer, mister. Em todo caso, descobri que Magdalene não era oficialmente casada com Müller. E não tinham filhos.

Blake coçou o pescoço com o lápis e continuou fitando o delegado. Lovat pegou seu chapéu e se abanou com ele. A sala estava cada vez mais abafada.

— O que o senhor apurou na noite do crime? Alguma testemunha?

Silva se recostou na cadeira. Colocou tabaco dentro da palha, umedeceu-a com a língua e enrolou um cigarro com destreza.

— Os dois vizinhos ouviram três disparos por volta das onze e meia da noite. — Fitou o calendário na parede, franziu os olhos e se virou para o lorde: — Primeiro de agosto foi um sábado. É comum se ouvirem tiros, ainda mais nos fins de semana. Geralmente é algum bêbado. Eu não me canso de prendê-los. A situação está ficando fora de controle, mister Lovat.

O delegado deu uma longa tragada e soltou uma baforada, abanando a fumaça diante do rosto.

— Uns quinze minutos depois os vizinhos viram faróis e um carro saindo da casa dos Müller. O carro do médico estava com um problema na correia, por isso fazia um barulho estridente, que foi reconhecido pelo senhor Mancini e por outro vizinho, o senhor Suzuki, que o viu passando pelo portão logo após os tiros.

— Mancini viu o carro? — perguntou Blake.

A resposta do delegado saiu de sua boca com a fumaça:

— Sim, os dois garantiram ser o carro do doutor, um Studebaker. O senhor Suzuki afirmou ter visto o casal de médicos dentro do veículo.

— Mas, se era noite, como conseguiram ver alguma coisa?

— Na rua há alguns postes de iluminação que foram colocados há pouco tempo. Funcionam com gerador. Eles iluminam bem o trecho entre a casa do Suzuki e a do Mancini, como pude constatar na reconstituição do crime. A identificação seria possível.

— Esses vizinhos poderiam ter algum motivo? Houve alguma desavença recente com eles?

— Já investiguei isso. Naquela noite estavam com suas famílias. O contato deles com os Müller era quase inexistente. Não acredito que tenham sido os vizinhos.

Blake ouvia cabisbaixo, rabiscando as informações em sua caderneta.

— De manhã bem cedo o senhor Suzuki veio a cavalo me procurar para contar o ocorrido — prosseguiu o delegado. — Então fomos até lá.

— Nenhum deles foi até a casa para ver o que tinha acontecido? — perguntou Lovat.

— Ficaram com medo, decerto.

Lovat balançou a cabeça.

— E o que viu quando chegou à casa do médico, delegado?

— O automóvel de Nussbaum, com a porta do motorista aberta, estacionado na entrada lateral da casa. Havia marcas de pneus do segundo carro, o Studebaker que pertencia ao médico. Não havia sinais de arrombamento. Achei o paletó azul que, como verifiquei, Nussbaum estava usando naquela noite. Estava manchado de sangue. Devem tê-lo tirado depois de morto, na hora em que o carregavam. Havia um par de óculos no quarto, também manchado de sangue. Era do mesmo tipo de aros grossos de tartaruga que Nussbaum usava na última vez que falei com ele. Está tudo aqui, caso queiram ver — disse o delegado, levantando-se e indo até um armário grande de madeira. Abriu a última gaveta e retirou uma caixa de tamanho médio, com um paletó, um estojo de munição 9mm dentro de um envelope, e os despojos do que um dia foram óculos de grau. — Era bastante cego o nosso amigo — gracejou o delegado, aproximando o olho esquerdo de uma das lentes quebradas e deixando-o várias vezes maior que o normal. — Creio que não vai precisar mais deles.

Blake franziu os olhos. Lovat examinou o objeto à contraluz e passou a caixa para Blake.

— E o que mais? — perguntou o lorde.

— Encontrei respingos e manchas de sangue na parede, junto à cabeceira da cama, e uma enorme poça de sangue no chão. Havia um buraco na parede, acima do espelho. — Silva enfiou a mão na caixa e retirou algumas fotografias em preto e branco da cena do crime, passando-as para Lovat que, depois de examiná-las, repassou-as para Blake.

— Foram tiradas pelo senhor Ohara, meu fotógrafo nesses casos. Como podem ver, um rastro sai do quarto, passa pela cozinha e acaba na garagem, nos sulcos dos pneus de um carro. É provável que seja o mesmo carro usado na fuga e que foi visto pelos vizinhos. Havia pegadas de sapatos de mulher e de um sapato masculino tamanho 44 impressas sobre um rastro de sangue. Comparei com uns sapatos velhos que estavam no armário de Müler. O mesmo tamanho que o médico usava. Pela minha experiência, seria difícil uma pessoa sobreviver a tanta perda de sangue. — Silva aproximou-se e apontou para um canto da foto, em que uma moeda aparecia ao lado da poça de sangue. Lovat olhou para o detalhe e depois para o delegado: — Para termos uma ideia da proporção.

— O senhor fez muito bem em fotografar tudo — elogiou Lovat, voltando à posição ereta. — E quanto à arma do crime?

— Nenhum sinal dela — respondeu Silva. — Eu e meus homens vasculhamos a casa toda, o terreno, e não encontramos nada. O quarto estava todo revirado, como podem ver. Não havia nenhuma peça de roupa do casal, nem documentos, nem passaportes.

— Bem, qual é sua versão? O que aconteceu, delegado?

O delegado recostou-se na cadeira, deu um pigarro e cuspiu numa escarradeira ao lado da mesa.

— Segundo os testemunhos, os vestígios, e pela leitura que fiz da cena do crime, tudo aconteceu entre onze e meia e meia-noite. O sangue estava coagulado havia muito tempo. Müller disse que naquela noite havia recebido um chamado para atender alguém no sítio dos Schneider, mas a gasolina acabara quando estava na saída da cidade. Müller mentiu sobre isso. Os Schneider disseram que não havia ninguém doente naquela noite e que não chamaram Müller. O médico inventou a desculpa para surpreender a esposa com o contador na cama e efetuou três disparos. Dois projéteis com certeza atingiram e se alojaram na vítima e um terceiro fixou-se na parede. Eram de uma Luger, alemã. A arma de Müller.

— Como sabe?

— Eu mesmo a cataloguei no começo do ano, quando tive a ideia de fazer a identificação das armas na cidade.

Blake balançou a cabeça, assentindo. Lovat uniu as pontas dos dedos, pousou-as sobre o colo, inclinou-se um pouco para a frente e continuou a ouvir com atenção.

— O único estojo que encontrei conferiu com os que haviam em uma caixa que Müller guardava em uma cômoda no quarto. Imagino que o casal tenha gastado alguns minutos planejando o que fazer. Depois arrastaram o corpo para o banco de trás do carro, fizeram as malas e partiram. Os dois eram médicos. Estavam acostumados a lidar com esse tipo de situação, com cadáveres, pessoas feridas, gente baleada. Deviam estar com muita pressa, porque deixaram algumas joias para trás. Então ocultaram o cadáver em algum lugar da floresta e fugiram. Tivemos alguns incidentes assim nos últimos tempos.

— Não há arma do crime — repetiu Lovat.

— Não.

— Nem corpo — comentou Blake.

Outra negativa. Lovat mirou Blake com olhos pensativos e alisou os bigodes.

— Me desculpe, delegado, mas como tem certeza de que houve um crime? A autoria não está comprovada — opinou Blake.

— Mas os indícios e as provas circunstanciais são fortes, senhor...

— Blake.

— Mister Blake, é possível provar que um crime aconteceu mesmo sem um corpo. Müller era um homem ciumento e já havia matado um homem. Temos o paletó, o passaporte e os óculos de Nussbaum. Müller já havia ameaçado matá-lo e tinha um motivo forte para isso. Para mim, o médico cumpriu o que prometera.

O delegado tomou um gole de água fresca, limpou os bigodes com as costas da mão e continuou:

— Além do que, os meios são ideais. Uma região com tanta selva é um lugar perfeito para sumir com um corpo — disse Silva. — Nem com um exército seríamos capazes de encontrá-lo. Quem sabe por um golpe de sorte... Seria como procurar agulha num palheiro.

Lovat perguntou:

— Alguma ideia de para onde os médicos teriam fugido?

— Dizem que os Müller tinham parentes na Argentina. Já Nussbaum não tinha parentes no Brasil. Em todo caso, seriam necessárias buscas, mas não temos pessoal. Conto apenas com uma dúzia de inspetores de quarteirão. Não temos tempo para nos dedicar a um caso que já esfriou. Já temos problemas demais.

— Fizeram a análise das digitais encontradas na casa? — foi a vez de Blake perguntar.

O delegado riu.

— Rapaz, aqui é Londrina, não Londres, nem São Paulo. Não temos a menor condição de fazer exames de digitais, balística e sangue — informou. — Não temos os recursos necessários.

O lorde esfregou o queixo e perguntou:

— Não há outra possibilidade?

Silva deu de ombros.

— Claro, sempre há. Pode ser que Nussbaum, em conluio com sua amante, tenha dado cabo do doutor Müller, então procederam da mesma forma com o cadáver do médico e fugiram. Não é uma hipótese ruim. Mas, nesse caso, por que Nussbaum teria o trabalho de levar os ternos de seu desafeto, ternos que ele nem iria usar? O contador era magro, não muito alto, e quase não enxergava sem os óculos. Já o médico era um homem grande, parrudo. Nussbaum poderia ter alegado legítima defesa, Müller já tinha ficha na polícia. Fugir não parece uma boa ideia para quem está terminando de construir uma casa e tem dinheiro na conta de um banco da cidade. Eu me certifiquei. O dinheiro nem sequer foi tocado.

— É um argumento a se levar em conta — disse Blake. — Resta saber se alguém, além de Müller, iria lucrar com a morte de Nussbaum. O bilhete aponta para essa possibilidade.

Lovat permanecia pensativo, olhando para o chão à sua frente. Ninguém disse nada por alguns segundos. O delegado alcançou uma garrafa de cachaça em cima do armário, pegou dois copos e perguntou:

— Servidos?

Blake e Lovat recusaram. Silva deu um gole, depois deu mais um trago no cigarro de palha. A barriga do delegado pulou para fora da cinta quando ele se sentou de novo.

— Os senhores não imaginam a dificuldade que encontramos para manter a lei nesta cidade. Não bastassem a prostituição e a jogatina, que andam aumentando muito... há uma carência de mulheres na cidade. Além disso, meus inspetores de quarteirão têm tido todo tipo de problema com os picaretas, pistoleiros e malandros. A clientela anda tão grande que estamos exportando para Jacarezinho... Meu antecessor chegou a adotar o sistema de dar uma dose de óleo de rícino para o valentão e jogar o dito cujo no Tibagi.

O delegado apagou seu cigarro de palha num cinzeiro de metal. Depois de alguns segundos, Lovat disse:

— Não acho que este caso esteja encerrado.

— Mas quem falou que está? Para mim, não está — respondeu Silva, recostando-se na cadeira e dando mais um gole. Depois de alguns segundos, disse: — Por que não falam com Lorinda, a mulher que quer transformar a cidade num bordel? Nussbaum esteve lá naquela noite. — Silva refletiu um pouco e disse: — Infelizmente, aqui as mulheres perdidas são as mais procuradas.

— Essa senhora já foi interrogada?

— Claro que sim. Mas a cafetina negou qualquer envolvimento. E tem álibis sólidos. Testemunhas comprovaram que ela não saiu da casa naquela noite. Havia uma festa de aniversário. E o senhor, sabe de algo sobre seus funcionários que possa nos ajudar a esclarecer este caso?

— Bem, delegado, é por isso que estou aqui, para descobrir o que aconteceu — desconversou Lovat, desviando os olhos para a porta, para Blake e então para Silva. — Bem, devo dizer que o senhor fez um bom trabalho.

Silva balançou a cabeça calva. Lovat levantou-se para ir embora. Blake o imitou. O lorde pegou o chapéu da mesa e acrescentou, em tom casual:

— Só mais uma coisa. Foi encontrado mais algum objeto do meu contador-chefe?

— Como o quê, mister?

— Um molho de chaves, por exemplo?

O delegado acenou em negativa.

— Documentos, papéis?

— Não. Nada além das evidências que lhes mostrei. No carro dele também não encontrei nada. E o passaporte de Nussbaum, como disse, ficou na companhia. Nenhum estrangeiro que pensa em fugir vai esquecer seu passaporte.

Apertaram-se as mãos. Lovat agradeceu e prometeu interceder junto às autoridades para aumentar a força policial na cidade.

— Precisamos mesmo ampliar nossas instalações — informou Silva. — Londrina não é mais uma cidade pacata.

O delegado os acompanhou até a porta e se despediu. Os dois escoceses subiram a pé em silêncio pela rua, como se ambos assimilassem as informações. Atrás deles, mergulhando no horizonte, o sol se punha contra a silhueta irregular da mata. A parte superior do céu começava a se tingir de azul-cobalto e preto. Nuvens escarlates pairavam, finas e tênues, sobre as terras do oeste.

# RUA HEIMTAL

Por dez minutos os faróis do carro cavaram um túnel de luz na estrada rumo ao Heimtal, um patrimônio a poucos quilômetros do centro, na zona norte da cidade. Quando estacionaram, a lua alta iluminava a cerca viva repleta de alamandas. No céu, estrelas ganhavam mais brilho. A casa da família Mancini era típica dos primeiros colonos, feita dos troncos dos abundantes palmitos da região, que salvavam a fome de muitos recém-chegados. Uma fumaça escapava do telhado da pequena cabana cercada de tonéis de vinho espalhados pelo terreiro. Havia um parreiral, um poço e, ao seu lado, um barracão que parecia uma pequena oficina de automóveis. O esqueleto de um caminhão jazia entre peças de automóveis e pneus velhos, junto a um galinheiro. O brilho deslizante dos vaga-lumes, o som da mata e dos sapos enchia a escuridão.

Blake bateu palmas diante da casa, de onde emergiram vozes abafadas e cheiro de comida. Meio minuto depois, a porta rangeu. Dela surgiu um sujeito magro, olhos escuros, testa estreita e nariz adunco. Tinha uma lamparina a querosene na mão.

— Victorio Mancini? — perguntou Blake.

O italiano olhou os homens de alto a baixo, apertando os olhos, a luz frouxa banhando seu rosto.

— O que querem? — perguntou, em italiano.

— Como vai, senhor Mancini? — disse Lovat, num italiano mal-ajambrado.

— São compradores de terra? Já falei que não quero vender meu lote.

— Somos da companhia de terras, da Inglaterra — explicou Blake, em italiano.

O homem sustentou o olhar desconfiado para os homens.

— Pode nos conceder alguns minutos? — perguntou Blake. — Gostaríamos de ter uma palavra com o senhor. Não tem nada a ver com sua propriedade.

— Sobre o que querem falar?

— Sobre a noite dos tiros.

— O senhor deve estar brincando — disse Mancini, abrindo um sorriso de escárnio. — Aqui a gente escuta tiros quase toda noite!

— A noite da tragédia na casa dos seus vizinhos, os doutores.

O homem ficou quieto por uns segundos, depois bufou e resmungou:

— Já contei tudo para o delegado. Quem é esse senhor? — disse, apontando para Lovat. — Parece que já vi uma foto dele.

— Este é o presidente da companhia, lorde Lovat. Estamos investigando o que aconteceu com nossos funcionários.

Parecendo impressionado, Mancini encarou o lorde, endireitou o corpo e falou, em tom mais amistoso.

— Deve ser muito importante, então. No que posso ajudar?

— O que pode nos contar daquela noite?

— Olha, o que sei é que teve uma grande gritaria, além dos tiros. Uns vinte minutos depois ouvi barulho do carro passando pelo portão e indo por ali. Espiei pela janela e vi quando o carro do doutor passou com pressa em frente à porteira — disse Mancini, apontando para o centro da cidade. — Depois tudo ficou quieto de novo.

Lovat e Blake se viraram e conferiram o poste de iluminação banhando seu carro estacionado diante do portão.

Blake perguntou:

— Como sabe que era o carro do médico?

— A correia fazia um barulho irritante. O carro dele guinchava como um morcego. E eu o escutei duas vezes naquela noite, indo e vindo. Foi tudo muito rápido.

— Brigas do casal eram comuns?

— Sim. Todo casal briga de vez em quando, não é?

— Como eles viviam?

Mancini olhou para cima, como se tentasse se lembrar.

— Eram de dar bom dia, boa tarde e só. Sei que ouviam muito rádio... Nunca tive problemas com eles. Uma vez minha filhinha adoeceu, e a doutora cuidou. Às vezes trazia remédios. Uma mulher belíssima. De vez em quando, aconteciam umas reuniões aí...

— Reuniões? Que tipo de reuniões? — perguntou o tradutor.

— Ah, isso não sei dizer, senhor... Não gosto de me meter na vida alheia.

Mancini apontou para a frente do terreno.

— Com este bambuzal cobrindo parte da casa não dá para ver muita coisa. Agora a casa está nessa tristeza, toda abandonada. Muita gente tem até medo de passar no portão. Para dizer a verdade, eu sinto arrepios toda vez que passo em frente.

Blake perguntou:

— Pode nos dizer se o senhor Nussbaum frequentava a casa?

— Sim, claro, nessas reuniões de que lhe falei. — Mancini hesitou um pouco, levou a mão aos lábios e disse: — De vez em quando até aquela mulher de má reputação, a Lorinda, também aparecia. Acompanhada de várias garotas.

Blake e Lovat trocaram olhares.

— Lorinda?

O colono assentiu. Blake anotou a informação.

— A que horas o senhor viu o carro do médico passando?

— Ah, agora o senhor me pegou. Devia ser por volta da meia-noite. Talvez um pouco mais tarde.

— Então o senhor diria que levou uma meia hora do momento dos disparos até o momento em que eles passaram pelo seu portão?

— Mais ou menos isso.

— E o senhor não teve curiosidade de ir ver o que tinha acontecido na casa?

— Não. Eu tenho mulher e filhos. Todos estavam apavorados. Eu cheguei há poucos meses. Não conheço muita gente.

Depois de alguns minutos, as informações começaram a se repetir e o italiano perguntava se poderiam arrumar um emprego para ele na companhia. Lovat sorriu com polidez e fez um sinal para Blake.

— Obrigado, senhor. Creio que por hora é só — disse Blake. — Se lembrar de alguma coisa, por favor nos procure na companhia.

Lovat sussurrou algo no ouvido de Blake e este prosseguiu:

— Meu chefe disse que irá ver se consegue alguma coisa para o senhor.

— *Va bene*. Não se esqueçam de fechar a porteira — disse o italiano, enquanto entrava na casa, batendo a porta com estrondo.

Alguns latidos encheram a noite. Blake entrou no Ford, do lado do motorista, seguido de Lovat. Passaram lentamente pela casa dos médicos, e combinaram de voltar no dia seguinte.

# NA CASA DOS MÜLLER

Eram sete horas da manhã quando os dois homens apearam dos cavalos diante da casa dos médicos alemães. Lovat comentou com Blake que sentia falta de cavalgar enquanto dava tapinhas carinhosos no pescoço do animal. O cavalos tilintaram os cabrestos e começaram a arrancar com os dentes o capim diante da cerca.

Era uma casa ampla de madeira, com uma varanda generosa adornada por lambrequins. O telhado triangular lhe dava um ar europeu. Trepadeiras e ipomeias haviam coberto partes do telhado. Um vidro trincado tinha o aspecto de uma grande teia de aranha. Ao lado da casa havia uma enorme mangueira com a copa em plena florescência.

Os escoceses cruzaram o passeio sinuoso do jardim abandonado, as mãos livrando as cabeças dos galhos espinhentos. Moscas zumbiam no ar quente. Havia uma garagem lateral, com tambores e uma velha escada encostada ao lado de um tanque de lavar. Lovat se adiantou e mexeu na maçaneta da porta da frente.

— Está trancada.

— Vou pular e abrir por dentro — disse Blake.

Blake quebrou o vidro com uma pedra, tateou com cuidado por dentro, encontrou a presilha e levantou a janela. Saltou para dentro da casa e foi até a porta da frente. A luz do dia escoava pelas pequenas frestas das paredes, dourando partículas de pó que dançavam no ar e se afastavam à medida que o tradutor avançava. Blake puxou o ferrolho e abriu a porta para Lovat.

Viram alguns móveis empoeirados e paredes nuas, que deviam ter abrigado mapas e fotografias. Examinando a casa, bastante ampla para os padrões locais, se depararam com jornais velhos ingleses e alemães espalhados pelo chão, tropeçaram em capas de discos de 78 rotações: Strauss, Beethoven e óperas de Bruckner e Wagner. Havia algumas cartas de baralho, latas, bitucas de cigarro e uma grande quantidade de garrafas vazias. A sala ecoou com o som das botinas esmagando cacos de vidro.

— Veja — disse Lovat, apontando para o umbral da porta que dava para a cozinha. — Manchas de sangue seco.

— E há mais aqui — murmurou Blake, apontando com o indicador para o assoalho de madeira clara e se agachando para examinar melhor.

A mancha que começava na porta da cozinha prosseguia até a garagem. Blake acompanhou os pingos e o rastro, com o torso curvado. Quando voltou, perguntou para Lovat:

— O que acha?

— Confere com a descrição e as fotos do delegado. Nem se deram ao cuidado de limpar este sangue todo — avaliou Lovat, cofiando o bigode enquanto se levantava. Ergueu um dedo e disse: — Vamos dar uma olhada na sala.

Mais ruídos de cacos de vidro. Estava escuro no aposento. Blake sacou uma lanterna de bolso e continuou a vasculhar o chão. Havia um armário quebrado, vazio, latas, sacos de estopa cobertos de lama endurecida. Blake tropeçou numa garrafa de *schnapps* e, ao girar o corpo, a luz bateu no teto. Olhou de relance para cima e seguiu para o quarto, de onde vinha a voz de Lovat. O lorde abriu a janela e a luz do sol invadiu o aposento. Deram uma boa olhada. Lovat esquadrinhava as frestas do chão de madeira, pisando com o pé direito em alguns pontos.

— O que está procurando?

— Algum esconderijo.

Lovat colocou o indicador em uma aparente marca de tiro sobre o estrado, na posição relatada pelo delegado. Respingos de sangue se espalhavam pela parede, ao lado da moldura quebrada de um espelho, com um furo de bala.

— E então?

— Não foi uma festa o que aconteceu aqui — disse Lovat, dando dois passos para trás e apontando para o lado da cama. — Veja esta mancha de sangue — Lovat continuou, se acocorando. — A poça se alarga neste ponto, e ao seu lado há sinal de arrastamento.

Blake fez algumas anotações:

— Foi arrastado, sem dúvida. O sinal passa pela cozinha e vai até a garagem. Não deve ter dado trabalho. Nussbaum era um homem magro. Para duas pessoas, mesmo Müller não teria sido problema.

Blake tirou um maço de cigarros do paletó e ofereceu a Lovat, enquanto olhava para uma marca de sapato sobre o sangue seco. Lovat apanhou o isqueiro. Os dois escoceses ficaram em silêncio fumando na penumbra sépia do quarto. Latidos e um chiado de serras escaparam de algum lugar da vizinhança. Blake jogou a cabeça para trás e contemplou a coluna de fumaça que subia. Teve um sobressalto, fechou a janela do quarto e voltou para a sala, seguido por Lovat.

— O que foi, Blake?

Blake acendeu a lanterna e a apontou para o forro, no ponto que havia iluminado da primeira vez.

Os olhos de Lovat brilharam.

— Um alçapão.

— Por isso a escada — disse Blake.

O tradutor foi até a garagem e voltou com uma velha escada de madeira. Subiu com cuidado, testando a resistência dos degraus. Iluminou o teto e, esticando o braço, deslocou a tampa do alçapão. Ouviu-se o arrulho de pombas no telhado. Ratos correram em algum lugar, e Blake pôde escutar seus passos e guinchos miúdos. Apontou a lanterna para o buraco. Seus dedos tatearam o forro com cuidado. Depois de alguns segundos, disse:

— Tem alguma coisa aqui. Espero que não seja uma ratoeira.

Blake puxou uma caixa de papelão, de camisa, e passou-a para Lovat. Colocou a tampa do alçapão no lugar e desceu devagar.

— Será verdade que o sótão é o lugar onde as pessoas guardam seus fantasmas, sir?

— Vejamos — disse Lovat, suspirando.

Dirigiram-se para a cozinha, onde havia mais luz. Blake tirou a poeira e os excrementos de insetos da caixa com um lenço e a abriu sobre uma mesa. Os dois passaram a examinar os itens. O primeiro deles era um folheto em papel-cartão com as Leis de Nuremberg, as leis antissemitas deflagradas por Adolf Hitler em 1935, tendo no verso uma tabela racial. Havia folhetos de propaganda da companhia em alemão, do tipo vistoso que Blake havia traduzido para muitas línguas desde que chegara. Outras legendas anunciavam fotos do Graf Zeppelin, com seu formato de charuto, sobrevoando majestosamente as cidades do Rio de Janeiro, Curitiba e Joinville. Também havia uma propaganda e bilhetes de passagem da Hamburg-Süd para o trecho Rio de Janeiro-Hamburgo. Cartões turísticos da Argentina e do Chile. Uma foto de Fernando de Noronha. Uma matéria do jornal *O Estado de S. Paulo*, na qual Vargas falava das relações cordiais entre Brasil e Alemanha, além de vários cartões de visita e folhetos turísticos presos por uma fita vermelha, negra e branca. Um deles anunciava:

MR. ERNEST SIMPSON
SIMPSON & YOUNG — AGENTES E CORRETORES MARÍTIMOS.
LONDRES-HAMBURGO-SANTOS

Os olhares de Lovat e Blake se cruzaram.

— Não é o marido da senhora Simpson? — perguntou Blake.

— Ele mesmo.

Blake soltou uma risada seca.

— E o que um cartão do Sr. Ernest Simpson está fazendo entre as coisas do doutor?

Lovat deu de ombros.

— Não faço a menor ideia, Blake. A comitiva era grande. Eles devem ter conversado na ocasião. Como lhe disse, meu contato com o casal foi mínimo durante aquela visita.

Blake virou o cartão. Depois de alguns segundos, arregalou os olhos.

— Que coisa singular.

— O que foi? — perguntou Lovat.

— *O poder destrutivo do amor não correspondido é um dos grandes temas da canção dos trovadores*. É o que está escrito no verso.

Lovat ergueu uma sobrancelha.

— Está datilografado — disse Blake, com voz calma e pausada. — E numa máquina de escrever que tem os As e Gs falhos. Parece que feriram o orgulho de alguém.

Lovat tomou o cartão das mãos do tradutor, retirou os óculos do bolso e confirmou:

— A mesma da carta do trovador.

— Nós precisamos encontrar essa máquina — disse Blake.

# VESTÍGIOS

Quando Lovat entrou no escritório da diretoria, no dia seguinte, encontrou Blake ao lado da janela. O relógio na parede indicava seis e meia. Com uma xícara de chá nas mãos, o jovem admirava o movimento de começo de noite da avenida Paraná. O rádio estava ligado na BBC. O tradutor virou-se, pousou a xícara em uma mesa. Lovat avançou até a porta e a fechou. Afrouxou a gravata e tirou o paletó. Blake perguntou:

— O que achou do trabalho do delegado?

— Muito bom, dadas todas as dificuldades, não achou?

Blake deu de ombros.

— Se o contador era uma pessoa de confiança e estava subindo dentro da companhia, por que ele colocaria tudo a perder, seu emprego, sua reputação, por um rabo de saia, envolvendo outros dois funcionários?

— De fato, Blake. O Nussbaum que conheci na Inglaterra era um cavalheiro de hábitos corretos, competente em seu trabalho. Nunca vi ninguém que gostasse tanto de seu ofício. Mantinha os livros em ordem. Era introvertido, discreto, e nunca teve nenhuma desavença na empresa. Eu nunca soube de nenhum problema com ele em Londres. Os ares tropicais parecem tê-lo transformado numa espécie de Don Juan. Não faz muito sentido. — Lovat puxou uma cadeira e se sentou. Acendeu um cigarro e disse, soprando a fumaça: — Bem, como disse Pascal: "O coração tem razões que a própria razão desconhece."

Os dois ficaram em silêncio por uns instantes.

— Sei que as peças recusam a se encaixar — disse Blake, tirando a carta do bolso do paletó e esticando-a sobre a mesa do escritório, ao lado de um livro de registros com uma capa que trazia, manuscrita, as palavras CORRESPONDÊNCIAS 1936. — A carta foi escrita em papel timbrado da Paraná Plantations, o que aponta para trabalho interno. Ela foi datilografada em uma Underwood. Do mesmo lote de máquinas que o senhor comprou para a companhia.

— Blake, não encontramos ainda a máquina e eu lhe mostrei a de Nussbaum. Além do mais, não há registro nenhum das cartas enviadas ou recebidas naquele dia.

— É, curioso isso, apenas daquele dia. A página estava rasgada.

— É, estava — confirmou Lovat, franzindo os lábios.

Houve um momento de silêncio. Lovat deu um trago no cigarro e continuou:

— Bem, eu confesso que fiquei um pouco mais aliviado quando chequei os livros contábeis da companhia e pude ver que tudo parece em ordem.

Blake balançou a cabeça, acendeu um cigarro, inclinou-se sobre a página e leu em voz alta:

*— Em fingir no jogo eu me esmero,*
*e um dia leva um ano para passar,*
*e pesa saber que, por Deus, não me permito*
*abreviar o tempo com a minha arte,*
*pois a espera longa definha os amantes.*
*Lua e Sol, como demoram para se pôr!*
*Lamento que essa luz nunca debande.*

— O que é isso? — perguntou Lovat. — Outra passagem do poema?

Blake aquiesceu. Os olhos de Lovat se estreitaram e pousaram de novo sobre o papel.

— Você insiste em descobrir um sentido misterioso aí, não?

— E como poderia evitar? Eu sou tradutor.

— As coisas não acontecem como nesses contos de Doyle que você gosta de ler — disse Lovat, dando uma risada.

Blake balançou a cabeça, contrariado.

— Ele deve significar alguma coisa. Alguém poderia estar passando uma mensagem cifrada, como a citação que estava no verso do cartão. — Então o tradutor leu: — *Vejo-a em meu peito, seja em Puglia ou Flandres.*

Olhou para um ponto perdido da sala, pegou um jornal e começou a se abanar.

— *Lua e Sol, como demoram para se pôr!* — murmurou Blake. — Wallis e Edward?

— Vejo que o calor já fez um estrago no seu cérebro — brincou Lovat.

— Pode ser — disse Blake, tirando o lenço e secando o rosto, o sal e a poeira fina e grudenta como um talco vermelho.

— Beba, meu jovem — aconselhou Lovat, apontando com o queixo para o bule de chá e voltando os olhos para a janela.

Nuvens gordas e brilhantes flutuavam sobre a praça e a cidade. A tarde ficara abafada. O lorde virou-se de novo para Blake, que conferia a carta pela milésima vez.

Ficaram em silêncio por um instante. Lovat fez um sinal de rendição:

— Tudo bem, Blake. Vamos supor que isso seja mesmo uma pista. Não consigo entender quem teria uma ideia dessas. Com que motivos e intenções? Enviar de Londrina uma carta com uma canção medieval para o Forte Belvedere!

Blake refletiu um pouco enquanto tirava a gravata. Olhou para a carta e depois para Lovat. O lorde continuou:

— Suspeitemos então que, de alguma forma ainda obscura para nós, esta carta esteja ligada ao incidente com os funcionários.

— Talvez não esteja. Talvez seja uma pista falsa.

— Bem, ela foi enviada no mesmo dia em que ocorreu o incidente. Os dois fatos parecem estar ligados. Agora pergunto: como? E por que *este* poema?

O jovem encolheu os ombros e disse:

— Seja o que for, é o que temos até agora, além do que achamos ontem na casa dos Müller. E o cartão da companhia de navegação do senhor Ernest Simpson com essa citação estranha.

— Claro, temos que avisar Sinclair para investigá-lo, se é que já não o estão fazendo — ponderou Lovat. Depois ficou olhando para a cópia fotostática da carta.

— Se ao menos pudéssemos localizar a pessoa que mandou isso... — murmurou Blake, coçando a testa enrugada, apontando para o papel entre os dedos de Lovat. Fez uma pausa e prosseguiu: — Vamos ter trabalho. Achei que a região fosse um lugar só de gente rude e aventureira. Mas o senhor mesmo contou que há muitos intelectuais, políticos, nobres e artistas vindo para cá.

— Sei o que quer dizer. Isso pode dificultar a busca pelo nosso Trovador.

— Ou facilitar, sir...

Blake balançou a cabeça e soltou um suspiro impaciente.

— O que foi, Blake?

— Esqueçamos por um momento a tese de crime passional. Parece-me que a companhia se esforçou em apagar qualquer vestígio do contador, queimando seus pertences. Como se ele nunca tivesse existido. Ele não levou seus pertences mais íntimos, nem mesmo o passaporte. Temos as evidências que o delegado levantou, e o bilhete com a ameaça. Talvez o contador tenha sido morto por alguma coisa que ele sabia. O senhor tem alguma ideia do que poderia ser?

Lovat fez que não, desviando os olhos. Disse, depois de uma pausa:

— Tudo o que sei é que lamento ter me afastado da companhia nos últimos anos.

Blake concordou com um gesto de cabeça.

— Posso ter confiado a companhia a pessoas erradas — continuou Lovat, esfregando o peito sobre o paletó. — Terei que relatar tudo o que está se passando em nossa reunião anual. Mas primeiro temos que descobrir o que aconteceu.

— O que acho é que não podemos descartar nenhuma possibilidade — opinou Blake. — Nem de que tenha sido um acerto de contas, nem crime por encomenda.

— Entendo, Blake.

A voz do locutor da BBC pareceu encher a sala outra vez. Depois da previsão do tempo, uma notícia informava, do Palácio de

Buckingham, que no dia 3 de novembro Sua Majestade abriria o Parlamento. Depois vieram as notícias dos embates cruéis da Guerra Civil na Espanha e o avanço das tropas de Franco sobre Madri. Um silêncio se fez entre os escoceses.

Os olhos azul-claros de Lovat fitaram o vazio. Esfregou as têmporas e anunciou:

— Apanhe seu chapéu, Blake. Vamos fazer uma visita a tal senhora Lorinda.

— *Cherchez la femme...*[8] — murmurou o tradutor. Deu então um último gole no chá, desligou o rádio, pegou a carta e o chapéu e seguiu com Lovat rumo à zona proibida da cidade.

8. "Procurem a mulher", em francês. De *Mohicans de Paris*, de Alexandre Dumas.

# LORINDA

O fim daquela tarde de segunda-feira tinha se transformado numa noite quente. Passando pelo portão da companhia, o Ford avançava aos sacolejos pela rua de terra seca. Lovat e Blake desceram a avenida Paraná e, três quadras depois, dobraram à esquerda. Atravessaram os trilhos do trem e passaram ao lado das enormes pilhas de toras da serraria Mortari, onde também funcionava uma olaria, da qual escapavam chiados e zunidos metálicos que costumavam atormentar os moradores. Já na rua Acre, um barracão em forma de cubo pintado de azul trazia um letreiro que informava: POLO NORTE FÁBRICA DE GELO. Os britânicos não contiveram o riso.

Eram quase oito horas quando chegaram à casa da rua Rio Grande do Sul, ladeada por uma cerca viva alta e três araucárias, com as copas em forma de cogumelo recortadas pelo luar. Pararam atrás de um caminhão. A aragem da mata deixava o ar mais fresco.

Avançaram pela rua estreita em que carroças, cavalos e carros disputavam a frente da chácara. Passaram pelo portão de ferro entre os ruídos das cigarras e o som de um gerador de eletricidade. O bordel era um casarão branco de alvenaria, um luxo na jovem cidade, com um pomar e uma área anexa nos fundos. Os telhados em forma de chapéu destoavam da arquitetura pioneira. Alamandas amarelas brilhavam nas colunas da varanda, unindo-se ao caramanchão. Das janelas escapava "Night and Day", de Cole Porter, executada por um saxofone e uma pequena banda. Sob lâmpadas que emitiam um vermelho débil, um letreiro ostentava as palavras CASA DA LORINDA.

Um tipo musculoso guardava a porta. Lovat cumprimentou-o com um toque no chapéu. Informou que estavam ali para conversar com a senhora Lorinda. Dois minutos depois, o leão de chácara pediu que o seguissem.

Blake pareceu surpreso ao ver um pequeno quarto com as paredes cheias de pistolas e armas diversas no qual funcionava um *check room*. Lovat olhou para o cós da calça do sujeito, o cabo do revólver se avolumando na cintura. O homem os conduziu por um corredor lateral, que terminava em um jardim e uma casa de madeira que servia, segundo o grandalhão, como escritório e residência da proprietária.

O escritório tinha duas poltronas, um divã vermelho-escuro e uma mesinha de centro. As paredes exibiam fotos de Lorinda em poses de estúdio, além de dezenas de garotas de diversas idades e etnias. Havia uma cama ao fundo, ao lado de um armário de mogno.

De uma porta lateral saiu uma mulher morena de 40 anos, alta, de cabelos de um negro reluzente, parecendo pintados, olhos verdes e graúdos, os seios firmes e generosos. Trajava um vestido branco. As sobrancelhas formavam arcos negros que davam ao belo rosto uma expressão sedutora. Os dois homens se entreolharam e Lovat caminhou na direção da mulher. Ela deu um sorriso, revelando os dentes bem-cuidados, e estendeu a mão para ser beijada. Lovat apanhou sua mão cálida e, em vez de beijá-la, sacudiu-a levemente, e disse:

— Madame Lorinda, como tem passado? Eu sou Simon Fraser, presidente da companhia. Este é Mr. Adam Blake.

— Devo dizer que o senhor é mais simpático pessoalmente do que nas fotografias que publicam em seu jornal.

Em seguida estendeu a mão para Blake, que a beijou fitando-a nos olhos. Lorinda dispensou então o leão de chácara com um aceno, dizendo que estava tudo bem. Depois indicou as poltronas aos recém-chegados, antes de se acomodar de maneira estudada em seu divã. Blake viu as coxas grossas saltando do corte no vestido e contraiu os lábios. Lorinda ajeitou então os cabelos, acendeu a piteira e comentou, com um ar arrogante:

— Cedo ou tarde todos vêm a mim para resolver seus problemas... mas não de tão longe... Não se lembra de mim?

— Ah, sou péssimo fisionomista — respondeu o lorde.

Lorinda tinha um sotaque levemente germânico. Usava uma delicada corrente de prata no pescoço, em que se escondia uma pequena chave que mergulhava no decote. Ela se estendeu de lado no divã.

— Vejo que acabou prosperando na cidade — comentou Lovat, com um sorriso cordial.

— Não tanto quanto eu gostaria... — disse Lorinda. Depois olhou para Blake, e de novo para Lovat. — Mas a que devo a honra desta missão estrangeira em meu país?

Lovat foi direto ao ponto:

— Estamos procurando elucidar o episódio envolvendo o casal Müller e o senhor Nussbaum, funcionários da minha empresa.

Os olhos penetrantes e o sorriso da cafetina permaneceram inalterados.

— Importa-se em nos dizer quando viu meu contador-chefe, Erich Nussbaum, pela última vez?

— Aceitam um champanhe?

Depois da negativa dos escoceses, Lorinda serviu-se do champanhe e devolveu a garrafa ao balde de gelo. Pegou a piteira no cinzeiro, deu um trago e soprou a fumaça para o teto.

— Já prestei meu depoimento à polícia. Em que mais posso contribuir?

— Estamos tentando descobrir detalhes sobre o que aconteceu naquela noite. Soubemos que a senhora foi uma das últimas pessoas a vê-lo.

Lorinda revirou os olhos, sugou a piteira, abriu um sorriso e disse:

— É verdade. Dei uma festa de despedida para uma das meninas, que ia se casar. Mas ele não esperou para comer o bolo. Falou que precisava ir embora.

— Ele disse por quê?

— Não. Disse apenas que estava cansado e ia dormir.

— A que horas ele foi embora?

— Por volta das dez da noite, eu creio.

— Pode nos dizer como estava o estado de espírito dele?

Lorinda revirou os olhos e repetiu:

— O estado de espírito dele?

— Sim, se andava agitado, deprimido...

Lorinda balançou a cabeça, fitando Lovat.

— Acho que ele andava meio agitado. Perguntei sobre o que o preocupava. Ele falou que estava terminando um trabalho que estava lhe roubando o sono. — Lorinda fez uma pausa e disse: — Pobre Erich. Ele não merecia o fim que teve.

— Ele comentou alguma coisa sobre algum relatório, algum dossiê? — perguntou Blake, abruptamente.

O rosto de Lorinda permaneceu inalterado. Ela ergueu um canto da boca, num quase sorriso:

— Ele deve ter dito mais alguma coisa, mas eu não prestei atenção. Havia muita conversa. Era uma festa.

Lovat balançou a cabeça, transferiu os olhos para Blake e de novo para a cafetina:

— E qual o seu palpite?

— Sobre o quê?

Lovat continuou fitando-a.

As palavras demoraram para sair da boca de Lorinda, com a fumaça:

— Olha, o povo já tinha apelidado o médico de Doutor Corno. Ele estava enfurecido com isso. A verdade é que metade da cidade desconfiava que o contador e a médica estavam tendo um caso. A outra metade tinha certeza. Digamos que Nussbaum tinha um fraco por mulheres. — Inclinou-se no divã, repuxou um canto da boca e prosseguiu: — E isso é tudo o que sei. Não me meto na vida alheia e não gosto que se metam na minha.

— Entendo. Qual era o seu grau de relacionamento com ele?

— Ele era um bom freguês. Um homem elegante, e que amava as mulheres, embora tivesse uma visão algo ingênua delas. Confiava demais.

Lovat deu um olhar interrogativo para Lorinda. O semblante dela se fechou.

— Se quer saber se éramos amantes, a resposta é não. Não costumo misturar as coisas em meu negócio — disse, inclinando-se um pouco e batendo as cinzas no cinzeiro.

— Ele se abriu com a senhora alguma vez sobre seus negócios, sua vida pessoal? Tente se lembrar. É importante.

— Vejam, ele era um homem discreto. Estava longe de ser o centro das atenções numa festa. Quase não vinha na casa. Ele não gostava de lugares com muita gente. A única vez que o vi ficar triste foi quando falou da guerra. Parece que ele perdeu um ente querido no conflito.

— Disse algo mais?

Lorinda desviou o olhar.

— Não, apenas isso.

— Sabemos que Nussbaum jogava. Ele apostava muito dinheiro?

— O que meus clientes fazem ou deixam de fazer não e da minha conta. Além do mais, quem poderia lhe falar sobre isso é o russo que trabalha na sua companhia.

— Razgulaeff? — perguntou Lovat.

— Sim, ele mesmo, seu parceiro de carteado. Ele tinha uma dívida de jogo com Nussbaum.

Blake e Lovat se entreolharam. Blake cruzou as pernas e abriu a caderneta. Lorinda continuou, servindo-se de mais um pouco de champanhe:

— Ah, o russo gosta de mandar bilhetes com versinhos para as garotas. É um romântico incurável. No caso dele, acho que é azar no amor e azar no jogo. Sabem, o dito popular?

Blake coçou a testa. Olhou para Lovat.

— O delegado Silva suspeita que Nussbaum tivesse dívidas de jogo com a casa — disse o lorde, com uma voz mansa e cordial. — É verdade?

Lorinda riu, com sarcasmo, levantando o queixo e estreitando os olhos verdes enquanto falava:

— Não, não é verdade. O delegado não resolveu o caso e agora quer jogar a culpa em alguém. Eu sou uma cidadã, pago todos os impostos. Faço de tudo para que minhas meninas não se metam em confusão. Não posso ser culpada por tudo o que acontece de ruim nesta cidade. Tenho é ajudado muita gente.

Lorinda ficou calada por um momento. Depois prosseguiu:

— Eu não saí da casa naquela noite. Tínhamos uma festa, com mais de trinta pessoas. Por volta das dez, como falei, Erich disse que não poderia ficar para o bolo. Foi a última vez que eu o vi...

— Ele foi embora sozinho?

— Sim, foi embora sozinho. Eu tive a intuição de que ia se meter em problema. Ele foi atrás da doutora.

Depois de fixar um ponto no espaço, Lorinda fechou os punhos e ergueu os olhos marejados para o lorde.

— A gente nunca sabe quando está vendo alguém pela última vez. Se soubesse que ele corria perigo de morte naquela noite, eu não teria deixado que ele fosse embora. Eu prezo pela segurança dos meus clientes. Prezo pela confiança que eles depositam em mim. — Lorinda agora tinha um ar triste no rosto. — Infelizmente, não podemos fazer que o tempo volte — acrescentou, mordendo os lábios. — Nada vai trazê-lo de volta.

— Como sabe que ele está morto, senhora Lorinda? — perguntou Blake.

O semblante da cafetina se fechou.

— O que está querendo dizer?

— Bem, é que...

— Perdoe-me, madame — interveio Lovat. — Só estamos querendo descobrir o que aconteceu com meus funcionários.

— O que eu preciso agora é de aliados, e não de mais inimigos — disse, como se falasse sozinha. Então levou a mão ao pescoço e ajeitou a corrente de prata em seu peito. Havia um cervo gravado na cabeça da chave. Lovat olhou para Blake e depois para a cafetina. Lorinda voltou-se para Blake, que rabiscava alguma coisa em sua caderneta:

— O senhor está me irritando com isso. Espero que não seja mais um jornalista do *Paraná-Norte* escrevendo um artigo contra a minha casa.

Blake sorriu:

— Não se preocupe, era isto o que eu estava fazendo — disse, virando a caderneta e mostrando a página com um desenho da cafetina. Lorinda se inclinou para ver. Blake acrescentou: — Falta-me um talento maior para desenhá-la.

— Então o senhor é um artista... — suspirou Lorinda, estudando o desenho e os olhos de Blake. Consultou o relógio de pulso e encarou Lovat com um sorriso interrogativo.

Lovat voltou-se para Blake.

— Se não se importa, amigo, gostaria de terminar a sós minha conversa. Serão apenas alguns minutos.

Blake franziu a testa. Olhou para Lorinda e depois para seu chefe. Lovat deu uma piscadela para Blake. O jovem abria a boca para dizer algo quando foi interrompido pela mulher.

— As pequenas lhe farão companhia. Estamos com novidades. Logo me juntarei ao senhor, quero saber mais sobre esses seus talentos artísticos.

Blake se levantou com ar contrariado, fez um cumprimento ligeiro e se dirigiu ao salão principal da casa.

O jovem escocês olhou para o leão de chácara a alguns metros dele, diante da saleta onde ficavam as armas, enquanto gemidos e respirações ofegantes vinham dos quartos fechados. Levantou os braços e foi mais uma vez revistado na cintura e nas pernas. O grandalhão fez sinal de positivo, virando-se para revistar outro freguês que chegara. Blake avançou pelo salão entre conversas em voz alta e tinidos de copos. Pediu licença a dois homens de chapéu e alcançou o balcão. Circulou os olhos pelo salão. A alguns metros dali, num reservado, quatro homens jogavam pôquer sob uma névoa azul de tabaco, rodeados de mulheres maquiadas e bem-vestidas. Na ponta do balcão comprido, debaixo das fileiras de garrafas que tremiam com a música, uma mulher magra e alta dançava esfregando-se num armênio, um homem muito magro e de olhos esverdeados. Algumas meninas acenaram para Blake no extremo do balcão. Blake sorriu e passou a ouvir um sujeito contar uma piada suja para os dois homens vestidos com elegantes ternos de linho. Virou a palma da mão para baixo. Viu que os dedos tremiam um pouco.

O barman descruzou os braços e se aproximou de Blake. Era um moreno parrudo, de testa estreita e nariz pequeno, com uma cicatriz no supercílio direito e um grosso anel no dedo médio na mão esquerda. Tinha uma toalha branca sobre os ombros e atendia pelo nome de Araújo. Puxou conversa:

— O que vai ser? *Scotch*?

O escocês fez que sim e continuou esquadrinhado o lugar.

— Este é de primeira linha — disse o homem, sorrindo de orelha a orelha. — Direto da Escócia para Londrina.

Blake sorriu polidamente para o barman. Araújo estudou o forasteiro por uns instantes e disse:

— Nunca vi o amigo por essas bandas.

— Cheguei faz só uma semana.

— Inglês?

— Escocês.

— Ah, então entende do assunto.

Depois estendeu a mão mole e ainda molhada:

— Prazer. Meu nome é Araújo.

— Adam Blake.

Blake sorriu enquanto o homem derramava uma quantidade generosa de John Haig em seu copo.

— Já que está no inferno — disse o barman, mostrando os dentes estragados —, não custa nada dar um abraço no diabo.

O escocês respondeu com um sorriso frouxo, perguntou quanto era, pousou as notas de réis e empurrou-as pelo balcão. Inclinou a cabeça e virou todo o líquido. Seu corpo estremeceu pelo efeito do álcool, e seus ombros relaxaram. Blake olhou um grupo de homens abraçados com mulheres bem-vestidas que se dirigiam para o corredor que levava aos quartos. Fitava as prateleiras de garrafas coloridas e o copo vazio quando foi interpelado pelo barman:

— Mais um?

Blake hesitou por um momento e por fim concordou. O barman relanceou os olhos para o escocês, derramou uma dose tão generosa quanto a primeira, e se afastou para atender outro cliente.

O salão principal do prostíbulo já estava animado. As paredes eram decoradas com pautas musicais. Diante do pequeno palco, onde o saxofonista Booker Pittmann e sua banda apresentavam uma versão jazzística de "Oh! Susana!", casais dançavam rodeados por um grupo de dez mesas de quatro lugares. Havia cerca de vinte mulheres no salão. Numa das mesas de jogo, Blake reparou num homem de óculos cujas lentes grossas deixavam seus olhos com um tamanho descomunal, com uma barba enorme que lhe caía como uma gravata e que fumava um charuto com pose de comendador. Um dos jogadores era um japonês muito gordo, com um tapa-olho. Os outros dois senhores trajavam ternos brancos e estavam concentrados no jogo. Em vários pontos do salão garçons não se cansavam de carregar bebidas, servir champanhe e *scotch*, acender cigarros e receber gorjetas, que eram enfiadas em seus bolsos pelos fregueses.

Duas músicas depois, e já era a terceira ou quarta vez que Blake olhava o relógio de pulso. Ele colocava o cigarro sobre os lábios e apalpava os bolsos quando uma mão morena surgiu com um isqueiro diante de sua face. Blake agradeceu e acendeu o cigarro. A mulher sorriu.

Era uma bela moça, que aparentava ter 25 a 30 anos, alta, de olhos grandes, longos cabelos pretos e pele bronzeada. Trajava um vestido de tricolina azul, provocante, que realçava as curvas generosas de seu corpo. O tradutor olhou para o belo rosto e o pequeno hematoma no olho direito, que os cabelos jogados para o lado escondiam parcialmente.

— O que aconteceu com o seu olho?

A morena ficou sem jeito, puxando o cabelo sobre o rosto.

— Ah, bati numa estante quando estava arrumando minhas coisas — explicou, dando uma olhada nervosa para Araújo, que atendia um cliente no outro lado do balcão.

Blake olhou de relance para o barman, e de novo para a moça.

— Creio que a estante devia ter 1,70 de altura e usar um anel — sussurrou Blake, com a mão em concha ao lado do rosto.

A jovem ajeitou os cabelos e perguntou, abrindo os lábios carnudos:

— Por que não me paga um drinque?

Blake acenou para Araújo com a mão que tinha o cigarro. Ele veio caminhando com um sorriso artificial.

— Um gim para a senhorita — pediu Blake.

— Até que enfim, um cavalheiro! — disse a prostituta, umedecendo os lábios.

O barman franziu o cenho na direção da moça e depois olhou para Blake, esboçando um sorriso. A esta altura o movimento da casa aumentara bastante. Entre gargalhadas e estouros de champanhe, mais grupos de pessoas entravam e saíam do bordel. Um cliente parou diante da moça, fazendo uma mesura e cochichando em seu ouvido. Ela agradeceu alguma coisa e revirou os olhos em direção a Blake, que não despregava o olhar de seu rosto.

— Companhia de terras? — perguntou.

Blake fez que sim.

— Da Inglaterra?

Blake balançou de novo a cabeça.

— Bem-vindo ao fim do mundo... Vai ver em que bela porcaria de cidade o senhor veio parar.

Blake riu.

— Não pretendo ficar muito tempo. Só vim resolver algumas coisas.

— É o que todos dizem. O jeito é se divertir. — A moça arrumou a mecha negra sobre os olhos e concluiu: — Bom, todo mundo é meio estrangeiro. A cidade é nova demais. O senhor fala português muito bem. O que faz da vida?

— Sou tradutor.

A moça continuou sustentando o olhar em direção a Blake. Parecia não ter entendido.

— Eu traduzo o que as pessoas falam ou escrevem — explicou Blake.

Ela deu uma tragada, soprando a fumaça para o teto.

— Ah, então é alguém que vive da palavra dos outros?

Blake fez um olhar surpreso para a moça e deu de ombros.

— Digamos que eu facilito a comunicação entre as pessoas que não falam a mesma língua.

A moça fez que entendia com um gesto de cabeça, bebericou o gim, passando a língua sob os lábios superiores. — Então veio pra cá para nada. Vai logo aprender que em Londrina só se fala uma língua.

— E qual seria?

A prostituta sorriu:

— Dinheiro.

Blake fitou-a por alguns segundos, deu um gole e perguntou:

— E a senhorita, veio de onde?

— São Paulo.

Blake balançou a cabeça, enquanto contemplava a brasileira. Deu uma olhada pelo salão e comentou:

— O movimento parece bastante bom para uma segunda-feira.

— Ah, você não viu nada — disse a moça, abrindo um belo sorriso. — Daqui a pouco isso aqui vai estar um inferno.

Blake deu um gole e perguntou:

— Como é mesmo seu nome?

— Eu não falei ainda: é Regina.

— Regina...

— Só Regina — repetiu. — Regina Regina.

— Adam Blake, muito prazer. — Bebericou o uísque, enquanto estudava os belos traços da morena. — Você sabia que seu nome quer dizer rainha, em latim?

Ela jogou a cabeça para trás e riu. Fizeram um brinde. Blake perguntou sobre a dona da casa. Depois de hesitar por um momento, Regina contou que Lorinda, cujo nome verdadeiro ela disse não saber, era natural de uma cidade do interior de Santa Catarina. Ela se orgulhava de ser filha de imigrantes. Chegou a trabalhar no Cassino da Urca, no Rio de Janeiro. Tinha experiência nas melhores casas do ramo. Chegara à cidade em 1931. Em pouco tempo a Casa da Lorinda virou uma das jogatinas e bordéis mais famosos do Paraná. Não era só mais uma "casa de tolerância", explicava Regina. Muitos negócios eram fechados no local. Ela já ouvira falar que fortunas haviam sido ganhas e perdidas nas mesas de jogo de Lorinda.

— A vida seria muito tediosa na cidade se não fosse ela — resumiu a moça, puxando um pouco a saia sobre as coxas.

A banda agora tocava "Luar do sertão".

— Claro que existem outras casas, como a da Jô, a da Gilda, mas nenhuma chega aos pés da Lorinda. Sem dizer que ela é uma mulher fascinante, organizada, fala outras línguas, embora muita gente não concorde com o seu... quer dizer, com o *nosso* modo de vida. Lorinda é uma mulher muito inteligente. Ela guarda muitos segredos desta cidade.

— Você mora aqui?

Regina balançou a cabeça.

— Sou umas das poucas que preferem não morar no local de trabalho. Quero sair dessa vida. Mas ainda falta um pouco para isso — suspirou.

Regina então apontou com a taça sobre os ombros de Blake, na direção da saída.

— Acho que ele está te chamando.

Blake viu Lovat, virou-se para a moça e disse que já voltava.

Na varanda, esfregando as mãos e com uma expressão satisfeita, Lovat foi direto ao assunto:

— Antes que me pergunte, a conversa com Lorinda foi produtiva. Conto os detalhes amanhã. Tenho de ir. Estou cansado...

— Então vamos, sir.

— Não há necessidade, Blake. Estou bem acompanhado — gracejou Lovat, apalpando o coldre dentro do paletó.

— Estou começando a acreditar no senhor quando diz que isto aqui parece o *Far West*.

— Fique, Blake. Você é jovem. Aproveite a noite.

O tradutor ficou na varanda observando seu chefe caminhar em direção ao Ford. Respirou fundo e voltou para o salão. Alcançou seu banco e retomou sua conversa com Regina.

— Do que estávamos falando, bonitão? — perguntou ela, passando a língua sobre os dentes.

— Da Lorinda. O que mais pode me dizer sobre ela? — Blake pegou seu copo, deu um gole da bebida, agora mais água do que *scotch*, e perguntou: — Sabe me dizer se ela tem algum protetor na cidade?

Regina esperou o barman ir para o outro lado do balcão.

— Por que quer saber?

Ela desviou os olhos e abriu um sorriso ao cumprimentar um freguês.

— Ela paga bem a vocês? — insistiu Blake.

A moça virou-se outra vez e disse:

— Não tenho do que reclamar. Lorinda lutou muito para chegar aonde chegou. E ela é uma mãe para todas nós. Ela também cuida de nossa saúde, e não se mete na vida da gente quando não estamos trabalhando.

— Você falava que a Lorinda guarda muitos segredos.

— Eu disse isso?

Blake assentiu.

— Lorinda deve ser muito boa mesmo. Imagino que deva ser difícil guardar segredos numa cidade como esta. A não ser que se pague por eles.

Regina levantou uma sobrancelha e desconversou:

— Você veio à zona só para conversar ou vai querer algo mais?

Blake respondeu com um sorriso. A pequena banda começou a tocar uma rumba. Regina se levantou da banqueta do bar e disse, estendendo a mão:

— Vamos, você me deve uma dança.

Os ponteiros do relógio na parede da companhia mostravam meia-noite quando Lovat avisou a Glória que não precisaria mais de seus serviços. Deram-se boa noite e ela se retirou. O sorriso se desmanchou do rosto de Lovat assim que deixou a área iluminada da recepção. Avançou com passos leves pelo corredor escuro, as tábuas do piso rangendo sob seus pés. O cheiro da madeira aumentava ainda mais com o ar abafado do escritório. Entrou ligando a lanterna, tendo o cuidado de trancar a porta atrás de si. Acendeu uma lamparina e olhou a luz frouxa iluminar o recinto. Foi até o cofre. Tirou do bolso a corrente em que havia pendurado a chave com o cervo do clã gravado na cabeça e introduziu-a devagar na fechadura. Em seguida, colocou o polegar e o indicador no disco e girou para a direita até o número 1. Depois para a esquerda, até o zero. Então para os números 4, 1, 9 e 31.

Girou então a chave, segurou no trinco do cofre e o puxou. O cofre se abriu.

Colocando a lanterna no chão, ajoelhou-se com dificuldade. Esticou o braço para dentro do cofre, e retirou uma pasta de veludo verde.

Com a pasta e a lanterna sobre a mesa do contador, sentou-se e começou a folhear alguns documentos. O som de sua respiração enchia o escritório enquanto examinava os papéis da pasta. Pegou uma folha branca, um lápis do colete e passou a fazer cálculos. A voz de Lovat virou um murmúrio de números.

Depois de alguns minutos, lorde Lovat tirou os óculos de leitura e, na penumbra, soltou um gemido mudo enquanto esfregava o peito. Em seguida, pegou uma folha em branco e escreveu uma carta para Adam Blake.

Na Lorinda, a música animava cerca de trinta casais pela pista de dança. Blake voltava para o balcão quando Regina avisou que ia ao toalete retocar a maquiagem. Quase ao mesmo tempo ele foi abalroado por um casal animado, tropeçou e quase caiu em cima de uma mesa de jogo na sala reservada. O homem magro, com pose de comendador e cabelos brancos, se virou na cadeira e o encarou sob as lentes grossas e verdes dos óculos, que deixavam seus olhos com uma aparência descomunal.

— Acho que minha cadeira bateu no seu pé — disse o homem, com um leve sotaque francês, olhando Blake de cima a baixo.

— Perdão — disse Blake.

Os dois se encararam por alguns instantes. Um cheiro enjoativo de água-de-colônia invadiu suas narinas e Blake espirrou. Os quatro homens sentados à mesa, com cartas nas mãos, agora olhavam fixamente para o intruso, calados e com cara de poucos amigos.

— Perdoem-me — repetiu o tradutor, se endireitando enquanto examinava a mesa. Virou-se para o homem de óculos, que agora balançava a cabeça em desagravo, enquanto passava a mão na barba comprida.

— Em sinal de desculpas, deixe-me pagar-lhe um drinque — ofereceu Blake, esfregando o nariz.

— Não se incomode — disse o homem, com uma voz calma e algo rouca. Em seguida seu parceiro de jogo o cutucou. O homem virou as costas para Blake e passou a distribuir as cartas, que deslizaram no feltro verde da mesa de jogo.

O japonês gordo gritou para Blake, que permanecia de pé atrás do senhor de barbas:

— Cai fora!

— Vamos logo com isso — resmungou um outro.

Blake ergueu as duas mãos em sinal de rendição e começou a se afastar da mesa. Franziu o cenho, parecendo pensar em alguma coisa, e virou-se mais uma vez para examinar o homem de óculos verdes. Depois olhou para o balcão e viu Araújo gesticulando enquanto conversava com Regina. Ela avistou Blake e abriu um sorriso enquanto atravessava o salão com um copo de gim e um de uísque nas mãos.

Depois de servir mais uma dose de John Haig para o escocês, "por conta da casa", Regina passou alguns minutos lhe contando um pouco mais de sua vida. De quando em quando, seu sorriso iluminava sua tez morena. Um sucesso de Carmen Miranda começou a tocar. Mais casais se levantaram para dançar. A moça anotou seu endereço num pedaço de papel e o entregou para Blake. O tradutor estava a ponto de tocar o rosto quente da prostituta quando uma mulher o abraçou por trás:

— Roubando o inglês de mim, Regina? — disse Lorinda, enquanto roçava os seios nas costas do escocês. — Desistiu de me desenhar?

Blake deu um sorriso encabulado e fez que não.

Lorinda correu os dedos pelos cabelos volumosos, curvou-se e sussurrou no ouvido de Blake:

— Mas desta vez terá de ser de corpo inteiro.

Blake deslizou uma nota de quinhentos réis sobre a mesa.

— Foi um prazer conhecê-la. Isto é por seu tempo e sua companhia — disse para Regina, piscando um pouco os olhos, a voz mole e pastosa.

— Siga-me — ordenou Lorinda.

Ele ficou de pé, beijou a mão direita de Regina e seguiu Lorinda, que abria caminho entre as mesas e o ar pesado de fumaça de charutos e cigarros. Dentro da fumaça, Blake e Lorinda passaram pelo corredor de luzes vermelhas que levava à casa da cafetina.

A lua lançava seus raios perolados sobre o quintal. Ainda no umbral da porta de sua casa, avançando adiante de Blake, a mulher fez um gesto sinuoso com as mãos e o corpo todo. Blake, com as pernas bambas, conferiu as costas nuas e morenas da mulher enquanto ela deixava cair a alça esquerda do vestido. O silêncio foi rompido por um movimento brusco. Ele já estava entrando na penumbra do quarto quando levou uma pancada na nuca e desabou no chão como uma saca de café.

# INFERNO VERDE

Adam Blake abriu os olhos, como duas sementes feridas pela luz. Estava caído de bruços, sujo de sangue e terra. O lado do rosto estava cheio de picadas de insetos. Moscas zumbiam sobre seu corpo jogado sob um facho de luz que escapava das copas. Uma rajada de vento soprou no alto das árvores, formando uma onda verde. Blake conseguiu se levantar com dificuldade e olhou para cima.

Uma escuridão asfixiava a luz da manhã no interior da mata. Por toda parte, labirintos de galhos, parcialmente engolidos pela fumaça da evaporação acelerada da espessa camada de húmus. Figueiras gigantescas, perobas, cedros, guapuruvus e paus-d'alho se impunham na vegetação, sendo agarrados por todos os lados por musgos e cipós da grossura de pulsos humanos. Rendas de raízes aéreas oscilavam suspensas no negrume, estrangulando as árvores, compondo um véu extenso que parecia unir a selva sob a penumbra úmida. O solo parecia se mexer com o movimento subterrâneo de milhares de formigas e cupins. A umidade opressiva era composta de odores malcheirosos de decomposição de cascas, folhas, frutas, troncos e carcaças de animais. As sombras da mata virgem assumiam formatos assustadores. Os gritos desesperados dos macacos agarravam o ar e se uniam à massa ensurdecedora e compacta que vinha do exército de cigarras e besouros, ecoando dentro da floresta.

Sob uma nuvem de mosquitos, o escocês olhou para o peito e viu a roupa suja de lama endurecida. Estava vestido, mas o paletó e as calças estavam rasgados e repletos de picões. Tossiu com força, cambaleou sobre um tronco e vomitou, soltando um urro grosso e inarticulado.

Gemeu ao tocar o braço. Ouviu o som de buzinas. Moveu as pernas e começou a avançar de novo, aos tropeções, pela mata. Galhos e espinhos feriam e esfolavam seu corpo. Blake viu uma nuvem de poeira no fim da picada, e depois de alcançar uma estrada de terra, ladeada por paredões imensos de mata, desmaiou.

O sol estava alto quando o motorista de uma jardineira parou diante do corpo caído à beira da chamada estrada dos Pioneiros. Dois homens desceram, sob os olhares curiosos dos colonos sentados nos bancos e apinhados no teto, sobre as bagagens.

— Outro defunto? — perguntou o motorista.

— Vira essa boca pra lá, Ortiz — respondeu o outro em voz baixa, virando-se para os passageiros e de novo para o motorista. — Eles estão virando um péssimo cartão de visita para a cidade.

O motorista resmungou algo em espanhol, e se abaixou para ouvir a respiração e verificar o pulso de Blake. Gritou, sobre o ruído do motor do caminhão:

— Está respirando.

Os dois homens tentaram reanimá-lo e lhe dar água, sem sucesso. Uma onda de sussurros varreu o coletivo. Então carregaram o escocês pelos braços e pernas e o deitaram no último banco. O motorista espanhol e seu ajudante voltaram para o banco da frente, e a jardineira seguiu pela estrada de terra que cortava a floresta. Cerca de uma hora depois, ao chegar ao alto da colina que dominava a cidade, dirigiram-se para o hospitalzinho da companhia de terras.

Quando recuperou a consciência, às dez horas da manhã de quinta-feira, Blake arregalou os olhos ao ver o rosto de uma mulher vestida de negro.

— Bom dia.

Era pálida, tinha olhos azul-claros e feições rudes, e refrescava sua testa com um pano embebido em água e álcool:

— Como se sente?

— Como se um elefante tivesse me atropelado — grunhiu Blake, ajeitando o braço na tipoia. Seus olhos percorreram lentamente o aposento. — Onde estou?

— O senhor está no hospital da companhia. Sou a irmã Burga.. — anunciou a enfermeira, com sotaque alemão.

Blake tentou um movimento e soltou um gemido.

— Não deve tentar se mexer — disse a freira, empurrando-o de volta ao travesseiro e depois ajudando-o a encontrar uma posição mais confortável.

— Obrigado, irmã. E pode falar em alemão mesmo, se não se importa.

Os dois passaram a conversar em alemão.

— O senhor nos deu um susto. Sente-se melhor?

— Creio que sim. Pensei que nunca fosse conseguir sair da selva.

— Teve sorte de não ter sido devorado por uma onça. Agradeça ao seu anjo da guarda.

— Bem, acredito que ele deva estar cansado de mim a esta altura. A senhora é de Munique?

Dessa vez, quem arregalou os olhos foi a enfermeira.

— Como sabe?

— Reconheci pelo sotaque. Eu já estive lá.

A enfermeira pegou um copo d'água e lhe deu. Blake o bebeu de um só gole. Ajeitou o travesseiro nas costas de Blake e disse:

— O padre Braun acaba de sair. Ele estava preocupado, como todos nós. Por onde andou?

— A última coisa de que me lembro é que, ontem à noite, estava numa boate...

A irmã deu um pequeno sorriso e o corrigiu:

— Há três noites, quer dizer.

Blake forçou a vista, como se quisesse recuperar um pensamento perdido.

— O que está dizendo?

— O senhor é muito forte para suportar três dias ferido, sem água e comida. Foi o tempo que o senhor ficou desaparecido. Não se lembra de nada?

Blake balançou a cabeça, numa negativa.

— Tenho de falar com lorde Lovat...

— Ele não está mais aqui.

O escocês dirigiu um olhar incrédulo para a irmã.

— O que está dizendo?

— Lorde Lovat partiu. Mr. Garden contou que ele foi chamado para uma reunião em São Paulo. Disse que havia uma reunião anual da companhia em Londres. A esta altura já deve ter embarcado para a Inglaterra.

Blake fechou os olhos e praguejou em voz baixa, em gaélico escocês.

— Lovat organizou uma equipe de buscas na região — disse a freira. — E ainda esperou um dia inteiro por sua melhora. Ele deixou isto aqui para o senhor — disse a freira, entregando-lhe um envelope fechado com seu nome.

Blake pegou a carta e ergueu os olhos para a freira de novo.

— O doutor Jonas garantiu a ele que o senhor ficaria bem. Algum problema?

Blake não teve tempo de responder. Um rumor pesado de passos ecoou pelo corredor e logo se ouviu uma voz conhecida. Blake escondeu a carta sob o travesseiro e sorriu para a enfermeira.

O delegado Silva preencheu a moldura da porta com seu corpanzil.

— Ah, ele acordou, finalmente.

Silva tirou o chapéu-panamá, mostrando a careca, e cumprimentou a enfermeira com um ar circunspecto. Seus olhos eram duros e implacáveis.

— Vejo que está melhor. Já está até de conversa com a irmã. Consegue responder algumas perguntas?

— Acho que sim, delegado.

Silva virou-se para a freira.

— A senhora poderia se retirar, por gentileza? Preciso ter uma conversa com o nosso paciente — pediu o delegado corpulento, sustentando um sorriso artificial.

Burga fez uma careta e saiu do quarto, contrariada. Silva a acompanhou e fechou a porta. Retirou um lenço do bolso, limpou o suor que brilhava em seu rosto e voltou-se para Blake:

— Bem, vamos direto ao assunto. O senhor esteve na Lorinda há três dias?

— Sim, estive.

— E o que fazia lá entre onze e meia e meia-noite?

— Não sei.

Silva concordou com um sorriso irônico nos lábios.

— Ah, não sabe?

— Não tenho a mínima ideia, delegado. Sei que a casa estava lotada. Acho que estava um pouco bêbado. Colocaram alguma coisa na minha bebida.

— O senhor foi encontrado um bocado longe da cidade, perto da estrada dos Pioneiros. — O delegado contornou a cama com passos lentos e semicerrou os olhos. — Estava tentando fugir, por acaso?

— Fugir? Por quê?

— Tsc, tsc. Será melhor começar a se lembrar de alguma coisa, meu rapaz. Você está em maus lençóis. — Silva fitou os olhos de Blake por alguns segundos e disse, num tom casual:

— Lorinda está morta.

— Morta!?

— Ela foi degolada. Foi encontrada morta em seu quarto por uma de suas meninas, por volta das onze e meia da noite de segunda-feira. Sangrou como uma porca. Testemunhas disseram que o senhor foi o último a ser visto com Lorinda, dirigindo-se para o local do crime. O senhor terá de vir comigo.

Adam Blake deixou a cabeça cair sobre o travesseiro e fechou os olhos, com uma expressão de dor.

## NO XADREZ

Era madrugada alta de terça-feira. Um poste de rua derramava um amarelo mortiço sobre a esquina da cadeia pública, deixando um retângulo comprido de luz no chão da cela. Os outros dois detentos, vultos imersos no escuro, dormiam. Blake não conseguia pregar o olho. Pegou mais uma vez o bilhete de Lovat, acendeu o isqueiro. Estava em gaélico, e trazia a elegante caligrafia de Lovat:

> *Caro Adam,*
>
> *Quando você ler esta carta eu já terei partido. Tive que voltar imediatamente para Londres. Espero que um dia compreenda minha atitude. Acredite, estou numa situação bastante delicada. Reze para que eu tenha sabedoria para tomar a decisão que me cabe, com a consciência de que o principal neste momento é a preservação do Império Britânico. Entrarei em contato quando chegar a Londres.*
>
> *Lovat*

Colocou o bilhete e o isqueiro no bolso. Mirou o chão com os olhos pensativos. Massageou o pescoço. Um pernilongo zuniu em seus ouvidos e Blake abanou o ar. Cigarras enchiam a noite lá fora. O tradutor abriu a boca e começou a recitar em voz baixa a primeira estrofe da canção, a mesma que passara as últimas horas decorando. A melodia do antigo dialeto provençal encheu a cela:

*— Er vei vermeills, vertz, blaus, blancs, gruocs,*
*vergiers, plais, plans, tertres e vaus;*
*e il votz dels auzels sona e tint*
*ab doutz acort maitin e tart.*

Aspirou um pouco de ar e prosseguiu, sussurrando:

*— So'm met en cor q'ieu colore mon chan*
*d'un'aital flor don lo fruitz sia amors*
*e jois lo grans, e l'olors de noigandres.*

As palavras misturaram-se com o som dos grilos vindo da mata. Aproximou-se da minúscula janela. Um halo no céu tornava a lua alta o centro de uma pupila branca gigantesca. Voltou para o seu canto e tentou dormir sobre a serragem, usando o paletó como travesseiro. Blake olhou para a penumbra da cela e sussurrou:

— Quem é você, Trovador?

Quando amanheceu, o escocês foi acordado pelo delegado. Silva cuspiu um pedaço de tabaco na escarradeira e perguntou, levantando o queixo:

— Tem se divertido bastante?

Blake sacudiu os ombros, deu um leve sorriso e continuou calado.

Silva fitou-o por alguns segundos antes de dizer:

— Vamos. O senhor tem visita.

Blake levantou-se, devagar. Estudou os movimentos lentos do delegado, seus olhos aninhados por bolsões de gordura. Um molho de chaves tilintou. Silva abriu a cela, estendeu o braço como se fosse um garçom apresentando uma mesa e o conduziu até sua sala.

Metido em seu costumeiro uniforme de safári e botas de cano longo, Nilson Garden acenou com o chapéu redondo para Blake quando o tradutor entrou na sala. Garden dava a impressão de que acabara de voltar de uma caçada no interior da África. Blake ajeitou o braço na tipoia encardida, os olhos cegos pela luz.

— Como vai, Blake?

— Melhor agora que está aqui.

— Fico feliz que esteja bem. A companhia não deixa seus funcionários desamparados — disse Garden, as mãos pousadas sobre o chapéu. Parecia tenso. — Por que prendeu Blake sem nos informar?

— Sentem-se, por favor — pediu Silva, arreganhando os dentes ruins que tentava esconder sob o bigode.

— Recebi este telegrama de lorde Lovat — disse Garden, passando a folha para Silva. — É para o senhor. Foi transmitido do navio em que ele se encontra no momento, a caminho da Inglaterra.

Silva devolveu a folha com um sorriso jocoso.

— Está em inglês. Não entendo patavina. Traduza, por favor.

— Lovat pede que o delegado solte Blake. Ele assume toda a responsabilidade por nosso funcionário — explicou Garden, olhando com apreensão para o jovem.

— Queira me desculpar, mas o lorde não pode influir num inquérito regido sob leis brasileiras.

— Sabemos que as condições de segurança na cidade estão longe de serem ideais.

— Ele é um suspeito.

— Lovat diz também que confia no seu trabalho e que tomará providências imediatas para aumentar o efetivo da cidade — acrescentou Garden.

Silva devolveu a folha e lançou um olhar desconfiado para o prefeito.

— Temos o testemunho de duas pessoas que declararam ter visto Blake e Lorinda indo para a casa dos fundos, por volta das onze e meia.

— Quem disse isso?

— O barman, Araújo. E uma das meninas que trabalha lá.

Silva ajeitou seu corpanzil na cadeira e prosseguiu:

— Segundo o médico que fez a necropsia, não havia sinal de violência sexual. Depois de matar Lorinda, a pessoa procurou alguma coisa. Havia muitos papéis jogados no chão. E as gavetas estavam reviradas. Parece ter sido crime de vingança. Havia muito ódio para a pessoa matar a mulher do jeito que a matou, degolada.

— Alguém testemunhou o crime?

— Não, mister Garden. Não há testemunha ocular. Pelo que constatei da rigidez cadavérica quando encontrei o corpo — prosseguiu Silva —, Lorinda deve ter sido assassinada por volta da meia-noite. Mais ou menos no horário em que ele foi visto indo com ela para os fundos do bordel. A mulher não foi mais vista viva depois disso.

Blake protestou, ruborizado:

— Delegado, vou repetir mais uma vez. Eu não matei Lorinda!

— Baixe a voz — advertiu o delegado. — Não é gritando que o senhor terá razão. Por que não explica o que estava fazendo lá?

— Eu já lhe disse. Lovat e eu fomos conversar com Lorinda sobre o incidente envolvendo os funcionários. Se não me engano, foi o senhor mesmo que sugeriu que ele conversasse com ela.

— Calma... — interrompeu Garden, virando-se para Silva. — Delegado, Blake chegou há apenas alguns dias. Ele mal conhecia Lorinda. Que motivos ele teria para matar a mulher?

— Conte para Garden o que me contou.

— Eu estava conversando e bebendo com uma das moças quando Lorinda me chamou para o escritório dela. Mas eu nem cheguei a entrar. Alguém me atingiu com um objeto na nuca e a próxima coisa que lembro foi que estava na floresta. Eu não fui andando até lá. Tenho certeza de que me drogaram.

Silva sorriu.

— Vê? Sua situação só piora quando tenta se explicar. — E, voltando-se para Garden: — Esta história está muito mal contada.

— Talvez seja porque a história seja outra, delegado — disse Blake. — Talvez eu estivesse no lugar errado, na hora errada... Ouvi dizer que Lorinda conhecia segredos de alcova de muita gente na cidade. Podem tê-la matado para que ela não revelasse alguma coisa...

O rosto do delegado ficou tenso. Silva e Garden se entreolharam. Ele coçou o pescoço vigorosamente, enquanto inspecionava o rosto de Blake com os olhos em brasa.

— Ora, Silva, libere o rapaz — insistiu Garden. — O senhor sabe que, estando totalmente embriagado, Blake não poderia cometer esse crime. Se não conseguia parar de pé, como poderia degolar uma pessoa?

— Ele pode muito bem ter fingido estar bêbado — disse Silva, sem tirar os olhos de Blake. — Para mim ele matou Lorinda, fugiu e se deu mal.

— É, mas o barman não testemunhou o crime — ponderou Garden. — Ninguém viu nada.

— Como sempre nessas ocasiões, não é? — disse o delegado, mostrando as palmas das mãos.

— Não há provas de que tenha sido Blake, nem de que ele estivesse lá no momento do crime — prosseguiu Garden. — Quanto a Lovat, ele estava na companhia no momento do crime. Além do mais, soubemos que tinha um bom movimento na casa. Qualquer pessoa poderia ter tido a oportunidade.

— Blake foi a última pessoa a vê-la com vida naquela noite.

Blake rompeu o silêncio.

— Não, porque não fui eu quem a matou, delegado. A última pessoa foi o assassino. Ou a assassina.

Silva sorriu suavemente.

— Não pode continuar detendo-o — insistiu Garden, coçando o rosto rechonchudo. — Ele tem direito de responder ao inquérito em liberdade. Eu lhe garanto que responderá a todas as intimações. E também tem a palavra de Lovat.

Silva resistia. Seus olhos se concentraram no rosto de Blake mais uma vez. Com uma expressão calma, Garden prosseguiu, abaixando o tom de voz:

— Meu caro Ubirajara Silva. Gostaria de lembrá-lo de que há muitos delegados jovens querendo a sua vaga no norte do Paraná. É só nossa matriz de São Paulo ou o próprio Lovat entrar em contato com o interventor Manoel Ribas que qualquer nomeação sai...

O delegado olhou para a janela e ficou pensativo. Depois voltou-se para Garden.

— Pode ser que ele não tenha nada a ver com o assassinato da Lorinda, mas com certeza é suspeito e sabe mais do que falou.

Tornou-se pensativo de novo. Depois praguejou em voz baixa e ergueu o queixo para Garden.

— Vou soltá-lo, em apreço ao lorde Lovat e ao prefeito. Mas esse sujeito — disse, apontando o indicador como se fosse uma arma para Blake — não pode sair da cidade até que esse crime seja esclarecido.

— Obrigado.

— Ficarei na cidade, delegado — interrompeu Blake, com expressão séria. — Sobretudo porque agora eu sou o principal interessado em descobrir o que aconteceu.

— Não mais do que eu, senhor Blake, isso eu posso lhe garantir. Vou estar de olho no senhor. — Silva se recostou na cadeira, cruzou os braços sob a nuca e disse, num tom alto e seco: — Tenham uma boa tarde, cavalheiros.

Blake e Garden se levantaram, contornaram a mesa do delegado e rumaram para a saída. Blake esperou Garden sair, depois voltou e falou:

— Permita-me uma observação, delegado. Já parou para pensar que pode haver uma relação entre o caso dos Müller e essa morte da prostituta?

Silva franziu o cenho e resmungou:

— De que diabos está falando?

— Nada. É algo que me passou pela cabeça.

Silva colocou as mãos e os braços grossos sobre a mesa e se levantou de repente. Os nós dos dedos estavam brancos.

— Parece que há uma campanha de moralidade contra a zona do meretrício. Suponho que essa morte tenha sido bastante conveniente para algumas pessoas.

O delegado cerrou os dentes e disse, enfiando o dedo indicador no peito de Blake:

— Cuide dos seus assuntos, rapaz. Já estou sabendo que o senhor se meteu em problemas antes, na África. Não me obrigue a fazer como o antigo delegado, levar você para nadar no rio Tibagi.

O tradutor levantou ambas as mãos, como se numa rendição imaginária. Deu um sorriso para Silva.

— Poderia devolver o meu chapéu?

Silva pegou o chapéu fedora marrom de cima da estante.

— Sabe o que é? — prosseguiu o delegado, examinando o fedora, sem levantar os olhos: — O senhor não aprendeu como funcionam as coisas nesta cidade.

— Eu aprendo rápido.

— Tsc, tsc. Eu ensino antes. Existe uma lei, e esta lei sou eu. Não cruze o meu caminho novamente, Blake. Estou cansado da prepotência dos britânicos. Tome seu chapéu — disse, lançando-o para Blake, que o apanhou no ar, antes que atingisse seu rosto.

— Obrigado.

O jovem girou nos calcanhares. Silva falou para as costas de Blake, quando ele já se dirigia para a porta e a liberdade.

— Vejo que é canhoto, Blake. Quem degolou Lorinda não era. Hoje é seu dia de sorte.

— Boa tarde, delegado — falou o escocês, por cima do ombro.

Silva riu, e começou a enrolar um cigarro de palha. Parecia satisfeito. Puxou um papel em branco e fez algumas anotações.

O prefeito deu carona para Blake até o Paço Municipal. No caminho, recebeu instruções sobre o seu primeiro dia de trabalho. Blake desceu do carro, despediu-se de Garden e foi em direção à companhia, avançando a passos rápidos pela multidão. Homens, a maioria de chapéus, atravessavam a esquina da avenida Rio de Janeiro com a Paraná com pressa, contornando carros, charretes, cavalos e caminhões. Foi quando Blake viu um rosto familiar retocando a maquiagem numa charrete que passava.

— Regina!

A moça deu um olhar assustado para Blake e virou o rosto, interrompendo qualquer linha de comunicação. Os olhos de Blake acompanharam a charrete desaparecer pela avenida Rio de Janeiro.

Exposto ao sol escaldante do meio-dia, mergulhado em pensamentos, Blake parou em uma esquina. Enquanto acendia o cigarro, admirou o curioso logotipo das Casas Pernambucanas, que lembrava um símbolo maçônico: no alto da fachada havia um olho que, dentro de um losango, com a sobrancelha arqueada, parecia vigiar os transeuntes.

# A CADERNETA DO PORTUGUÊS

Tinidos de talheres e vozes vinham do refeitório. Com exceção de Blake, o escritório da companhia estava deserto naquela manhã de sábado. Um calendário na parede mostrava a data: 10 de outubro de 1936. Havia doze mesas, e a sala, apesar de grande, já não tinha mais espaço com a chegada de novos agentes e topógrafos. As paredes abrigavam uma série de mapas, gráficos de vendas com nomes, fotos aéreas, tabelas de horários. Na parede dos fundos, onde ficavam os escaninhos, um relógio grande e redondo de madeira marcava meio-dia. As mesas silenciosas reuniam dezenas de máquinas de escrever e pilhas de pastas e papéis. Blake havia conferido todas as máquinas mais uma vez. Passara a tarde fazendo isso. Nenhuma tinha problemas com os tipos, os As e Gs falhos como os da carta. De sua janela, semiencoberta por um arquivo, Blake podia avistar a avenida Paraná, a agitação da rua, a estação de ônibus, toda sorte de ambulantes, homens engravatados ao lado de outros, rudes, com roupas empoeiradas, e que pareciam saídos de um filme de John Ford. Olhando para o alto, viu algumas perobas imponentes dominando a praça e sibipirunas projetando sombras em casas de comércio. Alguns urubus faziam voos circulares no céu de azul ardente.

Nos primeiros dias de trabalho, Blake recebeu uma apresentação sobre o funcionamento dos negócios e das tarefas que lhe esperavam. A principal delas era acompanhar agentes de terra e caravanas de futuros compradores de lotes e auxiliar agentes na explicação e tradução dos detalhes do negócio: vantagens, futuras melhorias, contratos, descrições do tipo de terreno, fertilidade do solo e forma de pagamento. Outras tarefas consistiam na tradução de documentos e propaganda da companhia para o inglês, espanhol, italiano e alemão. Blake esvaziou os pulmões, apanhou o paletó, contornou as mesas, atravessando um longo corredor. Um vozerio animado e risadas vinham da cozinha. No corredor, Blake passou pela saleta em que funcionara o escritório de Nussbaum. Forçou a maçaneta. A porta estava trancada. Ouviu um arrastar de sapatos às suas costas.

— Procura alguma coisa? — interrompeu a voz de Razgulaeff, com cortesia.

Blake se virou.

— O senhor me assustou. Ainda não conheci todas as salas.

Razgulaeff o fitou por alguns segundos e sorriu com o canto da boca. Disse:

— Vamos, Glória não gosta que nos atrasemos para o almoço. Ela quer ficar logo de folga.

Luzindo sob o sol da uma hora da tarde, ipomeias roxas subiam pelas paredes de treliça do pátio. Este era dominado por um imenso flamboyant, cujas flores vermelhas ardiam contra o céu azul. Blake acenou para alguns agentes, que conversavam e fumavam sentados em toras de peroba, e entrou. Na cozinha estavam Fonseca, Magrão e Glória. No menu, frango caipira, arroz com linguiça, ovos fritos e tutu de feijão. Fonseca era um sujeito gordo e moreno e tinha sempre uma piada a tiracolo. Irineu, o Magrão, era um rapaz franzino e conhecido como um dos mais hábeis agentes da Paraná Plantations. Um mestre da lábia e do convencimento que havia batido o recorde de dez lotes vendidos num único dia.

— Nossa, comi como uma vaca velha — suspirou Magrão, um tempo depois, estufando e alisando a barriga.

— O Magrão é tão magro — comentou Razgulaeff — que quando ele vira de perfil o pessoal acha que ele já foi embora.

— Mas olha só quem fala. Seu rolha de poço! — devolveu Magrão.

Fonseca rosnou uma risada para o colega, depois completou, acenando para o grupo:

— E, além de bom garfo, ele é chegado naquela água que passarinho não bebe, como o nosso amigo aqui, né, seu Brêiki? — perguntou o brasileiro, dando um tapinha no ombro do escocês.

— Cuidado que o moço entende e fala português que é uma beleza! — avisou Glória, a cabeça negra coberta por um pano branco.

— É, mas será que entende as piadas?

O jovem escocês limpou os lábios com um guardanapo. Depois puxou um sorriso no canto da boca, como se acabasse de ganhar um elogio. Parecia estar se divertindo.

— O que deu em vocês hoje? — quis saber Glória. — O trabalho e o sol do sertão devem estar cozinhando seus juízos!

Fonseca deu um gole de café, filou um cigarro Yolanda do maço de Magrão em cima da mesa. Falou, soltando dois fios de fumaça pelas narinas:

— O seu Nussbaum, por exemplo, era um sujeito engraçado.

Blake perguntou, dando uma garfada numa coxa de frango:

— Engraçado?

— Tinha aquele jeito sério e quieto dele, mas às vezes soltava umas boas. Esta foi ele que me contou. Vou fazer como ele fez — falou Fonseca, agora exagerando numa imitação do sotaque alemão. — O sujeito ficou enchendo a cara até as três da manhã. Daí, quando chegou em casa, a mulher perguntou: "Mas isto lá são horas? Fiquei até agora esperando você chegar pra eu dormir." Daí o bêbado respondeu, com a fala mole e mais aguda: "E eu, que fiquei até agora esperando você dormir pra eu chegar?"

Quando as risadas terminaram, Blake comentou:

— Vocês no Brasil tem um senso de humor incrível. Fez bem até para o austríaco!

— Parecem umas crianças — interveio Glória.

— Onde ouviu essa do Nussbaum? — perguntou Blake.

— No Eldorado. O Português me contou — respondeu Fonseca, limpando a boca com as costas da mão. — Aliás, Magrão, seu amigo mandou um recado. Disse que você tá com uma conta enorme pra pagar.

— Ali *no pasa nada* — gracejou Magrão.

— O Português é uma figura — disse Fonseca.

— Eu troquei umas palavras com ele, ontem. Pareceu-me uma pessoa bem-informada — opinou Blake.

O russo deu um trago no Opera, apoiou os cotovelos sobre a mesa e soltou a fumaça para o teto.

— De vez em quando aparecem uns personagens muito curiosos por estas bandas, Blake. Há coisa de um ano recebemos a visita de um jovem belga muito peculiar. Como era mesmo o nome dele, Magrão? O sobrenome era Levi alguma coisa.

— Emil Levy?

Razgulaeff interrompeu:

— Não, esse é o professor de Rolândia. O nome dele era algo pomposo. — Depois de uma breve pausa, estalou os dedos e falou: — Lévi-Strauss, Claude Lévi-Strauss. Se apresentou na companhia como antropólogo e professor da Universidade de São Paulo. Moço inteligente e bem-educado. Veio estudar os índios, e estava percorrendo a região a cavalo. Contou que estava escrevendo um livro e ia dedicar um capítulo para nossa zona pioneira. Tinha um português bem razoável.

— Só um doido varrido para achar que pode aprender alguma coisa com esses índios! — gracejou Magrão.

— Quando foi isso? — quis saber Blake.

— No ano passado. O moço tinha até umas ideias originais sobre cidades — continuou o russo, olhando para o tradutor, depois para Fonseca e Magrão. — Em todo caso, sujeitinho corajoso, sair por este mundo de floresta. E disse que daqui seguiria para o Mato Grosso. Deve ter passado apuro.

— Sem dúvida! — exclamou Fonseca. — Outro dia mesmo uns índios coroados armaram uma emboscada para cima dos ucranianos ali em São Jerônimo da Serra. Dizem que estão no direito, que estão em suas terras. De vez em quando encontram umas ossadas por aí.

— É — sussurrou Razgulaeff, secamente. — Ninguém está seguro em sua própria terra.

Fonseca se inclinou sobre a mesa.

— Sabe qual o problema, russo? Tem muito dono sem terra e muita terra sem dono.

— E o professor Emil Levy, o que ele faz?

— É um homem brilhante, Blake. Dizem que na terra dele ele era muito respeitado. É um dicionarista, um professor, mas parece que não estão deixando-o ensinar em Rolândia. Ele me disse que é porque ele é judeu. O Proença conhece bem o Levy.

— Quem é Proença? — perguntou Blake.

— O editor do *Paraná-Norte.*

No final do expediente, ao cair da tarde, o tradutor dirigiu-se ao Eldorado. Entrou, cumprimentando dois homens que saíam do bar naquele instante, cobertos de serragem da cabeça aos pés. Atrás do balcão, uma prateleira alta de bebidas ocupava toda a parede. O dono lia um jornal ao lado de uma enorme caixa registradora. O Português era um homem troncudo e baixo. Usava óculos, vestia uma camisa branca com círculos de suor sob as axilas e um avental. Blake perguntou:

— Boa tarde. Tudo sossegado?

— Infelizmente. Dia de futebol é assim.

— Quem está jogando?

— Gordos contra Magros.

— Acho que sem luz vai ser meio difícil continuar o jogo — disse Blake, apontando o polegar para a rua.

— O que vai querer?

— Um copo d'água e um café, por favor.

O Português deu um sorriso com o canto da boca e se virou para apanhar as bebidas, enquanto inspecionava o escocês pelo espelho na parede oposta, perto das garrafas. O rádio, sintonizado na Rádio Nacional, tocava uma canção. Acendeu um cigarro e deixou os olhos percorrerem o bar. O Português, com voz grave e chiada, puxou assunto enquanto o servia:

— E o trabalho na companhia? Já se adaptou à rotina?

— Depois de morar em tantos países a gente acaba se acostumando. Para um tradutor o trabalho é mais ou menos o mesmo em todos os lugares.

O Português balançou a cabeça por um tempo.

— Só por curiosidade. Se a pessoa quiser pendurar uma conta, como faz?

O Português dirigiu um olhar atravessado para o forasteiro.

— Eu anoto tudo ali — disse, apontando para uma pilha de cadernetas ensebadas ao lado da máquina registradora.

— Posso dar uma olhada?

— Por que raios gostaria de vê-las?

— Ouvi dizer que seu bar é internacional. Quero ver os sobrenomes, saber de onde vêm os estrangeiros. Curiosidade de quem é tradutor.

O Português sorriu desconfiado.

— Sinto, não posso ajudá-lo.

— E se eu pagar para olhá-las por alguns minutos, digamos, duzentos réis.

— Estás louco? Só por uma olhadela nas cadernetas?

Blake aquiesceu. O Português passou a mão nas notas e se encaminhou pelo corredor estreito entre a prateleira lotada de garrafas e o balcão comprido de madeira. Alcançou a caixa registradora. Olhou para o escocês, pegou uma pilha de cadernetas sujas, caminhou de volta e as colocou no mesmo lugar em que estavam as notas de réis, segundos antes.

— Só uma olhadela, hein? — disse o dono do bar, voltando-se para Zeferino, que limpava uns copos atrás no balcão. — Esses britânicos são todos birutas.

O garçom devolveu um olhar interrogativo enquanto se afastava para atender uma mesa. Perto da porta de correr do bar, um freguês retirou uma latinha de rapé Ettan, colocou sob as narinas e aspirou vigorosamente. Blake conferiu as cadernetas uma a uma e parou na que exibia o ano de 1936 na capa, escrito com uma letra de quem havia se esforçado para aprender caligrafia. Folheando-a, foi até o mês de julho. Ao lado de A DEVER havia uma lista de nomes que indicavam uma pequena Babel. Alguns estavam riscados com um traço reto a lápis, com a palavra PAGO escrito ao lado. Uma conta, de Nussbaum, chamou sua atenção. Ao lado, estava escrito CONTA PG GÜNTHER.

Blake fez sinal para que o Português se aproximasse e virou a caderneta para ele, indicando uma linha na floresta de rabiscos do dono do bar.

— O que é isso?

O Português aproximou os olhos da caderneta, forçando a vista:

— Uma conta do Nussbaum. Ele não voltou mais para me pagar. Ainda bem que o senhor Günther não me deixou no prejuízo.

Blake tomou mais um gole de café.

— Estava aqui na noite em que ocorreu aquele crime no sítio dos Müller?

— Sim, como sempre.

— Donos de bar sempre reparam nos seus clientes. Pode me dizer como estava o Nussbaum quando passou por aqui naquela noite? — perguntou Blake, tirando a caderneta do bolso.

— Vivo, quando o vi — respondeu o Português, soltando uma gargalhada.

— O que eu quero dizer é: como achou que ele estava? Triste, alegre, preocupado?

— Lá sei eu! Como posso lhe dizer...

— Bêbado?

— O senhor Nussbaum? Não, ele não bebia.

— Não?

— Ora, senhor. Acho que não reparo em meus clientes? Ele era de no máximo ficar bebericando uma dose de vinho. Agora que o senhor me perguntou, lembro que ele parecia meio assustado, não sei dizer ao certo. E parecia mais ainda depois de falar com Günther e Razgulaeff. Eles tentaram acalmá-lo.

— Notou se estava armado?

— Como vou saber?

— Não é perigoso deixar as pessoas entrarem armadas?

— Ora, rapaz... Se eu fosse impedir pessoas armadas de frequentarem meu bar eu estaria às moscas.

— E quanto ao Müller, o médico? Estava armado ou não?

O dono do bar deu um olhar enviesado para Blake.

— Cáspite! O senhor é curioso, não? — Em seguida fitou Blake por uns instantes. Olhou ao redor, inclinou-se sobre o balcão e falou, com ar de advertência: — Tome cuidado, jovem. Muita gente não aprecia estranhos xeretas por aqui. É o conselho que lhe dou.

— Obrigado.

— Como costumam dizer por aqui: o passado ficou nas barrancas do rio Tibagi. Lembre-se disso.

— Só que ele sempre volta à tona, mais cedo ou mais tarde — retrucou Blake, tirando outra nota de cem réis e empurrando-a com o dedo sobre o balcão. O Português pegou a nota e deu um sorriso curto. Chamou-o para um canto do balcão e sussurrou:

— O médico parecia com pressa e nervoso. Ele tinha um gênio impulsivo, sabe? Dizem que ele nem médico era. Ouvi dizer que era um homem mau e cruel. Parece que ele lutou na guerra. Naquela noite Müller se sentou um pouco com Günther e Razgulaeff...

— Espere um pouco — interrompeu Blake. — Entendi que o médico tinha saído segundos depois de chegar.

O dono do bar jogou o pano sujo e úmido sobre o ombro direito.

— Não, eu me lembro porque eu mesmo servi a mesa deles. Eles estavam bastante sérios. Eu vi Müller colocando alguma coisa no bolso e saindo. Não vi o que era. Eu disse isso ao delegado.

— Ouviu alguma coisa do que eles conversavam?

O Português acenou que não. Blake fez uma careta. Houve um silêncio.

— Como Günther pode sair pagando uma conta alheia se ele é um homem de poucas posses?

O Português deu outra gargalhada.

— Pobre, o Günther? O senhor está brincando. Aquele chucrute é um dos gajos mais ricos da região. Ele está construindo um castelo de contos de fada na fazenda da Sociedade Sul-Americana. Dizem que a propriedade é uma beleza. Tem um pequeno campo de aviação e até um hangar.

As sobrancelhas de Blake se ergueram.

— Oh... E onde fica essa fazenda?

— Lá para os lados de Rolândia, perto da colônia. Sabe onde é?

Blake disse que não sabia mas iria se informar.

— Se está procurando uma boa — disse o Português, baixando o volume da voz —, tenho uma quente pro senhor: andam reclamando que nosso prefeito não sabe separar seus negócios particulares daqueles da prefeitura. Mistura de interesses, compreende? O senhor sabe, ele tem mais sangue brasileiro que inglês no corpo dele. Ele também é muito rico.

Blake inclinou-se, as sobrancelhas arqueadas. O português prosseguiu:

— Parece que andou sumindo do caixa da prefeitura um dinheiro que o Manoel Ribas havia mandado para as melhorias da cidade. A coisa foi tão bem-feita que ninguém teve como provar.

— Vai ver este é mais um desses boatos que circulam pela cidade. Lugar pequeno é assim, não?

— Não. Existe até um movimento aí para arrancá-lo da prefeitura. Cá entre nós, o Silva é quem está liderando o movimento. Mas tudo por baixo do pano. Uns estão alegando que por ter dupla nacionalidade ele legalmente nem podia ser prefeito. Coitado do delegado, dizem que o chefe de polícia do estado vai demiti-lo se não resolver o desaparecimento de Nussbaum e do casal de médicos. — O Português se inclinou sobre o balcão e sussurrou, unindo os lábios: — O senhor não ouviu isso de mim.

Blake empurrou a pequena pilha de cadernetas.

— Garanto que não. Obrigado pelas informações.

O Português virou-se e voltou a seus afazeres. Blake circulou o olhar pelo bar, que começava a se encher, tomou o resto de café e saiu.

# RETORNO À CASA DA LORINDA

No dia seguinte, logo depois de chegar de seu novo emprego, Regina tirava o vestido preto em seu quarto quando ouviu uma voz chamando-a do lado de fora. Era de homem e vinha dos fundos do terreno, banhado por um resto de sol. Regina morava na rua Acre, numa vila de três casas de madeira idênticas, perto do trilho de trem. Seus olhos estavam inchados e vermelhos. A voz chamou outra vez. Ela colocou de novo a alça do vestido no ombro moreno e prendeu o cabelo enquanto ia atender à porta. Quando girou a maçaneta, viu Blake. Ele tirou o chapéu.

— Boa tarde, senhorita.

A jovem estudou-o de cima a baixo, segurando a porta entreaberta, a cabeça levemente inclinada.

— Vejo que seu olho está melhor.

— Sr. Blake... Me falaram que o senhor quase morreu.

— Digamos que tenho um bom anjo da guarda.

— Como descobriu onde eu moro?

— Você me passou o endereço naquela noite, não lembra?

— Não deveria ter vindo aqui.

— Sinto muito pela morte de sua patroa. Como você está?

Regina franziu o rosto. Houve um pequeno silêncio.

— O que você quer?

Havia nervosismo em sua voz.

— Eu gostaria de conversar sobre aquela noite.

— Não sei se estou em condições.

— Escute — disse ele —, não quero que pense que eu tive alguma coisa a ver com esse crime. Quando entrava no escritório fui atingido na cabeça e desmaiei. Eu não sei direito o que aconteceu. Sei que fui transportado e jogado na floresta. Entendo que isto parece estranho, mas você tem de acreditar.

— Eu não acho que foi o senhor que matou a Lorinda — disse ela, fitando-o nos olhos.

Ele balançou a cabeça. Parecia surpreso.

— Fico aliviado que pense assim.

A jovem olhou para um ponto além dos ombros de Blake, em direção à rua. Franziu os olhos e acrescentou:

— Olha, não é bom ficar conversando aqui fora. Melhor entrar.

A cozinha consistia numa pia, além de uma mesa com duas cadeiras toscas. Havia também um fogão a lenha e um armário improvisado com caixotes de madeira. Uma fita preta pendia da janela. Ela serviu café numa caneca esmaltada e o passou para Blake.

— Acabei de fazer.

— Obrigado — murmurou Blake, cheirando o café e bebendo um pequeno gole. — Está uma delícia. Você não teria algo mais forte para colocar nele?

— Claro que sim.

Regina alcançou uma garrafa de cachaça e o serviu, deixando entrever os seios fartos quando se inclinou. Blake agradeceu e deu um gole. Seus olhos brilhavam. Regina pegou um cigarro, sentou-se e respirou fundo.

— Lorinda não merecia morrer daquele jeito... — disse, com a voz fraquejante.

— Você me falou que gostava muito dela...

A moça deu um sorriso triste e suspirou. Estava sem maquiagem e parecia ainda mais bonita. Colocou mais duas colheres de açúcar no seu café e o bebeu, em goles lentos, fitando o chão.

— Eu saí da casa. Não consigo mais trabalhar lá depois de tudo o que aconteceu.

— Entendo.

— Achei um emprego temporário numa loja — prosseguiu ela, soltando os cabelos volumosos, pretos, combinando com o vestido. — A cidade é violenta demais... e ingrata. A cidade pode pintar Lorinda como um demônio, mas a verdade é que ela salvou muito figurão da falência, ajudou gente a comprar sua terra. O senhor sabe, aqui as pessoas gostam de fazer mexericos, e muita gente se aproveita disso. O que quase ninguém sabe é que ela contribuiu para a construção da ponte do Tibagi. E o *Paraná-Norte* não deu sequer uma nota de falecimento.

— E como você vai fazer com o Araújo?

Regina desviou os olhos, franzindo o cenho e fazendo um gesto de desdém com a mão. Blake apoiou os cotovelos na mesa e perguntou:

— Você sabe de alguma coisa, conhece alguém que teria motivo para matar Lorinda?

Regina acenou em negativa e continuou olhando para Blake.

— O que a gente ouve dizer é que Lorinda guardava segredos de muita gente. Por isso a mataram. Eu também acho isso.

— O que você sabe?

— A Lorinda era bastante reservada nos negócios. Era conhecida por muitos por sua discrição. O que ouvi dizer é que tinha amigos importantes.

— Sabe se ela teve um desentendimento com algum cliente?

A moça balançou a cabeça mais uma vez.

— Não me lembro, não. Pelo menos desde que eu cheguei na casa.

— Você alguma vez a viu comentar sobre o que aconteceu com Nussbaum e os médicos? Você sabe, aquele caso dos desaparecimentos.

— Sim. Ela não me pareceu muito abalada com o que aconteceu. Disse que cada um tinha o fim que merecia. Mas quando a perguntei sobre o que ela queria dizer com isso, ela desconversou.

— Entendo.

— Tanto que me lembro que ela foi para São Paulo no dia seguinte.

Blake esfregou o queixo.

— O que ela foi fazer lá?

— O que acha, senhor Blake? Conseguir novas meninas, é claro. — Regina olhou para a janela, balançou a cabeça e disse, com a voz embargada: — Tudo o que sei é que gostaria de descobrir quem fez isso.

— Se me ajudar talvez eu possa descobrir. Estou interessado nesse crime. Ainda mais porque o delegado acha que fui eu. — Blake acendeu um cigarro e prosseguiu: — Silva disse que o Araújo e uma das meninas me viram saindo com a Lorinda pouco antes de ela ser encontrada morta.

A cozinha ficou quieta por alguns instantes.

— Fui eu quem contou ao delegado — disse a moça. — Mas também falei que tinha certeza de que não tinha sido o senhor. O senhor mal a conhecia. Eu falei também que estava bêbado demais para cometer uma brutalidade dessas.

— Ouvi dizer que foi uma das meninas quem encontrou o corpo.

Regina fitou Blake novamente.

— Fui eu quem a encontrou.

— A senhorita?

— Meia hora depois que ela veio até nossa mesa houve uma discussão na sala de jogo e me pediram que a chamasse. Fui até os fundos, entrei no escritório. A porta do quarto estava entreaberta. Eu a chamei, mas ela não respondeu. Achei que havia algo errado. O quarto estava muto bagunçado. Entrei e vi Lorinda morta, de olhos abertos, cercada de sangue. Daí chamei o Araújo, que tentava acalmar uma briga de jogo. Eu fiquei transtornada.

— O que fizeram depois?

— Araújo chamou o delegado...

— Lembra-se de quanto tempo se passou do momento em que eu saí com Lorinda até você encontrar o corpo?

— Talvez meia hora, talvez menos.

Ela estreitou os olhos. Lágrimas tombaram de seu rosto. Blake lhe passou um lenço. Ela agradeceu e enxugou os olhos.

— Viu alguém fugindo, alguma coisa?

Regina fez que não. Devolveu o lenço e falou, num tom indignado:

— Acredita que o delegado também suspeita de mim?

— De você?

— É, por ter sido a primeira pessoa a encontrar Lorinda morta. — Regina sacudiu a cabeça. — Eu jamais faria uma coisa dessas. Lorinda salvou a minha vida. — A voz embargou-se. — Foi ela quem me acolheu depois que fugi de São Paulo. Estava sozinha, desesperada. Ela foi uma mãe para mim. Mesmo quando meu ex-marido descobriu que eu estava aqui e veio atrás de mim. Ele foi embora mais rápido do que chegou. Não sei o que ela fez, mas fez o meu marido desaparecer daqui.

— Acha que o Araújo tem a ver com isso?

Regina deu de ombros. Blake deu uma tragada e continuou a fitar Regina. Houve um silêncio entre eles. Uma mosca zumbiu em cima da pia. A moça serviu mais café na caneca de Blake.

— Daria tudo para pôr a mão na pessoa que fez aquilo com ela. Se é que é uma pessoa.

— Ah, pode ter certeza que é uma pessoa, só não sabemos ainda quem.

Regina começou a chorar. Então Blake se aproximou e a abraçou. Seu corpo tremia. Blake recuou um pouco e pediu:

— Quero que me leve ao quarto da Lorinda e diga o que viu naquela noite.

— Não posso... Aquela cena não sai de minha cabeça... Foi horrível...

— Você tem que ser forte. É importante voltar lá. Pode ajudar a entender o que aconteceu.

Regina ficou um minuto quieta. Um minuto que pareceu se arrastar por uma eternidade.

— Então que seja agora — disse ela, consultando o relógio. São sete e quinze. O Araújo está em Rolândia. É o dia de folga dele, e ele costuma chegar depois das oito.

— Ótimo — exclamou o tradutor, pegando o chapéu. — Podemos ir?

— Agora?

Blake fez que sim.

Regina foi até o quarto apanhar uma blusa enquanto Blake conferia se a lanterna de bolso estava funcionando.

Dez minutos de caminhada e chegaram até a chamada rua do Pecado. Blake conferiu os lados da rua, depois as três imponentes araucárias diante da Casa da Lorinda. Entraram por um portão lateral e chegaram a uma garagem. Quando passaram pelas janelas fechadas dos quartos, ouviram risinhos e palavras obscenas de algum casal. Barulho de louça e copos sendo lavados. No fundo do terreno um motor a diesel emitia um som grave e contínuo. Cruzaram o quintal em direção ao escritório, nos fundos. Blake apontou o foco da lanterna para a varanda e sussurrou:

— Foi bem onde eu caí.

Girou a luz para o rosto de Regina, que o cobriu com a mão esquerda, num gesto instintivo.

— Por favor, não aponte a luz para mim.

Blake apagou a lanterna e colocou o dedo sobre os lábios.

Regina a todo momento olhava para trás. Blake deslizou a mão na maçaneta com um lenço e a forçou. A porta rangeu suavemente e se abriu. Blake pegou Regina pelo pulso direito e a arrastou atrás de si, fechando a porta com cuidado. Uma vez dentro do escritório, ouvindo suas respirações ofegantes, Blake acendeu o foco mais uma vez e viu a porta para o quarto. Entraram.

O lugar ainda recendia a sangue. Nele havia uma cama de casal, um armário de mogno e um criado-mudo. As paredes estavam decoradas com fotos emolduradas da falecida. Uma delas mostrava Lorinda quando menina. Uma menina de cabelos e olhos claros. Outra retratava a cafetina ao lado de um gigantesco pé de café em floração. O foco da lanterna ricocheteou pelo quarto. Sobre a cabeceira da cama de ferro havia um crucifixo e uma foto, maior, feita em estúdio, em que Lorinda aparecia imitando Greta Garbo, a cigarrilha entre os lábios, os olhos cerrados sob os cabelos espessos, a cabeça jogada para trás.

— E então?

A moça arregalou os olhos e falou, com voz fraca:

— Quando entrei eu vi a Lorinda deitada de costas, esparramada sobre a cama de braços abertos, numa poça de sangue. Ela já estava morta, degolada — falou Regina, com uma expressão aflita, mordendo os lábios. — O quarto estava todo revirado, as gavetas abertas, e havia algumas notas de dinheiro no chão. Vi o cofre aberto. Saí e quando voltei, com o Araújo, ele fechou os olhos dela e mandou o Josué chamar o delegado.

— Você viu alguma faca, alguma tesoura?

— Nada.

— Reparou em mais algum detalhe?

— Não... — Mirou o teto com olhos pensativos. — A corrente.

— Como?

— A corrente de prata que ela usava nos últimos meses, senhor Blake. Não estava com ela. Uma correntinha com uma chave. Eu mesma a vi usando.

Blake coçou a cabeça, olhou o relógio. Ajoelhou-se e examinou embaixo da cama. Levantou-se. Quando caminhava para o armário de mogno seus pés chutaram duas bolinhas que rolaram até bater na parede de tábua. Eram duas nozes-moscadas. Jogou o foco de luz no chão, abaixou-se mais uma vez, colocou as bolinhas no bolso do paletó, e em seguida avançou até a cômoda. Foi abrindo as gavetas e tirando peças de roupas. Blake virou a lanterna para a parede, em cima de uma penteadeira. Havia uma foto do que parecia ser o Arco do Triunfo em meio à mata. Blake aproximou os olhos e iluminou a imagem em preto e branco.

Cerca de cinquenta pessoas, entre homens, mulheres e algumas crianças estavam perfiladas debaixo de um portal em que se lia a palavra WELCOME. A maioria dos homens estava de camisa branca, gravata e trazia as mãos para trás. Ao fundo havia uma construção de madeira que parecia recente, e a mata. O coração de Blake acelerou. Diante da pequena escadaria de madeira de acesso à varanda, passeando a luz pela foto, identificou no centro o então príncipe de Gales, Edward, e seu irmão, George, duque de York. Ambos sorriam. Wallis Simpson estava de perfil, sentada, tendo atrás um homem alto de bigode. Ao lado do rei estavam lorde Lovat e seu filho, Shimi. Aos poucos, outros rostos familiares foram surgindo: Razgulaeff, Garden e Erich Nussbaum. Examinando outros rostos, Blake viu, na segunda fila, o casal Müller, Frieda Flöringer, um homem vestido de militar e Ernest Günther ao lado de um velho.

Então viu Lorinda, mais atrás, ao lado do lorde Eldon, sobrinho de Lovat. Blake encostou o indicador na foto e virou-se, fitando a moça.

— Ah, a Lorinda se orgulhava desta foto — sussurrou Regina, aproximando-se e apontando para a falecida. — Ela me contou que foi durante a visita do príncipe.

Blake continuou calado, com olhos esgazeados, como se estivesse em outra dimensão de tempo.

— Sua amiga era bem influente. Você sabe se...

A frase ficou pela metade. O som alto do motor de um carro, vindo da garagem, fez Regina dar um salto e dizer, num sussurro tenso.

— O Araújo! — exclamou, num tom desesperado, abrindo a porta do quarto. Blake anotou o nome "Foto alemã" que vira escrito com tinta branca num canto escuro da foto, desligou a lanterna e seguiu Regina. Ouviram pessoas conversando em voz alta. Uma delas era a voz grossa do barman. Atrás da casa havia um túnel de bambus cujas sombras deixavam fatias de luz. Seguiram por ele, sem fazer ruído. Com passadas rápidas Blake e Regina atravessaram os fundos de algumas casas e um terreno recém-queimado que dava para a rua.

Um minuto depois, quase sem fôlego, Blake tirou o chapéu e apontou para o ponto onde estavam.

— Deve ter sido por esse caminho que me levaram. E alguém devia estar esperando de automóvel neste local.

— Depressa, vamos voltar pra minha casa.

Não falaram nada no caminho. Evitaram passar perto da delegacia na rua Maranhão e preferiram seguir pela linha do trem, que naquela noite estava parado na cidade. O único movimento nos arredores era no pátio da estação, com os guarda-freios trabalhando, vultos de vagões de toras, e os sibilares estridentes e metálicos da serraria Mortari, com as altas chaminés da olaria que também funcionava ali contra o luar. Blake se deteve para ver se estavam sendo seguidos. Regina o puxou pelo paletó e acelerou o passo. Quando estavam na rua Maranhão, ao perceber a aproximação de um DeSoto, Blake agarrou a moça e deu um beijo em sua boca. Ficaram alguns segundos face a face, os rostos cobertos, enquanto o automóvel passava por eles. O motorista deu duas buzinadas curtas para o casal e gritou de dentro do veículo:

— *Hi, there!*

Blake praguejou em voz baixa.

Depois que o carro passou, a moça perguntou, ainda abraçada a Blake:

— Quem era? Algum conhecido?

— Razgulaeff, o russo.

Regina fez uma careta enquanto olhava o carro descer para a zona do meretrício.

# PARTE DOIS

*Outubro-novembro de 1936*

# GRANDE LONDRES

Era noite de sábado, 31 de outubro. Lorde Lovat desembarcou em Londres, depois de quinze dias cruzando o oceano a bordo do *Highland Princess*. Ele fitava, pela janela do táxi, o trajeto familiar até sua casa no bairro elegante de Mayfair. Estava com expressão cansada. As rodas do carro rilhavam sobre as folhas secas que sopravam do Hyde Park e, ao dobrarem na Park Lane, o Marble Arch emergiu da escuridão.

Começava a chover quando lady Lovat abriu a porta do número 26 da Upper Grosvenor Street. Era uma mulher de nariz aquilino, rosto pequeno e oval. Estava radiante. O chofer ajudou a descarregar as duas malas até a entrada do apartamento. O lorde subiu as escadas apoiando-se no corrimão de ferro e abraçou a esposa demoradamente.

A morada dos Lovat era bem mais modesta do que as acomodações do castelo Beaufort, com suas dezenas de quartos, sua mobília antiga, seus preciosos quadros medievais e salões de banquete. O jantar e o banho já estavam preparados e Laura havia dispensado os dois serviçais naquela noite. Filha do falecido barão Ribblesdale, um dos políticos mais influentes de seu tempo, aos 44 anos Laura Lister tinha cinco filhos com Lovat. Seus cabelos, cortados um pouco abaixo das orelhas, exibiam faixas grisalhas sutis, o que lhe dava um ar elegante. Os olhos grandes e azuis tinham uma expressão alerta. O queixo delicado lhe conferia personalidade.

Lovat tirou o chapéu, jogou o sobretudo no encosto da cadeira. Correu os olhos pela sala, como se buscasse reconhecer o lar. Fagulhas escapavam da lareira. No aparador, observou os troféus de caça, condecorações militares e várias comendas diplomáticas. Havia uma foto do filho mais velho, Shimi, ainda criança, montado num cavalo de brinquedo.

O lorde reclamou um pouco da viagem de navio. Laura comentou, estudando o marido com o paletó amarrotado:

— Você está com uma aparência péssima. Quase não falou nada. Deve estar exausto.

Lovat assentiu.

— Seu banho está pronto. É nisso que está pensando, não é? — perguntou Laura, caminhando até a extremidade da sala.

— Não sei o que seria de mim sem você, *mo chridhe*[9] — disse o lorde, abrindo um sorriso sob os espessos bigodes, enquanto começava a soltar a gravata.

— Vá — disse ela, fazendo um gesto vago. — Depois conversamos. Vou esquentar nosso jantar.

Quinze minutos depois, os cabelos grisalhos ainda molhados, Lovat voltou para a sala vestindo um roupão branco e carregando uma maleta. O rádio estava ligado na BBC. Laura tricotava, sentada no sofá. A seu lado, com a capa aberta, estava o livro *Os crimes ABC*, o novo romance de Agatha Christie. Lovat soltou um suspiro:

— Você não imagina como é bom estar de volta, Laura.

— Sentimos muito a sua falta — disse a mulher, diminuindo o volume do rádio e retirando os óculos de leitura.

— E as crianças, como vão? — perguntou, aproximando-se e se inclinando para beijar a testa da mulher.

— Todos estão bem, loucos para ver você! — respondeu Laura, abrindo um sorriso. — Você perdeu a primeira comunhão de Mary. Eu disse a ela que essa era sua última viagem. Mary disse que queria fazer uma festa quando você voltasse.

O lorde sorriu. Se abraçaram por uns instantes. Ela deu um passo para trás e fitou Lovat, um olhar de reconhecimento.

— Antes que me esqueça. Há uma mensagem e um número de telefone na sua mesa. Já deve fazer uma semana que está aí. O inspetor

---

9. "Minha querida", em gaélico escocês.

Sinclair parecia ansioso para falar com você. Pediu que ligasse assim que chegasse, sem se importar com a hora.

Lovat apertou os lábios, pegou a maleta sobre a mesinha, depois o sobretudo preto sobre o espaldar da cadeira e os levou para o escritório. O cômodo, contíguo à sala, tinha paredes forradas com lambris de boa madeira, dois abajures nos cantos e uma prateleira cheia de livros. Uma mesa com uma confortável cadeira de couro e outra menor, diante de duas poltronas, completavam o ambiente. Lovat aproximou-se, abriu a maleta, retirou um envelope e enfiou-o no bolsão interior do sobretudo. Da outra sala, a voz melodiosa de Laura o alcançou mais uma vez:

— Ah, há também um recado da companhia. Mr. Eckstein precisa falar com você. Disse que era urgente. Algum problema?

— Não, querida, eu já esperava por isso — respondeu Lovat, sentando-se e arrastando o telefone para perto de si. Conferiu um número na caderneta sobre a mesa, anotou-o em uma folha e girou os discos negros.

Enquanto esperava a telefonista completar a ligação, Lovat olhou para a estante de livros e para Laura, que o fitava da outra extremidade da sala. Deu um riso curto. A expressão de seu rosto mudou assim que um zumbido de uma voz aguda e metálica ecoou do outro lado da linha.

— Boa noite. Ah, é a senhora? Aqui é Simon Fraser, lorde Lovat... — Do outro lado da linha ouviram-se vozes e risadas altas. — Sim, está tudo bem. Desculpe incomodar a esta hora.

Lovat conferiu o relógio de parede. Eram dez horas. Continuou:

— Gostaria de saber se recebeu meu telegrama e se conseguiu agendar um encontro com o rei... Sim... é muito importante.

Depois de um minuto de espera, o zumbido ecoou mais uma vez do outro lado da linha. Lovat colocou o fone no ouvido esquerdo e escutou. Assentiu e disse:

— Sim, a corrida é amanhã. É uma pena que ele não poderá comparecer. Ah, obrigado, transmitirei os votos a Shimi. Segunda-feira às dez está ótimo.

Lovat pegou uma caneta-tinteiro, anotou o compromisso em uma agenda, ao lado do mata-borrão.

— A ligação não está muito boa, senhora Simpson... — A música cessou de repente e Lovat pôde ouvir a voz do rei ao fundo. — Ah, desculpe-me... Entendo. Pegarei o primeiro trem para Oxford, amanhã de manhã. Por favor, diga-lhe que de Little Tew irei direto para Forte Belvedere. Diga-lhe que não me atrasarei... Obrigado.

Lovat se despediu e colocou o fone no gancho. Pensativo, recolheu os lábios e alisou seus bigodes grisalhos. Pressionou as têmporas com as pontas dos dedos, respirou fundo e discou mais uma vez. Enquanto Lovat esperava, Laura olhou-o por cima dos óculos e comentou, sem parar de tricotar:

— Outro dia vi a senhora Simpson saindo do número 36 da nossa rua.

Lovat arqueou uma sobrancelha. Demorou um pouco para responder, em tom casual:

— Ah, sim? E o que ela estava fazendo na vizinhança?

— Estava saindo do *salon* de costura de Frau Anna Wolkoff. O movimento ali não para, dia e noite. Dizem que Amelia Earhart, a aviadora, apareceu semanas atrás. Até o rei foi visto no *salon*. Dizem também que ele está enchendo a senhora Simpson com joias da realeza. A rainha Mary está uma fera. Sabe como ela a chama, mesmo diante do filho? "Aquela mulher." Vem tempestade por aí. Dizem que até mandou investigar as aventuras dela no Oriente.

A telefonista enfim o conectou. Lovat interrompeu Laura com um gesto de mão.

— Boa noite, inspetor... Sim, ele mesmo... Desculpe-me o avançado da hora — Lovat meneou a cabeça enquanto ouvia Sinclair. — Sim, a viagem foi boa... Bem, no fim pegamos uma tempestade... Atrasamos alguns dias.

Depois de alguns instantes escutando o inspetor, Lovat disse, com o rosto tenso:

— A ligação está ruim. Poderia repetir o que disse? Podemos nos encontrar na segunda... Amanhã? Amanhã será impossível, inspetor. Meu filho disputa a corrida dos Velhos Membros da Raça. Shimi não me perdoará se eu faltar. Serei homenageado. — Depois de escutar seu interlocutor por uns segundos, Lovat assentiu e falou: — Segunda-feira, no começo da tarde. Combinado, então. Diga a Winston que estarei lá. Não, não farei nada antes de falar com o senhor.

O lorde se despediu de Sinclair. Pousou o fone no gancho e fitou o chão da sala por alguns segundos. Depois levantou-se e dirigiu-se até o armário de bebidas. Laura seguiu seus movimentos pela sala com um olhar avaliador. Lovat serviu-se de uísque. Sorveu um gole rápido e ergueu os olhos para o teto. O copo tremia um pouco em suas mãos.

— Qual o problema? Há algo que queira me contar?

— Creio que terei de adiar minha aposentadoria — disse o lorde, voltando o rosto para a esposa com um sorriso nervoso.

A mulher espetou as agulhas no novelo, cruzou os braços sobre o peito, dando um olhar duro para Lovat:

— Mas você disse que seria sua última viagem!

— Preciso resolver algumas coisas antes de me aposentar. Tudo vai acabar logo.

Laura sorriu com ar de censura.

— Simon Fraser, você já fez muito pela Inglaterra. Além do mais, sua saúde não anda boa desde Gallipoli! Lembra o quanto você sofreu na guerra?

Lovat disse, abrandando a voz:

— Tenha paciência, querida.

— Quero saber tudo sobre esta misteriosa viagem.

O lorde deu um suspiro e se levantou.

— Não há mistério algum, Laura.

— Não? Então explique-me o que o serviço secreto e Mr. Churchill têm a ver com essa sua ida inesperada ao Brasil? — A mulher semicerrou as pálpebras e ergueu o queixo. — E por que o senhor Eckstein, sempre tão cortês comigo, estava tão tenso ao telefone?

— Apenas negócios, Laura, negócios.

— Negócios que interessam ao rei e ao serviço secreto?

Lovat não respondeu. Franziu os lábios e sorveu outro gole de *scotch*. Então disse, olhando-a por cima do copo, o queixo apontando para o livro no sofá:

— Você está lendo muitos romances policiais, lady Lovat.

Ela se levantou, caminhou em direção ao marido, retirou-lhe o copo das mãos com delicadeza. Segurou o rosto do marido entre as mãos e falou:

— Antes você não escondia nada de mim.

— Não exagere... — disse Lovat, afastando-se em direção à prateleira de livros. — Escute. Em breve estaremos brincando com nossos netos e pescando às margens do Beauly. Prometo que amanhã na viagem contarei tudo.

— Você não tem mais idade para aventuras. Já está na hora de Shimi ocupar o seu lugar.

— Vamos jantar — disse Lovat, oferecendo a mão à esposa e conduzindo-a, contrariada, até a mesa. — A comida do navio quase me matou. Estou faminto.

Naquela manhã fria de outono um sol pequeno subia entre nuvens cinza. O relógio da estação de Paddington mostrava sete horas. Nas plataformas de embarque, um vaivém de pessoas vestidas de azul-escuro e negro. Ruídos de máquinas, vozes humanas e passos ecoavam pelo cimento. Pombas mergulhavam do alto das estruturas metálicas. Dois policiais, de chapéus redondos e negros, examinavam os transeuntes. Funcionários da estação puxavam tróleis apinhados de bagagens e gritavam enquanto abriam caminho. Segurando o quepe e subindo no último vagão, o bilheteiro conversava com um passageiro enquanto conferia o relógio de bolso. Ao lado da mulher, Lovat fechou o sobretudo, apalpou o envelope que trazia cuidadosamente no bolso de dentro do casaco. Uma fumaça branca escapava sob os vagões, embaraçando-se nos pés dos passageiros. O alto-falante anunciou a partida do trem para Oxford, sem paradas.

Depois de atravessar uma floresta de prédios baixos e marrons, surgiram as casas geminadas dos subúrbios industriais de Londres. Esqueletos de árvores, torres de fábricas e um ar poluído compunham parte da paisagem à beira da estrada de ferro, nos bairros mais pobres da periferia da velha capital do Império.

Em quinze minutos Lovat fez um breve relato para a esposa sobre sua viagem ao Brasil, destacando o progresso da região, os cafezais magníficos, a exuberância da mata e o avanço da estrada de ferro. Nada comentou sobre sua missão. Estava com olheiras que denunciavam outra noite maldormida. O jornal *The Times* estava aberto na página de finanças. Um menino parou na porta da cabine e, com seus grandes olhos negros e um pirulito na boca, encarou o casal. O garoto, que aparentava ter 4 anos, tirou o pirulito e mostrou a língua manchada de azul para Lovat, até que a mãe pegou-o pelo braço e conduziu-o pelo corredor. Lovat sorriu e então voltou a ler. O trem alcançou os sítios mais distantes e o campo inglês. O apito chiou, rompendo o ar frio da manhã. Sentada à janela, diante de Lovat, Laura ficou alguns minutos contemplando o céu. As pontas dos telhados das igrejas distantes pareciam seringas furando as nuvens baixas que passavam em velocidade. O lorde deixou as páginas de finanças e foi para a seção de esportes. Deu uma risada curta e falou, encarando a esposa por cima jornal:

— Dê uma olhada nisto, querida.

Laura virou-se e leu, com sua voz suave e melodiosa:

— *Na charmosa paisagem campestre da Showell Farm, em Little Tew, com a presença do honorável brigadeiro-general Simon Joseph Fraser, KT KCMG KCVO CB DSO,*[10] *onde o líder do antiquíssimo e lendário clã escocês será homenageado, realizar-se-ão hoje as tradicionais corridas ponto a ponto entre os colégios Magdalen e Oxford. Sem dúvida será um* derby *emocionante.*

Laura franziu o nariz e perguntou, em tom de desapontamento.

— Só isso? Um homem de sua importância ganha apenas uma nota? — resmungou a mulher. Depois de uma pausa, abriu sua bolsa, retirou um caderno do *The New York Times* e passou-o para o marido. — Você diz que não aconteceu nada na sua ausência. Sinto não poder dizer o mesmo.

---

10. Referem-se a algumas das condecorações militares de Lovat. *KT*: Knight of the Order of the Thistle; *KCMG*: Knight Commander of the St. Michael and St. George; *KCVO*: Knight Commander of the Royal Victorian Order; *CB*: Companion of Bath; *DSO*: Companion of Distinguished Service Order.

— O que é?

— Veja este jornal que um amigo de Shimi trouxe dos Estados Unidos.

Lovat fitou a esposa, ajeitou os óculos sobre o nariz e leu a matéria. No canto inferior esquerdo havia a manchete WALLIS SIMPSON LIVRE PARA SER RAINHA, com uma foto em que Edward aparecia de mãos dadas com Wallis, à beira da piscina de Forte Belvedere. Lovat estreitou os olhos. Devolveu o jornal para Laura e comentou, tirando os óculos:

— Os jornais vivem de escândalos, querida, você sabe. Essa mulher é mais um passatempo de Edward.

Laura caminhou até a porta da cabine, fechou-a e sentou-se novamente, falando num tom de voz baixo:

— Não tem saído uma linha sequer sobre esse romance nos jornais ingleses. Sei que o arcebispo Cosmo Lang e o primeiro-ministro estão bem preocupados com a situação. Wallis conseguiu o divórcio. O segundo. Você sabe muito bem que a Igreja não aceitará que o rei da Inglaterra e chefe da Igreja se case com uma mulher divorciada, e ainda com dois maridos vivos. Mas isto não é nada, Simon, perto dos boatos que tenho ouvido.

Lovat franziu a testa, fixou os olhos na esposa. Ela olhou-o por cima dos óculos:

— Há informações de que ela foi prostituta de luxo em Xangai, quando era ainda casada com o primeiro marido. Entre outras associações. Dizem que ela é...

— Querida... — interrompeu Lovat. — Você e sua implicância com a amiga do rei... Só por que Ms. Simpson é americana?

— Você sabe muito bem que não é por causa disso — retrucou lady Lovat, os olhos fixos no marido.

O lorde desviou o olhar e o transferiu para a paisagem em movimento lá fora. Seu rosto ficou sombrio.

— Ele tem que ser paciente. Não seria muito sábio por parte de Edward casar-se agora.

— Por quê?

— Por uma razão muito simples. Se Churchill o está aconselhando bem, ele deve saber que, depois de coroado oficialmente em maio do ano que vem, poderá se casar com quem bem entender. Ninguém poderá fazer nada contra uma decisão do rei da Inglaterra.

Laura meneou a cabeça, em desagravo.

— Não acredito no que você está dizendo. É isso o que você o aconselhará a fazer no seu encontro de segunda-feira?

— Por favor, Laura...

— Simon, aquela mulher está determinada a se tornar rainha da Inglaterra. Lembra-se de quando Edward e o casal Simpson nos visitaram em Beaufort? Mais um dia e ela estaria dando as ordens no menu e na educação dos nossos filhos. E o que foi aquela reprimenda que ela deu em Sua Majestade, na frente de todos?

Lovat deu de ombros. Laura balançou a cabeça em desaprovação e tocou o joelho do marido.

— Bem, preciso ir ao toalete. Quer alguma coisa do vagão-restaurante?

Lovat fez que não e continuou a ler o jornal. Laura levantou-se, abriu a porta e deixou o compartimento. Um minuto depois o sacolejo monótono do trem havia feito Lovat adormecer de boca aberta. Quando acordou de novo, com um solavanco, o trem atravessava um rio que serpenteava entre rochas brancas. Um homem grande e parrudo passou pela cabine, voltando instantes depois. Deu duas batidas no vidro do compartimento com os nós dos dedos. Lovat se virou para encará-lo.

— Com licença, milorde. Desculpe interromper sua leitura — disse o homem que carregava o *The Times* do dia embaixo do braço, inclinando de leve a cabeça e estreitando os olhos. — O senhor é Simon Joseph Fraser, o lorde Lovat?

— Sim, sou eu mesmo — respondeu o lorde, com expressão de surpresa.

— Harry Stein, do *Evening Standard.*

O homem ajeitou os óculos de aros grossos sobre o nariz fino, pediu licença novamente e entrou na cabine. Estava vestido com um elegante terno bege e tinha o cabelo negro penteado para trás com brilhantina, talvez 40 anos. Sua voz denunciava um leve sotaque estrangeiro.

— O reconheci pela foto publicada no nosso rival, sir — disse, com uma voz bem-humorada, apontando com o queixo para o jornal londrino no colo de Lovat ao mesmo tempo que lhe passava um cartão de identificação. O lorde uniu os lábios, colocou os óculos de novo, conferiu a fotografia 3 × 4 do repórter no cartão e leu: HENRY STEIN — JORNALISTA DE ESPORTES — EVENING STANDARD.

— Perdão, mas seria um crime um jornalista de esportes perder a chance de entrevistar o grande homenageado da corrida dos Velhos Membros da Raça, uma das mais tradicionais de nossa Ilha.

— Então vai cobrir o *derby*?

O jornalista fez que sim.

— Importa-se de conceder algumas palavras? Eu preciso conseguir esta matéria. Não quero tomar muito do seu tempo.

— Claro, senhor Stein. Sente-se. Fique à vontade — pediu Lovat, devolvendo-lhe o cartão.

O jornalista colocou o documento na lapela apressadamente, em seguida tirou e dobrou o casaco sobre o banco diante de Lovat. Sentou-se enquanto sacava uma caneta-tinteiro e um bloco de notas. Depois de perguntar sobre as chances do Ice Rink, o cavalo de Shimi Lovat, Henry Stein quis saber do lorde sobre sua expectativa em relação à corrida. Parecia bastante curioso com o movimento no corredor do trem.

— Gostaríamos de tirar uma foto sua assistindo à corrida, se não se importar. O senhor se sentará na tribuna de honra, eu presumo?

— Não, sempre assisto o fim da corrida do muro do bosque dos Murray. Tem uma visão privilegiada de todo o percurso. E, cá entre nós, gosto de comemorar com um charuto. Não gosto que minha esposa e meus filhos me vejam fumando.

— Entendo, sir. Também tenho esse problema com minha mulher. Bem, avisarei nosso fotógrafo.

Nesse instante Laura apareceu na porta da cabine, carregando um saco de papel pardo com algumas frutas. O jornalista cumprimentou-a rapidamente, agradeceu a Lovat, se levantou e pegou o casaco.

Despediu-se de Lovat e da esposa, que o olhava com interesse, e seguiu pelo corredor.

— Quem era? — perguntou Laura, entrando e acomodando o embrulho sobre o banco.

— Um jornalista do *Standard*. Ele me reconheceu pela foto do *The Times*.

— O que ele queria?

— Ele vai cobrir a corrida e queria me fazer algumas perguntas.

A mulher fez um "Oh" silencioso com a boca. Então seu olhar foi atraído para o chão da cabine, entre os bancos. Laura abaixou-se, pegou o cartão de identificação no chão, viu do que se tratava e voltou ao corredor.

— Ele deixou cair isto aqui — disse Laura, voltando ao corredor.

— Senhor! — gritou ela, mas o jornalista já havia sumido.

— O que foi, querida?

— O que faço com isto? — perguntou a mulher, oscilando o cartão do *Standard* na mão direita.

— Guarde-o com você. E lembre-me de devolver a ele durante a corrida.

Laura enfiou o documento em sua bolsa.

— Bem, agora me conte o que está acontecendo — disse Laura, fechando a porta da cabine e sentando-se do lado do marido.

Meia hora depois, na estação de Oxford, um chofer já esperava para levá-los até Chipping Norton e, finalmente, Little Tew. Ao desembarcar, Laura tinha um semblante carregado e quase não conversou com o marido, muito menos com o sempre sisudo Gordon. Levaram uma hora até as colinas suaves de Oxfordshire, contemplando o campo inglês. O vilarejo de Little Tew surgiu em meio à névoa, no para-brisa do carro. A paisagem era conhecida, palco de caçadas e corridas anteriores do lorde. Passaram por uma igreja marrom de pedra e seu campanário pontudo, em forma de agulha, de onde vinha o nome da corrida de obstáculos: *steeplechase*. O casal fez o sinal da cruz.

## A CORRIDA

O Buick preto estacionou no amplo pátio da sede da propriedade. Dezenas de tendas brancas, preparadas para o evento, tremulavam com o vento. Dois *scouts* se aproximaram, acenando para o casal. Bateram continência para o lorde, que retribuiu o gesto. Lovat arrumou a gola do casaco pesado, foi até o outro lado do carro e ajudou a esposa a descer. Despediu-se do chofer com palavras em gaélico. Laura sussurrou para o marido, num tom de advertência:

— Tente não falar de trabalho, sim? Pelo menos hoje.

O lorde sorriu, virou-se e avistou seu filho mais velho se aproximando. Simon Cristopher Joseph Fraser, ou Shimi,[11] era um tenente de 23 anos com uma promissora carreira militar. Esguio, de traços finos e 1,85 de altura, ele havia se tornado o décimo sétimo lorde Lovat em 1932. Todos comentavam sua notável semelhança física com o astro americano Errol Flynn. O rosto magro era adornado por um bigode parecido com o do ator. Usava um broche com um pequeno cervo, símbolo do clã, na lapela da jaqueta de jóquei. Abriu um sorriso ao se aproximar dos pais.

— Pensei que não chegariam a tempo!

— Não perderia a sua corrida por nada neste mundo — respondeu Lovat, cumprimentando o herdeiro com um firme aperto de mãos. Logo se aproximaram os outros filhos, formando um pequeno e divertido aglomerado familiar: Magdalena, a segunda filha mais velha,

11. Apelido familiar para McShimidth, "filho de Simon", em gaélico escocês, como eram tradicionalmente chamados os chefes de clãs dos Fraser de Lovat.

seguida de Hugo, Veronica e da pequena Mary, com o *collie* da família. Lovat passou alguns minutos tentando resumir as aventuras da viagem para os filhos, a turbulência sobre a floresta no sul do Brasil, a tempestade que se abateu quando o navio cruzava os Açores. Shimi acenou para Lovat com a cabeça e conduziu o pai pelo cotovelo para trás de um estábulo. Fitou o pai com seriedade.

— Eu conheço este olhar — disse Lovat.

— Precisamos conversar. É sobre as dívidas da fazenda.

— O que tem, meu filho?

— Acho que teremos que vender um pedaço da propriedade. Pelo menos foi o que disse nosso contador.

Lovat franziu os olhos e repuxou os lábios para baixo.

— Shimi, por favor. Não quero que perca a concentração na corrida. Hoje é um dia importante para você. Não vamos discutir isso agora. Eu prometi a sua mãe... — pediu o lorde, com uma leve aflição na voz. — Já não basta os problemas que estou tendo...

— Que problemas, meu pai?

Nesse instante Lovat avistou lorde Cameron. O homem ruivo e corpulento se aproximou dos dois, de braços abertos.

— Pronto para as homenagens?

Um sorriso brotou dos lábios de Lovat, que fez uma mesura formal.

— Você sabe que não aprecio muito essas cerimônias. Não tenho dom para discursos.

— Simon, meu velho amigo, a discrição e a modéstia sempre foram duas de suas melhores qualidades.

Lovat voltou-se para o filho e perguntou:

— Acha que é possível ganhar dos seus rivais do Oxford College?

— Ice Rink tem treinado muito bem — disse Shimi. — Ele fez um tempo extraordinário na sexta-feira. Ele é muito rápido e inteligente.

Lovat deu uma risadinha e inclinou-se para Cameron.

— E alguém declarou que ele era um cavalo em decadência...

Cameron pigarreou, constrangido.

— Tenho certeza de que Shimi irá massacrá-los.

— Será um páreo duro — avaliou o filho de Lovat. — Oracle, o cavalo de Peter Stirling, está em grande forma.

Lovat afagou o bigode de leão-marinho e falou:

— Como sempre digo, quem não tem confiança no sucesso, não pode ter esperança de vencer.

Em seguida Cameron tentou pela décima vez convencer Lovat a entrar no negócio dos cavalos, até que foram atraídos pelo som das gaitas de foles e se dirigiram para a pista.

Quinze minutos depois, os dezesseis cavalos que competiriam no *derby* já estavam prontos para a partida. A atmosfera do público era de grande expectativa. Entre relinchos e tilintar de arreios, os cavaleiros acenavam com seus quepes para a multidão. O velho Lovat cumprimentou conhecidos que estavam reunidos sob uma tenda. Parou para provar um gole de champanhe, oferecido por lady Mackintosh. Laura sorria e olhava com orgulho para o marido enquanto ele conversava com membros do clã que não via havia algum tempo. Um alto-falante anunciou o começo da corrida, ao som de música militar. A bandeira inglesa tremulava num pavilhão. Laura enlaçou o braço do marido e juntos subiram a pequena elevação verdejante e úmida, coroada por um pequeno bosque de teixos, rumo ao muro da propriedade dos Murray. Lá de cima, ao lado do pesado portão de ferro, puderam ver a neblina encobrindo parte do circuito e nuvens plúmbeas se arrastando sobre as colinas suaves. Lovat ajeitou o sobretudo.

Um tiro ecoou no ar gelado. Os cavalos se precipitaram pela pista. Pedaços de terra e grama saltavam das patas traseiras. Ratcliff não conseguiu vencer a cerca de toras duplas, arremessando o cavaleiro como um projétil pela pista. No chão, o homem caído cobriu o rosto com os braços cruzados, num movimento instintivo, quase sendo atropelado por Flitcraft e Storm, que vinham logo trás. Lutando contra as rajadas de vento e o terreno úmido, o grupo que liderava a prova já cruzava um pequeno brejo que bordejava a propriedade dos MacKemp, a parte mais difícil do trajeto. O som dos cavalos rugia em ondas. Os animais ziguezagueavam, lutavam por posições, arremetiam nos espaços vazios, sob o clamor do público. De suas posições, no alto da pequena elevação, Lovat e sua mulher assistiam a tudo, excitados. Passando por um bolo de animais, Shimi tentava ganhar terreno e manter-se o mais próximo do ponteiro. Depois de disputar posição com Oracle por quinhentos metros, cabeça a cabeça, Ice Rink vencia com elegância e velocidade os obstáculos. O cavalo alinhou-se ao grupo que liderava, com Shanadu e Flitcraft, e avançou várias posições. Então deu-se a grande arrancada, com Ice Rink mantendo a dianteira e Shimi sustentando-a. Ice Rink cruzou a linha de chegada com uma vitória apertada sobre o segundo colocado, Flitcraft. A multidão explodiu de emoção. Apenas um cavaleiro não havia cruzado a linha. O jovem mestre de Lovat vencera, pelo segundo ano consecutivo.

— Vamos, Shimi ganhou! — gritou Laura, os olhos brilhando de alegria.

— Vá na frente, querida — pediu Lovat. — Você sabe que costumo andar devagar quando desço a colina.

— Estão todos nos esperando, querido!

— Eu já vou.

— Bem, então não demore! E espero que não seja para fumar os seus charutos! — disse a esposa, dando um rápido olhar para trás. Lovat fez um gesto para a esposa, tomou um pouco de ar e minutos depois foi pelo mesmo trajeto, andando por um atalho que havia no bosque dos Murray.

Nesse instante um cavaleiro, montado sobre um alazão negro, surgiu no alto de uma pequena colina. Guardou os binóculos num bolso lateral e conduziu o cavalo através da névoa, penetrando na mata em que o lorde entrara.

Lovat estava recostado no tronco de uma árvore imensa. Abriu o casaco e pegou um charuto. Ouviu o canto dos pássaros ecoar pelo bosque. Aspirou o ar da manhã, fresco e agradável. Um minuto depois, fora de seu campo de visão, o cavaleiro já havia descido do cavalo e caminhava, silenciosamente, em sua direção. Lovat mordeu uma das extremidades do charuto e acendeu-o. Entre as árvores, fitou um pedaço da paisagem abaixo, os cavalos e a multidão formando uma massa indistinta, a figura de Laura ainda descendo pela trilha. Lovat parecia mergulhado em pensamentos. Um ruído de folhas secas e galhos se quebrando anunciou uma presença. Lovat girou o corpo.

Sua expressão se congelou. A boca pendeu com os bigodes arqueados, derrubando o charuto. Um homem vestido de jóquei apontava uma arma para seu peito.

— Mãos na cabeça, general Lovat.

O lorde ergueu os braços lentamente.

— Mas que diabos! O que significa isto?

O homem arreganhou os dentes e sorriu.

— *Estou pronto* não é o lema do seu clã? Será que o lorde está pronto para morrer?

— O que você quer? — balbuciou Lovat.

— O senhor está com algo que nos pertence.

— O quê?

— Ora, o senhor sabe muito bem... Os documentos que está levando para seu rei. — Deu dois passos para a frente. Tinha um brilho maligno nos olhos. — Não se lembra mesmo de mim, "coronel Árvore"?

— Maldito! Você é...

— Cale a boca, velho estúpido. Chegou a hora de ver se seu sangue é mesmo azul.

O cavaleiro deu três passos em direção a Lovat, que recuou, suspirando. O lorde não teve tempo de abaixar a mão ao coldre do revólver que carregava. Levou uma violenta coronhada no rosto e despencou, com um baque seco, sobre as raízes do teixo. Mais jovem e mais forte, o cavaleiro se aproximou e pegou-o pelo colarinho. Puxou seu corpo desfalecido e o jogou de novo sobre o chão, com violência. Duas fitas de sangue brotaram do nariz e da testa de Lovat. Em seguida o homem se ajoelhou, retirou o sobretudo do lorde, enfiou os dedos enluvados na parte interior e retirou o envelope. Em seguida despiu o braço esquerdo do paletó do homem imóvel, arregaçando a manga da camisa até a altura da dobra do cotovelo. Com rapidez, tirou uma seringa hipodérmica, esguichou pequenas gotas do líquido marrom-escuro para o alto e apertou as veias do braço esquerdo, inerte, que saltaram, azuis. Esvaziou o conteúdo do êmbolo e jogou a seringa perto da árvore. Lovat começou a tremer violentamente, sob o olhar do algoz. Levantou a mão direita, como se buscasse um apoio invisível, tentou articular palavras, mas a boca se ressecou com rapidez. Seu corpo recomeçou a tremer, e o lorde teve, enfim, um ataque. Apertando o peito com a mão direita, gemeu alto.

O jóquei abriu o envelope e, depois de alguns instantes, arregalou os olhos e gritou:

— Papéis em branco!

Cerrou os dentes, ajoelhou-se de novo e pegou Lovat pelo colarinho, xingou-o e perguntou:

— Onde ele está?

Lovat não se moveu. Desesperado, o homem vestido de jóquei tentou uma massagem cardíaca durante quase um minuto. Nada. Gritos distantes o fizeram levantar e olhar, entre as árvores, em direção ao sopé da colina. Algumas pessoas já vinham subindo a elevação à procura de Lovat. O cavaleiro correu para seu cavalo e partiu dentro da névoa. Um minuto depois, os olhos azuis de Lovat pareciam fitar o céu nublado entre as folhas das árvores. Suas retinas lentamente tornaram-se opacas. A boca ficara aberta. O vento mexia um pouco os seus cabelos brancos. Lorde Lovat estava morto.

## CASTELO BEAUFORT

Dois dias depois, 2 de novembro, os sinos ecoavam no céu das Terras Altas da Escócia. Nimbos baixos, cinzentos, roçavam os campos e bosques coloridos pelo outono. A alguns quilômetros dali, podia-se admirar o comprido lago Ness, que bordejava boa parte da propriedade dos Fraser de Lovat. Uma pequena multidão se dirigia para o interior da igreja de Saint Mary, uma construção austera em estilo neogótico. Ficava às margens do rio Beauly, cujos meandros corriam para o noroeste até desaguarem num imenso estuário perto de Inverness. Acima da mata que o rodeava era possível avistar as torres principais do castelo Beaufort.

Sob um vento frio e cortante, as rodas de uma carroça simples de madeira provocavam um rangido monótono pela estrada estreita, cruzando muros castigados pelo tempo. O cortejo era puxado por um homem vestido à moda escocesa, que tocava "Lorde Lovat's Lament" na gaita de foles. Em seguida, a passos lentos, vinha o padre MacDonald e dois homens de pesados sobretudos negros e chapéus-cocos. Os cavaleiros puxavam um cavalo que, por sua vez, trazia a carroça com o corpo de Lovat. O caixão estava coberto por coroas de flores e envolto pelo vermelho, branco e azul da bandeira inglesa. Membros dos Highlanders e dos Lovat Scouts, que o falecido havia organizado para lutar a Guerra dos Bôeres, perfilavam-se ao longo da estrada para uma última homenagem. Na entrada da capela, pessoas tiravam os chapéus ou batiam continência ao féretro. Todos estavam consternados com a morte repentina de seu mais nobre líder. Aos poucos, as pessoas encaminhavam-se para o interior da igreja para as exéquias.

Uma hora mais tarde, no jazigo da família, localizado nos fundos da igreja, o padre MacDonald presidiu os últimos ritos da Igreja Católica-Romana. Laura permanecia em estado de choque. Rodeada por outras mulheres de véus negros, amparava-se em Shimi enquanto se esforçava para ficar em pé ao lado da cova. Na cerimônia estavam dezenas de empregados da propriedade, habitantes de Beauly, políticos, militares, colegas do tempo da guerra sul-africana dos Bôeres e da Grande Guerra. Membros de outros clãs, como os Cameron e os Mackintosh, além de vários funcionários da Paraná Plantations, vindos de Londres, também acompanhavam o sepultamento.

De chapéu-coco e sobretudo negro, o inspetor Hugh Sinclair examinava os presentes com olhos inquiridores. Ele havia chegado dois dias antes, tão logo soube da morte de Lovat e recebeu o apelo de Laura. Antes havia também acompanhado as investigações preliminares de Little Tew e o exame *post mortem* autorizado pelo filho e realizado no necrotério de Oxford. Sinclair se aproximou de lorde Alexander Hardinge, observando-o atentamente. O secretário particular do rei era um homem de rosto comprido e suíças aparadas no rosto. O inspetor postou-se a seu lado e sussurrou:

— Mr. Hardinge?

O secretário do rei virou-se, surpreso.

— Ah, é o senhor, inspetor Sinclair. Como vai?

— Poderia estar melhor, sir. Uma tragédia esta com lorde Lovat, não?

Hardinge concordou, arrumou a gola do sobretudo e deu um passo à frente. Sinclair se aproximou mais uma vez e cochichou em seu ouvido:

— O rei não pôde vir para prestar uma última homenagem ao seu amigo e sócio, presumo?

Hardinge franziu a testa.

— Sua Majestade pediu que eu o representasse e entregasse uma carta de condolências à viúva.

— Uma carta. Compreendo — disse Sinclair, a meia-voz, com ar pensativo. — O senhor chegou esta manhã?

Hardinge assentiu, sob o olhar atento do inspetor.

— Estamos todos tristes com o que aconteceu. Uma perda irreparável. Agora, se me permite, quero externar meus sentimentos à família — acrescentou, repuxando os lábios e se afastando em seguida.

Sinclair avistou os Fraser reunidos à beira da cova e o secretário do rei indo em direção a eles. Contornou uma fileira de lápides escuras, a maioria em forma de cruzes de pedra carcomidas pelo tempo, se posicionando alguns passos atrás da figura alta e imponente do jovem McShimidth. O vento zunia entre os plátanos. Laura chorava copiosamente, amparada pelos filhos. As pessoas, cabisbaixas, olhavam para o caixão.

O silêncio fúnebre foi rompido pelo baixo da gaita de foles do major Ross. Sob o vento das Terras Altas da Escócia, que varria o vale do Beauly, folhas douradas caíam.

O general Cameron tomou a palavra tão logo a gaita de foles cessou. Limpou a garganta, ajeitou o cachecol de tartã sobre o peito, lançou um olhar para os Fraser e começou seu discurso:

— Desde tempos remotos em que o primeiro Lovat lutou ao lado de William Wallace e Robert the Bruce, a história do clã Fraser de Lovat está ligada à história da Escócia. Simon Joseph Fraser dedicou sua vida ao serviço público e ao Império Britânico. Mas eis a diferença entre Lovat e outros nobres. Ele nunca se gabava das coisas que havia realizado. Poucos sabem, mas ele foi um grande explorador, com feitos memoráveis. Devo também mencionar o trabalho civilizatório, primeiro à frente da Sudan Plantations, depois no Canadá e, por fim, no Brasil, ao fundar a Paraná Plantations. Lovat foi colhido no auge de suas realizações — Cameron pigarreou e prosseguiu, interrompido apenas pelos soluços de Laura e das filhas. — Assim como a Índia teve um lorde Clive, a África um Cecil Rhodes, o Brasil teve lorde Lovat, um legítimo britânico, para colonizá-lo. Um homem que não tinha inimigos, alguém que era sempre o mesmo, fosse em companhia dos lobos de Badenoch ou dos cordeiros de Lochaer, como ele gostava de dizer. Uma grande figura humana, sem dúvida, que fará grande falta para sua esposa, seus filhos e para todos nós. Sua dedicação ao Império e à Comissão Florestal o obrigaram a sacrificar o tempo que poderia ter passado com a família e os amigos.

Os olhos de lorde Cameron se congestionaram. Depois de uma breve pausa, o velho lorde se inclinou em direção à cova e disse:

— Descanse em paz, irmão.

O padre McDonald retomou a palavra, fez uma última prece e concluiu, com voz de timbre grave e sonoro:

— Neste dia triste para a família e para todos que conheceram Simon Joseph Fraser, lembremos do que nos diz a Bíblia, em Samuel, capítulo 3, versículo 38. "O rei então disse a seus servos: Não sabeis que hoje, em Israel, sucumbiu um príncipe, um grande homem?"

Ao sinal do padre, entre soluços, a filha mais nova lançou uma bandeira com o brasão do clã sobre o caixão, que desceu à cova ao meio-dia. Algumas crianças jogaram flores. Um punhado de terra. Todos continuaram quietos, observando o trabalho lento e cuidadoso dos coveiros. Os Lovat Scouts dispararam uma salva de tiros, que ecoou e assustou os pássaros no bosque ao redor.

Shimi deu o antigo grito de guerra do clã, em gaélico escocês:

— *Caisteal Dunie!*[12]

Grito que dezenas de scouts repetiram, em uníssono.

Depois da cerimônia, a multidão foi aos poucos se dispersando num silêncio respeitoso. Andando na grama entre as sepulturas com passos ligeiros, o inspetor alcançou Shimi. O homem esguio e alto parou de caminhar e virou-se. Tinha o rosto branco e bolsas escuras sob os olhos.

— Meus pêsames, tenente — murmurou Sinclair. — Estamos todos consternados.

— Obrigado, inspetor. Espero que esteja bem-acomodado em Beaufort.

O inspetor agradeceu e falou:

— Sei que a ocasião não é propícia, mas gostaria de trocar umas palavras com o senhor.

O jovem Lovat fez que sim, apontou para a frente. Depois ambos andaram pelos túmulos espalhados pelo gramado e foram até o muro

12. Castelo Dounie, em gaélico escocês, em referência ao nome do castelo ancestral do clã Fraser de Lovat.

de pedras que divisava o terreno. Sentaram-se num banco sob um imenso plátano de folhas douradas e vermelhas. Um esquilo se deteve diante dos homens, apoiou o corpo nas pernas traseiras, juntou uma noz com as patas, mordeu-a e em seguida subiu no tronco de uma árvore. Sinclair apontou para as torres do castelo e comentou, para quebrar o silêncio:

— No caminho percebi que a velha trincheira do tempo de Alexandre ainda está visível.

Shimi concordou com a cabeça.

O inspetor circulou os olhos pela paisagem e prosseguiu:

— É uma bela propriedade. Se não me falha a memória, aqui funcionou um campo de prisioneiros de guerra, não é verdade?

Shimi sustentou o olhar para Sinclair. Depois de uma pausa, afirmou:

— Sim, meu pai era o responsável. Isso foi em 1917. Eu tinha 6 anos.

Sinclair balançou a cabeça.

— O que faziam aqui?

— Lembro-me dos homens cortando a madeira. Eram centenas. Meu pai dizia que era para suprir o front na França.

Shimi desviou os olhos inchados e vermelhos. Sinclair alisou o queixo.

— Sei que é difícil, mas preciso falar das circunstâncias da morte de seu pai — explicou o inspetor. — Quero agradecê-lo por ter nos deixado fazer a necropsia.

— Foi a decisão correta — avaliou Shimi, franzindo os olhos. — Parece-me claro que ele foi assassinado.

— Tudo leva a crer que sim, meu jovem. Agora me diga: sabe de alguém que teria motivos para matá-lo?

— Não tenho a mínima ideia, inspetor. É inacreditável. Meu pai não tinha inimigos.

— Está certo disso?

— Sim — disse Shimi.

Sinclair coçou os bigodes.

— Importa-se de dizer mais uma vez o que viu quando o encontrou?

Shimi contou o que ocorreu do momento em que Laura notara a estranha demora de Lovat, a cena do pai, morto, até o momento em que ele acionou a polícia. Lovat estava jogado de costas sobre um tronco, com o rosto sangrando e marcas de agressão. Seu sobretudo estava perto dele, no chão, e havia um rasgo no forro. A manga esquerda do paletó estava erguida e havia marcas de picadas no antebraço. Shimi encontrou a seringa ao lado dele e a apanhou com um lenço, para preservar as digitais.

— Procedeu muito bem, sir. Isso pode nos ajudar. Ele disse alguma coisa antes de morrer?

— Nada. Ele já estava morto. Tentei reanimá-lo de todos os modos. Não havia mais nada que eu pudesse fazer.

Houve um silêncio. Shimi pegou um cachimbo numa pequena bolsa.

— O que descobriram?

— Bem, com certeza a pessoa usava luvas, pois não foram encontradas impressões digitais. Perto dali verificamos pegadas recentes. De um cavalo. Foi assim que o assassino chegou e partiu. Nenhuma testemunha viu nem ouviu nada. Também vasculhamos toda a área.

— E quanto à seringa, inspetor? O que continha?

— Bem, achamos muito estranho o assassino tê-la deixado no local. Nosso legista só pôde adiantar que a substância confere com a encontrada no sangue de seu pai. Mas ainda não sabemos qual é. Os resultados devem sair nos próximos dias.

Shimi acendeu o fornilho do cachimbo, depois expeliu uma baforada de fumaça e voltou os olhos para o inspetor.

— Quer dizer que não há nenhum suspeito?

— Até o momento não, tenente. Estamos fazendo o melhor possível para encontrar quem matou seu pai. Sabe me dizer se havia documentos com ele, papéis, algo de valor?

— Não. Sua carteira com dinheiro, o relógio de bolso, além de outros objetos, estavam com ele quando o encontrei. Sua arma também. A arma que ele não teve tempo de usar.

Sinclair franziu o rosto e coçou a têmpora. Parecia desapontado.

— Conversei com o chofer que os trouxe de Oxford para Little Tew — continuou Shimi. — Segundo ele relatou, meus pais quase não conversaram na viagem. Sabe o que ele nos disse, antes de partir para o Brasil? Que essa seria a última viagem.

Sinclair contraiu os lábios e assentiu. Disse:

— Quando eu poderia falar com lady Lovat?

— O inspetor a viu. Ela ainda não tem condições de prestar um depoimento. Está em estado de choque e sob fortes calmantes.

Sinclair fez um sinal de que compreendia e pediu:

— Bem, gostaria que me telefonasse até o fim de semana. Acho que até lá teremos alguma coisa. Ligue-me assim que surgir qualquer novidade.

Os dois homens se levantaram e se dirigiram para a frente da igreja, passando pelo caminho de cascalho. O inspetor se despediu de Shimi e caminhou até o carro, que já o esperava com o motor ligado. Sentou-se no banco com os olhos duros, bateu a porta, soltou um profundo suspiro e ordenou para o homem no banco da frente:

— Para a Grande Londres, Thomas.

## LUTO EM LONDRINA

Blake olhou-se no espelho que havia no lado de dentro do armário. Aproximou-se do reflexo e examinou seu rosto. Estava vermelho de sol, um pouco mais magro. Tinha um aspecto saudável, embora as têmporas parecessem mais grisalhas. Sorriu para si mesmo, para conferir os dentes recém-escovados. Com os olhos ainda enevoados de sono, foi até o peitoril da janela pegar o paletó sobre a cadeira. No fundo do céu, nimbos cor de ardósia pareciam se erguer como as torres gigantescas de um castelo. Do outro lado da rua, um caminhão-pipa regava a poeira vermelha da avenida Paraná, exalando um cheiro penetrante de terra molhada. Uma moça loira, com uma sombrinha para protegê-la do sol, acenou para Blake. Era Angelika, a filha de Ernest Günther. Estava acompanhada do guarda-costas que o tradutor vira depois do banquete. O escocês sorriu e acenou para ela. O guarda-costas também deu um sorriso. Blake untou os cabelos com brilhantina, os penteou para trás, vestiu o paletó e seguiu para a cozinha.

Um murmúrio de vozes e soluços alcançou seus ouvidos quando atravessava o corredor. Blake entrou e viu uma vela acesa, ardendo junto ao fogão a lenha. Depois viu a cozinheira, com um lenço na mão, os olhos inchados e vermelhos. Dois funcionários, que tomavam o café da manhã cabisbaixos e em silêncio, viraram-se para Blake, cumprimentaram-no, murmuraram alguma coisa entre si e saíram. Sentado atrás de uma mesa de peroba, com expressão dura, Alexandre Razgulaeff molhava os bigodes numa caneca de café. Ergueu a cabeça e cumprimentou Blake com gravidade.

— O que aconteceu?

— As notícias não são nada boas, Blake.

— Lorde Lovat morreu — anunciou a cozinheira, com uma voz trêmula.

O sorriso se desmanchou no rosto de Blake. Ele se virou.

— O que a senhora disse? — balbuciou.

A cozinheira recomeçou a chorar.

Blake olhou para Razgulaeff.

O russo assentiu e repuxou os lábios para baixo. Disse:

— É verdade. Recebemos um telegrama da agência em São Paulo. Lorde Lovat faleceu há dois dias. Garden tem mais detalhes.

Blake franziu o rosto, cobriu-o com a mão direita, encostou as costas na parede, procurando um apoio. Ficou alguns segundos de olhos fechados, o queixo encostado no peito, imóvel. Sussurrou um palavrão. Quando ergueu o rosto outra vez, seus olhos estavam cheios de lágrimas.

— Sinto muito, Blake — lamentou Razgulaeff, apertando o ombro do tradutor em sinal de solidariedade.

Ficaram calados alguns instantes.

— Ele era um homem tão bom... — sussurrou Glória, enxugando os olhos, entre soluços. — Ajudou muito a minha família. Ele parecia tão bem quando se despediu de mim...

Blake se aproximou da cozinheira e colocou a mão direita no ombro da senhora, reconfortando-a. Virou-se para Razgulaeff:

— Como foi que isso aconteceu?

— Vamos ao escritório, Blake — insistiu o russo. — Garden o espera.

— Vou passar um café para o senhor — disse a cozinheira. — É só um minuto...

— Não é preciso, Glória. Obrigado — disse Blake, apertando as mãos da cozinheira, se despedindo e saindo, seguido de Razgulaeff.

Enquanto atravessavam o pátio, pequenos grupos de funcionários, agentes e curiosos sussurravam entre si. Ninguém estava trabalhando, e os carros dos corretores estavam enfileirados diante da rua. Algumas pessoas, passando diante da empresa, paravam para perguntar sobre a faixa preta junto à entrada, colocada no pavilhão, ao lado das bandeiras do Brasil e da Inglaterra.

No escritório, Nilson Garden conversava com Ernest Günther, que acabara de chegar na cidade e receber a notícia do prefeito. O alemão estava perto da janela, apoiado na bengala, o sol incidindo em seu rosto e em seus cabelos cor de areia.

Garden ergueu os olhos quando Blake entrou. Disse, com voz lenta e grave:

— Então já sabe da má notícia?

O tradutor meneou a cabeça.

— Como aconteceu?

— Lovat acabara de chegar à Inglaterra. Tinha uma reunião da diretoria na terça-feira. No dia seguinte de sua chegada foi assistir à corrida do filho. A informação que recebemos de Londres é que ele teve um colapso depois da corrida e morreu. Um ataque cardíaco fulminante. Leia o senhor mesmo — disse Garden, o lábio inferior cobrindo o superior.

Blake pegou o telegrama das mãos de Garden e leu-o com uma expressão de incredulidade e dor. Depois fechou os olhos, como se tentasse imaginar como tudo teria ocorrido.

— O velho coração do general parou de bater — disse Garden.

— Todos sabiam que o lorde não estava muito bem — falou Razgulaeff. — Quantos anos ele tinha?

— Sessenta e dois — informou Garden.

— Senhor Blake — disse Günther, apoiando o corpo na bengala, com uma expressão preocupada —, eu estou consternado com o falecimento de lorde Lovat.

— Decretei três dias de luto na cidade — informou Garden. — E pedi ao padre Braun que rezasse uma missa em sua homenagem. — Inspirou o ar dos pulmões, franziu a boca e suspirou: — Saibam os senhores que eu perdi mais do que um amigo. Perdi um colega de muitas batalhas.

— É uma grande perda para a companhia — lamentou Razgulaeff.

— Não só para a companhia, mas para o Império — acrescentou Garden. E, voltando-se para Razgulaeff: — Lovat escreveu uma das mais belas páginas da aventura da colonização britânica.

— E brasileira também, prefeito — completou Günther. — Sem ele, não estaríamos aqui.

Blake expirou o ar das narinas. Alguns mosquitos zumbiram pela sala.

— Não consigo acreditar. Ele desembarca na Inglaterra depois de chegar do Brasil e morre assistindo a uma corrida de cavalos?

— É, dá o que pensar... — refletiu o alemão, coçando a testa.

Garden balançou a cabeça. Blake passeou os olhos marejados pelo escritório.

Günther apoiou as mãos na bengala e disse:

— Bem, o grande Simon Fraser nunca perdeu a fé na colonização e na tarefa histórica que estamos fazendo na região, mesmo com esta crise mundial. Seu exemplo deve continuar em nós. A melhor maneira de homenageá-lo é levar adiante nosso trabalho.

Blake olhou para Günther e depois para Razgulaeff. Não disse nada.

— Um homem generoso e honrado — continuou o russo. — Não consigo imaginar uma única pessoa que não esteja triste hoje.

— Não tenho certeza disso — opinou Blake. — A morte de Lovat deve ter sido um alívio para seus inimigos.

Garden lançou um olhar de reprovação para o tradutor. Contraiu os lábios e disse:

— Ora, Blake, Lovat não tinha inimigos.

— Como o senhor pode saber? No telegrama diz que o inquérito sobre a morte já foi concluído?

— Todos tinham grande estima por ele — interrompeu Günther.

O tradutor deu de ombros.

— Todos disseram que Nussbaum também não tinha inimigos, e no entanto...

— Espere um pouco, Blake... O que está insinuando? — perguntou Razgulaeff.

— Quis dizer apenas que os interesses de Lovat nem sempre eram os interesses das pessoas com as quais tinha de lidar. Sua atuação no governo contrariou a vontade de muita gente...

— Ora, Blake, o senhor não sabe do que está falando... — disse o russo.

O prefeito levantou o braço direito num gesto conciliador.

— Calma, senhores. Um mínimo de respeito à memória de Lovat!

Seguiu-se um momento de silêncio. Os homens reunidos pareciam estátuas num museu onde o tempo tivesse parado.

— Bem, já mandei prepararem uma edição especial do *Paraná-Norte* — anunciou o prefeito. — A companhia e a cidade estão de luto. Seria oportuno também escrever um obituário, não acha, Blake?

O tradutor fitou o prefeito, sem dizer nada.

— Sua última contribuição para a companhia antes de partir — disse Garden.

— Partir?

O prefeito fez que sim.

— Imagino que não exista mais motivo para ficar na cidade e que o senhor queira retornar imediatamente para Londres.

Blake pensou alguns segundos antes de responder:

— Não, não tenho intenção de ir embora agora, senhor Garden. O senhor sabe que minha permanência aqui se deu por ordem expressa de Lovat.

O diretor da companhia, Günther e Razgulaeff se entreolharam. O prefeito aproximou-se de Blake e perguntou, em inglês, abaixando o tom da voz:

— Não seria mais prudente? Afinal, o senhor está sendo investigado por um crime que, acreditamos, não cometeu.

Blake coçou o rosto, olhou para os homens e falou, em português:

— O delegado me proibiu de sair da cidade até que o inquérito da morte de Lorinda seja concluído. Agora, se me dão licença, preciso ficar só por um tempo.

— Claro, claro — disse Garden. — Mas pense no que lhe falei. Será melhor para o senhor.

Blake pôs o chapéu, colocou os óculos escuros, despediu-se com um breve aceno e saiu porta afora.

Depois de alguns segundos de silêncio, Garden foi até a mesa, pegou a moringa e serviu-se. Tinha a testa enrugada.

— Acha que ele vai ficar? — perguntou Razgulaeff.

— Não sei. Não tenho cabeça para pensar nisso agora — grunhiu o prefeito, sentando-se na cadeira e soltando um suspiro para o teto. Abriu a primeira gaveta, alcançou uma garrafinha de uísque.

— Um homem misterioso, esse mister Blake — comentou Günther, enquanto também se sentava.

— O que esse sujeito está querendo? O que ele ganha ficando? — perguntou o russo. — Você acabou de oferecer a liberdade para ele.

Garden terminou de dar um gole, olhou para o colonizador alemão e o topógrafo russo e exalou o ar dos pulmões ruidosamente.

— Precisamos saber o que ele veio fazer aqui. Pode cuidar do assunto, Razgulaeff?

— Hoje mesmo entrarei em contato com Eckstein.

Naquela tarde de primavera, Adam Blake caminhou lentamente até o extremo oeste da cidade, sentou-se numa tora de peroba e, longe do olhar de todos, enterrou o rosto nas mãos e chorou.

## *MYRISTICA FRAGRANS*

Era uma nublada manhã londrina quando Shimi Lovat entrou em um prédio cinzento no bairro de Lambeth, a algumas quadras da Victoria Station, onde funcionava o Serviço Secreto de Inteligência. Vestido com um terno preto de tweed, o filho de Lovat foi conduzido por um homem grisalho e carrancudo a um labirinto de corredores e salas fechadas. Ao chegar a uma porta no fim de um dos corredores, o detetive girou a maçaneta e recuou para Shimi entrar. O inspetor Hugh Sinclair estava ao telefone e fez um gesto para que o jovem se sentasse. Sua mesa ficava sob a luz de uma janela alta e comprida, por onde se entrevia o céu cinzento como cascalho. Shimi ficou meio minuto percorrendo a sala com o olhar. As paredes estavam vazias. A mobília se resumia a uma máquina de escrever, uma escrivaninha entulhada de pastas e papéis, e duas cadeiras de espaldar alto. A outra metade era ocupada por uma lareira de mármore, uma mesinha de centro, alguns arquivos e duas poltronas de couro. Shimi sentou-se do outro lado da mesa. Sinclair desligou o telefone poucos segundos depois e um sorriso brotou de seu rosto. Em seguida pediu desculpas, levantou-se e cumprimentou Shimi. Depois de conversarem sobre o tempo, Shimi disse, enquanto se sentava:

— Obrigado por me receber e se interessar por este caso, inspetor. O que descobriram da necropsia?

Sinclair hesitou um pouco.

— Aceita um chá, lorde Lovat?

— Não, obrigado — respondeu o jovem, agradecendo com um sorriso curto.

— Quando me ligou esta manhã percebi que era urgente.

— Sim, mas antes gostaria de ouvir o que tem a dizer.

O inspetor acendeu o fornilho do cachimbo com um palito de fósforo. Deu uma baforada e olhou a fumaça subir para o teto. Transferiu os olhos para os papéis que tinha à sua frente e novamente para Shimi.

— Estou intrigado. A necropsia constatou a presença de uma substância peculiar na seringa encontrada no local, no braço e nas vísceras de seu pai. Não é cianureto, não é estricnina, nem láudano, que são os venenos mais corriqueiros.

— O que é, então?

— *Myristica fragrans.*

Shimi lançou um olhar interrogativo para o inspetor.

— *Myristica fragrans*? Mas que diabos vem a ser isso?

— Mais conhecida como noz-moscada, senhor, dessas que se usa na culinária. É uma especiaria com muitos usos e propriedades intoxicantes e medicinais. No século XVII até entramos em guerra por causa dessa especiaria.

— Não entendo.

— Nosso perito não tem dúvida de que foi essa substância, encontrada no antebraço e nas vísceras, numa quantidade elevada, que resultou na parada cardíaca do seu pai. Ela também causa taquicardia. Pedimos a opinião de outros peritos nossos, que confirmaram a descoberta.

Após um breve silêncio, Shimi perguntou:

— É possível uma coisa dessas?

O inspetor pousou a mão esquerda sobre os papéis e apontou o cachimbo para Shimi:

— Verificamos casos de morte por overdose de noz-moscada na história médica. Poucos, é verdade, mas existem. Alguns historiadores afirmam que foi a substância usada para abreviar a agonia de um de nossos reis, mas nada foi comprovado.

Shimi fez menção de dizer algo quando Sinclair continuou:

— Era o que Nostradamus usava para entrar em transe e escrever seus versos. A noz-moscada é um antigo símbolo de profecia. Injetada intravenosamente, e na quantidade em que foi, leva alguns minutos para induzir a pessoa a convulsões, náusea e ataque cardíaco. Seu pai tinha problemas de coração. O legista declarou que tudo deve ter sido muito rápido, nos vinte minutos que se passaram do fim da corrida até a descoberta do corpo. Não encontramos nenhuma impressão digital além das de seu pai. Além da seringa, não havia mais nada perto do corpo.

— Estou pasmo, inspetor. Não consigo entender por qual motivo alguém mataria meu pai. E dessa maneira.

— Ainda não chegamos a nenhuma conclusão sobre isso, senhor. Tudo que sabemos é que o homem que fez isso era um profissional.

Shimi enfiou a mão no bolso interno do paletó e retirou um envelope pardo fechado. Esticou-o com cuidado diante dos olhos do inspetor e o encarou.

— Acho que sei quem matou meu pai. Abra, por favor.

Os olhos do inspetor brilharam. Sinclair pousou o cachimbo num cinzeiro de vidro, pegou uma espátula e abriu uma das bordas com cautela. Dentro, protegido por um papelão, estava um cartão de identificação do jornal *Evening Standard*. O inspetor ergueu o queixo e deu um olhar interrogativo para Shimi. Depois pegou o cartão pelas bordas, usando uma pinça, para preservar eventuais impressões digitais, e aproximou-o do rosto.

— Hoje pela manhã — prosseguiu Shimi — minha mãe se lembrou de alguns fatos sobre as últimas horas de vida de meu pai. Por isso minha pressa em vir lhe falar sobre o que houve. Na viagem de trem, um pouco antes de chegar a Oxford, ela foi ao vagão-restaurante. Quando voltou, se deparou com um homem saindo do compartimento. Esse homem despediu-se de meu pai, cumprimentou minha mãe e saiu pelo corredor. Parecia com pressa, pois deixou cair seu cartão de identificação no chão da cabine e não voltou para pegá-lo. Minha mãe guardou-o na bolsa, esperando devolvê-lo ao jornalista durante a corrida. Depois ocorreu tudo isso e ela se esqueceu.

Sinclair abaixou a cabeça para examinar a foto e o cartão mais uma vez.

— O que mais?

— Ela disse que esse homem sabia o local exato em que meu pai iria assistir à corrida.

— Como?

— Porque meu pai lhe falou, sugerindo um bom lugar para tirar fotos panorâmicas da corrida e do cenário. Ele tinha o costume de assistir às corridas daquele local, pois permitia acompanhar uma parte maior do trajeto.

— Seu pai não achou suspeito?

— Minha mãe disse que não. Além de fanático por corridas, meu pai adorava jornalistas. Ele mesmo foi correspondente durante a guerra na África do Sul. Disse que ele apenas estranhara o sotaque do homem.

Sinclair balançou a cabeça, incentivando Shimi a prosseguir:

— Liguei para o *Standard* e falei com o dono, lorde Beaverbrook, que é meu amigo. Ele me garantiu que não existe nenhum funcionário com o nome de Henry Stein. Também apurou que o jornal não enviou ninguém para cobrir a corrida.

Sinclair pousou o cachimbo no cinzeiro, colocou os cotovelos na mesa e cruzou as mãos sob o queixo.

— Mas há outra coisa importante, inspetor... No momento em que pousei meus olhos nesta fotografia achei o rosto familiar. Passei as últimas horas intrigado. Os olhos, a boca, o nariz e a pinta na face esquerda tiraram minhas dúvidas. Este homem é Kurt-Peter Müller.

Sinclair tentou esconder um sobressalto.

— Como disse?

— Dr. Müller, o médico-chefe da filial da empresa de meu pai, no Brasil.

— Tem certeza?

— Não tinha, até o momento em que tive a ideia de procurar meus álbuns. — Shimi enfiou a mão no paletó e retirou outra foto, passando-a para o inspetor. — Foi tirada em Londrina. É ele, não tenho dúvida.

Com expressão de surpresa, Sinclair se inclinou sobre a mesa e estreitou os olhos, detendo-se na foto. A imagem mostrava, da cintura para cima, Shimi, bastante magro e abatido, ladeado por um casal vestido de branco. Por trás havia uma construção de madeira e, mais ao fundo, copas de árvores que pareciam ser bastante altas. O casal tinha cabelos e olhos claros e estava sorrindo.

— O doutor Müller, a doutora Magdalene e eu, diante do hospital da companhia. Esta foto foi tirada no dia em que recebi alta. Eu havia pegado malária.

— Permita-me?

— Fique à vontade. O negativo está em local seguro. Eu fiz outras cópias.

O inspetor pegou um lápis e aproximou o rosto quase a ponto de tocar a fotografia. Em seguida pressionou a ponta fina do grafite sobre sua superfície áspera, cobrindo de preto o cabelo do médico. Sempre comparando-o com o retrato do cartão, observado por Shimi, Sinclair desenhou óculos redondos e finos sobre o rosto, e por fim uma pinta preta na face esquerda.

— Henry Stein — disse o filho de Lovat.

— A semelhança é notável — disse o inspetor, erguendo os olhos para Shimi. — Quando o senhor esteve no Brasil?

— Meu pai enviou-me para trabalhar na propriedade que temos no país e ajudar na construção de uma ponte. Foi quando peguei malária. A segunda vez foi em 1931, quando acompanhei meu pai na visita que o príncipe de Gales e o duque de Kent fizeram a Londrina. Não me lembro de meu pai jamais ter mencionado o nome de Müller. Acho que ele não o conheceu pessoalmente. Eu o conheci. Mal, mas conheci. Ele fala inglês muito bem. Na época ouvi um boato na cidade que nem médico ele era, que tinha temperamento explosivo. Em todo caso, fui salvo graças aos cuidados da doutora Magdalene.

— Bem, tenente — continuou Sinclair, fitando o cartão. — Essa é uma evidência importante. Vou pedir agora mesmo um exame de digitais. O senhor ajudou muito, tomando o cuidado de preservar as impressões. Vamos esperar que a companhia tenha a ficha dele em Londres. E rezar para que não tenhamos que esperar que ela venha do Brasil...

Houve um momento de silêncio. Shimi coçou a nuca, levantou os olhos para Sinclair.

— Permita-me fazer alguns perguntas ao senhor, inspetor?

Sinclair fez que sim.

— Minha mãe também me contou que meu pai ligou para o Forte Belvedere na noite em que chegou. O senhor faz alguma ideia do motivo?

Sinclair piscou. Os músculos do seu rosto se contraíram.

— Lovat ligou para o rei?

Shimi confirmou.

— Quando foi isso?

— Na noite em que chegou do Brasil. Minha mãe ouviu meu pai marcando uma reunião com Sua Majestade. Disse que ele parecia preocupado. Depois da ligação ele fez outra, dessa vez para o senhor, para combinar o encontro à tarde com Mr. Churchill. Posso lhe perguntar o que ele queria?

O inspetor enrubesceu e soltou um profundo suspiro. Não respondeu. Shimi sacudiu a cabeça e perguntou:

— O que meu pai foi fazer no Brasil, afinal?

O inspetor fez uma pausa e exalou o ar dos pulmões.

— O que irei falar agora é confidencial. — Serviu-se de um gole de chá, pousou a xícara e prosseguiu. — Lovat foi investigar um incidente ocorrido em agosto na Paraná Plantations. Müller foi acusado de estar por trás do desaparecimento do contador-chefe da Paraná Plantations, Erich Nussbaum. Nós não sabemos direito o que aconteceu. Müller e a esposa também estavam desaparecidos desde o começo de agosto. Agora pelo menos descobrimos onde Müller andava.

— Eu não estava sabendo. Foi isso o que meu pai foi investigar? Um crime? E como o senhor e Churchill se envolveram nisso?

— Não estou autorizado a lhe dar esta informação. O que posso lhe dizer é que temos razões para acreditar que Sua Majestade pode estar enredado em algum tipo de problema envolvendo a companhia da qual é um dos sócios majoritários. Tudo o que posso dizer é que, como presidente da empresa, o próprio Lovat considerou positiva a ideia de partir para o Brasil com o objetivo de ver o que estava acontecendo. Ele concordou que seria uma grande oportunidade de ver o andamento dos negócios. Levou o senhor Adam Blake com ele.

— Sim, o velho Adam... Por isso ele anda sumido. Nem sequer foi ao enterro. Se o conheço bem, deve estar enchendo a cara de uísque em algum pub de Inverness.

— Blake não voltou com seu pai. Ele ficou no Brasil para descobrir o que está acontecendo.

Shimi murmurou alguma coisa, levantou-se da cadeira e caminhou até a janela. Correu os dedos pela cortina pesada e encarou o céu londrino, cor de cimento. Folhas secas se amontoavam no peitoril da janela. Alguns pássaros pousaram nos galhos da árvore da frente. Shimi falou, virando-se para Sinclair e caminhando pela sala, os olhos franzidos:

— Então devo presumir que essa investigação no Paraná pode ter relação com a morte de meu pai. O que ele descobriu lá?

— Não sabemos. Com certeza ele teria informações importantes para nós. Eu insisti, mas lorde Lovat disse que falaria sobre isso no encontro. — Depois de uma breve pausa, Sinclair perguntou: — Importa-se de me dizer se seu pai estava enfrentando dificuldades financeiras?

Shimi hesitou um pouco, balançou a cabeça e disse:

— Sim, mas não creio que era isso que o afligia. Um pouco antes da corrida meu pai mencionou que estava com problemas, mas não disse quais. Parecia tenso e preocupado. Foi a última vez em que falei com ele.

Shimi olhou outra vez para as fotos sobre a mesa.

— Inspetor, que medidas o senhor vai tomar para apanhar Müller?

— Bem, vou acionar o departamento agora mesmo e iremos atrás dele. Distribuiremos panfletos por todas as fronteiras, embora eu ache difícil que ele ainda esteja em solo britânico. Temos interesse pessoal nesse caso, posso lhe garantir isso. Apenas peço que não tome nenhuma atitude, não tente fazer sua própria investigação. Um inquérito já foi aberto para apurar a morte do *honourable* lorde Lovat. E, por favor, mantenha sigilo absoluto sobre o que conversamos.

— Claro, inspetor. Tudo o que for possível para descobrir quem matou meu pai.

Sinclair apertou uma campainha abaixo da escrivaninha. Os dois homens se levantaram e caminharam até a porta. O detetive grisalho apareceu na soleira, fechou a porta assim que Shimi saiu e o seguiu pelos corredores.

Sozinho novamente em sua sala, Sinclair contornou a mesa, apanhou o telefone negro e pediu uma ligação.

## A REUNIÃO

Adam Blake cruzou os fundos da companhia. Seguia para o alojamento, o cabelo ruivo em desalinho, com um paletó sujo e amarrotado jogado no ombro. Limpou o rosto com as costas da mão. Ele havia passado o dia acompanhando os agentes de terra e colonos estrangeiros nas visitas aos lotes na região e, por isso, estava empoeirado da cabeça aos pés. Tinha uma expressão cansada. Blake se deteve um momento, coçou a cabeça e tomou o rumo do escritório. Tudo estava deserto e quieto. Passou pelo saguão de entrada, dobrou à direita e avançou até uma porta no fim do corredor. Girou a maçaneta e entrou. Avaliou a escuridão. Uma nesga de luz elétrica escoava pela fresta da parede de madeira. Vinha da sala de reuniões, junto a vozes conversando em inglês. Blake ficou imóvel no meio da sala, encostou a porta de mansinho e colou o ouvido na parede.

— E ele estava voltando da Lorinda?

Era a voz nasalada de Garden.

— Estava acompanhado de Regina, uma moça que trabalha lá. A mais bonita da casa, eu diria.

— A que achou o corpo da Lorinda — acrescentou Garden.

— Pareciam com pressa — disse a voz chiada de Razgulaeff.

— O que será que ele foi fazer lá? — perguntou uma voz metálica, com sotaque alemão.

— Ora, Ernest, não dizem que o criminoso sempre retorna à cena do crime? — voltou a dizer a voz de Razgulaeff, seguida de uma risada seca.

— Seja sensato — advertiu Günther, num tom grave e sereno. — Blake mal conhecia a Lorinda. Não teria motivos para matá-la.

Houve um instante de silêncio. Um ruído de pedras de gelo rolando num copo.

— Bem, o que levantou sobre Blake? — quis saber Garden.

Imerso no escuro, o tradutor avançou até a parede com cautela para não provocar rangido no assoalho de madeira. Colou o ouvido esquerdo na parede e escutou:

— A história do sujeito é longa. Há coisa de meses, por ordem de Lovat, ele foi transferido da companhia no Sudão.

— Foi requisitado por algum acionista?

— Longe disso. É apenas um bom tradutor e intérprete, mas com raro talento para se meter em confusões. E os senhores já puderam perceber que ele tem um problema com o álcool. Lovat me contou que Blake também escrevia. Não publicou muita coisa, só uma tradução de um livro de poesia, ao que parece.

Houve um breve silêncio, seguido de uma risada seca.

— Ora, vejam... Um poeta — disse a voz de Günther. — Quer dizer que agora você já tem alguém para conversar, não é, Alexandre?

— Tradutores não são poetas, Ernest, e nem sempre são confiáveis. Conhece o adágio *tradutor, traidor*?

— Você estão desviando do assunto — interveio Garden. — Por que não começa do começo, russo? Como Blake conheceu Lovat? Eu nunca tinha ouvido falar dele.

— O pai de Mr. Blake trabalhou como cavalariço para Lovat na propriedade na Escócia. Até que morreu de repente e deixou todos numa situação financeira bem delicada. O lorde prometera ajudar a família em Inverness. Lovat era uma espécie de padrinho dele. Ajudou-o a estudar na Universidade de Edimburgo. Blake se casou com uma professora de inglês em 1933. No mesmo ano o casal foi para Xangai. Arranjaram emprego como intérpretes no consulado inglês. Como a mulher não podia ter filhos, adotaram um garoto. Era um menino chinês, tinha 5 anos.

— Por que *era*? — perguntou Garden.

— Porque há dois anos o menino desapareceu no centro de Xangai. Estava com Blake.

Na sala contígua, o escocês franziu a testa e cerrou os dentes. Um fio de suor ardeu em seu olho direito.

— O que está dizendo, que o garoto simplesmente desapareceu? — quis saber Günther.

— Sumiu em pleno dia, no meio de uma rua movimentada, imaginem vocês. Sabem que há mais de 2 milhões de habitantes em Xangai? A polícia, com a ajuda do consulado, procurou pelo menino durante meses.

— E então? — perguntou o alemão.

— Nada. Nenhuma pista de que estivesse vivo. O agravante é que Blake estava bêbado no momento do incidente. Foi um pequeno escândalo na comunidade britânica em Xangai. Blake foi despedido. A mulher não acreditou na versão dele e o acusou de sequestro para a polícia chinesa. Para provar sua inocência, nosso amigo teve de revelar que estava com a amante chinesa e o menino no momento em que ele desapareceu.

Mais cubos de gelo tilintaram num copo. Risos abafados. Ruído de fósforos. Em seguida ouviu-se o russo pigarrear de novo em algum ponto da sala:

— Nada foi levantado contra ele nem contra a amante. A polícia tratou o caso como mais um rapto de crianças, coisa comum em Xangai, e o caso foi encerrado. A mulher pediu o divórcio e Blake afundou no uísque. Lovat ficou sabendo do caso e entrou em contato com ele, oferecendo a posição de intérprete na Sudan Plantations. Ainda bem. Se deixassem, ele teria bebido a baía de Hong Kong.

Mais risos. Blake examinou a porta entreaberta. Os corredores e as outras salas estavam desertas. Limpou o rosto com o lenço branco e colou de novo o ouvido na parede. O russo tossiu e continuou:

— Mas quem falou que no Sudão as coisas melhoraram? Depois de algumas semanas, ele voltou a beber ainda mais. Parece que o sol africano terminou de fazer o serviço. Ele se meteu em situações embaraçosas, que o fizeram andar armado. Parece que o marido da mulher com quem ele estava tendo um caso em Cartum não estava muito animado com a história e jurou-o de morte. Há seis meses Lovat visitou o Sudão, ficou sabendo do imbróglio e decidiu transferi-lo para Londres, antes que eles cortassem seus colhões e os jogassem para os crocodilos do Nilo.

Uma risada estrondosa ecoou na sala.

— Agora entendo por que ele ficou tão abalado com a morte de Lovat — avaliou Garden. — Bem, parece que não temos muito com o que nos preocuparmos. O rapaz é um azarado e atrai problemas, mas parece que sempre para si mesmo.

— Enquanto arranjar problemas apenas para si, está ótimo... — comentou a voz chiada do russo.

Blake virou-se outra vez e examinou a porta novamente. Uma gota fria de suor rolou de sua têmpora até a orelha e caiu. Seus olhos estavam cheios de lágrimas.

— Acredita mesmo que ele possa ter matado Lorinda? — perguntou Garden.

— Para ser franco, não — opinou Günther.

— Oportunidade ele teve, pois estava no local do crime — disse Razgulaeff. — Cidade pequena e falta de mulher dá nisso. É difícil resistir às tentações. Não é mesmo, senhores?

A risada de Günther soou pela sala.

— Ora, deixem de besteira — interveio a voz de Garden. — Blake não matou ninguém. Não foi você mesmo quem disse que ele tem nos ajudado bastante, Razgulaeff?

— Sim, é verdade.

— Sei que é, no mínimo, misterioso — disse Günther. — Lorinda é morta, Blake é encontrado na mata, Lovat viaja, chega à Inglaterra e morre no dia seguinte. Não acham bizarro?

A sala ficou silenciosa. Alguém riscou outro fósforo.

— Nosso tradutor, Mr. Smith, vai ficar furioso quando voltar e vir que perdeu o lugar. Você sabe como ele é vaidoso... — disse a voz chiada do russo.

— Eu cuido disso, fique tranquilo — disse Garden. — Vamos vencer Blake pelo cansaço. Fiquem de olho nele e continuem mantendo-o ocupado. O que precisamos é descobrir onde Nussbaum escondeu seu dossiê, o quanto antes.

As sobrancelhas de Blake se franziram no escuro.

— É... Antes que os homens de Londres nos esfolem vivos — emendou a voz de Razgulaeff.

— Já disse aos senhores para esquecerem essa história — disse Günther. — Nussbaum não estava preparando dossiê nenhum. Isso foi invenção daquela prostituta e de Braun.

— Tem certeza disso? — perguntou Garden.

— Fiquem calmos...

— Certo, Günther — grunhiu Razgulaeff, com um tom de ironia na voz. — Então está tudo resolvido.

— Nós fizemos a coisa certa, russo — disse Garden. — Nussbaum não andava muito cooperativo ultimamente.

Alguém pigarreou. Passos de homens indo e vindo pela sala. Ruídos de gelo num copo. Alguém suspirou profundamente.

— Bem, vou para minha casa — anunciou a voz de Garden. — Quero dormir cedo. Não se esqueçam de que amanhã temos uma reunião importante com o pessoal de São Paulo.

Blake ouviu passos estalando o chão de madeira e cadeiras se arrastando. Com cuidado, se moveu pé ante pé em direção à porta, guiando-se pelas nesgas de luz. A voz de Razgulaeff soou na sala:

— Vou dar um pulo na Casa da Selma e jogar uma partida de pôquer. Alguém me acompanha?

Blake fechou a porta sem fazer ruído, cruzou o pátio com passadas largas, olhando para os lados e para trás, e sumiu pelas ruas da cidade.

De madrugada, no quintal da companhia de terras, Blake olhou para cima. O céu estrelado acabava no vulto de um resto de floresta perto da cidade. Um paredão. Pássaros noturnos soltavam gritos lúgubres de seu ventre escuro. Blake falava sozinho, em gaélico, e lutava para manter o equilíbrio. Soltou a garrafa de cachaça, cambaleou, abaixou-se e vomitou sobre os trilhos empoeirados. Quando os urros e gemidos se acalmaram, Adam Blake se levantou devagar, apoiando-se num tronco, as faces e os olhos vermelhos. Limpou o rosto e a poeira com a manga do paletó e seguiu, vacilante, para os alojamentos da companhia.

# O TELEGRAMA

A estação ferroviária estava cheia naquela manhã branca de novembro. Devido à forte chuva que caíra durante toda a madrugada, junto à queda brusca de temperatura, uma neblina havia tomado conta da cidade, mantendo-a sob seu manto. Um alto-falante anunciava que o trem vindo de São Paulo acabara de chegar e já estava de partida para Nova Dantzig e Rolândia. O vozerio dos passageiros ecoava pela plataforma. Dezenas deixavam os vagões, circulavam pelo pequeno saguão ou apenas esperavam, enquanto outros se apressavam para garantir seus lugares. Como chacais sobre uma presa indefesa, os "picaretas" avançavam nos prováveis clientes assim que desembarcavam, prometendo o paraíso na terra, o novo Éden, na forma de empregos, trabalhos e lotes. Blake olhou de volta para a fila do guichê e consultou o relógio da estação. Uma moça morena carregando um bebê o cutucou por trás, pedindo informações. Ele fez menção de dizer alguma coisa quando o funcionário da agência telegráfica gritou "Próximo!". Blake deu a vez à mulher e esperou mais um minuto. No pátio de manobras uma maria-fumaça, com dezenas de vagões carregados de toras, aguardava o sinal para começar viagem.

— Próximo!

O tradutor deu dois passos, se despediu da moça com um aceno, encarou o velho magro com óculos de grau e estendeu sua carteira de identificação.

— Recebi um aviso de chegada de telegrama. Meu nome é Adam Blake.

O homem pegou o documento com pressa, estudando o rosto do outro lado do guichê. Fez uma careta e grunhiu:

— O senhor não trabalha na companhia?

Blake fez que sim.

— Ora, então por que diabos não telegrafaram direto para lá?

O escocês deu de ombros e falou, com voz educada:

— Estou com um pouco de pressa, se não se importa.

O velho resmungou alguma coisa e sumiu atrás do guichê. Blake deu mais uma olhada pela estação. O funcionário apareceu de novo diante dele, estendeu o telegrama e uma caneta.

— Ponha seu nome, por favor, onde está escrito recebido — pediu o velho, indicando seu nome numa prancheta.

Enquanto o tradutor escocês assinava, o funcionário brasileiro olhava para ele por cima dos óculos:

— Não inauguraram os Correios? Por que ainda insistem em telegrafar para cá? A gente trabalha dobrado!

Blake agradeceu e enfiou o telegrama no bolso do paletó. Olhou em volta e saiu pelo mar de chapéus. Três apitos soaram no ar frio da manhã. Ergueu a cabeça para o topo da colina, o coração da cidade. As perobas, ao lado da Igreja Matriz, estavam cobertas pela névoa. As casas de comércio e os poucos prédios estavam quase invisíveis. Um ar frio, de terra úmida, invadiu suas narinas. Um homem de botas de cano longo ajudava um motorista a tirar o carro atolado. O tradutor olhou para os lados, enfiou a mão no bolso e abriu o telegrama da Western Union:

URGT 55WCB London UK OCT 100236 11:35AM

MR. BLAKE ADAM PARANÁ PLANTATIONS — LONDRINA (PR) — BRAZIL

CAUSA MORTIS LOVAT INJEÇÃO INTRAVENOSA MYRISTICA FRAGRANS NOZ-MOSCADA SEGUIDA DE ATAQUE CARDÍACO PT EXAMES CONCLUSIVOS PT SUSPEITO DR KP MÜLLER FORAGIDO PT INVESTIGAR

VISITA REAL EM 31 PT NA NECESSIDADE DE CONTATO OU REMESSA DE DOCUMENTOS INGLATERRA CONTATE CAPITÃO MACMILLAN CAMPO DE MARTE SÃO PAULO HOMEM TOTAL CONFIANÇA PT CONTATO APENAS SE NECESSÁRIO PT TRABALHO INTERNO PT CUIDADO HS

Ele acabara de ler as iniciais do inspetor Hugh Sinclair quando ouviu uma voz chiada às suas costas:

— Boas-novas?

Blake teve um sobressalto e virou-se. Disse, tirando o chapéu:

— Ah, é o senhor, Razgulaeff? Já faz dias que não o vejo.

— Telegrama da namorada? — quis saber o gerente da companhia, apontando para o telegrama com a mão que segurava o cigarro.

— Minha mãe, ela não anda muito bem. Meu irmão quer saber quando irei regressar. Eles já estão com saudades.

O russo deu um olhar demorado e penetrante para o escocês. Depois olhou para o telegrama, sorriu e disse:

— Sim, saudades... Bela palavra, não? Mas garanto não é tão bela quanto Virgínia, o nome da mocinha que me aguarda na estação.

— Quem é? Um caso?

Razgulaeff soltou uma risada seca, enquanto cofiava o bigode ruivo.

— Não, é minha filha. Ela chegou de São Paulo com a patroa. Já estou atrasado. Bem, *excusez-moi* — pediu o russo, piscando o olho e sumindo no interior da estação.

Blake esperou Razgulaeff se afastar e releu o telegrama com atenção. Em seguida, soltou um palavrão, os braços duros junto ao corpo.

# NO *PARANÁ-NORTE*

Chapéu puxado sobre a testa, cotovelos apoiados no balcão do bar do Jonas, Blake abriu a edição semanal do *Paraná-Norte*. O chão cheirava a serragem nova. O calendário na parede, atrás da caixa registradora, mostrava 14 de novembro de 1936. Pela porta do bar da rua Rio Grande do Sul entravam e saíam agentes de terra após mais um dia de trabalho, forasteiros, advogados bem-vestidos, trabalhadores esfomeados, o pessoal das serrarias descendo dos tratores, saqueiros sedentos que acabavam de descarregar um vagão, vigaristas atrás das vítimas do dia, compradores felizes ou desapontados, a fauna luxuriante e selvagem da região. Um cheiro de bifes emanava da cozinha. O sol batia direto na entrada, formando um quadrado amarelo sobre as mesas e cadeiras. O rádio estava sintonizado na Rádio Nacional. Blake pediu uma cerveja Antarctica. Foi até o fundo do bar, pôs o pé direito no estribo do balcão e tirou o chapéu. Gritos de "Truco!" escapavam da mesa onde três sujeitos, com rostos sérios, jogavam uma partida. Um homem cochilava, de boca aberta, num canto do bar. Quando a cerveja chegou, o tradutor agradeceu, deu um gole e começou a ler o jornal. Na outra extremidade do comprido balcão, dois homens, um senhor negro e alto, vestido num elegante terno branco, o outro magro e grisalho, conversavam sobre o trem que partira na noite anterior.

— Estava pesado demais! — exclamou o primeiro, enquanto tirava o chapéu e o pousava sobre o balcão. — Descarrilou com toda a carga quando cruzava a serra Morena, ali pras bandas de Cornélio Procópio. Foi uma confusão dos diabos!

O segundo comentou, tirando o palito da boca:

— Ih, aquele trecho é uma desgraça. Morreu alguém?

— Não, graças a Deus! — respondeu o senhor negro, fazendo o sinal da cruz, pegando o copo com a cachaça e bebendo de um só gole.

Blake viu o homem magro riscar o fósforo, acender o cigarro e soprar a fumaça sobre a mesa.

— Li no jornal que mais cinco serrarias vão se estabelecer na cidade. Vai chegar mais gente ainda. É trabalho que não acaba mais.

— Como diz o prefeito: mato virgem não dá lucro... Tem muita gente ganhando dinheiro — disse o barman. — A agência do irmão do Garden está vendendo tratores uma enormidade.

— Também... é floresta que não acaba mais — completou o senhor negro.

— Doutor, sei que eu só estou conseguindo ficar surdo. Moro do lado de uma serraria — disse o homem magro com o palito na boca.

— Você viu a última do delegado? Ele apronta cada uma! — interveio o barman, enquanto enxugava uns copos. — Por causa do aumento de vagabundos chegando à cidade ele está pensando em obrigar todo mundo a se registrar e apresentar os documentos de identidade quando desembarcar. Já não chega ele ter a ideia de registrar as armas da cidade.

Blake lançou um rápido olhar sobre o jornal. O homem negro deu um gole e prosseguiu:

— Esse Silva é louco! Já pensou a confusão? Eles vão passar o tempo todo só fazendo isso. Onde vão arrumar tempo pra ir atrás de vagabundo e valentão?

— É, tem dia que a gente vê cena de filme de faroeste por aqui — comentou o barman.

O homem de terno branco abriu as palmas das mãos e falou:

— Você já viu alguém cheio da gaita ser preso nesta cidade?

Mais risadas. O homem negro girou o dedo no ar quando o olhar do barman o alcançou.

— Zé, uma cerveja. Pra ver se desce a poeira.

— Mas choveu a noite toda! — disse o barman, numa voz mais aguda.

— Me vê uma mesmo assim — respondeu, dando uma risada e voltando-se para o amigo. — Pois é, antes de vir para o famoso setentrião paranaense ouvia dizer que até a terra cheirava a dinheiro. Até agora não vi nem terra nem dinheiro. E olha que eu já amassei muito barro por este nortão.

O sujeito grisalho concordou com a cabeça e comentou:

— Muita gente vem atrás de fortuna fácil e dá com os burros n'água.

— É a tal da propaganda... Os jacus[13] caem facinho, facinho...

— Bem, a companhia com certeza não tem do que reclamar. A ferrovia valorizou as terras em 1.000 por cento ao ano, e sabe-se lá onde vai parar.

— Então prefiro ir no rastro dos britânicos. Inglês não prega prego sem estopa, meus caros — disse o outro. — É o capital inglês que está financiando nosso progresso!

Blake deu uma olhada por cima do jornal.

— Acha mesmo? — continuou o homem negro. — Para mim, nem os ingleses estão vendo esses lucros, com tantos espertalhões por aí... Isso aqui é só um grande negócio imobiliário!

— Os ingleses são imperialistas, isso sim... — disse o sujeito grisalho, enterrando o chapéu na cabeça. — Veja o que eles fizeram na China...

O barman comentou:

— O que ouvi dizer é que o tal do Ríterlin tá colocando as man guinhas de fora...

— É Hitler, seu burro — disse o homem negro.

Então se inclinou e cochichou alguma coisa com o sujeito magro e grisalho. Este falou, o palito pendendo do canto da boca:

— O problema é que a cidade está cheia de estrangeiros que não sabem falar nem uma palavra de português. Vai saber o que essa gente fazia na Europa...

---

13. Jacu — sinônimo de pessoa inocente ou otário, expressão popular no norte do Paraná. Ave brasileira que, por seu temperamento dócil, é facilmente apanhada.

— Só digo uma coisa: se é desconhecido e estrangeiro, é suspeito! — completou o homem negro, erguendo o queixo em direção ao amigo e depois para Blake.

O escocês desviou os olhos, enfiou a mão no bolso do paletó. Um sujeito reclamou e o barman ligou o rádio. Blake tirou o maço de Yolanda, sacudiu-o e acendeu um dos cigarros. Depois soprou a fumaça para o lado e bebeu mais um gole de cerveja. Abaixou a cabeça e voltou a ler o jornal no qual encontrou, na página 3, uma coluna cujo nome era PÁGINA ALHEIA. Abaixo vinha o nome "Rainer Maria Rilke" e o poema "A pantera". Havia também algumas linhas de introdução sobre o poeta, e o poema traduzido para o português. Sem assinatura. Blake tirou a caneta-tinteiro da lapela, fez um círculo no título da coluna. Então dobrou a folha e usou a beirada da mesa como guilhotina, arrancando um pedaço do jornal. Voltou à primeira página, abriu a caderneta e anotou o endereço do periódico e o nome do diretor responsável, João Proença. Em seguida levantou-se, pegou o bolo de notas de réis, pagou a cerveja e saiu.

Junto à porta um mascate vendia todo tipo de coisa. Apesar do calor insuportável, as ruas estavam movimentadas. Blake virou à esquerda, desceu a alameda diante da Igreja Matriz e dirigiu-se às Casas Fuganti. Pediu uma informação a um funcionário e seguiu para a seção de armas e munições. Já chegava ao caixa quando recuou o corpo para dar passagem a um atendente e um senhor bastante magro. Um aroma de água-de-colônia penetrou em suas narinas. Blake espirrou, retirou um lenço da lapela, esfregou o nariz e olhou para o balcão da seção de ferragens. O velho agora estava atrás do funcionário, que lhe mostrava alguns produtos. Era um homem de barba branca e espessa, usava chapéu, óculos escuros e uma bengala de castão dourado. Blake franziu a testa. O homem olhou para Blake por cima dos óculos e o cumprimentou com um gesto curto de cabeça.

Um minuto depois, após pegar uma caixa de balas calibre 38, passar pelo caixa e por uma grande balança, Blake chamou o funcionário. Parecia intrigado. Perguntou, baixando a voz:

— Quem era aquele senhor que acaba de sair? Parece que o conheço de algum lugar.

— Ah, o barão Von Drachenfelz? Chegou a Rolândia não faz muito tempo. Uma vez por mês ele vem aqui comprar mantimentos. Ele está muito ocupado desbravando as terras que comprou. Ouvi dizer que era um nobre na Alemanha. Fala português muito bem. Ele estava me dizendo que está pensando em voltar para a Europa. Não suporta o calor.

— Esse barão Von Drachenfelz exagera no perfume, não?

— Ah, os europeus tentam se defender como podem. Além do quê, o cheiro da poeira gruda na pele.

Blake balançou a cabeça, passando as notas de réis para o caixa.

Saiu das Casas Fuganti, vasculhou as ruas com o olhar por uns instantes, como se procurasse alguém. Colocou os óculos escuros e começou a descer a rua Maranhão, rumo ao leste da cidade. Três minutos depois avistou a tabuleta do *Paraná-Norte,* e atravessava a rua Mato Grosso quando teve de pular de novo para a calçada para não ser atropelado por um carro que vinha pela rua em velocidade. Uma torrente de palavrões jorrou da janela do motorista. O automóvel ultrapassou um caminhão carregado de toras e sumiu na poeira vermelha que ele mesmo levantou.

— Maldito Garcia! — ralhou um homem gordo e baixo para a mulher. — Outro dia não tinha onde cair morto e agora acha que é o mandachuva da cidade.

— Ora quem fala! — disse a mulher, com voz alta e rascante. — Você não acha que está na hora de você ir procurar trabalho, não?

O gordo fez uma careta, puxou a mulher pelo braço, acenou para Blake, que o cumprimentou com um gesto vago. O escocês ajeitou o chapéu sobre a testa e atravessou a rua. Na saleta do jornal, que funcionava junto a uma tipografia, João Proença lia um livro enquanto devorava um sanduíche de pão com linguiça, atrás de uma máquina de escrever. Um rádio Hertz de madeira repousava sobre um arquivo de aço. Havia uma pequena estante com livros e, num dos cantos, uma escarradeira de metal. Na outra sala, impregnada por um cheiro forte de tinta e chumbo na penumbra, havia uma máquina de linotipia Minerva e muitos papéis. Proença tinha cabelos grisalhos, talvez 50 anos, e levantou os olhos para o tradutor. Blake bateu a poeira do chapéu, tirou os óculos e comentou, apontando o polegar sobre o ombro, em direção à rua:

— As pessoas dirigem como loucas em Londrina.

O jornalista balançou a cabeça enquanto mastigava, pousou o sanduíche no prato, limpou as palmas das mãos e fez um gesto para Blake entrar.

— João Proença, muito prazer. Em que posso ajudar?

— Gostaria de publicar um anúncio.

Proença examinou o rosto do escocês por uns momentos, terminou de mastigar e disse:

— Ah, sim, muito bem! O que gostaria de anunciar?

— Aulas de português. Tradução de documentos. Quanto ficaria?

— Depende do número de palavras e do espaço. Se for simples, é possível fazer por duzentos réis por edição, senhor Blake.

O escocês ergueu uma sobrancelha.

— Como sabe meu nome?

— Cidade pequena...

Blake concordou. Perguntou:

— Então, vamos fazer negócio?

— Claro. E lhe digo uma coisa. Funciona. O senhor é tradutor. Com tanto estrangeiro sem saber uma palavra de português o amigo vai ganhar um rio de dinheiro — garantiu Proença, num tom encorajador. — Hoje em dia nossa tiragem é de 4 mil exemplares.

Blake sacou a caneta do paletó, pegou uma folha de papel sobre o balcão, escreveu o anúncio e o passou para Proença. Olhou para uma das mesas e viu uma pilha de papéis timbrados da Paraná Plantations. Proença deu uma lida rápida e abriu um sorriso.

— Por mais cem réis eu posso dar um jeito de colocar já na próxima edição.

Blake riu, concordando com um gesto de cabeça e passando as notas para Proença. Então inclinou-se sobre a Underwood e virou-se para o jornalista, apontando para a folha no cilindro.

— Permita-me?

— É o começo da coluna da semana que vem. Tenho que terminá-la, falando nisso.

O escocês abaixou-se, examinou os tipos, quase encostando o rosto no papel na máquina de escrever, sob o olhar curioso de Proença. Então leu:

> *A marcha desses bravos colonizadores para esta hinterlândia combina as vigorosas incursões da corrida do ouro na Califórnia com a obstinada conquista das planícies do oeste americano. Um lugar de esperança e sonhos. Um lugar para se começar de novo. Londrina, o nome gentílico das filhas de Londres, a mais brilhante das joias que engastaram na obra assim selada pela companhia de terras.*

— Nada mal — disse o tradutor, se endireitando. — Bastante poético, eu diria.

Proença encheu o peito e sorriu, inclinando a cabeça com cortesia. Blake apontou para a edição do dia.

— Uma coluna de poesia num jornal do interior. "Página alheia". Um título curioso. Imagino que em um lugar como este as pessoas não tenham tempo para ler, muito menos poesia.

Proença enxugou o suor do rosto com um lenço branco e disse:

— Aí é que o senhor se engana. Temos uma resposta muito boa de nossos leitores. Vai se surpreender com a quantidade de europeus com curso superior que está vindo parar nas terras da nossa companhia. Estou falando de médicos, artistas, militares, advogados, físicos, botânicos, juristas, nobres, professores universitários... Gente letrada. Veja o caso do Erich Koch-Weser. É um importante exilado político. Ele foi prefeito de várias cidades alemãs, ministro federal do interior e vice-chanceler. Contou que esse tal de Adolf Hitler é amado como um faraó. Dizem que é o salvador da Alemanha, que está tirando o país do atoleiro. O partido dele é muito estranho, uma verdadeira máquina de terror, foi o que senhor Kaphan me disse. Usam caveiras nas roupas, fazem queimas públicas de livros considerados antialemães, prendem quem consideram subversivos, desaparecem com pessoas.

— Desaparecem com pessoas... — repetiu Blake.

— É, sobretudo com judeus... Dizem também que Hitler está se preparando para uma guerra e ninguém está fazendo nada. O Schauff mesmo teve de fugir por estar na lista negra dos nazistas. Koch-Weser era outro que estava jurado de morte.

Com a testa franzida, Blake assentiu. Depois de alguns segundos, olhou para o jornal e disse:

— Gostaria de parabenizar o autor dessa ideia. Quem é HM?

Proença coçou os cabelos grisalhos.

— Helmut Braun.

— O padre?

Proença fez que sim.

— Um homem muito erudito. Ele adora falar de literatura. Parece que foi professor de universidade antes de abraçar a vida religiosa.

— Há quanto tempo existe essa coluna?

— Há alguns anos, acredito.

— Sempre publica poesia?

— Sim. Eu mesmo já publiquei alguns poemas aí. Com pseudônimo, é claro.

Blake fitou Proença, virou a cabeça, notou os livros na estante.

— Estou precisando consultar uns dicionários. Sabe onde posso encontrar uma biblioteca?

— Se procura livros por que não fala com o padre mesmo? Talvez possa lhe ajudar. Os alemães costumam emprestar livros entre si. Pelo que sei, havia até um clube do livro na associação cultural deles. Eles escolhiam um poeta, ou um livro, e depois se reuniam para discutir sobre ele. Eu até tentei entrar, mas o padre explicou que só alemães são permitidos. O senhor poderia também procurar o professor de Rolândia — Proença refletiu um pouco, franziu o rosto e uniu os lábios. — Não, pensando bem, o seu Levy não é do tipo que empresta livros.

— O senhor está falando de Emil Levy?

— Sim, o velho professor. Ele passava aqui para publicar anúncios de suas aulas. Ouvi dizer que está doente. Faz tempo que não o vejo. Ele tem uma biblioteca enorme. Lembro-me de quando a carga dele chegou na estação. Eram caixas e mais caixas de livros. O trem ainda não chegava a Rolândia, por isso ele teve um trabalhão para transportar tudo até lá.

Blake olhou o expediente do jornal e falou:

— O jornal circula desde 1931. Sendo editor do órgão oficial da companhia, imagino que o senhor tenha acompanhado a chegada dos colonos estrangeiros bem de perto.

— É verdade.

— Como eles estão vindo para cá?

— No caso dos alemães, depois das novas leis do governo, no ano passado, o limite que é permitido aos judeus levar consigo para fora da Alemanha, de 10 mil marcos passou para 10 marcos.

— Creio que isso não seja muita coisa.

— Exato, senhor Blake. Segundo sei, com essa quantia seria impossível conseguir sair do país.

— Mas então, como eles estão fazendo?

— O senhor deve saber que Lovat viajou bastante pela Europa nos últimos anos, buscando parceiros para atrair colonos para as terras da companhia — explicou Proença. — Funcionou para gente de muitos países, italianos, japoneses... Na Alemanha, os problemas das novas restrições de divisas foram superados através da chamada "operação triangular". Foi um jeito de contornar os obstáculos que todas as pessoas que desejam emigrar da Alemanha para as terras da companhia estão encontrando desde que Hitler assumiu. Sem que o dinheiro saia da Alemanha, no caso dos imigrantes alemães. Há uma série de associações que estão tentando resolver esse problema, até por uma questão humanitária. No caso, essa parceria se deu entre a companhia de terras, a Sociedade Sul-Americana e algumas empresas.

— A associação cultural do senhor Günther? — perguntou Blake, sacando a caderneta e uma caneta do bolso.

— Exato. É um órgão semioficial do governo alemão, cuida da colonização alemã na América do Sul. Quem deseja imigrar e se estabelecer aqui compra cartas de terras da companhia. Como o dinheiro não pode sair da Alemanha, a pessoa deposita numa conta vinculada da Paraná Plantations, em Berlim. Com o dinheiro, compra-se aço. A companhia emite uma carta de terra para o imigrante, um título, como garantia de que quando chegarem ao Brasil seus lotes estarão esperando por eles. Em troca, da Alemanha são enviados trilhos, vagões e outros materiais para a construção das pontes e da extensão da ferrovia pelas terras da companhia.

— O senhor está bem-informado.

— Eu acabei de escrever um artigo sobre isso — continuou o jornalista. — Deve sair na edição comemorativa que estamos preparando. Afinal, temos de atrair mais gente!

Blake fez que sim, terminou de anotar a informação e apontou com a caneta para a pilha de papéis timbrados da Paraná Plantations em cima de uma das mesas.

— Não é arriscado ficar com papel timbrado da companhia à vista? — perguntou.

— Ah, já estava indo levá-los para a companhia. Andei tendo problemas com minha Minerva.

Blake deu um sorriso frouxo para Proença.

— O senhor guarda números atrasados?

— Devo ter quase todos, sim.

— Teria edições de março e abril de 1931?

— 31?

— Isso mesmo. Queria saber se houve alguma edição no dia da visita dos príncipes ingleses à cidade. Foi no dia 1º de abril. É para minha irmã, ela vive me perguntando sobre o Brasil e gostaria de mandar alguns jornais para ela.

— Tenho que procurar. O senhor poderia passar mais tarde?

— Não poderia ser agora?

O jornalista revirou os olhos e seguiu para os fundos da tipografia.

Blake aproveitou a ausência de Proença e subtraiu algumas folhas de papel timbrado da Paraná Plantations. Eram idênticas à da carta do trovador. Dobrou-as e as colocou no bolso do paletó. Conferiu mais uma vez os tipos da máquina Underwood e o editorial de Proença e balançou a cabeça negativamente. O jornalista voltou minutos depois, carregando um jornal amarelado.

— Ainda bem que me pegou numa tarde folgada. Se fosse em outro dia... Aqui está.

Blake deu um sorriso educado, agradeceu e pegou um exemplar do jornal, batendo a poeira vermelha acumulada. Uma sineta tilintou sobre o balcão. Proença pediu licença e foi atender um cliente.

Era uma edição especial de seis páginas. O dia, 1° de abril de 1931. Blake sentou-se e passou a examinar o jornal.

A primeira página trazia a manchete LONDRINA RECEBE OS PRÍNCIPES INGLESES. Havia uma foto de Edward vestido com um uniforme branco da marinha inglesa, de vice-almirante, loiro, magro e bronzeado, com a legenda HERDEIRO DA COROA VISITA A JOIA DA COMPANHIA DE TERRAS. Blake virou a página. TERRA DE PUJANÇA E FUTURO era a manchete da página dois, que trazia um editorial louvando a visita do príncipe, e a importância do evento para o progresso da região. As páginas eram decoradas com fotos aéreas de cafezais e plantações em belas simetrias, além de imagens da cidade que mostravam o progresso obtido em tão poucos anos. Havia também um pequeno depoimento de Lovat sobre a visita em que mencionava o príncipe de Gales como um dos principais incentivadores do empreendimento. Outro diretor da Paraná Plantations, Friederick Eckstein, anunciava que parcerias importantes seriam firmadas durante a excursão imperial. Uma propaganda da companhia ocupava metade da página três, ao lado de uma outra da Companhia Ferroviária São Paulo-Paraná. A coluna social, na página seguinte, era decorada com fotos de senhores sisudos, bem-vestidos, a maioria comerciantes, banqueiros, membros da companhia, da municipalidade e funcionários da ferrovia São Paulo-Paraná.

Ao abrir a página cinco, Blake franziu a testa. Localizou, no canto inferior, a coluna PÁGINA ALHEIA. Aproximou a folha dos olhos e empalideceu. A coluna trazia o título O TROVADOR, um desenho de um trovador com seu alaúde e um subtítulo, em corpo menor: "Uma canção de amor cortês".

O coração de Blake acelerou.

Nem o poema nem a tradução traziam a autoria. Blake leu a primeira estrofe:

*Vejo vermelhos, verdes, azuis, brancos, amarelos,*
*Jardins, matas, planícies, colinas e vales;*
*e as vozes das aves soam, lindas,*
*com doces acordes, de manhã, de tarde:*
*fazem que eu dê cor à minha voz e cante*
*sobre uma flor cujo fruto se chama amor,*
*prazer o grão, e o aroma de noigandres.*

Não precisou prosseguir. O jornal quase saltou de suas mãos e os pelos dos seus braços se arrepiaram. Abafou um palavrão. Proença voltou para sua mesa, enquanto conferia o dinheiro.

— Posso ficar com um exemplar? — disse o tradutor, erguendo o jornal, tentando disfarçar o nervosismo.

— É um favor que o senhor me faz. Já viu a quantidade de papel velho que tenho por aqui? O senhor está passando bem? Parece pálido.

— Não é nada. — Blake coçou o queixo e disse, rapidamente: — Gostaria de mudar o meu anúncio. — Se inclinou, pegou uma folha em branco e escreveu, em letras de forma e capitulares:

E L'OLORS DE NOIGANDRES

Passou para Proença, que pegou o papel e fez uma careta, parecendo não entender. Blake deu um sorriso forçado.

— Apenas publique. Estou fazendo troça de um amigo, só isso. — Blake fez algumas notas de réis deslizarem sobre a mesa. — E, por favor, no pé da página, em letras grandes.

O jornalista deu de ombros, contou o dinheiro e assentiu.

Apertaram-se as mãos sob o sol quente do norte do Paraná. Ele já avançava pela poeira da rua quando Proença apareceu na calçada e gritou:

— Ei, mister Blake! Já que aprecia a arte da poesia, quem sabe uma hora não arruma tempo para dar uma olhada nas minhas trovas.

— Trovas?

— É, meus poemas. Cometo uns versos de vez em quando.
— Ah, com prazer — respondeu Blake, com aflição na voz.

Quando dobrava a esquina da rua Santa Catarina, depois de passar por um armazém de secos e molhados, o escocês parou num bar, pediu um uísque e um copo d'água. Retirou a caneta e a caderneta do bolso do paletó e anotou:

> *1º/4/1931 — visita de Edward*
> *1º/4/1931 — publicação do poema do Trovador no P-N*
> *1º/4/1931 — data da carta com o mesmo poema recebida por WE*
> *Coincidência?*
>
> *V. operação triangular. Paraná Plantations — Sociedade Sul-Americana*

Já na companhia, o escocês olhou para o relógio e sentou-se. Pegou um lenço e enxugou o suor e a poeira vermelha do rosto e do pescoço. Abriu de novo o jornal com a canção em provençal e escreveu um bilhete. Passou-o para o boy com a instrução para o entregar ao padre Braun, em mãos.

No dia seguinte, no meio da tarde, Blake voltava de mais uma apresentação de lotes para compradores japoneses. Conversava com o senhor Ikoma Udihara, o agente da companhia exclusivo dos colonos nipônicos e que, a exemplo de Nilson Garden, parecia estar sempre dentro de um uniforme cáqui, tipo safári. Blake se despediu de Udihara à moda japonesa e entrou. Deixou a chave na tabuleta ao lado da porta da sala de vendas. Escutou os ruídos das máquinas de escrever e o vozerio normal de um dia de trabalho. Em seguida foi à sala de telégrafos e telefonia. A funcionária informou que já estava quase conseguindo a ligação requisitada para a cidade de Jacarezinho. Um minuto depois, Blake cruzou o barracão comprido da companhia e voltou para os alojamentos. Ao entrar em seu quarto, enquanto tirava o paletó, viu um bilhete manuscrito debaixo da porta. Estava em português:

*Caro Mr. Blake,*

*Estou curioso para conversar com o senhor. Venha tomar um chá comigo amanhã, cinco da tarde.*

*Pe. H. Braun*

# O TROVADOR

Com o paletó marrom sobre a cabeça protegendo-o da chuva, Blake avistou o colégio Coração de Jesus. O colégio dos palotinos era uma construção grande e comprida de dois andares, recém-cravada em plena terra vermelha. Desviando dos sulcos de lama e seguro pelas correntes presas às botas, Blake passou por um DeSoto vermelho-escuro 1932 estacionado na esquina da avenida São Paulo com a rua Pará. O vidro estava embaçado. Apressou o passo, abaixou a cabeça, inclinou o tronco e atravessou a rua até a entrada principal do edifício, se protegendo sob uma marquise. Um trovão sacudiu o céu, e a chuva retornou com mais força, aumentando seu chiado contínuo sobre as árvores do bosque. Blake tirou as correntes, raspou as pelotas de barro que se acumulavam nas botas, deixou-as sobre o chora-paulista e entrou. Interpelou duas freiras em alemão, e estas lhe indicaram o caminho para o escritório do padre Helmut Braun. Subiu as escadas que terminavam num corredor e virou à direita.

Vestido de terno preto, a calva lustrosa e os olhos azuis penetrantes, Braun já o esperava à porta de seu escritório-biblioteca.

— Que dilúvio, não? — comentou o padre.

Os dois apertaram-se as mãos.

— É como dizem por aqui — disse Blake, num tom divertido, olhando para as barras imundas de suas calças. — Quando não é pó, é lama.

— Pelo visto, já se adaptou à cidade.

Blake deu um sorriso educado. Braun pediu que entrasse, girou nos calcanhares e avançou para a sala. Blake fechou a porta e o seguiu.

— Vou pegar uma toalha. O senhor parece ter saído de um aquário. Sente-se, por favor.

Blake agradeceu e o sorriso se desmanchou assim que Braun cruzou a porta. Passou a examinar a sala. Na parede oposta à entrada havia um crucifixo e um grande relógio entre duas janelas compridas, emolduradas por cortinas verdes. Estantes altas, repletas de livros, cobriam duas paredes da peça. Mais livros jaziam em caixotes ou em pilhas espalhadas pelo chão, como torres de Pisa. Num carrinho de chá, ao lado de uma mesa com um tabuleiro de xadrez, um bule fumegante e duas xícaras numa bandeja de prata já aguardavam o visitante. Blake sentou-se junto à mesa maior. Havia um globo terrestre, uma bandeira da Alemanha e uma máquina de escrever, ilhados entre livros e papéis datilografados.

— Vejo que reparou na bagunça em minha mesa de trabalho — comentou Braun no instante em que voltava à sala, passando a mão sobre a ampla testa e a careca. Blake se virou. O padre olhou de soslaio para a mesa, entregou-lhe a toalha e acrescentou, abrindo um sorriso: — Bem, sendo tradutor, o senhor deve estar acostumado a isso.

— O senhor tem uma biblioteca e tanto — comentou o visitante.

Braun sentou-se numa poltrona de couro, debaixo de uma foto do papa Pio XI. Cruzou as mãos e se recostou. Só então assentiu e disse:

— Confesso que estou surpreso. É uma raridade alguém querer conversar sobre poesia neste fim de mundo.

— Eu traduzo poesia de vez em quando, como um hobby, compreende? — Blake pendurou o paletó molhado no encosto da cadeira e voltou-se para o padre. — Sou um admirador de sua coluna, "Página alheia".

— Então o Proença lhe contou...

Blake fez que sim com a cabeça.

— Estou com uma dúvida na tradução de um poema. Não sei quem é o autor. Anotei-o a mão, espero que não se importe. Tenho encontrado algumas dificuldades com o original. Talvez possa me ajudar.

— Ajudá-lo? O que eu poderia saber que o senhor já não sabe? — perguntou o padre. — Lorde Lovat disse que o senhor era um excelente tradutor, versado em várias línguas. Disse que publicou até um livro, uma tradução, não é verdade?

— Ah, nada que exigiu muito trabalho, apenas um romance policial. O senhor gosta de romances policiais?

— Confesso que prefiro Dante — respondeu Braun, passando a limpar as lentes dos óculos com um lenço branco. — E Goethe, é claro. Bem, vejamos o que o senhor tem aí — acrescentou, apanhando a folha das mãos de Blake.

O padre colocou os óculos e murmurou a primeira estrofe da canção. Blake o fitou, como se estudasse seus movimentos faciais. Depois de alguns instantes examinando o documento, Braun projetou o queixo e disse:

— Provençal antigo, ou occitânico antigo. A língua dos trovadores medievais. A linguagem é algo intrincada, à primeira vista.

— Proença contou que ele e outras pessoas costumam consultar livros em sua biblioteca de vez em quando. Disse que o senhor tem vários dicionários. Há algumas palavras que não entendo. Preciso saber mais sobre a vida desse trovador. Queria mergulhar no universo e no tempo dele, para ser fiel a seu espírito e melhor traduzi-lo.

Braun pegou o bule no carrinho ao seu lado, serviu o chá e empurrou uma xícara fumegante para a visita.

— Entendo.

Blake agradeceu e perguntou:

— Importa se eu fumar?

O padre fez que não e prosseguiu, enquanto mexia o açúcar com uma pequena colher:

— Aviso que não sou propriamente um tradutor, senhor Blake, mas acredito que não há nada que não seja traduzível. Esse é meu credo. Minha primeira paixão foi a filologia, os meandros e caminhos que percorrem os sentidos de uma palavra, a história de sua existência através dos tempos. Mas um dia tive de me decidir. Abdiquei de uma carreira acadêmica promissora e abracei a religião, o trabalho comunitário com meu rebanho. Hoje encaro a poesia apenas como um passatempo. A coluna é minha modesta contribuição cultural para a cidade. — Braun olhou mais uma vez para a folha e disse: —

Posso tentar ajudá-lo, é claro, embora meu conhecimento esteja longe de chegar ao nível do seu Levy, meu velho professor na universidade de Freiburg. Ele também deu aulas de línguas numa escola de arte dramática em Berlim, enquanto escrevia sua *magnum opus*.

Blake levantou as sobrancelhas e umedeceu os lábios.

— O Proença comentou comigo que há pessoas famosas imigrando para cá, cientistas, políticos, escritores, professores... como o professor Levy.

Braun acariciou a calva lustrosa e explicou, piscando um pouco os olhos.

— Ah, o velho Emil Levy foi durante anos professor honorário da universidade de Freiburg-im-Breisgau. Homem de memória prodigiosa, eminente dicionarista. O senhor devia falar com ele. Emil Levy era um verdadeiro mito no meio acadêmico alemão, autoridade mundial nos estudos provençais.

A surpresa acendeu o rosto de Blake:

— Provençal, o senhor disse?

— Exato. No meu tempo de universidade o provençalismo estava em alta na Alemanha. E o senhor me aparece com uma canção provençal. Que coincidência, não? O dicionário de Levy está na estante, bem atrás do senhor.

Blake virou-se, pediu licença, levantou-se e caminhou até a parede de livros. Identificou os dois volumes grossos de capas duras azuis com as palavras *Provenzalisches Supplement-Wörterbuch* escritas em dourado. O padre levantou-se também, caminhou até o outro extremo da sala, encostou a janela e voltou.

Blake apontou para o papel nas mãos de Braun.

— Na última estrofe aparece o nome Arnaut. Quem é?

Braun releu as últimas três linhas, ficou pensativo e resmungou alguma coisa.

— Acho que tenho uma suspeita.

Em seguida Braun foi até a estante, correu o indicador pelas lombadas e tirou alguns volumes que estavam perto de uma luxuosa edição da *Divina comédia*. O padre voltou e deixou três livros sobre a mesa. Um deles era *Leben und Werke der Troubadours*, de Diez.

O outro, *La Vita e le Opera del Trovatore Arnaldo Daniello*, de Canello, de 1883. E o último, *Petit Dicionnaire Provençal-Français*, de Levy, de 1909. De pé ao lado da mesa, o padre passou a folhear o livro do italiano. A chuva lá fora persistia, tamborilando no telhado e nas vidraças. O vento fez bater uma folha de persiana.

— É de um trovador chamado Arnaut Daniel.

— Arnaut Daniel... — repetiu Blake, soltando a fumaça. — Creio que nunca ouvi falar... O que diz aí sobre ele?

Braun ajeitou os óculos e disse, enquanto lia:

— Dos trovadores é um dos que menos se conhece. "Nascido em Perigord, no castelo Riberác. Atividade entre os anos de 1180 e 1200, aproximadamente. Restaram dezoito canções, e apenas duas de suas melodias. Conhecido como poeta difícil, mestre das rimas e da arte de combinar palavras e música, de esquemas intrincados como a *sestina*, que ele inventou, e da linguagem obscura, do *trobar clus*."

Blake parou de escrever e ergueu os olhos da caderneta.

— *Trobar clus*?

— É o nome que se dava ao estilo difícil e obscuro das canções desse trovador.

— De onde vem mesmo esta palavra, *trobar*?

— Significa encontrar, procurar, inventar, descobrir, mister Blake. E *clus* quer dizer fechado. Ou seja, uma poesia fechada, hermética, para poucos.

— Entendo.

— Levy diria que isso era uma estratégia retórica. Diz aqui que a poesia de Daniel é rica em palavras de duplo sentido.

Blake assentiu e anotou rapidamente: "turbar: tornar escuro, perturbar". "Público seleto." Braun sentou-se de novo e prosseguiu, com o livro aberto nas mãos:

— Apesar da origem nobre, Arnaut estudou Letras, isto é, latim, teria sido viciado em jogo e perdido muito dinheiro nos dados, obrigando-o a se apresentar como trovador itinerante, de castelo em castelo. Frequentava a corte do rei Ricardo Coração de Leão, da Inglaterra, assim como seu amigo, o grande Bertran de Born. E por ter se apaixonado pela mulher de um rei teria se exilado para a vida monástica. Nunca mais foi visto.

— Muito interessante — comentou o tradutor, balançando a cabeça.

Braun retirou os óculos por um momento.

— O senhor sabe, é preciso diferenciar o que é fato e ficção nessas "Vidas", ainda mais se tratando de um período histórico tão obscuro e cercado de mitos como a Idade Média.

— Claro — disse Blake. — Continue, por favor.

O padre continuou a ler:

— "E ele amava uma alta dona da Gasconha, mulher de Guillem de Bouvila, mas não se crê que a dona jamais tivesse dado o prazer no direito de amá-la. Por esse motivo ele diz numa canção: '*Eu sou Arnaut, que amassa o ar/ Como quem caça a lebre com o boi/ E nada contra a corrente*'." Ele faz um trocadilho difícil de traduzir entre *amas l'aura*, amassar o ar, e *ama Laura*. Típico Arnaut Daniel.

Alguns segundos depois, o padre levantou a mão direita do livro e bateu na própria testa.

— Como fui me esquecer! *Il miglior fabbro del parlar materno.* Foi como Dante o chamou na *Commedia*.

— Dante Alighieri?

— Sim. Há uma passagem com Daniel no canto 26 do "Purgatório".

— "O melhor artífice da língua materna." Um belo elogio.

— Ele está se referindo não ao latim, nem ao italiano, mas ao provençal — esclareceu Braun.

Blake assentiu, indicou a carta e perguntou:

— O trovador parece se despedir nos três últimos versos. É alguma convenção?

— Este é o *envoi*, ou *tornada*, os versos em que o trovador se dirigia ao *jogral*, o intérprete encarregado de levar e executar sua canção, quando ele mesmo não o podia fazer.

Blake anotou a informação e ergueu os olhos de novo para o padre. Braun retomou a leitura do livro de Canello:

— "No caso dos versos densos e cerrados de Daniel, é comum que no *envoi* ele se refira à própria canção e à dona que irá recebê-lo. É ali que o trovador, por convenção, revela sua identidade."

— Algo como um *post scriptum* — opinou Blake.

Braun concordou com um gesto de cabeça. Em seguida reparou a margem direita da página e resmungou:

— Alguém andou rabiscando a página. Eu já pedi que não façam isso nos livros!

Blake fitou o volume de capa vermelha nas mãos de Braun e o rosto do padre, os vincos aparecendo ao redor dos olhos azul-claros.

— Desculpe-me a indiscrição, padre, mas não seria arriscado fazer a corte para a mulher do rei?

— Ah, meu jovem, essa era a especialidade deles. Era para isso que eram pagos. Devemos compreender o fenômeno do amor cortês como um jogo intelectual e sensível ao mesmo tempo.

— Um jogo — repetiu Blake.

Braun fez que sim, ajeitou os óculos sobre o nariz e continuou:

— O objeto do culto amoroso dos trovadores era em geral uma mulher casada, sendo o adultério um tema bastante comum. Faz parte da ética do amor cortês o trovador se dirigir à dona do castelo, à senhora do rei, respeitosamente, em verdadeira adoração, de um modo quase esotérico. Casamento não tinha nada a ver com amor, era um arranjo econômico, uma questão de *status quo*. Por isso a prudência na convenção do *senhal*.

— *Senhal?*

— Uma palavra que dois trovadores compartilhavam, como uma forma de reconhecimento mútuo. Era usado também como um pseudônimo poético que os trovadores costumavam utilizar para seu amor proibido. Para proteger a amada do escândalo e da exposição. Sobretudo do marido.

— Entendo — murmurou Blake. Anotou a informação, ergueu a cabeça e perguntou: — Como um código, o senhor diz, uma senha?

Braun anuiu. Fez menção de falar algo quando uma lufada de vento abriu a janela e inflou as cortinas, molhando o chão. Antes que Braun se levantasse, Blake foi fechá-la. Ficou alguns segundos parado, olhando a chuva cair sobre a rua. Enquanto trancava a tramela pôde ver, pela janela, longas agulhas de prata caindo na vertical, e ouviu o rorejar da chuva sobre o bosque. Notou o DeSoto vermelho-escuro estacionado no mesmo local. Viu também quando o vidro lateral se abriu. Uma bituca de cigarro voou do interior e a janela se fechou novamente.

A voz de Braun o alcançou do fundo da sala:

— Senhor Blake?

— Sim — disse o tradutor, se virando.

— Há um episódio curioso na vida desse trovador. Leia o senhor mesmo.

Blake cruzou o escritório, pegou o livro na página indicada e leu, em voz alta:

> *E aconteceu na corte do rei da Inglaterra, e estando em sua corte Arnaut e um outro trovador, o rei desafiou os dois a comporem, no prazo de dez dias, uma canção. A mais bela, com as rimas mais raras, seria a vencedora. E Arnaut aceitou o desafio, e os trovadores foram fechados em quartos separados do castelo. E Arnaut, indignado por ter sido desafiado, pressionado para compor uma canção, era incapaz de colocar uma palavra atrás da outra. E o outro trovador, um nobre, fez sua canção com facilidade e rapidez. Três dias se passaram, mas Arnaut, sem inspiração, não conseguia compor sua canção. E Arnaut pensou em uma maneira de trapaceá-lo. E uma noite o rival cantou sua canção, e Arnaut reteve todas as palavras na memória, bem como a melodia. E no décimo dia foram chamados pelo rei. E Arnaut pediu que recitasse primeiro, e começou a cantar muito bem a canção que o outro trovador compusera. Desesperado, sem canção para apresentar, o outro protestou, jurando ser o verdadeiro autor, e o rei perguntou a Arnaut o que tinha acontecido. E Arnaut contou tudo ao rei, sem ocultar nenhum detalhe, e o rei se divertiu bastante com isso, e considerou tudo uma grande brincadeira, e para ambos deu belos presentes. Para Arnaut, o rei deu também a canção do seu rival, que começava assim:*

*Vejo vermelhos, verdes, azuis, brancos, amarelos,*
*Jardins, matas, planícies, colinas e vales;*
*e as vozes das aves soam, lindas,*
*com doces acordes, de manhã, de tarde:*
*fazem que eu dê cor à minha voz e cante*
*sobre uma flor cujo fruto se chama amor,*
*prazer o grão, e o aroma de noigandres.*

A última palavra flutuou no ar da sala.

— Mas isso é fascinante... — murmurou Blake, olhando pensativo para a página. — E ocorreu na corte de Ricardo Coração de Leão, da Inglaterra...

— O que disse?

— Desculpe-me, padre. Estava pensando alto.

— Por que o espanto, senhor Blake?

— Bem, o que ele fez foi plágio. Uma fraude!

Braun uniu os lábios e balançou a cabeça, em sinal de protesto.

— Creio que o senhor não tenha entendido a graça do episódio. O rei considerou que o trovador havia preparado tão bem a armadilha para seu desafiante, havia interpretado a canção do outro com tanta perfeição e autoridade, que merecia ser ele o vencedor. Obteve um tal efeito, como se fosse o original.

— *Copycat.*

— O que disse?

— Um imitador. É o nome que se dá para criminosos que imitam os crimes de outros criminosos. No caso do nosso Trovador, não há dúvida de que ele atingiu seu objetivo. A vaidade, o orgulho ferido, o motivaram à vingança. Diria que ele cometeu um crime perfeito.

O rosto de Braun se ensombreceu. Disse, franzindo os olhos:

— Creio que o senhor não entendeu. Foi um jogo, uma brincadeira, não entende?

Adam Blake deu um suspiro profundo.

— Bem — disse, virando-se para Braun com uma careta de impaciência. — Então devo dizer que é um jogo perigoso e muito atual. Talvez o senhor goste de saber de outra coincidência curiosa, um outro episódio envolvendo esta mesma canção. Só que dessa vez não se passa na corte de Ricardo da Inglaterra ou num castelo medieval, mas na corte de Edward VIII, mas nesta cidade.

A testa de Braun se enrugou. Seus olhos vidraram:

— O que está dizendo?

Blake retirou a cópia da carta e entregou-a ao padre Braun.

— Com tantos conhecimentos sobre este trovador, o senhor poderia me ajudar a descobrir quem poderia ter enviado isso.

A face de Braun permanecia impassível, inescrutável. O tradutor deu alguns segundos para que o padre examinasse a carta, enquanto estudava suas expressões.

Blake disse:

— Esta carta anônima, com esta canção de Arnaut Daniel, foi enviada da agência postal da companhia de terras. Está em papel timbrado da Paraná Plantations. O envelope traz a data de postagem de 1º de agosto deste ano, embora a data de 1º de abril de 1931 apareça no cabeçalho. O intrigante é o fato de a carta ter sido enviada no mesmo dia do incidente envolvendo o casal de médicos e o contador-chefe da companhia de terras, Erich Nussbaum.

Uma expressão de surpresa brotou dos olhos do padre. Ele recuou o corpo da cadeira.

— O senhor conheceu Nussbaum e o casal Müller, é claro, sendo o cônsul da Alemanha na cidade — acrescentou Blake.

Braun juntou as sobrancelhas e desviou o olhar. Gaguejou um pouco antes de dizer, evitando contato visual com o tradutor:

— Sim, é claro que os conheci. Esta é uma cidade pequena, senhor Blake.

— E um mundo pequeno também, padre. Uma carta em Londres, um crime em Londrina.

O padre alemão franziu o semblante e virou-se para o escocês, a voz trêmula:

— Um momento, aonde está querendo chegar? Acha que existe alguma ligação entre o envio da carta e aquele crime?

— É o que estou tentando lhe dizer. Acredito que esse poema esconde uma motivação. Como se fosse parte de um jogo. O senhor teria algum palpite sobre o que poderia ser? Sabe de alguma coisa?

Braun cruzou os braços.

— É claro que não!

Blake examinou a fisionomia do padre. Disse, projetando o queixo para a frente:

— Lovat e eu viemos investigar o desaparecimento dos três funcionários da companhia — explicou Blake. — Creio que essa canção provençal está atrás de tudo, de uma maneira ainda nebulosa para mim. O mais curioso é que, assim que pusemos os pés na cidade, mais pessoas tenham sido assassinadas, como Lorinda. E Lovat, na Inglaterra.

O rosto do padre empalideceu como um relâmpago em um lago noturno.

— Lovat... assassinado? Não foi morte natural?

— Seguramente não, padre.

— Não entendo... Ele não... — Braun não terminou a frase, cruzou as mãos sobre o colo e disse, olhando para Blake por cima dos óculos. — E o que o fez pensar que eu saberia de alguma coisa?

— É que esta canção foi publicada na coluna que o senhor edita no *Paraná-Norte*.

— Na minha coluna? — perguntou o padre, com uma expressão confusa.

Blake tirou uma folha do jornal dobrada de dentro da caderneta, desdobrou-a e entregou-a ao padre.

— Veja, está na edição de 1° de abril de 1931. — Blake ergueu uma sobrancelha e perguntou, num tom casual: — Tem ideia de quem poderia ter enviado esta carta?

Braun teve um sobressalto e levantou-se, devolvendo o jornal para Blake. Começou a andar pela sala e disse, com voz irritada:

— Eu não tenho a menor ideia do que está falando. Eu não editava a página em 31. Eu cheguei ao Brasil em 1933.

Braun abriu uma gaveta, remexeu-a por uns instantes e mostrou seu passaporte e a página dos vistos. Foi a vez de Blake franzir os olhos.

— Não entendo.

— Quem editava a página era o professor Levy.

Por um instante ficou sem palavras. Parecia surpreso.

— O senhor precisa dizer o que sabe. Não pode ser uma simples coincidência. Sua aula sobre este trovador apenas reforçou minha suspeita.

Braun balançou a cabeça com força.

— Eu não tenho nada a dizer sobre isso.

— Não fica bem para um padre mentir. Quando conversei com a irmã Úrsula no hospital, mencionei o incidente envolvendo Nussbaum e os Müller e ela me confidenciou, sem eu ter perguntado, que naqueles dias o senhor estava em Jacarezinho, correto?

— Sim, visitando os missionários palotinos.

— Não estava. Ontem liguei para lá e falei com o diretor. Ele garantiu que sua última visita foi em dezembro do ano passado. Onde o senhor estava no dia do incidente?

O padre soltou o ar pelas narinas e explodiu:

— Do que está me acusando?

— Não estou acusando-o de nada, só estou lhe pedindo que conte tudo o que sabe. E que mantenha silêncio sobre nossa missão.

— Chega, não quero ouvir mais nenhuma palavra — esbravejou Braun, respirando pesadamente, o sotaque alemão agora mais carregado.

Houve um silêncio na sala. Braun cerrou os punhos, o rosto duro como uma máscara de pedra. Blake serenou a voz e falou:

— O senhor pode me ajudar a descobrir quem mandou esta carta, e por quê.

— O senhor está louco!

— Lembra-se de alguém que o teria visitado ou a quem tenha emprestado livros sobre poesia provençal nos últimos meses? Alguém que frequentava sua biblioteca? O senhor tem vários livros e estudos sobre Arnaut Daniel.

— Eu não sei de nada, e mesmo...

— Proença mencionou a existência de um clube do livro — interveio Blake. — Disse que era um grupo fechado. Sei também que as reuniões eram realizadas aqui, na casa do casal Müller e na Sociedade Sul-Americana, do senhor Günther... Pode me dizer quem frequentava as reuniões? Não seria Arnaut Daniel o trovador que o clube do livro estava discutindo?

Braun balançou a cabeça com violência e bufou, os olhos azuis dardejando sob os aros dos óculos.

— Peço que se retire, senhor Blake, agora mesmo — trovejou o padre, avançando com passos rápidos rumo à porta do escritório, deixando o tradutor atrás de si.

Nesse instante, aproveitando que estava fora do campo visual de Braun, Blake pegou furtivamente dois volumes sobre a poesia de Arnaut Daniel, arrancou o paletó do encosto da cadeira e embrulhou os livros com ele, bem antes que Braun abrisse a porta, se virasse enquanto puxava-a contra o corpo, e dissesse, com olhos vidrados, o rosto vermelho:

— O senhor é muito petulante para vir com essas suspeitas. Amanhã mesmo terei uma conversa com Mr. Garden sobre este episódio.

Com o paletó dobrado sob o braço direito, Blake passou pelo limiar da porta e falou:

— O senhor está cometendo um erro. Se sabe de alguma coisa, deve dizer. Pessoas estão morrendo por isso. Outras podem estar correndo perigo. Há um assassino à solta e não sabemos ainda o que ele pretende.

— Deus tenha pena de sua alma, senhor Blake. O senhor está desequilibrado. *Auf Wiedersehen* — rosnou Braun, a calva porejada de suor, batendo a porta.

Blake abaixou a cabeça por alguns segundos, fitou o chão, a porta fechada, e se virou. Uma freira, que improvisava baldes de latão para conter as goteiras que caíam no chão do corredor, ergueu os olhos espantados para ele quando Blake a cumprimentou. Enquanto descia a escada ouviu um coral de vozes femininas vindo de uma das salas.

Um minuto depois de calçar as correntes, já na rua, o tradutor acomodou melhor os livros roubados no paletó. Deu meia-volta, ergueu os olhos e procurou as janelas do escritório de Braun no segundo andar. A chuva já havia cessado, mas as janelas continuavam fechadas, agora cobertas pelas cortinas verdes. Uma charrete passou pela rua, Blake acompanhou-a com o olhar e em seguida se deparou com o automóvel DeSoto na esquina, parado no mesmo lugar. Os vidros fechados não estavam mais embaçados. Não havia ninguém no carro. Um céu cinza-escuro, por onde o sol da tarde tentava agora aflorar, brilhava sobre o bosque e a cidade. O tradutor apertou os livros contra o peito, consultou as horas. Seis da tarde.

Quando voltou para seu quarto, na companhia, Blake fechou a porta atrás de si. Olhou para o teto. Embrulhou os dois volumes num saco feito de estopa, tirou o Webley e meteu-o ali dentro. Depois arrastou a cadeira até o canto, perto do armário, abaixo de onde havia um pequeno alçapão. Subiu na cadeira, alcançou o embrulho de estopa contendo os livros e o revólver. Escondeu tudo, fechou a tampa do alçapão e desceu. Tirou o paletó seco do prego na parede, vestiu-o e saiu.

# UM SINO DOBRA

Uma hora depois, Blake voltava do bar e seguia para a entrada da companhia quando os faróis redondos de um Ford se acenderam duas vezes e iluminaram seu rosto. Blake parou e levou uma das mãos para as costas. A voz áspera de Silva escapou do interior do veículo.

— Com pressa, senhor Blake? Achei que não fosse mais sair daquele bar.

— Agora o senhor quer me matar de susto, delegado!

Ubirajara Silva saiu do carro, ajeitando as calças na barriga em formato de barril. Coçou a barba por fazer, sorriu com sarcasmo e disse:

— Preciso trocar umas palavras com o senhor.

O som de um sino distante preencheu o ar do local. No começo ele veio de maneira insistente. O som metálico e contínuo parecia vir do anel central da cidade, mas num volume bem mais baixo que o costumeiro som da Igreja Matriz.

— Olha, delegado — prosseguiu Blake —, estou muito cansado. Sobre o que quer conversar?

O sino continuou dobrando, de vez em quando abafado pelo som de algumas charretes.

— Não se faça de desentendido, Blake. Naquele dia o senhor insinuou que havia uma ligação entre o desaparecimento dos funcionários e a morte da Lorinda. Pode explicar melhor para mim o que quis dizer com aquilo? — disse Silva, retirando o relógio de bolso. Eram oito horas.

Blake ergueu as mãos para o alto.

— Eu já disse, delegado. Eu...

— Shh... — interrompeu o delegado, franzindo a testa e levando o dedo indicador sobre os lábios.

— O que foi?

— Não é o sino da igreja. Não é horário dele tocar.

Então o som se extinguiu. Silva esperou mais alguns segundos, depois virou o rosto para encarar Blake.

— Quero saber o que o senhor e Lovat foram fazer na Lorinda na noite do crime.

— Lovat queria conversar com ela sobre o desaparecimento dos funcionários. Ele achava que talvez ela soubesse de alguma coisa. Creio que foi o senhor mesmo quem sugeriu que ele fizesse isso, não está lembrado?

Blake levou alguns minutos para narrar os eventos daquela noite. Começou com um resumo da conversa que tiveram com Lorinda, passando pelo momento em que voltou para o bar. Contou sobre a despedida de Lovat, na varanda, até o momento em que seguiu Lorinda até o seu escritório. Blake não fez nenhuma menção à carta de Lovat. Olhou por cima dos ombros do delegado e apontou o dedo indicador para a praça.

— Não é seu ajudante?

Silva girou o corpo e cerrou os olhos. Um dos inspetores de quarteirão, um homem franzino e bastante jovem, acenava com a mão direita enquanto passava pela estação de ônibus e atravessava a avenida Paraná. O jovem fardado se aproximou e tentava falar, uma mímica apressada, resfolegando.

— Que diabos, Elias! O que foi? — perguntou o delegado.

— No colégio dos palotinos... uma tragédia... venha!

Silva fez uma careta para o inspetor de quarteirão, entrou no Ford e ligou o motor. Acenou com a cabeça para o escocês:

— Melhor vir também, já que está aí. Não entendo nada de alemão.

Blake contornou o Ford e entrou no banco de trás. O automóvel patinou no barro da avenida, soltando fumaça, e dobrou a avenida São Paulo. Três quadras depois, Silva estacionou diante do colégio e saiu correndo desajeitadamente por causa do peso. Os três entraram pela porta principal e foram conduzidos por uma freira de olhos vermelhos até os fundos do terreno, onde funcionava a capela com telhado pontudo e que sempre ficava aberta. Ao longo da trilha do pequeno passeio de cascalho, Blake viu um rosário de rostos de mulheres de preto, inchados de choro. Diante da pequena capela, a freira mais velha, a também enfermeira Úrsula, com a face pálida e contrita, disse, com forte acento germânico:

— Nós o encontramos meia hora atrás.

— Ninguém tocou em nada, espero.

— Não, delegado.

Primeiro entrou Silva, depois Elias e Blake. O interior estava mergulhado na penumbra. Passos ecoaram no recinto. Tocos de velas brancas reluziam sob vitrais que exibiam cenas da Paixão. A capela recendia a cera. Nos fundos, sob a luz bruxuleante de uma vela quase no fim, um corpo pendia de uma corda, oculto pela semiescuridão silenciosa. Desviando o olhar para cima, Blake viu as costas magras de um homem. Olhou a nuca e a cabeça, pensa num nó de marinheiro. Havia um silêncio de morte.

O delegado caminhou em direção à janela com passos cautelosos, examinando o chão e a posição da vítima. Parou diante do corpo que boiava no ar. Pressionou-o com o indicador, fazendo o corpo girar em um ângulo de 180 graus.

— Meu Deus! — exclamou.

O rosto que emergiu da penumbra foi o de Helmut Braun. Estava roxo, desfigurado pela força do baque, o pescoço nitidamente partido e com linhas de hematomas. O morto tinha saliva no canto dos lábios, e sua língua arroxeada saltava enorme e desproporcional para fora do rosto. Um toco de peroba, que servia de banqueta, estava caído de lado, um pouco abaixo dos pés. Os olhos estavam saltados das órbitas e raiados de sangue. Uma expressão de pavor havia congelado em seu rosto e nas pupilas opacas e enevoadas.

Silva recuou e colocou as mãos na nuca. Examinou o corpo por alguns segundos. Pediu a ajuda de Elias e Blake e desceram o corpo do padre, o puseram sobre o chão da capela e tiraram a corda. Silva disse para Blake:

— Veja isso.

O delegado examinou a cabeça e depois a boca do morto, a pele púrpura enrugada. Com os dedos em pinça, o delegado retirou o objeto e o examinou. Era uma bolinha de papel pardo e grosso, uma esfera do tamanho de uma bola de gude, e estava entre o lábio superior e a língua roxa e estendida do padre. Sob o olhar atento do tradutor, Silva abriu o papel. Arqueou as sobrancelhas e fez um gesto para Blake. Este se inclinou e leu:

NOIGANDRES

Blake congelou. Encheu os pulmões de ar, levou a mão à testa e em seguida se sentou.

— O que foi, jovem?

O tradutor abanou o ar em direção a Silva com uma das mãos, olhou para o cadáver, para o delegado e de novo para o bilhete. A última letra do manuscrito deslizava para a parte debaixo do papel. Sua respiração acelerou.

— Não estou me sentindo muito bem, delegado. Preciso fumar um cigarro.

O corpo de Braun foi removido para o hospital e a capela trancada. Silva mandou Elias subir e guardar a porta do escritório de Braun, com ordem expressa para que ninguém entrasse. Avisou à freira para reunir todos na sala da diretoria, e que ninguém abandonasse o estabelecimento. Blake sentou-se num dos bancos do pátio e fumou pelo menos três cigarros. Viu quando Silva foi abordado por duas irmãs e uma delas apontou para o tradutor. O delegado balançou a cabeça e em seguida rumou outra vez para a capela. Depois de periciar o local, Silva comentou com Elias que nada encontrara de relevante e acenou para que Blake se aproximasse, indicando uma das salas de aula vazias. As duas horas seguintes, além das fotografias pedidas por Silva, foram despendidas com o delegado, acompanhado de Blake, ouvindo e ajudando a traduzir a versão das freiras alemãs.

Os depoimentos não variavam muito: por volta das oito da noite, os sinos começaram a tocar sob a chuva fraca. A irmã e o jardineiro estranharam, foram à capela ver o que estava acontecendo, abriram a porta e encontraram o corpo. Imediatamente mandaram avisar o delegado. Ninguém viu ou ouviu nada. Quando as informações passaram a se repetir, Silva chamou Blake num canto.

— O senhor veio conversar com o padre hoje?

O tradutor concordou.

— E o que queria com ele?

— Queria resolver umas dúvidas num documento que estou traduzindo. Foi Proença quem me sugeriu. Eu precisava de dicionários.

O delegado esfregou o queixo enquanto lançava um olhar gélido para Blake.

— O Proença comentou uma vez que na colônia alemã funcionava um clube do livro. O senhor sabia, Sr. Blake? — perguntou Silva, aproximando-se com um livro aberto. Ergueu os olhos para o tradutor.

Blake fez que não.

Silva pediu que Blake ficasse onde estava e foi conversar com Elias e a irmã Rosa Maria.

Minutos depois ele voltou, parecendo aliviado.

— Bem, a irmã disse que viu quando o senhor saiu do escritório, se despediu do padre e foi embora. E também sei que esteve no bar Eldorado porque estive vigiando-o. O senhor não poderia estar aqui no momento do crime. Estou lhe dando uma chance. Vai me dizer o que era aquilo que estava escrito no bilhete ou não?

— Não faço a menor ideia, delegado. Está em uma língua que não conheço.

Silva lançou um olhar duro para Blake, que apenas espalmou as mãos, em sinal de rendição.

— Aquilo lhe pareceu uma nota de suicídio?

Blake fez que não com a cabeça.

— O que veio conversar com o padre, senhor Blake? — insistiu Silva, inspecionando o rosto de Blake. — O senhor não está escondendo nada de mim, está?

— Delegado, eu sou um tradutor. Estou traduzindo uns documentos e vim pedir algumas informações a ele. Proença me contou que ele tinha vários dicionários. Foi apenas isso.

— Sim. O senhor está me pedindo que eu acredite em Papai Noel também.

O delegado encarou-o por uns segundos, alisou o bigode e falou:

— Como explica o fato de vir falar com Braun e ele ser encontrado morto horas depois? Outra coincidência?

Blake deu de ombros.

— Eu não sei, delegado. Não tive nada a ver com isso. Estou lhe dizendo a verdade.

— O senhor sabe de alguma coisa. Mas não vai me dizer, não é? — perguntou o delegado, com um olhar desconfiado.

— O senhor se engana. Eu estou tão perplexo quanto o senhor. O delegado quer respostas, e eu só tenho perguntas.

No mesmo instante Elias chamou Silva no alto da escada que dava acesso ao segundo andar e o delegado fez sinal para que Blake esperasse. Depois, subiu dois lances de escada e voltou para examinar a biblioteca. O escritório estava todo revirado. Quinze minutos após o exame inicial que Silva fez no local, uma das freiras reparou que as pastas em que ficavam documentos, atas e fichas do consulado haviam desaparecido. Uma das freiras também deu por falta do livro de registros de empréstimos da biblioteca. Não fora encontrada nenhuma arma.

Dois assassinatos brutais em menos de um mês, crimes aparentemente sem ligação — o da maior cafetina da cidade e de um padre alemão — deixaram Londrina abalada. A morte de Braun provocou comoção na cidade, levando centenas de pessoas ao enterro. O cônsul-geral da Alemanha, Dr. Speiser, publicou um protesto no *Paraná-Norte* cobrando completa investigação do caso por parte das autoridades brasileiras, "uma vez que Braun era agente consular da Alemanha na região e figura de grandes serviços prestados, não só à comunidade alemã", dizia o texto. À boca pequena, a tese de suicídio era a mais defendida. Alguns relembraram o estupor melancólico do padre e seu caráter reservado. Outros mencionaram um passado obscuro, que incluía uma participação na Grande Guerra. No entanto, no mesmo dia do enterro, a manchete de primeira página do jornal deixava clara a versão da polícia:

SILVA PROMETE PRENDER ASSASSINO DE PE. BRAUN

## A PALAVRA

Blake estava em seu quarto, sentado à mesa sob o brilho amarelado da lamparina a querosene, estudando os dois pequenos livros furtados da biblioteca do padre. O ar estava abafado. Bebeu um gole d'água, pegou de novo o lápis, abriu a caderneta e anotou:

*aposentos revirados (quarto de Lorinda, biblioteca de Braun)*
*quem esteve lá? O Trovador?*
*o que procurava?*

Espreguiçou-se na cadeira e consultou o relógio. Eram quatro da manhã. Massageou as têmporas por alguns instantes. Bebeu um gole de uísque, contraiu os lábios, pensativo. Bolas de papel amassado se espalhavam pelo chão. Desviou o olhar para a janela. Lá fora, o luar transformava as árvores em esqueletos negros. Blake avançara a madrugada lendo as dezoito canções de Arnaut Daniel. Sua caderneta estava coberta de anotações caóticas que ele tomara desde a reunião em Londres. Inclinou-se de novo para a mesa e recitou, em voz alta:

— *Em fingir no jogo eu me esmero,*
*e um dia leva um ano para passar,*
*e pesa saber que, por Deus, não me permito*
*abreviar o tempo com a minha arte,*
*pois a espera longa definha os amantes:*
*Lua e Sol, como demoram para se pôr!*
*Lamento que essa luz nunca debande.*

Havia outro trecho que parecia interessá-lo em especial, pois estava sublinhado várias vezes:

*pois de seu servo Amor requer semblante*
*vero, franco, fiel, de perdão merecedor,*
*pois na corte orgulho e bajulação são grandes.*

Conferiu suas anotações, sublinhou o primeiro verso com a caneta-tinteiro e escreveu "jogo" e "corte". Fez o mesmo com outras palavras do poema, como "Lua e Sol", "império", "riquezas", "amantes", "terra", "bajuladores". Coçou a cabeça, e, ao lado de EVENTOS/DATAS, escreveu:

*Canção 13*
*31*

E:

*5) Desaparecimentos de Nussbaum, Ernest e Magdalene — 1°/8/36*
*4) Carta-postada em 1°/8/36*
*3) Carta-datada de 1°/4/1931 (?)*
*2) Canção 13 publicada no* Paraná-Norte *— 1°/4/31*
*1) Visita de WE — 1°/4/31 Sarau no hotel Campestre*

Sublinhou a primeira e a última datas. Pegou a carta mais uma vez e colocou-a ao lado da tradução da canção 13 que ele começara a fazer:

*noigandres*
*blandres*
*Alixandres*
*Flandres*
*Meandres*
*resplandres*
*espandres*

— Rimas em *andres*! — murmurou Blake. Umedeceu os lábios. Soprou o ar dos pulmões com impaciência e pegou mais uma vez o poema. Estreitou os olhos e examinou os versos da primeira estrofe.

— "Fazem que eu" — murmurou Blake, traduzindo -- "dê cor à minha voz e cante, de uma tal flor cujo fruto se chama amor, prazer o grão, e o aroma de..." Anotou a palavra *olor* e a traduziu ("aroma sutil, fragrância"). Depois ficou contemplando em silêncio aquela estranha e misteriosa expressão. *Noigandres.*

Blake endireitou-se na cadeira e abriu o livrinho de Lavaud. Para o mesmo verso havia a solução do italiano:

*e grão o gáudio e o odor de noz real.*

Voltou ao provençalista francês, que traduzira:

*o prazer o grão, e o odor que afasta o tédio.*

E, na nota de Lavaud, a tradução de Raynouard:

*e o grão a alegria e seu perfume, antídoto contra o tédio.*

— Antídoto contra o tédio? De onde ele tirou isso?

Blake franziu as sobrancelhas. Checou de novo a passagem, o fim da primeira estrofe.

— A única palavra em provençal que não foi traduzida — refletiu em voz alta. — Por quê? Que diabos quer dizer *noigandres*?

Os dedos apressados procuraram as páginas finais do livro de capa vermelha, de Canello. O coração de Blake bateu mais forte. Para a palavra havia uma nota generosa na página 120. O padre tivera razão: alguém colocara um círculo ao redor do verbete. Palavras estavam sublinhadas com lápis vermelho, como às vezes faziam os antigos copistas medievais, com um ponto de exclamação no fim da nota e que alguém esquecera de apagar. O rosto de Blake se iluminou. Esvaziou o copo de uísque, soltou uma baforada azul de fumaça, respirou fundo e leu as letras minúsculas, em italiano:

*Linhas 6-7.* Noigandres. *Manuscrito 71 R superior Ambrosiana.*[14] *Palavra considerada o* locus classicus *para a intradutibilidade da canção dos trovadores. Filólogos alemães (Appel, Levy, Groeber, Bartsch), franceses (Raynouard, Berry), americanos (Pound) e italianos (Canello) têm debatido sobre seu significado, o que tem levado a várias interpretações da passagem. Um dado complicador são as grafias diferentes da canção, já que se tratava de poesia para ser cantada. Nas transcrições dos quatorze manuscritos existentes da canção 13 (aqui indicados por letras) a palavra aparece em pelo menos sete variantes diferentes:* nuo gaindres *(A),* nul grandes *(a),* notz grandes *(T),* olor de n. *(GQ),* lonors de n. *(H),* d'noigñdes *(D),* nui gandros *(IKN2), e* noigandres *(N). Rochegude (1819) aceita a interpretação de* noigandres *como* noix muscade *(noz-moscada). Raynouard (1836) traduz* gandres *como* "muscat" *(moscada). Em 1883, há* "noce reale" *(Canello)* "notz" *e* "muscat". *Ezra Pound (1910) viu uma referência alegórica à árvore do amor. Em 1904, em leitura polêmica e heroica, o eminente provençalista Emil Levy rejeitou todas as hipóteses anteriores, afirmando estarem embasadas em uma leitura errônea, acreditando se tratar não de uma palavra* (noigandres), *mas de duas* (enoi gandres). *Para Levy, a chave interpretativa para a misteriosa palavra do poema de Daniel estava em* gandres. *Aceitando a leitura de Raynouard (de* enoi *como antigo para* ennui, *tédio, tristeza, cansaço, do latim* inodiare, *enojar, odiar), rejeitando a significação de* gandres *como "moscada", o provençalista alemão interpretou-a como o infinitivo de* gandre, *outra forma de gandir (afastar, banir, proteger, garantir-se contra). A tese de Levy, em clave romântica, afastou a leitura de* noi *como* noix, *ou como* "noce reale" *(noz real, Canello). Ao mesmo tempo, adotou a leitura de Raynouard de* enoi *como forma ancestral do francês* ennui. *Na trilha da emenda imposta por Emil Levy,* olor d e'noi gandres *foi traduzido como "aroma que protege da tristeza" (Appel), "olor que bane o tédio" (Bartsch), "cheiro que afasta o* ennui*" (Stein). A partir de 1904, o sentido da palavra*

14. Endereçamento do catálogo na Biblioteca Ambrosiana em Milão, no qual estão os manuscritos das 18 canções de Arnaut Daniel que restaram.

noigandres *como* "noix muscade" *desaparece das leituras posteriores. Considerado um grande enigma literário, a misteriosa palavra de Arnaut Daniel não aparece nas canções de nenhum outro trovador de seu tempo e talvez nem mesmo exista.*

— *Holy shit!* — gritou Blake, dando um tapa em sua testa e a coçando vigorosamente. Refletiu por um momento. Franziu os olhos e retirou o telegrama de Sinclair de dentro da caderneta, desdobrou o papel e leu:

*CAUSA MORTIS LOVAT INJEÇÃO INTRAVENOSA MYRISTICA FRAGRANS NOZ-MOSCADA*

O tradutor inclinou-se para fazer algumas anotações em sua caderneta:

*Vítimas / cenas dos crimes*
*Nussbaum (nuss = noz em Al., baum = árvore. Nogueira)*
*Lorinda (nozes no quarto)*
*Lovat (resíduo de Myristica fragrans = noz-moscada)*
*Braun (manuscrito na boca com a palavra noigandres)*

Em seguida jogou o lápis sobre a mesa e se recostou na cadeira. Tomou um gole de uísque e murmurou, o olhar perdido num canto do quarto:
— Herr Professor.

# EMIL LEVY

Na manhã seguinte, depois de uma hora até Rolândia, passando por vastas plantações de café em branca floração, nuvens de borboletas e matas recém-derrubadas, o trem se aproximou da estação acanhada da cidade. Blake não conseguira automóvel naquele dia. Em cima de uma imensa tora de figueira, um homem de cabelos claros, com a calça na metade da barriga, culotes e botas de cano longo, saudou o trem esticando a mão direita, a palma para baixo, com um sorriso no rosto. Das janelas dos vagões algumas pessoas retribuíram o gesto. Acima, nuvens como travesseiros gigantescos, imóveis contra o azul. Blake desceu na plataforma que, com telhado de madeira, parecia um hangar, com beiral decorado de lambrequins. Em seguida, bateu o chapéu e ficou observando o vaivém dos passageiros. Três funcionários da ferrovia São Paulo-Paraná soltavam palavrões e discutiam, em altos brados, sobre o que fazer com as dezenas de caixotes de livros e um piano de cauda que acabaram de desembarcar. Um homem com aparência de indiano, de turbante e sári, conversava animadamente em sua língua com um senhor de idade. A pouco menos de 2 metros de Blake, sob uma nuvem de insetos, um homem alto, loiro e corpulento se apresentava como agente de terras da Paraná Plantations em Rolândia, para um pequeno grupo de colonos que acabava de chegar da Alemanha. Muitos se abanavam com o que tivessem nas mãos. Blake entreouviu parte da conversa em alemão, e a informação de que estavam sendo encaminhados para um lugar chamado Schwabental, a região leste da jovem cidade. Quando o homem olhou para Blake, o tradutor desviou o rosto. O alemão o examinou por alguns segundos, deu um trago no cigarro e voltou a falar com o grupo. Alguns caboclos, descalços, com roupas grosseiras e sujas de terra, carregavam malas e móveis sobre os ombros até as carroças estacionadas no pátio da estação. Blake olhou para o outro lado da rua e viu alguns passageiros se dirigindo para uma construção de madeira que trazia HOTEL ROLÂNDIA na fachada, escrito em letras góticas. Na saída, diante de uma praça bem arborizada, um jovem de feições orientais tentava se entender com um funcionário do setor de bagagens, sem sucesso. Blake se aproximou e se dirigiu ao homem, cumprimentando-o em japonês.

— Ah, o senhor fala minha língua! — exclamou o homem franzino, de cabelos pretos e lisos, com um olhar surpreso.

— Posso ajudar em alguma coisa? — perguntou Blake. Depois repetiu, em português, a mesma pergunta para o funcionário da estação.

— Este sujeito não está me entendendo — rosnou o funcionário, um homem magro de cabelos brancos, impaciente, retirando o quepe e coçando a cabeça. — Se estes estrangeiros querem vir pra cá tinham que pelo menos tentar aprender a nossa língua.

Blake deu um pequeno sorriso, entre a fumaça do cigarro.

— O que ele falou? — quis saber o japonês.

— Que terá o maior prazer em ajudá-lo — traduziu Blake. — Do que o senhor precisa?

— Uma carroça para levar as bagagens da minha família para o sítio dos Sasano. Diga que pago bem.

Blake traduziu as mesmas palavras para o funcionário da estação, que soltou um sorriso sem graça, revelando os dentes estragados:

— Ah, sim. Fale para ele me seguir. O Turco ali faz frete. Ele sabe onde fica. Só avisa pro moço que ele vai ter que ficar na fila. Em dia de trem o movimento aumenta demais. Viu aquele piano? Vai dar um trabalho danado levar até a fazenda dos alemães.

Blake agradeceu ao funcionário e traduziu as informações para o japonês, que o agradeceu e se despediu à maneira oriental. Blake consultou o relógio e ganhou a rua. Uma galinha cruzou a sua frente. Blake deu uma risada. Rolândia era um punhado de casas rodeadas de sítios, fazendas e fragmentos de mata nativa. Em dias quentes e secos como aquele, as nuvens de poeira que automóveis e charretes levantavam conferiam à rua principal da cidade o tom sépia das fotografias antigas. O tradutor, diante das portas do posto de serviço Max Dietz, abordou um jovem de terno, botas de cano longo e chapéu que lia um jornal, com um palito enfiado entre os dentes. Pediu informações sobre a casa de Emil Levy, anotou o endereço na caderneta, tomou um copo d'água e seguiu. O jovem o alcançou instantes depois.

— Eu o levo. Estou indo para aqueles lados.

No caminho, passaram por um clube chamado Concórdia, as bandeiras do Brasil e da Alemanha hasteadas num pequeno pavilhão, uma escola em horário de aulas e duas pequenas fábricas. Com exceção da praça diante da estação de trem, com seus pinheiros, figueiras e palmeiras, quase não havia árvores na jovem cidade recortada pela floresta.

— Ele sai tão pouco que às vezes a gente nem lembra que ele existe — disse o jovem com óculos de aro de tartaruga, o chapéu enterrado na testa. — Os Levy são muito reservados. Eles moram na parte oeste da cidade, onde ficam os alemães pobres.

Blake se virou e parou.

— *Os* Levy, o senhor falou. Achei que o professor morasse sozinho.

— Não. Uma mulher mora com ele. Sarah. — O jovem deu um leve sorriso. — Eles nunca aparecem nas festas e reuniões da nossa sociedade. Vivem fechados ali. Se me permite a expressão, acho que o professor é meio biruta — concluiu o jovem, fazendo um movimento circular com o dedo indicador em volta da orelha esquerda.

— Por que diz isso?

— Não sei, nas poucas vezes em que o vi em público ele pareceu assustado, arredio...

Blake refletiu um pouco. Perguntou:

— Levy é um professor. Por que não está dando aulas na escola da colônia?

O jovem deu de ombros.

— Ouvi dizer que anda doente. — Refletiu um pouco e disse: — Os alemães que estão vindo para cá estão encontrando dificuldades para se adaptar. É tudo gente da cidade. Acho que a maioria nunca viu uma enxada — completou o jovem, soltando um riso seco e apertando o palito entre os dentes.

— E você, veio de onde?

— De Santa Catarina. Minha família é toda do campo.

Depois de caminharem uns cinco quarteirões, o jovem indicou com o chapéu a direção, desejou boa sorte ao tradutor e seguiu para o lado oposto da residência de Levy.

Era uma casa branca de madeira, com o telhado pontudo e um sótão. A arquitetura pioneira de madeira havia sofrido algumas alterações que lhe davam uma aparência europeia. As janelas tinham cortinas brancas que impediam a visão interna da casa. No jardim gramado, enfeitado de hibiscos, havia uma imensa araucária, cujos braços abertos lembravam uma menorá.[15] Uma costela-de-adão cobria parte da varanda com suas folhas luxuriantes, grandes e estriadas. Moscas zumbiam pelo ar abafado. Blake deu um gole da garrafinha de *scotch*, limpou a boca com as costas da mão e suspirou. Avançou até o portão de ferro e parou diante da casa. Bateu palmas. Cachorros latiram. Nenhuma resposta. Blake contornou a lateral da casa e viu um Ford estacionado na garagem. Também ouviu os latidos dos cachorros crescerem em fúria e som. Voltou para o portão, bateu palmas de novo, dessa vez com mais força.

Uma moça alta e magra, com cerca de 30 anos, abriu a porta e se postou na soleira. Era uma bela mulher. Tinha um rosto comprido, nariz afilado, grandes olhos azul-claros, as sobrancelhas finas e maxilares bem desenhados. Os cabelos eram pretos e estavam presos num rabo de cavalo. Blake agora pôde ver os pastores-alemães que latiam desde que chegara. Um deles mordia com fúria o portão enquanto o outro girava em torno de si mesmo, latindo a plenos pulmões junto à cerca. Blake fez uma careta.

— *Sheket!* — a mulher gritou para os cães, em hebraico. Ela estava muito séria e parecia segurar alguma coisa às suas costas.

Os cachorros pararam de latir no mesmo instante.

15. Candelabro-símbolo do judaísmo.

— Em que posso ajudar? — perguntou, num português com forte sotaque, a voz levemente trêmula.

— Boa tarde — respondeu Blake, em alemão. — Aqui é a casa do professor Levy?

A mulher na porta entreaberta deu um olhar desconfiado e surpreso para o estranho. Em seguida olhou para as costas de Blake, como se quisesse ver se estava acompanhado.

— Sim, é. Quem gostaria de falar com ele? Se estiver vendendo alguma coisa, já vou avisando que não queremos nada.

— Meu nome é Adam Blake — anunciou com polidez, tirando o chapéu e colocando-o sobre o peito. — Sou tradutor da companhia de terras e um velho admirador da obra do seu marido, senhora Sarah Levy...

— Como sabe meu nome? — perguntou a mulher, com voz dura, franzindo os olhos.

— Um jovem no caminho fez a cortesia de me dizer.

— E Herr Professor não é meu marido, senhor. É meu tio.

— Ah, desculpe-me — respondeu Blake. — Acabei de chegar à cidade. Tive de vir de trem. Vim só para falar com ele.

— Isso não será possível. Ele não anda bem de saúde.

Blake assentiu. A mulher tinha um olhar de medo.

— Estou escrevendo um livro sobre a companhia, sobre a colonização da região, e o depoimento dele é muito importante. Veja — Blake meteu a mão no bolso do paletó, retirando um papel e exibindo-o sobre os ombros —, esta é minha carta de identificação da companhia de terras.

A mulher abanou a mão para o ar, não demonstrando nenhum interesse.

Antes que Blake abrisse a boca para dizer algo a mulher o interrompeu:

— Há outras pessoas na cidade que podem falar sobre esse assunto. Está cheio de imigrantes por aí. Por que quer conversar logo com meu tio?

— Ora, senhora... Tenho bons motivos. Estou procurando pessoas proeminentes na Europa que vieram para cá para meu livro. É um fato a se comemorar ter um homem do calibre do professor vivendo a aventura da colonização no norte do Paraná.

A mulher fez que não com um gesto de cabeça.

— Meu tio não está em condições de falar. Ele teve um derrame.

Blake estreitou os olhos, em seguida uniu os lábios num sorriso.

— Seriam apenas alguns minutos com o professor. É muito importante.

— O senhor é muito insistente — resmungou a mulher. Olhou para os cães e outra vez para Blake. Então entrou.

Meio minuto depois, Sarah reapareceu na varanda e anunciou:

— Sinto muito. Ele não pode mesmo.

— Como faço para agendar uma entrevista? A que horas do dia ele está mais disposto?

— Sinto não poder ajudá-lo. Meu tio está doente. Agora, se o senhor me dá licença, eu tenho uma pilha de louça para lavar — encerrou a mulher, fechando a porta na cara do escocês antes que ele pudesse falar alguma coisa.

Blake ficou parado diante do portão de ferro, olhando para a casa por alguns instantes. Quando inclinou a cabeça, viu que o portão tinha uma marca que havia sido apagada, provavelmente depois de muito esforço. Se abaixou e examinou melhor. Um hexagrama perfeito. A estrela de davi. Quando se ergueu, olhou para a casa mais uma vez e pôde ver, por alguns segundos, um velho de óculos espiando de uma das janelas. Em seguida Sarah apareceu de perfil e fechou-a por dentro. E então ouviu-se um xingamento em hebraico. Uma voz de mulher. Blake estreitou os olhos e coçou a testa. Pegou a caneta, fez umas anotações na caderneta, ajeitou o chapéu e rumou de volta ao centro da cidade.

Eram quatro da tarde quando o tradutor, depois de um uísque num bar perto da estação de trem, conseguiu uma carona de volta a Londrina.

# COM ALEXANDRE RAZGULAEFF

— Quer dizer que o velho Levy não quis receber o senhor? — perguntou Razgulaeff, de terno de linho branco recém-saído do armário, pousando o chapéu-panamá no balcão do bar.

Blake girou o corpo pela banqueta e olhou em torno. O Eldorado já estava apinhado e barulhento. O sol poente manchava de vermelho a parede e o espelho que havia no fundo. O rádio estava ligado na Rádio Nacional, que trazia a voz metálica do locutor Almirante anunciando mais um episódio do seriado *O sombra*.

— Nem tive a chance de ver direito, mas acho que era ele. Para dizer a verdade, não sei de quem fiquei com mais medo, daquela mulher ou dos pastores-alemães.

— Ah, o senhor se refere a Sarah — disse o russo, soltando um riso seco. — Não a leve a mal. É uma boa moça. Um pouco solitária, talvez. Os Levy vieram para cá em busca de liberdade, sabe? São refugiados. Não querem viver das memórias do passado, por isso Sarah mantém a privacidade do tio com unhas e dentes.

— Eu percebi — disse Blake, enquanto pedia um café ao barman.

— É um direito deles, o de não serem incomodados — prosseguiu o russo, ajeitando o bigode. — Esses refugiados costumam ser pessoas muito reservadas. Não os culpo por isso.

Blake assentiu. O russo pediu uma dose a Zeferino, virou-se para Blake e disse:

— Sarah é uma bela mulher, o senhor não achou? E tem formação universitária, imagine só. — O russo deu mais um gole e disse: —

Outro dia eu vi os dois se dirigindo de braços dados para a companhia de terras. Ela estava linda.

Blake fez uma expressão de surpresa, agradeceu o garçom e pousou a xícara no pires.

— Um momento. Ele estava *andando*?

— Claro, ou acha que ele veio como, voando?

— Quando foi isso?

— No começo de agosto, acho. Por quê?

Blake fez menção de dizer algo, mas continuou calado. Bebeu mais um gole de café. Ficou um tempo em silêncio e depois perguntou para o russo:

— Quer dizer que Levy costumava vir à companhia?

— Sim, na maioria das vezes para buscar e enviar cartas. Muita gente ainda não confia nos Correios. Eu também não, para falar a verdade. Aliás, não me lembro de quando enviei minha última carta para alguém.

— O que mais ele vinha fazer na cidade?

— O que todo mundo faz. Ele ia sempre ao *Paraná-Norte*, publicar anúncios, e sempre aproveitava para visitar o padre. Braun, como o senhor sabe, trabalhava como cônsul local da Alemanha. Por que queria falar com ele? Por que esse interesse pelo professor?

— Ora, o senhor esqueceu que sou tradutor? Acha que eu iria perder a chance de conhecer uma das maiores autoridades em meu campo? Na verdade, queria que ele me ajudasse na tradução de um poema.

— Um poema? — perguntou o russo, bebendo mais um pouco. — Que curioso.

— Ajuda a relaxar quando não estou fazendo nada. É um hobby, como dizemos.

Blake deteve o olhar inquieto no russo, que acendia um cigarro Yolanda com um floreio e um sorriso irônico no rosto. Então perguntou:

— O senhor sabe me dizer se Nussbaum era judeu?

— Que eu saiba, não. Por quê?

— Nussbaum costuma ser um sobrenome judeu. Nogueira, em alemão — traduziu Blake, voltando o olhar para Razgulaeff, que pareceu não entender o comentário.

— O senhor é mesmo uma figura interessante — disse o russo, franzindo o rosto enquanto abria um sorriso.

Blake olhou ao redor, abaixou o tom de voz e perguntou:

— Sabe dizer se ele estava envolvido com algum relatório nos últimos meses?

— Quem?

— O contador-chefe. Havia alguma coisa o preocupando?

Razgulaeff desviou o olhar de Blake.

— Envolvido com um relatório?

— Exato.

O russo se endireitou e disse, mostrando as palmas das mãos:

— Não sei se o senhor sabe, mas contadores estão sempre envolvidos com relatórios, folhas de pagamento, contabilidade, balanços, contratos... Por que esse interesse?

— Vou ser mais exato. Sabe algo sobre um dossiê que ele estivesse preparando?

— Dossiê?

O escocês confirmou com um gesto de cabeça e bateu as cinzas no cinzeiro de latão.

— Na noite em que eu e Lovat conversamos com Lorinda ela deixou escapar alguma coisa sobre um relatório importante que Nussbaum estaria escrevendo.

— Comigo ele nunca comentou nada. Não sei aonde o senhor está querendo chegar.

— Quero dizer que crime passional talvez não seja o verdadeiro motivo para explicar o que aconteceu com Nussbaum. Talvez ele tivesse descoberto algo que alguém não queria que ele soubesse.

Razgulaeff ficou vermelho e deu uma risada ruidosa.

— Nunca ouvi tamanho absurdo. O senhor bebe demais — disse, com irritação na voz, olhando por cima dos ombros de Blake. — Nussbaum estava obcecado pela doutora Magdalene. A cidade toda sabia do caso! Müller era um homem ciumento e já havia matado um compatriota dele há dois anos.

— Sim, o tal Julius von Schütz, do qual ninguém soube dizer coisa nenhuma. Sei que o doutor chegou a ser preso, mas o juiz lhe deu uma sentença favorável. E ele continuou na cidade impunemente... Sabe quem teria convencido o juiz?

O russo balançou a cabeça, com um olhar irônico no rosto:

— Adultério é uma coisa muita séria...

— Ora, Razgulaeff — disse Blake. — O senhor insiste na versão de crime passional... Daqui a pouco o senhor vai estar me obrigando a acreditar em histórias da carochinha...

O russo deu um gole de uísque, limpou os lábios e bigodes com as costas da mão. Limpou a garganta e falou:

— Müller já havia ameaçado matá-lo. Em uma ocasião, na frente de vários funcionários da companhia. Eu avisei Nussbaum que esse caso com a médica poderia destruir a vida dele, mas ele não me deu ouvidos.

— E quais eram as relações do contador com o senhor Günther?

Razgulaeff deu de ombros, encarou o tradutor e em seguida desviou o olhar. Hesitou um pouco antes de dizer:

— Por que não pergunta a ele? Olha, se quer minha opinião, ele tem feito um trabalho admirável na Sociedade Sul-Americana de Colonização. Tem feito um tremendo esforço em trazer mais colonos para cá. Está salvando dezenas de vidas, posso lhe garantir.

— Nussbaum e Günther se davam bem? — insistiu Blake.

Razgulaeff olhou para o alto e para a esquerda, vasculhando a memória.

— O senhor sabe, os chucrutes são uma raça muito unida. Nunca fiquei sabendo de nenhum atrito entre os dois. Nem comigo, antes que o senhor me pergunte.

O tradutor balançou a cabeça, desconfiado, e lançou os olhos enevoados pelo bar. Um vira-lata apareceu na entrada, encarou Blake, até ser enxotado aos berros pelo Português. Num canto do Eldorado, cinco homens disputavam uma partida de baralho. O cheiro de álcool era forte e uma mortalha de neblina de cigarro insistia em flutuar sobre a freguesia.

— Está trabalhando demais, Blake.

O escocês continuou fitando seu companheiro de balcão, com olhos duros e gélidos. O russo colocou as mãos nos ombros do escocês, que fez uma careta.

— Sei que o senhor não nutre muita simpatia por mim. É verdade, eu fiz minha pesquisa sobre o senhor. Eu quero dizer que sinto por seu divórcio e pelo desaparecimento de seu filho...

Blake franziu o rosto e afastou as mãos do russo de seu ombro. Suas sobrancelhas se juntaram.

— Eu acho que você devia cuidar da sua vida, russo. Quem você pensa que é para falar da minha vida pessoal? Eu não lhe dei essa liberdade.

Razgulaeff levantou as mãos, num gesto apaziguador. Uma tensão pairou no ar. Depois de uma tragada o russo proferiu, pontuando as palavras com a fumaça do cigarro:

— Talvez seja melhor cuidar da sua. Não comece a enxergar inimigos onde eles não existem — disse o topógrafo. — Ou eles podem puxar seus pés na cama quando estiver dormindo. Quer um bom conselho? Esqueça essa história toda. Pelo seu bem.

— O que quer dizer?

— Ora, muita gente suspeita que foi o senhor mesmo que matou a Lorinda. Aquela mulher achou que iria longe chantageando as pessoas desta cidade.

Blake deu um sorriso cínico, sem responder, estreitando os olhos. O russo fez uma breve pausa antes de acrescentar, baixando o tom de voz:

— Daria um conselho ainda melhor para o senhor. Vá embora enquanto pode. Volte para a Inglaterra.

— Isso é um conselho ou uma ameaça?

Razgulaeff deu uma risada que parecia mais um latido, inclinando a cabeça para trás.

— Traduza como quiser. O senhor está precisando de um rabo de saia. Onde está aquela sua amiguinha? Regina é o nome dela, não? A cidade já anda comentando que...

— Não mude de assunto, russo. Estou aguentando as suas piadas desde que cheguei. O senhor sabe de algo e não quer dizer. Silenciar sobre um crime é tão grave quanto cometer um. Vou lembrá-lo de um velho adágio de sua terra e que parece se encaixar neste caso.

— Qual é?

— Quando o dinheiro fala, a verdade se cala.

Razgulaeff agora examinava o escocês com um brilho irônico nos olhos.

— Sua conversa está muito entediante — disse o russo, se levantando e pegando a garrafa de cerveja.

Blake o deteve.

— O que aconteceu com Nussbaum?

— Com sua licença — aparteou o russo, acenando para um grupo de agentes de terra no outro lado do bar. Virou-se novamente e disse, antes de partir, apontando para o peito do tradutor:

— E lembre-se do meu conselho.

Blake observou o russo avançar até a mesa. Um homem corpulento, de testa estreita e cabelo à escovinha, cumprimentou Razgulaeff assim que ele se aproximou, se levantando. Um outro sujeito mal-encarado, ao seu lado, tinha o chapéu-panamá caído, projetando sombra sobre a face. O homem de testa estreita tinha uma cicatriz no rosto. Trajava uma gravata preta que saía do terno branco pérola, gesticulava com os braços e mastigava um palito de fósforo com as palavras que Blake não podia ouvir. A coronha do 38 se avolumava no bolso do paletó surrado do sujeito. Razgulaeff olhou de relance para Blake enquanto conversava com um homem que, embora estivesse de costas, olhou para trás e permitiu que Blake identificasse as feições de Araújo. O barman da Lorinda cumprimentou o escocês sem nenhum entusiasmo, abrindo um sorriso artificial, falou algo com Razgulaeff e voltou a jogar. Blake colocou o chapéu, pagou a conta e saiu. Uma aragem quente levantou as folhas pela rua vermelha.

Na entrada da companhia Blake encontrou o senhor Ikoma Udihara. No fim da conversa, o colonizador japonês avisou que o senhor Suzuki havia voltado de viagem, e que dera tudo certo com os documentos de imigração que Blake ajudara a traduzir. Blake prometeu visitá-lo no dia seguinte, agradeceu o recado e entrou no escritório.

## SUZUKI

Os Suzuki moravam a cerca de 100 metros da casa dos médicos. Haviam chegado em 1929, na primeira caravana de compradores da Paraná Plantations, atraídos pela propaganda e pela marcha da colonização. Diferentemente da maioria dos colonos japoneses, a família havia conseguido comprar a terra antes de imigrar para o Brasil. A casa de madeira era pequena e rústica e ficava no meio de um pomar bem-cuidado. Do alto de uma peroba, entre sons de cigarras e insetos, uma araponga lançava seu canto brusco e metálico, como o de uma forja. De chapéu de feltro, vestindo camisa branca e terno cinza, Blake estava agachado, ouvindo o filho caçula dos Suzuki no portão lhe ensinar a rodar pião. Consultou o relógio. Seis da tarde. Um homem de cabelos pretos como piche apareceu na porta de entrada e disse, ríspido, em japonês:

— Jiro, já falei que não quero você falando com estranhos.

Sadao Suzuki tinha a pele queimada de sol. Suava e vestia roupas sujas de terra. O cabelo era liso e comprido, preso na nuca num rabo de cavalo. Baixo, tinha cara de poucos amigos. O pai acompanhou o menino com os olhos até que ele, de ombros curvados, entrasse na casa. Pouco depois ele reapareceu na janela, exibindo um sorriso.

— Como vai, senhor Suzuki? — perguntou Blake, em japonês, se levantando e tirando o chapéu. — Seu filho estava me ensinando a rodar pião. É um bom garoto.

O lavrador fez uma curta reverência com a cabeça e continuou de semblante fechado. Examinou Blake de alto a baixo e falou, em português:

— O que deseja?

— Gostaria de ter umas palavras com o senhor.

— Acho que já o vi por aí. Trabalha na companhia, né?

— Sou colega do senhor Udihara. Ele me falou muito bem a seu respeito. Fico feliz que tudo tenha dado certo com os documentos do senhor que eu ajudei a traduzir.

Essas palavras pareceram ter um efeito mágico sobre o japonês. Ele abriu um sorriso.

— Ah. O senhor é Mr. Blake? Udihara me entregou os papéis da nossa imigração. Deu tudo certo, muito obrigado.

— Fico feliz em saber.

Blake se aproximou da pequena varanda de assoalho de linóleo vermelho e sorriu para o menino na janela. O colono olhou por cima do ombro esquerdo e comentou:

— Pelo jeito o senhor gosta de criança.

— É que seu filho me lembra alguém.

— Quem?

Blake desviou os olhos de Suzuki e fitou o chão da pequena varanda. Então olhou para o menino, depois para o pai, e desconversou:

— Gostaria de saber se poderia me ajudar.

Blake contou que estava investigando o que se passou na noite de 1º de agosto. Suzuki comentou que já falara tudo ao delegado. Blake perguntou se ele se lembrava de algum detalhe que não tivesse dado importância na época. Enquanto falava, lançava olhares curiosos sobre a casa dos médicos. O bambuzal que divisava o terreno dos Müller ocultava boa parte da casa. A parede verde se movia em ondas no ar quente da tarde. As casas, plantadas no centro de suas respectivas chácaras, ficavam pouco mais de 100 metros uma da outra.

— Bem, eu ouvi os tiros — disse o japonês, apontando para a casa maior. — Três tiros. Aqui de noite faz um silêncio danado. Eu sei que vieram de lá.

— Tem certeza?

— Fiz treinamento de exército no Japão, senhor Blake. Sei reconhecer de onde vem um tiro quando escuto um. Eram sons de disparos. Um 38, eu diria. E muitos gritos, de homens e de uma mulher.

— E viu alguma coisa?

— Sei que fiquei cismado e não consegui mais dormir. Ficou tudo quieto de novo. Meia hora depois eu estava na varanda fumando um cigarro quando vi faróis acesos saindo da casa. — Suzuki apontou para a rua, que ficava a uns 20 metros da varanda. — O Studebaker deles passou ali em frente, debaixo daquele poste ali, e depois sumiu no escuro.

— O que pôde ver?

— Müller dirigindo e sua esposa no banco do carona. Eu os reconheci. — Suzuki deu três passos para a frente e falou: — Eu estava bem aqui. — Depois apontou para um dos três postes que havia naquele trecho da rua. — De noite aquele poste na frente da casa do Mancini também ilumina a frente da minha casa.

— Está certo disso?

— Sim, tenho certeza de que eram eles e posso dizer que estavam com muita pressa, senhor.

O tradutor anuiu.

— Confere com o que Mancini falou. Lembra se a estrada estava seca, boa para a passagem de carros?

— Estava sim. Era uma noite bonita, com muita estrela no céu.

— Certo — disse Blake, abaixando os olhos para suas anotações e depois encarando Suzuki. — O Mancini contou que tiros são comuns por aqui. É verdade?

— Ele disse isso?

— Sim.

— Só se for os tiros que ele mesmo dá quando toma umas — disse Suzuki, dando uma risada seca e bebendo um copo imaginário. — Até achei que tivesse sido ele. Não, senhor Blake, se eu morasse no centro até diria o contrário. Aqui é um lugar bastante pacato.

— Para mim ele contou que havia se trancado em casa com a família, de medo. Mas continue. Três tiros e meia hora depois um carro passou. Foi isso?

— A princípio não liguei uma coisa com a outra. Terminei o cigarro e voltei para o meu quarto. Não costumam passar muitos carros de noite. E garanto que era o carro do doutor. Ele fazia uns ruídos irritantes, como se fossem morcegos.

— É, seu vizinho também disse isso. E quando o senhor percebeu que havia algo errado na casa dos alemães?

Suzuki levantou os olhos, como se puxassem uma memória.

— De manhã cedo. Lembro que, quando acordei, perguntei à minha mulher sobre os tiros. Estava indo para o centro quando estranhei o portão escancarado. Eles sempre o deixavam fechado. Chamei minha mulher. Tinha um outro carro, um Ford, estacionado diante da varanda, de portas abertas. Me aproximei, bati palmas, ninguém atendeu. Senti que alguma coisa de muito ruim tinha acontecido ali.

— Sentiu?

Suzuki deu de ombros.

— Um pressentimento, um cheiro de morte, não sei dizer direito.

— E o que o senhor fez?

— Peguei meu cavalo e fui procurar o delegado na mesma hora. Se alguma coisa de ruim acontecera ali, eu não queria estar envolvido. Tinha que estar limpo para conseguir a naturalização.

— Certo. Nem chegou a entrar na casa?

— Não. Fiquei alguns minutos gritando, bati palmas, chamei, mas ninguém atendeu. E eles não tinham nem empregada. Não queria encrenca, entende? Eu não queria que pensassem que eu podia ter algo a ver com o que se passou ali.

Blake olhou para o portão. Uma charrete deixava um rastro de poeira vermelha pela rua.

— Quando foi a última vez que viu o casal?

— Naquele dia mesmo. Estavam saindo juntos para o trabalho, como faziam todas as manhãs.

Blake comprimiu os lábios, fuçou os bolsos e veio com um cigarro nos dedos. Acendeu-o e perguntou:

— Pode me dizer algo sobre os hábitos deles?

— Eu e minha família tínhamos pouco contato com eles, a não ser no hospital, quando era preciso. Muita gente dizia que eles tratavam muito mal os pacientes, principalmente o doutor.

— O casal brigava muito?

— Ah, não sei, senhor Blake. Quando esses alemães falam parece que já falam meio gritando.

Blake balançou a cabeça.

— Mas ouvia gritos?

— Sim, às vezes. Mas eu diria que era outro tipo de grito, se é que me entende — disse o japonês.

— Que tipo de vida levavam?

— Os Müller eram quietos e reservados. Vinham do trabalho e se fechavam aí. Ouviam muita música também. Ópera. E a doutora tocava muito acordeão. De vez em quando aconteciam algumas festas, reuniões.

— Reuniões?

Suzuki confirmou com a cabeça, girou-a e apontou para a casa.

— Os carros e charretes ficavam estacionados ali na frente. Parecia ser gente importante. Os portões fechados e uns homens na frente. Mas não incomodava, não. Nem mesmo quando eles punham aqueles hinos.

Blake anotou as informações na caderneta. Fez outra pergunta:

— O senhor ouviu alguma coisa diferente nessas ocasiões?

— Gente conversando alto, rindo, cantando, mas não entendo nada de alemão. Ainda estou lutando para aprender o português.

Suzuki deu mais uma olhada para a casa dos médicos e prosseguiu:

— Olha, senhor Blake, que minha mulher não me escute. Dona Magdalene era deslumbrante. O que sei é que nas saídas a campo do médico ela recebia outro tipo de pacientes aí.

— É, foi o que ouvi.

Quando as informações começaram a se repetir, Blake agradeceu e se despediu.

— Fique de olho em seu garoto, senhor Suzuki. As ruas andam perigosas.

Inclinou o corpo para Suzuki e o cumprimentou. Caminhou até o portão de balaústre, o fechou, acenou para o garoto na janela e saiu.

Era fim de tarde e ainda fazia um calor abafado. O céu estava limpo de nuvens e o sol do poente já manchava de dourado a copa das árvores. Blake estava quase na esquina, à sombra de uma mangueira na qual havia amarrado seu cavalo, quando a voz de Jiro Suzuki o fez girar o corpo. O menino estava ofegante.

— Moço!

— E aí, campeão. O que me conta?

Jiro se aproximou. Blake encarou-o com olhos tristes. O menino apontou para a casa dos médicos e perguntou:

— Se o senhor encontrar com eles pode perguntar quando o Oskar vai voltar?

— Claro, se você me falar quem é o Oskar.

— O cachorro deles. Ele brincava com a gente, às vezes, mas eles não deixavam. Acho que não gostavam muito de crianças. Ele era bonzinho.

Blake olhou para a casa abandonada, agora quase coberta pelo mato, e voltou-se para o garoto. Ficaram se olhando por alguns segundos até que Jiro sorriu e disse:

— Eles voltaram para o país deles?

O escocês fez que sim, ainda fitando o garoto, os olhos toldados de lágrimas. O menino chutou uma pedrinha, que bateu nos cascos do cavalo. Jiro ergueu a cabeça e perguntou:

— Sabe quando eles voltam?

Blake respirou fundo, colocou a mão direita no ombro do garoto.

— Acho que não voltam tão cedo.

— Ah — suspirou Jiro, dando um sorriso desanimado. Olhou para o homem e perguntou: — O senhor está passando bem?

O escocês assentiu. Levantou-se.

— Agora volte para casa. Ei. Tome, uma bala.

O garoto pegou o doce, abriu um sorriso banguela, levantou o polegar e saiu correndo. Blake olhou Jiro se afastar pela estrada de terra e acenar mais uma vez. Pegou os óculos de sol do bolso, arrumou-os sobre o nariz. Desamarrou o cavalo, subiu no estribo e montou no animal, que se virou para olhar Blake. Os arreios tilintaram. O sol declinava sobre a linha da mata no horizonte, tornando-a uma silhueta negra contra o pôr de sol cor de salmão. Blake conferiu mais uma vez a casa dos Müller, semiencoberta pelo bambuzal frondoso e sibilante. Limpou o suor e a poeira do rosto e do pescoço, montou no cavalo e saiu trotando pela rua Heimtal.

# NOITE E NEBLINA

Num entardecer de domingo, Blake saboreava o jantar de Glória — salada de palmito, sopa de ervilhas com carne-seca e aipim — e a conversa animada de dois agentes de terra. Depois de terminar seu prato e tomar um chá, o escocês atravessou o pátio e foi para seu alojamento. Ele abria a porta do quarto quando a corrente de ar fez uma folha de papel deslizar pelo assoalho de madeira e pousar no centro do aposento. Suas sobrancelhas se ergueram. O tradutor deu dois passos, abaixou-se e apanhou a folha. O bilhete, datilografado, dizia:

> *Tenho informações importantes sobre Nussbaum. Encontre-me na serraria Maxwell. Barracão 13. Hoje 7 da noite.*
>
> *Delegado Silva*

Blake esfregou o rosto com as mãos e ficou uns segundos parado no limiar da porta, batendo o papel contra o queixo, refletindo sobre o que fazer. Balançou a cabeça, soltou um palavrão, olhou o relógio de pulso, os dois ponteiros sobrepostos mostrando seis e meia. Fechou a porta do quarto, arrastou a cadeira até o canto, perto do armário. Subiu na cadeira, abriu o alçapão no forro com a mão esquerda enquanto a direita alcançava o embrulho de estopa contendo os livros de Braun e o coldre com revólver. Retirou apenas a arma, devolveu o pacote ao esconderijo e desceu. Tirou o paletó marrom do prego na parede, abriu o armário, retirando um coldre de couro e colocando-o ao redor do tronco, sob as axilas. Pôs o paletó e saiu. No escritório, pegou as chaves do automóvel num tabuleiro de madeira pendurado na parede. Pediu informações sobre como chegar à serraria, e partiu.

Desceu a avenida Paraná rumo aos armazéns da cidade. O tráfego de automóveis, charretes e caminhões era intenso, e uma névoa vermelha pairava sobre ela em dias secos. Uma fila dupla de caminhões carregados de toras e sacas de algodão e café se estendia ao longo da avenida, cada um deles esperando a vez de ser desembarcado. Pelo caminho, tabuletas e anúncios dos barracões de empresas como MacDonald & Biggs, Lumber, Siam, Christoffel e Beneficiamento Moreira, que movimentavam, juntas, uma pequena riqueza na região. Um pátio imenso abrigava caminhões, tratores e enormes guindastes usados para arrastar toras. Uma multidão de homens voltava da mata e das plantações de café, cansados e maltrapilhos. Blake passou por uma cancela que lançava um brilho vermelho, avisando a chegada de mais um trem. Logo um apito trêmulo se fez ouvir na distância, acompanhado do ruído repetitivo da cancela. Blake acelerou, antes da barreira abaixar, fazendo o automóvel descer silenciosamente pela longa colina em sentido leste, onde funcionava a serraria. Já na estrada em direção ao rio Tibagi, passando por fragmentos de mata, pastos e plantações de café, alguns automóveis que voltavam na direção oposta jogaram as luzes dos faróis no interior do carro e no rosto tenso de Blake.

Blake estacionou a uns 100 metros da tabuleta que anunciava SERRARIA MAXWELL. Apagou as luzes e saiu pela estrada com uma lanterna de bolso na mão esquerda, e tocou a axila direita, onde estava o coldre com a arma. Fazia um calor abafado, e o cicio das cigarras na mata próxima enchia o ar, acentuando o mormaço. Uma estrela solitária brilhava um pouco acima da mata. Já era noite.

A serraria ficava em um pequeno vale. Blake olhou para baixo e viu um complexo de barracões compridos e abertos, com algumas chaminés altas indicando que ali também funcionava uma olaria. Vistas do alto da elevação, as toras se esparramavam pelo pátio. Blake começou a descer o declive pela pequena estrada rumo aos barracões à procura de alguma pessoa. Alguns cachorros latiram um pouco, seguidos do ruído de alambrados, mas Blake não avistou nenhum empregado, nenhum ruído de serra. Entrou pelo portão e foi caminhando pelos barracões, ao longo das longas mesas de preparo e serras de todos os tipos, guindastes e pilhas de toras presas por grossas correntes. Passou por dezenas de tratores e por um caminhão quebrado, suspenso pelo macaco hidráulico. Havia barracões, onde se fazia o trabalho de serra. Tábuas, ripas, vigas, caibros e outros produtos estavam divididos em lotes. Tudo isso dava ao local o aspecto de uma pequena indústria no meio de uma imensa clareira de mata. Parte da madeira estava bruta, trazendo números e nomes em seus cortes. Jaziam em dezenas de pilhas, algumas com 4 metros de altura, já preparadas para serem vendidas e transportadas por trem até São Paulo e Santos. Blake deu uma boa olhada antes de entrar no barracão número 13.

Estava escuro lá dentro. Blake acendeu a lanterna e foi andando a passos lentos e cuidadosos, a mão esquerda transformada num facho tênue. Passou por dois corredores de toras, empilhadas e numeradas. Chamou:

— Delegado Silva?

Não houve resposta. Jogou uma lata de óleo que estava a seu lado para os fundos do barracão, mas o barulho fez apenas um gato sair enquanto soltava um miado assustado. Mais silêncio. O facho de luz foi ziguezagueando pelas pilhas de madeira, depois percorrendo o chão de serragem até chegar ao centro, alcançando um pequeno bilhete caído sobre a serragem. Blake se ajoelhou, colocou o lado da lanterna sobre a têmpora esquerda e pegou a folha. Estava em branco. Então veio o estalo.

Veio de trás do amontoado de toras. Blake virou o facho na direção do ruído e arregalou os olhos. As grossas correntes de proteção começaram a se soltar e deslizar pelos enormes cilindros. O que aconteceu a seguir foi muito rápido. Livres dos ferros de contenção, as toras começaram a deslizar umas sobre as outras, como engrenagens descontroladas de uma máquina. Desabaram como uma avalanche, fazendo um ruído demorado, pesado e ameaçador. Blake teve tempo apenas de dar um salto para trás e correr o mais rápido que pôde, fora do alcance da onda de madeira, que se espatifava num estrondo ensurdecedor. Toras rolavam umas sobre as outras. Blake soltou um gemido na queda e ficou como caiu, de bruços, com as mãos nos ouvidos, os olhos fixos no chão. Alguns segundos depois, tudo ficou quieto de novo. O facho da lanterna brilhava a poucos metros de seus dedos, entre a poeira dourada suspensa no ar.

Tossindo e ainda cego pela nuvem de serragem que se levantou do chão, Blake ouviu alguém tentando dar partida num carro e uma voz grossa de xingamento. A voz parecia vir do fundo do pátio, atrás do barracão. Levantou-se, pegou a lanterna e saiu apressadamente para os fundos da construção. Só teve tempo de ver um carro se afastando em alta velocidade dentro da noite. Blake então jogou a lanterna no chão, sacou o Webley e disparou todas as balas do tambor em direção à neblina. Tudo o que ouviu foi um tinir metálico, no quarto tiro, escapar de algum ponto de dentro da neblina.

— *Son of a bitch!* — gritou Blake, correndo em direção à nuvem. Soltou os braços, arfando, suado, a arma junto ao corpo, apontada para a terra.

As veias do seu pescoço latejavam. Blake tremia da cabeça aos pés, o coração disparado, a respiração pesada. Gemeu e apalpou seu corpo, como se para conferir se estava inteiro. Tinha os olhos fixos na estrada e na escuridão.

# A ALIANÇA

Meia hora depois, Blake estacionou o Chevrolet nos fundos da companhia. Quando desceu, colocou a mão em cada um dos capôs dos automóveis estacionados ali. Todos estavam frios. Foi até a cozinha. Dona Glória e o delegado Ubirajara Silva, sentados à mesa, ergueram os olhos para ele. Blake entrou mancando, sujo de serragem e com cara de poucos amigos. Seus olhos estavam vermelhos.

— Achei que era para encontrá-lo na serraria — disse Blake, tirando o pedaço de papel do bolso do paletó e estendendo-o para o delegado.

Silva leu o bilhete e demorou alguns segundos para responder, meneando a cabeça:

— Eu não escrevi isso.

— Mas o que aconteceu com o senhor? — perguntou Glória, com os olhos arregalados. — O senhor está ferido!

— Tentaram me matar, há cerca de uma hora, na serraria Maxwell.

— Meu Deus! — exclamou a cozinheira, num sobressalto.

O delegado se levantou da cadeira, com ar interrogativo.

— Como disse, rapaz?

Blake virou-se para ele:

— Tenho certeza de que consegui acertar o carro. O senhor não sabe nada sobre isso, imagino?

— Senhor Blake, estou aqui há duas horas. Vim para conversar com o prefeito. E beber o café da Glória.

— O senhor tá sangrando!

— Não se preocupe, Glória. Estou bem.

— Não é melhor chamar o doutor Jonas para dar uma olhada no senhor? — disse ela.

Silva alisava o bigode, sem tirar os olhos do escocês.

— Acho que vou aceitar um café — pediu Blake, massageando os ombros.

— Não vai, não — disse o delegado.

Em seguida levantou-se, com expressão séria, pediu licença à cozinheira e fez sinal com a cabeça para que o tradutor o seguisse. Blake o acompanhou.

Enquanto caminhavam para o estacionamento, onde não seriam ouvidos, Blake ia resumindo o que acontecera. Pararam perto de uma cerca de mata-junta e acenderam cigarros.

— Recebi este bilhete pedindo que me encontrasse com o senhor na serraria. Entrei no barracão combinado e a próxima coisa que vi foi uma avalanche de toras vindo na minha direção. Foi uma armadilha para me matar. Só não consegui pegar o filho da puta desta vez.

— Você tem certeza de que acertou algo?

— Sim, enfiei uma bala na lataria do automóvel.

— Mas quem é que estaria querendo matar você?

Blake encarou Silva e coçou uma sobrancelha.

— Eu não sei. Mas não há dúvida de que era isso que pretendia fazer.

— Não nasci ontem, Blake. Desembuche.

— Se contasse o que sei, o delegado me mandaria para um manicômio.

— Estou nessa profissão há vinte anos. Se me contar o que está acontecendo talvez eu possa lhe ajudar. — Silva fitou Blake e continuou: — Confesso que eu estava enganado a seu respeito. Acredito que o senhor não tenha matado o padre, nem a cafetina.

— Acredita?

— O que sei agora é que alguém quer matar *o senhor*. Ontem recebi ordens expressas do delegado-geral do Paraná para descobrir o que está acontecendo aqui. Nós dois temos bons motivos para esclarecer este mistério. Se quiser minha ajuda, vai ter que me contar tudo.

Blake abaixou a cabeça, fitou o chão e permaneceu assim durante alguns segundos, fumando. Por fim, deu um peteleco na bituca e fez um sinal de rendição com as mãos.

— Está bem. Vamos a um lugar em que a gente possa conversar com calma. O que tenho para contar pode demorar algum tempo.

Na varanda da casa do delegado, sentado em uma cadeira de vime, Blake contou sobre a reunião em Londres, a preocupação com as ligações perigosas do rei. Sobre o poema misterioso enviado da cidade. Sobre a conversa que Lovat e ele tiveram com Lorinda. Sobre a estranha partida repentina do lorde. Por algumas vezes Silva ameaçou interromper o tradutor, mas permaneceu calado. Blake deu um gole no uísque oferecido por Silva e acendeu um cigarro enquanto concluía seu relato.

— ... e a pedido de autoridades do governo inglês, Lovat e eu viemos investigar o que estava acontecendo na filial da empresa. Uma empresa, delegado, que tem como sócio majoritário o novo rei da Inglaterra.

— E tudo por causa de uma carta enviada pela companhia... com um poema antigo... encontrada na correspondência do rei.

— Exato. — Blake soltou uma baforada. — E foi só colocarmos os pés nesta cidade que mais crimes começaram a acontecer.

— E agora o senhor acredita que a canção desse tal Trovador também esteja ligada à visita do rei, há quatro anos?

— É possível. Foi publicada no mesmo dia na coluna de Levy. A visita à cidade foi num 1° de abril.

— O dia da mentira — disse o delegado, com uma risada curta.

— A mesma data que aparece na carta, mas o ano é 1931. Pode ser que essa carta esteja por trás das mortes do padre e da senhora Lorinda.

— Martha Schröeder, o senhor quer dizer. Senhorita Martha Schröeder.

As sobrancelhas de Blake se ergueram.

— O que disse?

— É o nome verdadeiro da cafetina, está na ficha de identificação.

— Um momento, Silva. Lorinda era alemã?

— Senhor Blake, essa mulher falava português sem sotaque. Ela aprendeu várias línguas nos anos em que trabalhou no Cassino da Urca.

Silva retirou uma folha do bolso da camisa e estendeu para o tradutor.

— Quarenta anos. Solteira. Aqui consta que nasceu na Alemanha e veio para o Brasil ainda criança com os pais. Foram para Blumenau.

Antes que o tradutor pudesse dizer alguma coisa, o delegado emendou:

— Ela pintava o cabelo. Só os olhos verdes eram verdadeiros naquela mulher. — O delegado coçou a cabeça, soltou um suspiro. Depois de alguns segundos, disse, recostando-se na cadeira: — Bem, a história que o senhor acaba de me contar é a mais louca que já ouvi em toda a minha carreira policial. — Silva pegou o copo, bebeu um gole de uísque. — Acha que o homem que tentou matar o senhor é o Trovador?

Adam Blake assentiu. Os dois ficaram em silêncio por alguns segundos. Os galhos das árvores conversavam com o vento quente da noite. Uns cachorros vira-latas cruzaram a rua.

— Por que alguém faria isso? — perguntou o delegado.

— Foi o que viemos investigar.

— Então acha que as mortes de Lorinda e do padre Braun podem estar ligadas?

— Sim, mas nada parece se encaixar. A morte de Lorinda foi muito violenta para ser um mero latrocínio. Ao mesmo tempo, a pessoa que a matou também parecia estar procurando alguma coisa. E Braun, o que foi aquilo? Quem teria tal requinte de crueldade?

Silva coçou a papada e balançou a cabeça.

— Quem sabe eles representassem algum tipo de ameaça estando vivos — avaliou Blake. — Talvez soubessem de alguma coisa, mas o quê?

— É, estamos no escuro — admitiu o delegado.

— No dia em que visitei o padre notei um carro suspeito parado na esquina do colégio.

— Como era o carro?

— Um DeSoto vermelho-escuro. Não há tantos carros assim na cidade. Não será difícil encontrá-lo.

— Acha que pode ser o assassino?

Blake deu de ombros. Soprou a fumaça para o alto e viu-a sumir na luz amarelada da lua na varanda.

— Dentro havia um homem. O vidro estava embaçado. Não pude ver quem era. Quando voltei da visita, o carro ainda estava lá. — Fitou a carta nas mãos de Silva e apontou para ela. — Se isso aí faz parte de uma chantagem, então o Trovador é esperto o bastante para não sair por aí distribuindo provas contra si mesmo.

— Sei que tudo é muito estranho — opinou o delegado, esfregando o queixo. — Como se fosse um enigma.

Blake ergueu o indicador e disse:

— Exato, um enigma. O remetente tinha alguma intenção misteriosa.

— Que intenção, mister Blake?

— Ainda não sei. Mas a canção desse Trovador deve ter algum significado tanto para quem enviou quanto para quem a recebeu. Foi enviada no mesmo dia em que houve o episódio na casa dos médicos. E apareceu no *Paraná-Norte* no dia da visita real.

— E no colo do rei da Inglaterra, cinco anos depois!

— E acredito que, se não fizermos alguma coisa, e rápido, mais pessoas podem se machucar.

— Veja se entendi direito — disse o delegado, batendo a cinza do cigarro no chão empoeirado da varanda. — O senhor acredita que alguém está brincando de trovador assassino na minha comunidade?

— Por mais absurdo que possa parecer, é o que acho. Ou como explicaria aquela palavra na boca do padre? É a mesma que aparece na canção.

Blake permaneceu com a expressão séria, inalterada. Silva empurrou o chapéu-panamá para trás e voltou os olhos para Blake:

— Bem, e a morte de Lovat, como o senhor explica? Não poderia ter sido pelo Trovador. Ele não poderia estar em dois países ao mesmo tempo.

— Foi Müller quem matou Lovat.

O delegado tossiu a fumaça. Seus olhos se arregalaram de repente.

— O doutor Müller?

Blake então contou do telegrama que recebera de Sinclair, da investigação do assassinato de Lovat em Londres e dos desdobramentos do caso.

— Provavelmente Müller teve conhecimento, através de alguém daqui ou na Inglaterra, de todos os passos de Lovat logo que desembarcou. Lovat foi morto por causa de algo que ele sabia. Algo que ele pode ter descoberto aqui. Algo que ele só poderia resolver voltando pessoalmente para a Inglaterra. Algo bastante grave para ele nem sequer comunicar-me sua partida.

— Isto está ficando cada vez mais complicado, mister.

Blake concordou. Fez uma breve pausa e disse:

— Contadores costumam saber de todos os segredos de uma empresa. Talvez ele tivesse descoberto alguma coisa, de algum esquema que incriminasse alguém. Temos algumas pistas. O bilhete com ameaça que o senhor nos mostrou na delegacia. Um marido traído não escreve um bilhete para o amante ameaçando matá-lo se ele falar. Na reunião que escutei, Razgulaeff, Garden e Günther mencionaram um dossiê. Nussbaum "não estava sendo cooperativo ultimamente". Quem sabe Nussbaum estivesse de posse de documentos comprometedores. Eu vi Lovat perguntando várias vezes a Razgulaeff e Garden se o contador estava escrevendo um relatório. Todos negaram. E Müller, bem, ele já matou Von Schütz há dois anos, e matou Lovat. Poderia muito bem ter dado conta de Nussbaum. Seria fácil livrar-se da justiça num lugar onde não existe perícia, nem exame de sangue, balística, impressões digitais...

— ... e com tanta selva para se livrar de um corpo — completou Silva. Coçou a cabeça e disse: — Queima de arquivo. É como chamamos isso por aqui.

— É possível, delegado. O estranho é que, afora Lovat, ninguém da Paraná Plantations parece ter se empenhado em descobrir o que aconteceu naquela noite. Com o agravante de terem queimado as roupas e os pertences de Nussbaum.

— Como se quisessem apagar qualquer vestígio dele — disse Silva, concordando e sustentando um olhar inquiridor para Blake. — Suspeita de que tenha sido trabalho interno?

— É o que parece. Mas ainda não há provas.

— Nosso grande problema é que algumas pessoas nesta cidade que poderiam nos ajudar a desvendar esse caso não estão mais aqui. As testemunhas estão sendo eliminadas. Documentos que poderiam ajudar na investigação se perderam com o fogo nos pertences de Nussbaum.

— Temos que saber que pessoas se beneficiariam com seu desaparecimento. Desconfia de alguém, delegado?

Silva refletiu um pouco e falou:

— De todos, mister Blake, mas sobretudo do prefeito. É ele quem manda nesta cidade. Não seria a primeira vez que Garden estaria envolvido em coisa suja. O senhor sabe, nossos políticos costumam misturar o público com o privado. Há indícios de que andou sumindo dinheiro da Prefeitura em janeiro, logo que ele assumiu, um dinheiro que foi enviado pelo Manoel Ribas e que seria usado nas melhorias da cidade.

— Sim, ouvi falar. Isso é muito grave.

— Nussbaum era o contador-chefe da companhia e da Prefeitura, que são uma coisa só, como o senhor sabe. Tenho quase certeza de que a ordem para queimar as coisas de Nussbaum partiu dele.

— E o funcionário que queimou tudo e poderia nos dizer alguma coisa morreu de repente — disse Blake. Depois de alguns segundos, perguntou: — E quanto a Günther e a Razgulaeff? E se o russo devesse mesmo dinheiro para Nussbaum? Isso faz dele um suspeito.

— Vamos investigá-los também — informou o delegado, acendendo um cigarro de palha. — A história deles sobre o que aconteceu naquela noite está bem contada demais.

Enquanto Blake tinha o olhar perdido no quintal, imerso em pensamentos, Silva exalou a fumaça devagar, apontou para a carta com o cigarro e perguntou:

— Algum sucesso com o professor Levy? Se ele é especialista em... como é mesmo o nome...?

— Provençal.

— Isso, se ele for especialista nessa língua, as suspeitas recaem sobre ele também.

— Claro, foi ele quem levantou a polêmica sobre essa palavra. Ele publicou o poema. Mas o professor se recusa a me receber. É desconfiado, e aquela mulher que mora com ele parece um dobermann.

— O senhor sabe, posso intimá-los a falar, se preciso.

— Talvez as coisas possam ser resolvidas de um modo discreto. Precisamos levantar mais informações sobre a companhia, sobretudo a situação financeira. Não será muito fácil. Eles estão de olho em mim.

Silva enfiou a mão no bolso do paletó, retirou um envelope de carta, rasgou-o pela metade e escreveu um nome e um endereço no verso. Deu um tapinha na folha de papel e passou-a para Blake.

— Fale com ele.

— Giuseppe Giuliani — murmurou Blake, examinando o papel.

— Ele lhe será muito útil.

— Quem é?

— Um amigo meu, um comunista meio esquentado mas muito inteligente. — Um bom fotógrafo e ex-funcionário da companhia. Gosta de criar uma polêmica. Se arrisca demais.

— Por que diz isso?

— Ele andou publicando umas cartas contra a Paraná Plantations no *Cometa*. É metido a historiador. Tem um jeitão meio arrogante, mas é um homem de grande coração. Ele deve saber de muita coisa, pois já trabalhou na companhia. Adora uma conversa. Com vinho então, fala até pelos cotovelos. Mas se prepare, parece que ele não nutre mais muita simpatia pelos ingleses.

— Ótimo. É bom ouvir um ponto de vista diferente. Já estou me cansando de ouvir a versão da companhia — resmungou Blake.

— Vou avisar o Giuliani que o senhor irá procurá-lo. Enquanto isso, vou ficar de olho em algum automóvel com buraco de bala na lataria. Existem algumas oficinas na cidade. O sujeito que tentou matá-lo ou sumiu com o automóvel ou vai ser obrigado a recorrer aos serviços de um lanterneiro.

Blake massageou a nuca.

— Talvez fosse interessante levantar mais informações sobre Lorinda.

Silva assentiu, levantou-se da cadeira e ergueu o indicador em direção a Blake:

— E, antes que eu me esqueça, melhor andar armado a partir de hoje. Não tenho como lhe dar proteção.

Blake concordou. Apertaram-se as mãos. Quando já estava no portão, Blake enfiou a mão no paletó, retirou uma garrafinha. Deu um gole de uísque. Três homens passaram por ele conduzindo uma vara de porcos pela rua, um caixeiro-viajante com sua mala, voltando para a pensão, seguido de uma jardineira cheia de rostos cansados. O tradutor guardou a garrafa no bolso e rumou para o centro da cidade, a poeira vermelha se acumulando nos sapatos.

# A FLORESTA DO IMPÉRIO

No dia seguinte, por volta das quatro da tarde, Blake rumou para a casa número 385 da rua Minas Gerais. Ficava perto de onde estava sendo construído um hospital e onde havia uma centenária figueira branca, cujas raízes enormes lembravam as patas de um estranho dinossauro. O mormaço parecia uma mortalha de calor cobrindo a rua. No caminho, Blake deu uma passada pela loja onde, pelo que informaram, Regina trabalhava. Viu o vulto da moça no interior do pequeno estabelecimento, e depois a cortina lateral sendo fechada. Entrou. Uma funcionária gordinha, num vestido azul simples, se aproximou.

— Posso ajudar, moço?

— Gostaria de ter uma palavrinha com a Regina.

A funcionária fez uma careta antes de responder.

— Acho que o senhor se enganou. Aqui não trabalha ninguém com esse nome.

— Posso jurar que vi a moça que procuro indo lá para dentro e fechando a cortina da janela.

— Ah — suspirou a funcionária, olhando de relance por cima do ombro esquerdo —, o senhor está falando da Miranda?

— Miranda?

Neste momento Regina voltou dos fundos da loja, fazendo sinal com a mão.

— Irene, deixa que eu atendo o moço — disse, ao olhar desconfiada para o grandalhão.

Blake esperou a gordinha se afastar e perguntou:

— Miranda?

A moça continuou calada. Apenas mordeu os lábios, os ombros tensos. Tinha a face esquerda coberta pelos cabelos negros e volumosos. Blake forçou a vista, retirou com o indicador os cabelos do rosto da morena. Havia um hematoma púrpura em sua maçã saliente, e os olhos estavam semicerrados.

— Não acredito que o canalha do Araújo fez de novo isso com você!

A moça afastou a mão do homem, deu dois passos para trás e pediu, com voz trêmula:

— Vá embora, senhor Blake, não me meta em mais confusão.

O escocês franziu os olhos e deixou o ar sair dos lábios com violência. Disse, em tom educado mas incisivo:

— Isso não pode continuar acontecendo. Você não merece esse canalha.

— Vá embora, por favor. Conversamos sobre isso outra hora — insistiu a moça, mordendo os lábios, empurrando-o para a rua. Depois ela se virou e sumiu para dentro da loja.

Blake deteve-se à porta por um instante, depois retomou seu caminho. Parou num bar e pediu um café antes de seguir para a casa de Giuliani. Um caminhão lotado de trabalhadores maltrapilhos e suados passou, levantando uma nuvem de poeira que entrou pela porta do bar.

Blake pagou o café, pôs o chapéu, levantou-se e saiu. Viu quando um dos homens que conversavam na frente de uma barbearia, apontou para ele. Blake acenou para o grupo e andou uns 50 metros até chegar à residência de Giuseppe Giuliani. A entrada da casa tinha um pequeno portal ladeado de ipomeias, e ao lado um painel contendo fotos de casamentos, batizados e um anúncio com uma tabela de preços. Blake deu uma boa olhada ao redor e bateu palmas. Meio minuto depois, ouviu-se um barulho de trancas e alguém abriu a porta da frente.

— Vá entrando, *signore* — disse o italiano, com um sorriso simpático no rosto vermelho. Blake deu mais uma olhada na rua e abriu o portão da casa amarela de madeira. Era um homem corpulento e com ar de camponês. Giuliani apertou a mão de Blake e se afastou para lhe dar passagem. Em seguida o conduziu pelo pequeno jardim.

— Parece que vem frente fria por aí — disse o italiano, esfregando as palmas das mãos e dando um sorriso bonachão.

— *Permesso* — pediu o escocês, encarando com suspeita o cachorro que se aproximou do portão. Blake ficou imóvel como uma estátua, enquanto o cão cheirava a barra de sua calça e o encarava com olhos castanho-claros ávidos e orelhas levantadas.

— O Marx não morde — falou Giuliani, num português com forte sotaque italiano. — Só quando eu mando.

Blake deu um sorriso sem graça e trancou o portão. O italiano sugeriu que fossem até a sala nos fundos da casa. Já estavam acomodados em duas poltronas desconfortáveis quando Giuliani falou:

— Uma visita é sempre bem-vinda. Odeio quando a Antonella e os *bambini* vão visitar minha sogra em São Paulo.

Pela janela Blake pôde ver um exuberante pé de café, de cerca de 3 metros de altura e cujos frutos vermelhos ardiam contra o verde brilhante das folhas. Blake pediu permissão para fumar, olhou mais uma vez para o cachorro, que ainda o encarava, e acendeu um cigarro. O italiano pegou no pescoço grosso de Marx e deu um tapa carinhoso na cabeça peluda. Virou-se e perguntou, em italiano:

— O *signore* é casado?

— Não, mas já fui.

— Onde está sua mulher? Filhos?

Esperando uma resposta de Blake, que não veio, o italiano alcançou um cinzeiro de latão e o empurrou para perto de Blake.

— O senhor quer conversar comigo sobre a companhia, é isso? Foi o que o Silva me falou.

Blake assentiu. Giuliani soltou um suspiro e prosseguiu:

— Olha, fique à vontade, vou pegar um vinho para a gente. E não ligue para o Marx — disse, apontando para o cão policial enquanto caminhava para a cozinha.

O cão ficou sentado sobre as patas olhando para Blake e soltou um bocejo. Uma prateleira pequena guardava, na maioria, volumes de autores comunistas. Além de uma edição italiana de *O Capital*, em vários volumes, havia uma biografia de Garibaldi. Entre eles, um item chamou a atenção de Blake. *Le Profezie*, de Nostradamus. Blake se levantou e atravessou a sala. A mesa de jantar estava cheia de peças e equipamentos fotográficos, uma tesoura e negativos espalhados em desordem.

Giuliani voltou da cozinha segurando uma garrafa e duas taças.

— Aproveite que a minha mulher não está. Ela diz que falo demais quando bebo, que eu exagero as coisas, *capisci*? — reclamou o italiano, enquanto derramava o vinho nas taças. Depois de dar um gole, sorriu e apontou o queixo para Blake, que acabara de beber:

— Sou eu mesmo que produzo. Não é magnífico?

Blake agradeceu e sorriu de volta.

Giuliani contou que era natural de Milão, se naturalizara brasileiro alguns anos antes e aprendera a profissão com um amigo. Nunca imaginaria que um dia a fotografia se tornaria o seu principal ganha-pão. Em 1931 fora contratado pela Paraná Plantations.

— O pessoal gosta de fotografar tudo, viu? Eu diria que é a peça-chave da propaganda. Lavouras, a mata, visitas oficiais, as fazendas, o crescimento da cidade, o tamanho dos cafezais, os empreendimentos... Depois espalham isso pelo Brasil afora, pela Europa...

— Sim, eu mesmo tenho traduzido alguns desses folhetos.

— Bem, tem dado certo. As caravanas de compradores, como o senhor sabe, não param de chegar.

— E o senhor, como veio parar no Brasil?

— Fugindo de perseguições políticas. Eu organizava sindicatos lá na Itália. Primeiro vim para o interior de São Paulo, depois para cá — Giuliani deu um gole de vinho e estalou a língua. — Amassei muito barro, como dizem por aqui. Sou mais um entre muitos, senhor Blake. Me naturalizei brasileiro e tenho orgulho disso.

A certa altura a conversa enveredou pelas questões da companhia.

— O senhor não veio esperando que eu falasse bem da sua empresa — disse o italiano, com um ar divertido no rosto.

— Esqueça que trabalho para a Paraná Plantations. Só quero saber sua opinião. O delegado disse que o senhor era uma pessoa bastante franca.

Giuliani afagou os bigodes.

— Claro, o delegado Silva... Ele tem aquele jeito dele mas é um dos poucos em quem consigo confiar nesta cidade. É honesto. E atira bem pra burro. O companheiro ideal para uma caçada! Pena que ele não tem pessoal nem condições de fazer um bom trabalho. O senhor viu quanta gente e dinheiro circulam na cidade?

— Sim, já pude notar — disse Blake, sustentando um olhar interrogativo para o fotógrafo comunista.

— Como dizia, sou *persona non grata* para os homens da companhia e para a elite que manda nesta cidade, por conta de meus artigos no *Cometa*. Não admitem que ninguém pinte a cidade como ela é de verdade. Mas não conseguiram acabar com minha freguesia, não. Estou bem melhor trabalhando como autônomo.

— Quanto tempo trabalhou para a companhia?

— Três anos.

— Por que saiu?

Giuliani hesitou, como se considerasse as palavras que iria usar:

— Desavenças. Não concordei com certos métodos usados. Esse negócio de usar "limpa-trilhos" e "quebra-milhos", por exemplo, para convencer posseiros a sair das terras, não é justo. Pelo menos eu não chamaria isso de cortesia britânica.

— Limpa-trilhos? — Blake quis saber.

Giuliani deu um gole e explicou:

— É o nome que dão à polícia particular da Paraná Plantations.

— Polícia particular?

O italiano assentiu.

— Tem o problema dos que se apossam das terras que eles consideram sem dono. Para espantar esses posseiros e avançar a ferrovia, a companhia adota o terror, a estratégia de terra devastada. Pior que tem gente da elite desta cidade que já prestou esse tipo de serviço sujo. Uma barbaridade. Claro que não se pode falar no assunto. *Boca chiusa*.

— Pode me explicar melhor? — perguntou Blake.

Giuliani deu um trago, se inclinou na cadeira e falou:

— Primeiro tentam convencer de que as terras são da companhia. Para isso a empresa chegou a comprar até três vezes a mesma terra, só para ter certeza absoluta de legitimidade da posse. Escrituras limpas, se é que me entende. Se houver resistência por parte do caboclo, a coisa vai ficando mais quente.

— Como assim?

— Tenho certeza de que sabe como fazem os jagunços e pistoleiros — disse Giuliani. — Botam fogo em tudo, matam.

Blake refletiu um pouco, bebericou o vinho, bateu as cinzas no cinzeiro e perguntou:

— O senhor conheceu Nussbaum e o casal Müller?

— Muito pouco. Para falar a verdade, eu não nutria muita simpatia por eles. Eram meus colegas de companhia, mas quase nunca me cumprimentavam. Uns arrogantes.

— O que acha que aconteceu com os funcionários?

O italiano deu de ombros e balançou a cabeça.

— Pelo que o Silva apurou, acredito que tenha sido mesmo crime passional. Müller já havia matado um homem no ano passado. Ele ameaçara Nussbaum. Misture álcool, arma e mulher e você tem a receita perfeita para uma tragédia. Temos tido alguns crimes assim na cidade. No começo do ano mesmo, a mulher do Pedro Couto, o padeiro, o matou a machadadas enquanto ele dormia. Uma barbaridade.

— Sabe se Nussbaum tinha algum inimigo na companhia?

— Nunca soube de nada — disse o italiano. Olhou o teto e depois dirigiu o olhar para Blake. — O que a gente ouvia dizer era que Nussbaum estava ganhando cada vez mais poder ali dentro. Parece que ele tinha costas quentes na companhia em Londres. Alguém muito importante.

— Quem?

— Ah, isso não sei dizer.

Blake concordou e olhou para Marx, que abanou a cauda.

— Já que quer saber o que penso — continuou o italiano —, tem muita coisa errada nesta cidade. Alguém devia olhar mais de perto essa ligação espúria entre os negócios da prefeitura e os da companhia de terras. Veja o caso de Garden: não é estranho que o diretor da companhia seja também o prefeito da cidade? Alguém que defende seus interesses, e o de seus amigos? E tem o fato de que muitos desses infelizes que chegam sem ter onde caírem mortos acabam tendo que trabalhar para a companhia, limpam a área onde tentam se estabelecer. Muitos acabam tendo as terras recompradas pela própria companhia, depois.

— É verdade isso?

— O senhor está chegando agora. Não sabe o que está acontecendo. A companhia faz de tudo para camuflar problemas sérios como a violência, os conflitos de terra, a expulsão dos índios e dos posseiros, epidemias, desaparecimentos...

— O que sei é que, como em toda cidade pequena, as pessoas sabem bem mais do que falam.

— Não é o meu caso, Mr. Blake. Isso aqui é um negócio milionário. Há grandes interesses envolvidos. Quem sabe até a dívida externa brasileira.

Àquela altura a sala estava enfumaçada como num *fog* londrino. Blake fez menção de dizer algo quando Giuliani o interrompeu:

— No começo eu tinha orgulho de trabalhar para a companhia. Mas com o tempo, e com o que vi acontecer, com eles querendo controlar tudo nesta cidade, fui pensando em abrir meu próprio negócio. — Giuliani deu um gole generoso de vinho e continuou: — Infelizmente, parte da culpa desta mudança de rumos se deu pela ausência de Lovat. No começo ele sempre estava por aqui, mas nos últimos anos ele abandonou a companhia e passou a enviar aquele homem, Mr. Eckstein. Um homem bastante sinistro.

Blake balançou a cabeça e continuou fitando o italiano.

— O lorde era o único que prestava na sua empresa — continuou Giuliani, mergulhando os bigodes no líquido. — Mas era um imperialista britânico. Com todo o respeito.

Blake deu um riso seco.

— É, o senhor critica os britânicos, mas se esquece de que o Império Italiano está fazendo a festa na Abissínia. Mussolini está apoiando Franco na Espanha. Ou não é verdade que Mussolini e Hitler acabam de fechar um pacto?

Giuliani enrubesceu. Deu um olhar enviesado para Blake e bateu o copo de vinho na mesinha de centro.

— Mister Blake... Eu tive de sair fugido da minha terra por causa desses fascistas filhos de uma puta — vociferou o italiano, cuspindo na escarradeira de cobre. — Se me permite a franqueza, me desagrada o ar esnobe e a arrogância da maioria de vocês, britânicos. Julgam-se os donos do mundo. Vêm para um novo lugar, mas, tão logo atingem o objetivo de explorá-lo até o último veio de ouro, vão embora, em busca de outra vítima. Ninguém acredita quando digo que o que está acontecendo no norte do Paraná é o último exemplo de colonialismo britânico no mundo.

Blake franziu o cenho, temperou a garganta e disse:

— Não exagere. Muito brasileiro está ganhando dinheiro com isso. Até outro dia a região aparecia nos mapas como "sertão desconhecido".

— *Tutto bene*, a companhia fez alguns melhoramentos, mas a que preço?

— Certo. Mas não se pode negar que está sendo um exemplo de reforma agrária, de acordo com a política de Vargas. Foi o que li. Está dando chance a muita gente que não tem posses de se estabelecer por aqui.

— Balela — exclamou Giuliani, oscilando os dedos da mão direita. — *Ma che* reforma agrária? Vocês britânicos compraram uma imensa área de mata virgem a preço de banana, numa das terras mais férteis do mundo. Pegaram essas terras griladas valiosíssimas, espantaram índios e posseiros, depois as lotearam, e agora estão revendendo muita coisa bem acima do preço, em muitos casos com mil por cento de lucro.

— Lucros? Bem, pelo que Lovat me disse, a companhia ainda estava dando prejuízo...

— E o senhor acreditou? — falou Giuliani, soltando uma risada curta. — Meu jovem, estão vendendo um pedaço do Brasil! Com um monte de terra fertilíssima, floresta e águas. Todo mundo sabe que a companhia está tendo lucros extraordinários. Aonde acha que eles vão parar? No Vaticano? Por que seus conterrâneos chamam isso aqui de Eldorado?

Blake coçou a testa e soltou o ar dos pulmões. Olhou para a janela, depois para o italiano. Deu um sorriso sem graça e pegou o copo de vinho. O fotógrafo esfregou o queixo e perguntou, fitando o escocês:

— O senhor é tradutor, não é? Quer saber minha versão para a verdadeira presença dos britânicos na região, além da terra? — Giuliani uniu os lábios antes de dizer: — Madeira.

— Como? — resmungou Blake, detendo o copo de vinho diante da boca.

— Não lhe parece óbvio? Lovat e a companhia vieram para cá em busca de madeira. — O italiano levantou-se, foi até a escrivaninha, e disse, virando-se para o escocês: — Aliás, a versão nem é minha.

Giuliani abriu a gaveta, abarrotada de recortes e papéis, remexeu-os por alguns segundos e puxou um papel que estava numa pasta vermelha. Em seguida jogou o recorte de *O Estado de S. Paulo* de 15 de janeiro de 1924 sobre o colo de Blake:

— Leia.

Blake pegou o recorte do jornal, em que estava escrito:

MISSÃO BRITÂNICA CHEGA A SÃO PAULO

*Em trem especial, chegou hoje lorde Lovat, membro da missão financeira britânica, acompanhado de várias pessoas. O brigadeiro e engenheiro florestal foi recebido na estação da Luz pelas diretorias da Associação Comercial, Bolsa de Mercadorias, Sociedade Sul-Americana de Colonização, Liga Agrícola, e representantes de diversas outras corporações. Após curta permanência nesta capital, o ilustre hóspede visitará as fazendas de Vila Americana, Ribeirão Preto e outras cidades do interior, dirigindo-se em seguida ao Paraná, onde vai estudar a exploração das madeiras nacionais. Desse estado regressará a esta capital nos últimos dias deste mês a fim de aguardar aqui a chegada de seus companheiros de missão.*

— Missão — repetiu Giuliani, pontuando a última sílaba e fechando os lábios. — Para "estudar a exploração das madeiras nacionais". Será que o brigadeiro e engenheiro florestal Lovat veio em missão militar?

Blake colocou o jornal de novo sobre a mesa, agora com um olhar preocupado.

— Ou talvez queira ver a versão da própria Paraná Plantations — prosseguiu Giuliani. — Veja este panfleto, que marquei com um asterisco.

O tradutor retomou o recorte manchado de terra roxa e leu, abaixo de uma foto de um caminhão com uma tora gigantesca na carroceria e a legenda "O norte do Paraná possui uma riqueza incomensuravelmente inesgotável em madeiras":

> MADEIRAS — *Dada a abundância de madeiras, mormente cedro, peroba e araucária, esta indústria extrativa tomou um vulto verdadeiramente assombroso. Mais de cinquenta grandes serrarias funcionam em terras da Companhia. A exportação de toras também prossegue em ritmo acelerado, melhorando sempre a perspectiva de o agricultor pagar uma boa parte de sua compra em terras através da venda de madeiras, com a vantagem de o terreno ficar limpo e pronto para sementeiras ou plantações.*

Blake ficou pensativo por uns segundos. Levantou os olhos dos recortes e olhou para o fotógrafo.

— É um ponto de vista curioso, senhor, mas isto não prova nada — disse o tradutor. Pegou a caderneta e escreveu "Sociedade Sul-Americana de Colonização — Lovat", seguido de um ponto de interrogação. Ergueu a cabeça e falou: — Creio que a venda de lotes renda bem mais.

O rosto do italiano assumiu um ar irônico. Giuliani bebeu um gole, limpou os bigodes.

— Não seja ingênuo, senhor Blake. As terras da Paraná Plantations são as florestas do Império Britânico. Todo mundo na companhia sabe que o rei Edward é um dos principais acionistas. Faz sentido. O que acha que um engenheiro florestal como Lovat, um dos maiores proprietários de terras da Inglaterra e do Brasil, alguém que esteve metido em comissões florestais, um notório representante de capitalistas ingleses, iria fazer aqui? Algodão, senhor Blake? Algodão? Apenas fez o que vocês, ingleses, vêm fazendo há séculos: ganham dinheiro com projetos imobiliários e monopolizam o transporte de pessoas e mercadorias. O governo brasileiro está abrindo os braços e as pernas para os ingleses, como sempre fez...

Blake meneou a cabeça.

— O senhor fala da colonização da companhia como se fosse um crime.

— Acha que não há motivo, meio e oportunidade bastantes?

— Pelo que entendi, se fosse depender do governo do Paraná, e com toda essa crise mundial, este lugar ainda seria um...

— Que tal 1.316.500 hectares de mata virgem, quase 20 por cento do estado do Paraná, como motivo? — Giuliani olhou para a janela, deu mais um trago, e prosseguiu, apontando para Blake: — Uma vez o sobrinho de Lovat, Ian Fraser, depois de tomar uns uísques, revelou que seu tio estava em dificuldades financeiras, e que sua principal fonte de renda era a madeira.

Blake passou a mão pela cabeça e recostou-se na cadeira. Olhou para o cão deitado na entrada da sala, que abanou o rabo em resposta.

— Não dou vinte anos para o norte do Paraná estar todo desmatado — continuou Giuliani. — Logo não vai haver mais nada. Como aconteceu no estado de São Paulo.

— Mas e quanto aos 10 por cento de reserva de cada propriedade que estão nos contratos? — ponderou Blake.

Giuliani mostrou as palmas das mãos e deu uma risada.

— Blake, aqui é o Brasil. Ninguém respeita isso. Daí a pressa em formar uma malha ferroviária na região. É preciso escoar a produção.

— Lovat era um protetor da mata, ele defendia seu uso racional, ele jamais permitiria que...

— Lovat conseguiu para a Inglaterra a maior quantidade de madeira que ela jamais teve, *capisci*? — disse o italiano. — Ou o senhor não sabia que a sua Inglaterra tem sido a principal compradora da madeira brasileira?

— Não, eu não sabia.

— O que está acontecendo no norte do Paraná é uma expropriação privada de um território imenso! E em pequenos lotes fica bem mais fácil e rápido desmatar. Se quer saber mais, a coisa acelerou mesmo depois da visita do príncipe. Pegue os documentos da sua empresa nos últimos seis ou sete anos. Será fácil verificar o quanto foi retirado e comercializado com a exportação de madeira de lei.

Blake se reacomodou na cadeira. Seus olhos pararam num ponto perdido da sala, avaliando o que Giuliani dissera. Parecia aturdido, como se estivesse colocando os pensamentos em ordem.

— Tente perguntar qualquer coisa sobre o destino da madeira para o pessoal da companhia e depois me diga o que falaram.

Blake fitou Giuliani, levantou a taça e deu mais um gole de vinho.

— O senhor tem um argumento a considerar.

— Se pensarmos em madeira como matéria-prima importante em tempos turbulentos... Vê onde estou querendo chegar? Madeira é igual a lenha, carvão, combustível. Usada em fábricas, indústria de aço, armamentos, construção de ferrovias... No caso de uma guerra, acha que Lovat iria ajudar a suprir o Império Britânico com que recurso do Brasil, com algodão?

Giuliani soltou um bocejo enquanto conferia as horas no relógio de bolso.

— Bem, acho que já falei bastante — suspirou o italiano, dando um tapa nas próprias pernas e se levantando, consultando o relógio-cuco na parede. — Tenho um compromisso.

Blake ficou de pé também, coçou a cabeça.

— Gostaria de ver umas fotografias suas.

Giuliani disse:

— Ah, sim, eu as guardo aqui na mesa. — Fez sinal com o dedo para Blake se aproximar.

O italiano abriu uma caixa de papelão grande e quadrada e retirou algumas fotos. Blake examinou imagens da posse do prefeito Nilson Garden, plantações de café, matas, tratores em meio a matas derrubadas, famílias felizes em seus sítios, a chegada do trem, a cidade crescendo.

— Já vi algumas dessas imagens. No escritório em Londres.

Giuliani deu um sorriso:

— Lovat disse que gostava muito das minhas fotografias.

Depois de um minuto examinando fotos de derrubadas e serrarias, Blake ergueu a cabeça para o italiano e perguntou:

— Teria fotos relativas à visita do príncipe de Gales?

O fotógrafo refletiu um pouco.

— Não, eu não estava aqui naquele dia. Perdi uma grande oportunidade. Por que não procura o Hans Hoffmann? Foi ele quem fotografou a visita.

Blake anotou o nome.

— O senhor vai ver... Ele usa técnicas de alpinismo pra tirar fotos panorâmicas em cima das figueiras e perobas do centro da cidade — prosseguiu Giuliani. — Um sujeito curioso.

— Vou procurá-lo amanhã.

— *Ecco.*

— Bem, devo dizer que nossa conversa foi enriquecedora — comentou Blake, colocando o chapéu. — Obrigado — disse, estendendo a mão para se despedir do italiano.

— Não sei se era o que o senhor queria ouvir. Às vezes exagero um pouco no vinho, o senhor sabe, e falo mais do que deveria. Aliás, quer levar uma garrafa? Produção própria.

Blake aquiesceu, Giuliani foi até um pequeno armário e retirou uma garrafa de vinho. Depois deu meia-volta, entregou-a para Blake:

— Tome cuidado, Blake. Não sei o motivo de seu interesse todo, mas lhe digo uma coisa: esse pessoal que manda na cidade não é brincadeira — aconselhou, enquanto seguia para a porta.

Sob o olhar atento do cachorro, já no portão, o tradutor acenou para Giuliani e acendeu um cigarro assim que ganhou a rua poeirenta. Arrumou o chapéu sobre a cabeça. Parou numa esquina, meteu a mão no bolso do paletó. Tirou a caderneta e fez algumas anotações. Abriu a carta no meio do movimento da rua, escreveu a palavra "Eldorado" e leu, em voz alta, para si mesmo:

*Vejo vermelhos, verdes, azuis, brancos, amarelos,*
*Jardins, matas, planícies, colinas e vales;*
*e as vozes das aves soam, lindas,*
*com doces acordes, de manhã, de tarde,*

Levantou os olhos da página e viu o céu e as nuvens cor de creme do poente. Em seguida colocou a carta com a canção do Trovador no bolso do paletó e começou a andar sem destino pela cidade.

Já de volta à esquina da companhia, Blake cruzava a rua rumo às três enormes portas da farmácia São João quando quase foi atropelado por um cavalo que subia a rua num trote nervoso. As patas do animal levantaram poeira vermelha diante do escocês. Os arreios tilintaram. Um homem magro, calça dentro das botas e esporas, berrou de cima da sela:

— Agora, além de puta, inventou de conversar com comunistas? — a voz pastosa de Araújo ecoou no ouvido de Blake.

O escocês permaneceu imóvel, estudando o homem. O barman da Lorinda rosnou, em tom jocoso.

— Quero ter uma palavrinha com você.

— Vá pro inferno.

— Só vou te dizer mais uma vez, fica longe dela! — rosnou Araújo.

Enquanto o barman descia da sela com um salto exibicionista, Blake deslizava a mão no bolso. Araújo andava bufando e avançando ao lado de um caminhão abarrotado de sacas de café. Dirigiu-se ao tradutor com os punhos cerrados.

— Não acho isso uma boa ideia — disse Blake. — O senhor está bêbado.

Antes mesmo de alcançar o elevado de terra do que deveria ser uma calçada, Araújo levou um direto de direita que viajou por 1 metro no ar antes de atingir seu nariz. O barman recuou, surpreso com o golpe. Olhando as mãos, agora se certificava de que o sangue era dele. Um grupo de carpinteiros que erguia uma casa parou de trabalhar. Araújo oscilou a mão junto ao cinturão no qual estava uma Smith & Wesson quando seu movimento foi colhido por um chute de Blake na parte interna da perna do barman, seguido de um soco no estômago que levantou seu tronco e o fez se curvar de dor junto aos pneus de um DeSoto estacionado diante da farmácia. Blake se aproximou antes que Araújo tivesse tempo de se recompor e chutou a arma para longe.

Em seguida pegou os cabelos do homem e bateu sua cabeça contra o capô do carro, uma, duas, três vezes. Depois pegou o colarinho do homem derrotado. Da boca e do nariz escorriam filetes de sangue. Araújo tossia. Blake encostou a cara no nariz gotejante do barman, tirou sua arma e sussurrou:

— Se bater na Miranda de novo, juro que mato você. E se vier tentar me acertar de novo, como fez na outra noite, não vou errar o tiro.

Em seguida o escocês puxou o homem contra si e o jogou na rua de terra. O corpo caiu diante das patas do cavalo. Blake disse, em bom português, olhando para os lados.

— É isso o que acontece com quem bate em mulher.

Em seguida o escocês saiu pela rua, passando por cima do corpo estirado e pegou a arma do barman, que grunhiu alguma coisa ininteligível e desmaiou. Blake sorriu sem jeito para alguns transeuntes que haviam parado para observar a confusão e se afastavam enquanto ele saía do meio da rua. Ajeitou o terno, secou a boca no lenço, bateu a poeira do chapéu e entrou na farmácia.

— Um Alka-Seltzer, por favor. E um pouco de talco.

Na manhã seguinte, de banho tomado e vestindo um terno branco, Blake se dedicou a uma estranha operação. Espalhou o pó branco por todo o chão do quarto. Fechou a porta e saiu, rumo ao estabelecimento de Hans Hoffmann.

# FOTO ALEMÃ

Hoffmann, apesar de ex-alpinista, era um homem gorducho, rosto redondo e bochechas rosadas. Tinha 42 anos, mas aparentava mais. Usava óculos de grau que lhe aumentavam os olhos cinzentos. Vestia um paletó e um colete castanho-claros. Tinha a cabeça toda raspada, a careca lustrada com algum produto que lhe dava um aspecto de bola branca de bilhar. Morava com esposa e dois filhos nos fundos da loja onde funcionava seu pequeno negócio.

Adam Blake circulava os olhos pelas fotos em preto e branco nas paredes enquanto esperava sua vez de ser atendido. O fotógrafo terminava de conversar com um casal que viera pegar as fotos da cerimônia. Depois de se despedir dos clientes, Hoffmann fez sinal para Blake esperar e entrou de novo pela cortina de contas. Blake sentou-se e pôde ver, dobrado sobre a mesinha da sala de visitas, entre almanaques *Eu sei tudo* e revistas, alguns exemplares do jornal brasileiro *Deutscher Morgen* (Aurora alemã). A capa estampava o chanceler Adolf Hitler, de perfil e braços cerrados, o rosto franzido. A matéria, assinada pelo editor, Hans Henning von Cossel, elogiava as conquistas no campo social e econômico de seu governo nacional-socialista. Quanto às relações entre Brasil e Alemanha, "nunca estiveram tão boas e promissoras", afirmava o periódico, "sendo o Brasil o maior fornecedor de algodão, café e outras matérias-primas para aquele país". Quando Blake ergueu os olhos do jornal o fotógrafo voltava pela sala com uma fita de negativos enrolada nos ombros e uma pinça. Um relógio na parede de madeira marcava nove da manhã.

— Desculpe-me fazê-lo esperar — disse o homem, numa voz estridente e com forte sotaque germânico.

O escocês levantou-se, colocou a mão no bolso do paletó e retirou a carta de identificação. Disse, em alemão:

— Bom dia, senhor. Trabalho para a companhia de terras.

Hoffmann examinou a carta e disse, abrindo um sorriso:

— Adam Blake. Que bom que fala o alemão. O português é muito difícil! Onde aprendeu?

— Sou tradutor e intérprete da companhia em Londres.

— Em que posso ajudá-lo? — perguntou, num tom amistoso.

Blake contou sobre o livro que estava escrevendo sobre a companhia e a colonização do norte do Paraná.

— Gostaria de ver algumas fotos de momentos importantes da cidade. Ouvi dizer que ninguém fotografa tão bem quanto o senhor.

— Muito bem. Que tipo de fotos procura?

— Fotos como aquela — disse, apontando para a parede.

A acanhada estação de trem estava rodeada por uma multidão de chapéus. No centro da imagem, uma maria-fumaça com as bandeiras de São Paulo, do Brasil e da Inglaterra.

— Chegada do trem a Londrina — disse Hoffmann.

Blake balançou a cabeça.

— Por acaso o senhor teria algum registro da visita do príncipe de Gales? O Giuliani me contou que foi o senhor quem fotografou a visita.

— Ah, mas é claro, tenho várias fotos comigo. Só um momento, por favor.

Quando o fotógrafo se afastou para pesquisar em seus arquivos, Blake soltou um suspiro baixo e nervoso.

Um minuto depois, Hoffmann retornou com uma caixa e sentou-se. Abriu-a, enquanto perguntava:

— Ele agora é o novo rei da Inglaterra, não é?

Blake fez que sim.

— O senhor obviamente deve saber que ele é de dinastia alemã.

— Da casa dos Saxe-Coburg e Gotha. Windsor, desde 1917.

O fotógrafo foi retirando algumas fotografias e passando-as para Blake. A primeira mostrava o então príncipe de Gales no momento em que saía do banco de trás de um Ford. Estava bem magro e queimado de sol. Com o olhar de ressaca, vestia camisa clara de mangas curtas, calça de pregas e segurava um paletó com as duas mãos. Tinha ombros caídos e estava levemente inclinado para a frente. Atrás, senhores de terno e algumas mulheres em trajes de gala sorriam diante da imponente entrada da sede de uma fazenda e de um belo jardim. Atrás deles, as bandeiras inglesa, brasileira e alemã estavam penduradas lado a lado num pavilhão.

Blake balançou a cabeça, puxou um canto do lábio. Colocou a foto na mesa e passou para a seguinte. Lançou um olhar interrogativo para Hoffmann.

— Esta foi tirada na chegada à fazenda Água do Bugre, do coronel Barboza Ferraz — explicou o alemão, pronunciando as palavras num sotaque mais carregado. — Antes de a comitiva seguir de automóvel até Londrina. Este é o general Mário Tourinho, que era o interventor do estado do Paraná. — Soltou uma tosse seca e prosseguiu: — E este é o coronel. Veja, atrás do carro, segurando a porta para um homem sair.

Blake assentiu, cobrindo o lábio superior com o inferior. Um dos homens parecia estar mais evitando a foto do que cobrindo o rosto de qualquer sol.

— E este aqui, dentro do automóvel?

— Deixe-me ver.

Hoffmann aproximou a foto dos óculos de grau: no interior do carro via-se a nuca de um homem, apoiando a mão esquerda no banco da frente, e com um chapéu na outra mão, no movimento de sair pela porta. A sombra no interior do veículo impossibilitava a identificação. Hoffmann coçou a nuca:

— Provavelmente o senhor Erich Nussbaum. Não me lembro de quem estava no banco de trás... Foi há alguns anos. E depois, a reunião foi no dia seguinte, a portas fechadas, num dos vagões do trem.

— Que reunião?

— Não sei. Sei que houve uma reunião muito importante. Eu não tive permissão para registrá-la.

Blake pousou a fotografia sobre a mesa e olhou para Hoffmann. Seu pulso acelerou. Olhou de novo para a foto. Disse:

— São perfeitas. Posso fazer uma boa oferta por elas.

Hoffmann deu um sorriso de vendedor que agrada o cliente e cruzou os braços sobre o peito. Blake percorreu os olhos por outra foto, já conhecida. Nela, Edward aparecia sentado em meio a dezenas de pessoas, sob o arco do triunfo construído especialmente para receber os príncipes. Edward tinha o olhar relaxado e estava sorrindo. Na parte de cima do enorme arco comemorativo da visita real havia uma flor-de-lis e um letreiro em que se lia, em inglês, a palavra WELCOME. Blake reconheceu o símbolo do príncipe de Gales, as três plumas cingidas por uma coroa e a inscrição da casa dos Windsor, ICH DIEN (Eu sirvo, em alemão). Com um gesto silencioso de mão, separou a foto das demais e deu um sorriso satisfeito para o fotógrafo.

— Esse é o registro de um bom momento. Já a passagem do príncipe Edward por Ourinhos foi um verdadeiro fiasco. Pelo menos para a população.

— Ah, é? O que aconteceu? — perguntou Blake, enquanto examinava outras fotos.

— O prefeito juntou uma multidão, distribuiu propaganda da passagem dos príncipes e sua comitiva por toda a cidade. Prepararam um grande festa! A plataforma estava lotada, mas eles nem abriram as cortinas do vagão.

Blake sorriu e comentou:

— Deviam estar ansiosos para chegar à cidade. — Limpou o suor da testa com as costas da mão. Seus olhos foram atraídos por outra imagem, com um grupo de pessoas em traje de gala reunidas diante de uma ampla varanda. O príncipe Edward agora aparecia com seu irmão, o casal Ernest e Wallis Simpson, lorde Lovat, Erich Nussbaum, Nilson Garden, Ernest Günther e Alexander Razgulaeff. Homens e mulheres ostentavam seus chapéus e roupas elegantes. Todos sorriam. O casal Simpson estava ao lado de um homem que Blake pareceu não reconhecer. Ele apontou para um velho de barbas compridas.

— Ah, é o professor Emil Levy. Uma figura exótica. Extremamente culto.

Blake olhou durante um tempo para a foto na mesa, passando a lupa pelos rostos.

— Que foto impressionante. Quando foi tirada?

— Está no verso.

O escocês virou a foto, que trazia o local e a data escritos numa caligrafia floreada.

Recepção em homenagem ao príncipe de Gales.

Hotel Campestre. Primeiro de abril de 1931.

Blake soltou um assobio.

— Acho que hoje é meu dia de sorte. — Olhou novamente para a legenda da foto e disse: — Se importa se eu levar esta também?

— Claro, são fotos bem requisitadas. São ótimas como propaganda — respondeu o fotógrafo. — Também tenho outras aqui. Talvez possa se interessar por algumas atividades culturais da nossa colônia.

— Sem dúvida. Tudo o que puder contribuir para o livro.

Hoffmann retirou um envelope em papel-manilha do fundo da caixa, com mais fotos.

— Permita-me — disse Blake, pegando a primeira.

Aproximou o rosto da foto. Em primeiro plano, centenas de pessoas de pé, a maioria de costas, formando um mar de chapéus. Diante da bancada se posicionavam cerca de cem crianças perfiladas de uniformes brancos, em contraste com a terra negra. No pódio, montado para a ocasião, ladeado por adultos vestidos de preto e de braços cruzados, havia um grande painel exibindo, no centro, uma águia negra com as garras pousadas numa imensa suástica. Também fazia parte da composição um painel com a bandeira do Brasil, ao lado de duas bandeiras da Alemanha. Todas as pessoas no palanque e muitas na multidão tinham os braços rígidos e mostravam as palmas da mão, os dedos esticados e unidos para cima. A legenda dizia: "Inauguração da Escola Alemã, 1935".

— Vou levar todas. São perfeitas — disse Blake, apoiando as mãos sobre as fotos. — Seu trabalho é muito bom, ele vai além do documental.

Hoffmann tirou um lenço do bolso e enxugou o suor. Primeiro da cara, depois da nuca e das têmporas.

— Negócio fechado, senhor Blake.

O tradutor se inclinou e aproximou a lupa do canto direito da foto, onde havia a grande bancada, ocupada por três homens sentados com rostos carrancudos atrás da mesa escura: um deles, Blake reconheceu. Estava de bengala, sorridente, o cabelo loiro cortado à escovinha, com pose de orador.

— O senhor Günther está discursando?

Hoffmann guardou o lenço no bolso do paletó, e disse, com a voz estridente:

— Ora, ele é o líder do nosso partido na região.

As sobrancelhas de Blake se ergueram. Ficou mudo por uns instantes, como se avaliasse a informação.

— Claro, havia me esquecido.

— Ernest Günther é um grande homem. Tem feito muito por nossa colônia. E pensar que se aquele plano de trazer 200 mil curdos para nossa região tivesse dado certo... a esta altura estaríamos sendo obrigados a recitar o Alcorão! — resmungou o fotógrafo.

O tradutor acendeu um cigarro e falou, soprando a fumaça para o teto.

— Quem é o homem ao lado dele?

— Ah, este é Von Cossel.

— O chefe-geral do Partido Nacional-Socialista no Brasil e adido cultural do Consulado da Alemanha em São Paulo. O editor do *Deutscher Morgen.*

Hoffmann mexeu a cabeça, concordando.

— Volta e meia ele visita Rolândia.

— O senhor também providenciaria cópias dessas fotos?

— Estas fotos são do meu amigo Preising. Vou precisar falar com ele para autorizar a publicação. Acho que não será problema. Preising vive sem dinheiro. Além do quê, quanto mais divulgarmos a região e a nossa cultura, melhor, não acha?

— Certamente, Herr Hoffmann. Certamente.

O tradutor perguntou quanto era, tirou um bolo de notas de réis, pagou e combinou de voltar no dia seguinte com as autorizações. Pediu um dos exemplares do jornal. O fotógrafo lhe disse para se servir. Os dois homens se despediram.

O sorriso de Blake desapareceu assim que ele ganhou a rua.

## CORREIO ELEGANTE

Era um entardecer de domingo e a tradicional quermesse da Igreja Matriz acontecia na praça central. Parecia que a cidade toda estava lá. Fazia um calor insuportável. A lua, discreta e transparente, já pairava sobre a faixa amarela e vermelha do crepúsculo.

Adam Blake entrou na quermesse em busca de um refrigerante. Estava com a edição do *Paraná-Norte* com seu anúncio publicado aquele dia, no bolso do paletó. Ficou bebericando ao lado de uma barraca de tiro ao alvo, vendo um rapaz abater dois maços de cigarro e um chocolate com uma espingarda de rolha. Pagava a atendente quando um menino de cerca de 10 anos, descalço e com as roupas puídas, o cutucou pelas costas. Blake virou-se, olhou para baixo, uniu os lábios e disse:

— Olá, garoto.

— Correio elegante pro senhor.

O menino enfiou um papel vermelho na mão de Blake, fechou-a e sumiu na multidão. O tradutor abriu o papel no formato de coração. Trazia apenas seis palavras, escritas em letra de criança:

A PRÓXIMA CANÇÃO É PARA VOCÊ

Blake ainda examinava o papel quando ouviu o som alto e irritante de microfonia que vinha do alto-falante instalado no centro da praça. A voz empostada do locutor ecoou:

— Mais um correio elegante... Este vai com a seguinte mensagem: Para Adam Blake, de uma pessoa que muito o admira, a canção "A última estrofe", de Cândido das Neves, interpretada por Orlando Silva.

O arranjo orquestral deu a deixa para a voz do cantor, que começou a entoar, melancólica:

*A noite estava assim enluarada*
*Quando a voz já bem cansada*
*Eu ouvi de um trovador*
*Nos versos que vibravam em harmonia*
*Ele em lágrimas dizia*
*Da saudade de um amor*

Blake franziu a testa. Esfregou os lábios e virou-se.

*Lua, hoje eu vivo tão sozinho,*
*Ao relento, sem carinho,*
*Na esperança mais atroz*
*De que cantando em noite linda*
*Esta ingrata volte ainda*
*Escutando a minha voz.*

Os olhos de Blake pousaram no poste e nos cones verdes de onde vinha a música. Apanhou o chapéu sobre o balcão. A voz de Orlando Silva entoou os últimos momentos da música:

*Cantor, que assim falas à lua*
*Minha história é igual à tua*
*Meu amor também fugiu*
*Disse eu em ais convulsos*
*E ele então, entre soluços*
*Toda a estrofe repetiu.*

A última estrofe mal tinha terminado e Blake já atravessava a praça e abria caminho para chegar até a barraca onde funcionava o correio elegante e o sistema de alto-falante. Chamou o locutor, um homem moreno e baixo, em mangas de camisa. Ele atendia uma freguesa e estava ao lado do menino que entregara o bilhete.

— Boa noite. Eu...

Havia uma fila bastante grande e foi para ela que o locutor olhou, antes de voltar-se para Blake.

— Ah, me desculpe — disse o tradutor. — Só quero saber quem fez o último pedido.

Ele e o menino se entreolharam:

— Sinto, mas isso não posso dizer — disse o locutor. — São as regras da brincadeira. É por isso que se chama elegante.

Blake uniu os lábios, enfiou a mão no bolso, retirou um bolo de notas de réis e colocou uma nota em cima do balcão. O homem pegou o dinheiro, meteu-o no bolso da frente da camisa e disse:

— Não era uma moça. Era um homem magro, de chapéu-panamá e terno branco, todo chique e perfumado. Falou que era um colega seu da companhia e queria dar um trote. Uns 40 anos, eu diria, não é, João? Eu nunca vi o moço antes.

O menino ergueu a cabeça, fez que sim e falou:

— Tava usando óculos escuros de noite.

— Ele ficou menos de um minuto. Apontou para o senhor, ditou o bilhete ao meu filho, pediu a música, pagou e foi embora. Agora, se me dá licença...

— Viu para onde ele foi?

O locutor olhou ao redor do mar de rostos e chapéus, olhou para o menino, que fez que não com a cabeça, depois de novo para Blake.

— Ah, vou ficar lhe devendo essa. Você viu, Moisés?

O menino balançou a cabeça negativamente.

— Olha só como está isso aqui! — exclamou o locutor. — Tenho que trabalhar.

Blake agradeceu, girou o corpo e olhou ao redor. Em seguida se embrenhou no aglomerado formado de barracas agora iluminadas por lampiões, apinhadas de gente. Tendas onde se jogava tômbola, com leilões de prendas, comida típica italiana, alemã, mineira e nordestina atiçando a multidão com seus aromas. Blake olhou para cima. O vento quente movia lentamente as copas das árvores altas. Nenhum sinal do homem de terno branco que lhe dedicara a canção.

## UMA CONVERSA COM GÜNTHER

Eram duas e meia quando Blake e o delegado Silva chegaram à casa em estilo enxaimel onde funcionava a sede da Sociedade Sul-Americana de Colonização, anunciada em letras góticas numa tabuleta pendurada no portão. O calor continuava e havia sinais de chuva no céu. O cheiro do matadouro municipal voltara com toda carga, empesteando o ar. Nuvens azul-cobalto soltavam estrondos esparsos no horizonte da mata, enquanto se moviam em direção à cidade. Os olhares de Silva e Blake foram atraídos para o alto pelo ronco de uma pequena aeronave que cruzava o azul, em procedimento de descida para o campo de aviação.

Um homem musculoso, de testa estreita e queixo proeminente, os observava. Como o outro segurança de Günther, tinha olhos claros, cabelo loiro e corpo atarracado como o de um boxeador. O paletó estava abotoado. Os dois cumprimentaram o homem, que permaneceu calado à porta sem retribuir o gesto, esquadrinhando os visitantes e recuando para dar caminho. Quando entraram na sala do escritório viram o fazendeiro Ernest Günther no fundo, junto à janela, entretido com uns papéis em uma mesa, falando alguma coisa para a secretária, diante de uma máquina de escrever. Günther, homem comprido e magro, trajava um terno pérola elegante, contrastando com a pele queimada de sol. Calçava botas de fazenda e parecia não se importar nem um pouco com o calor. A brilhantina no cabelo penteado para trás, cortado à escovinha na altura da nuca, fazia sua cabeça loira brilhar ainda mais. Blake analisou os olhos azul-cinzentos, o nariz afilado, os óculos de aros redondos e dourados, a posição ereta, as roupas impecáveis. O alemão falou, com uma voz robusta:

— Ora, que surpresa!

Günther deu um rápido sorriso para os visitantes e despediu o grandalhão com um gesto. O tradutor e o delegado foram alcançados de novo pelo martelar da máquina de escrever e pela voz vinda do outro lado da sala:

— Só um minuto. Estou acabando de ditar um documento — disse o presidente da Sociedade Sul-Americana, apontando para a secretária sisuda e para uma mesinha de canto. — Sirvam-se. Há café da fazenda, uísque e água. Infelizmente não tenho chá, senhor Blake.

O escocês agradeceu com um gesto de mão. Os sons da máquina de escrever voltaram a encher a sala. De vez em quando Günther se inclinava para corrigir a secretária. Apesar de simples, o lugar era de uma limpeza impecável. Em uma das paredes laterais havia um arquivo de madeira e uma pequena estante com pastas vermelhas e negras organizadas em ordem alfabética. De uma das portas laterais, que estava entreaberta, era possível ouvir palavras em alemão escapando de um aparelho de rádio amador. Uma cadeira se arrastando. Segundos depois alguém fechou com violência a porta do lado de dentro. As paredes de madeira estavam tomadas por mapas topográficos do norte do Paraná, um mapa das colônias alemãs no sul do Brasil, fotos aéreas da ferrovia, das florestas da região, e propagandas da sociedade publicadas em jornais alemães. Numa foto menor, tirada no pomar do hotel Campestre, como indicado pela presença da corpulenta Frau Flöringer, Günther, o padre Braun, Nussbaum e Garden apareciam de pé, de chapéus e charutos, abraçados e sorridentes, ao redor de uma mesa. Angelika, exibindo seu belo perfil, estava sentada e olhava para o pai. Havia também três belas jovens alemãs, de idades entre 20 e 25 anos, com corpos bem torneados e atléticos, sentadas nas cadeiras de jardim em posições relaxadas. Duas delas erguiam taças enquanto mostravam os dentes perfeitos para a câmera. A outra, a mais bonita, dava um sorriso relaxado enquanto levantava o braço direito, esticado acima da cabeça, a palma voltada para baixo. Mais à direita, em destaque, havia um diploma da Universidade de Freiburg. Blake se inclinava para vê-lo melhor quando Günther aproximou-se, com um sorriso e a mão direita estendida para seus visitantes, apoiando o corpo no castão da bengala nacarada.

— Sentem-se, por favor. Cigarro? — perguntou, abrindo e oferecendo o maço de Sturm. Blake serviu-se de um, agradeceu, rolou o cilindro entre os dedos e o acendeu. Todos se sentaram.

— Perdoe-nos a visita inesperada — disse o delegado.

— Foi pura sorte me encontrar hoje aqui. — Günther despachou a secretária. A mulher foi até a porta de onde vinham os sons do rádio amador, passou por ela e fechou-a atrás de si. — Quase não tenho parado no escritório nos últimos meses. Só em outubro chegaram trinta novas famílias.

— Como andam os negócios, senhor Günther? Estão indo bem? — perguntou Blake.

Günther sorriu sem separar os lábios, projetou o queixo para a frente e disse:

— O que fazemos não é um negócio, meu jovem. É um trabalho humanitário realizado através do que chamamos de operação triangular.

— A operação triangular?

— Creio que lorde Lovat tenha lhe informado como as coisas funcionam — disse Günther, dando uma lenta tragada no Sturm e soltando a fumaça pelas narinas. — A Alemanha envia aço para a construção da ferrovia à companhia e, como pagamento, garantimos lotes para os imigrantes alemães. Agora estamos fazendo isso com refugiados de outros países também. Tem sido uma forma bastante racional de ajudar essas pessoas e estreitar os laços com a comunidade, apesar das restrições do nosso governo — avaliou Günther, cruzando as pernas e voltando os olhos para o delegado, que perguntou:

— O que a associação faz exatamente?

— Além de cuidar dos que chegam, construímos e mantemos as pontes, estradas, as escolas nas fazendas, empregamos pastores e professores, e administramos nosso fundo cultural. Tenho uma reunião daqui a duas horas em Rolândia, delegado.

— Ah, sim, o senhor deve estar bastante ocupado — comentou Blake. — Ouvi dizer sobre o pequeno castelo que o senhor está construindo.

Günther deu um sorriso educado e em seguida perguntou para o delegado:

— Em que posso ajudá-lo?

— Estou conversando de novo com algumas pessoas que possam ajudar a esclarecer o caso Nussbaum. Alguns amigos e conhecidos dele. Preciso encerrar o inquérito. O senhor Blake, que o senhor já conhece, está também me auxiliando nas entrevistas com os estrangeiros.

— Ainda o incidente? — Günther coçou o pescoço. — Descobriu algo?

— Quem sabe o senhor se lembre de algo importante que tenha lhe escapado.

— Creio que dei todos os detalhes.

— A memória costuma pregar peças — retrucou Silva. — Bem, se importa em dizer qual era sua relação com Nussbaum?

Günther deu um longo suspiro.

— Minha relação com aquele homem era a melhor possível, embora não fôssemos tão íntimos assim.

Silva voltou o polegar sobre o ombro direito, em direção à parede em que estavam as fotos.

— Mas naquela fotografia os senhores estão abraçados.

— Ora, senhor — disse Günther, pigarreando e transferindo o olhar para a foto, para Blake e depois para o delegado. — Nussbaum devia ter tomado alguns tragos. Devia estar animado por causa das jovens, que tinham acabado de chegar da Alemanha — prosseguiu, com um brilho malicioso nos olhos azuis. — Ele era uma presa fácil para as mulheres, solteiro, sem filhos, bom emprego...

Silva assentiu.

— Nussbaum prestava serviços para a Sociedade?

— Serviços? — repetiu Günther, levando a mão ao rosto num gesto vago. — Ele estava conosco desde o começo. Ajudava na contabilidade, nos relatórios financeiros e balanços, o trivial. Temos falta de bons profissionais na área na cidade.

— Por que não me informou isso antes?

Günther deu de ombros, apertando o castão da bengala, os nós brancos dos dedos aparecendo.

— Achei que não fosse relevante para o caso. Devo dizer que nos últimos meses apenas de vez em quando ele vinha aqui para fazer algum trabalho para mim. Ele informou que a companhia estava lhe tomando quase todo o tempo.

Günther se inclinou para bater a cinza do cigarro num cinzeiro que estava a seu lado. Silva e Blake se entreolharam.

O delegado perguntou:

— E o que pode nos dizer sobre o casal Müller?

— Eram bons médicos — disse Günther —, faziam parte de nossa comunidade. Foram heroicos quando enfrentaram a epidemia de malária que tivemos no ano passado. Eles largaram tudo na Europa para começar vida nova no Brasil.

— Costumava frequentar a casa deles?

— Claro, senhor Blake. Em algumas de nossas reuniões, ocasiões nas quais reforçamos nossos elos comunitários e culturais. Deve saber que parte de meu trabalho como presidente da sociedade, além de prestar assistência aos novos colonos, consiste em realizar visitas. Temos de estar preparados para tudo. Só assim podemos instruí-los, resolver problemas e dificuldades, melhorar a situação dos que chegam. Afinal, nesta selva eles são nossos fertilizantes culturais! O senhor Blake, que morou em tantos lugares e trabalhou no Sudão, deve saber que os ingleses também adoram se congraçar quando estão no estrangeiro.

Silva alteou as sobrancelhas e encarou o alemão:

— Só que esse congraçamento parece não ter tido um bom resultado para Nussbaum, não é?

Ernest Günther abaixou os olhos, com um ar pensativo.

— Eu estaria sendo hipócrita se dissesse que não sabia que ele estava tendo um caso com Magdalene.

— Sim, parece que ele estava — falou Silva, em tom de ironia.

— Até pensei em avisá-lo do perigo — acrescentou o alemão —, mas não tinha intimidade o bastante para isso. Receei que ele se zangasse comigo. Eu diria que Nussbaum era um homem misterioso com a sua vida particular.

— Curioso — corrigiu o delegado. — Apesar de achar Nussbaum um almofadinha, ele não parecia ser do tipo romântico. Na verdade, sempre achei-o um homem bastante frio.

— Bem, pelo que sei, ele não tinha muitos amigos. Parecia sempre meio entediado. Eu também sinto falta, às vezes, de um pouco mais de diversão. Mas é o preço de nossa missão sobre a terra. Foi a escolha que fizemos. O trabalho.

— Lovat comentou que Nussbaum era um homem de personalidade forte e que sempre tinha a última palavra — disse Blake.

Günther deu de ombros.

— Temo que nossas opiniões sejam divergentes neste ponto. Que eu saiba, Nussbaum era um mero contador. Um bom funcionário. Nada além disso.

— O senhor falou com Nussbaum e Müller na noite do crime. Se importa em repetir o que conversou com eles?

O alemão retirou um lenço do bolso e começou a polir a lente de seus óculos de aros redondos e dourados.

— Nussbaum chegou transtornado. Tentamos acalmá-lo. Ele estava parecendo possuído, sob algum tipo de transe, não sei explicar.

— Bêbado?

— Para ser franco, estava sim.

— Mas o barman do Eldorado me garantiu que Nussbaum não era de beber, apenas um ou outro gole ocasional — recordou Silva.

— Sabe, algumas pessoas quando bebem ficam bastante agressivas. Era o caso dele. Tentamos acalmá-lo, o convidamos para se sentar. Ele estava muito agitado. Não quis ficar. Parecia oprimido por alguma coisa.

— Lembra-se de alguma coisa que ele tenha dito nessa noite quando estava, como o senhor diz, bêbado? — perguntou Silva.

Günther fez um ar pensativo e respondeu, depois de soprar uma pluma de fumaça:

— Ele falava coisas sem sentido. Dizia que ia cometer uma besteira. Gritava palavrões. Parecia enfeitiçado.

— E o que conversou com Müller quando ele passou pelo bar? — indagou o delegado.

— Nessa hora eu havia ido ao banheiro. Quando voltei, ele já tinha partido. Havia um burburinho no bar e, quando perguntei o que havia acontecido, Razgulaeff contou apenas que o médico chegara nervoso, perguntando por Nussbaum.

— Então Razgulaeff disse que Nussbaum tinha ido à casa dele procurá-lo.

— Sim, delegado, foi obrigado a dizer isso. Müller chegou a ameaçá-lo com uma arma para que dissesse. O senhor pode confirmar isso com outras pessoas que estavam lá.

— Quer dizer que o senhor não conversou com o médico naquela noite?

— Não.

Um silêncio pairou na sala.

Silva balançou a cabeça.

— Bastante irresponsável por parte de Razgulaeff contar isso ao médico, ainda mais estando desconfiado de Nussbaum e da mulher.

— Concordo com o senhor. Infelizmente, foi assim que as coisas se passaram.

— Não teve mais contato com o doutor Müller depois do ocorrido?

Outra negativa de Günther.

— O casal lhe procurou pedindo alguma ajuda?

— Se tivesse procurado, eu os entregaria às autoridades policiais. Eles mancharam a imagem de nossa comunidade. Crimes como esse são inaceitáveis. Se fizeram algo hediondo, como matar alguém, merecem pagar por isso. Todos nós queremos que esta seja uma cidade sem crimes.

— Tem algum palpite para onde teriam fugido?

Günther negou vigorosamente com um aceno de cabeça.

— Não, delegado. Acho que já havia dito isto durante o inquérito. — Levantou o pulso direito e fitou o relógio. Seus punhos estavam fechados.

Silva esfregou o queixo.

— A investigação não terminou. Sabe se Nussbaum tinha inimigos, alguém que se beneficiaria com seu desaparecimento? Alguém que poderia ter motivos para querê-lo morto, além do doutor Müller?

Günther fitou os dois homens e deu um sorriso suave.

— Francamente, não haveria razão para se odiar um homem pacífico como Nussbaum.

— Mas o senhor mesmo falou que na noite do crime ele estava transtornado — lembrou Blake. — Disse que ficava agressivo quando bebia.

Günther moveu os olhos de Silva para o rosto de Blake. Seus olhos azuis se apertaram enquanto sorria.

— Sempre achamos que conhecemos as pessoas, não é verdade, senhor Blake? Quem diria que ele iria se meter numa confusão dessas? Devemos ter certos parâmetros morais. Afinal, vivemos em sociedade.

O delegado falou, se inclinando para a frente:

— Sabe, senhor Günther, Nussbaum me procurou no começo do ano. Havia recebido um bilhete anônimo, com uma ameaça de morte. Ele chegou a comentar isso com o senhor alguma vez?

Günther parecia surpreso.

— Não, ele nunca comentou isso comigo. Como falei, não tínhamos intimidade o suficiente.

Günther recostou-se em sua cadeira mais uma vez. Sustentou o olhar para Blake e Silva. Ninguém falou nada por uns instantes. Silva rompeu o silêncio:

— E qual era a sua relação com Lorinda?

— Com Lorinda? Nenhuma, delegado.

— O senhor era frequentador assíduo da casa.

— Devo ter ido lá algumas vezes. Como a maioria dos homens desta cidade. Meus contatos com ela eram mínimos.

— Testemunhas declararam que o senhor ia lá pelo menos uma vez por mês — disse o delegado.

— É verdade. Imagino que o senhor esteja se perguntando por que um homem da minha condição iria frequentar uma casa de tolerância. Mas eu ia lá apenas para jogar. Pôquer. O próprio Lovat era jogador contumaz.

— Sabe se Nussbaum tinha alguma dívida de jogo com Lorinda ou outra pessoa? — interveio Blake.

— Não tenho a mínima ideia. E nunca ouvi nada nesse sentido. Comigo ele com certeza não tinha.

— O senhor esteve na Casa da Lorinda na noite em que ela foi assassinada.

— Sim, delegado. Mas fui embora antes da tragédia. Tenho testemunhas que podem afirmar isso, como o senhor sabe.

Silva fungou e estreitou os olhos.

Depois de alguns segundos, com a voz calma e pausada, Günther passou uma perna sobre a outra, com certa dificuldade, e disse:

— Lovat foi um dos últimos a verem Lorinda com vida. Isso não fez dele um suspeito, ou fez? — Günther bufou através do nariz, amassou o cigarro no cinzeiro e perguntou, crispando os lábios: — Há algum motivo para que os senhores não acreditem que o que ocorreu foi crime passional?

— Achei que o senhor pudesse nos ajudar a responder a esta pergunta, senhor Günther — disse Silva.

— Ora, esperem um minuto... Não estou entendendo aonde querem chegar. Delegado, a ideia de que Nussbaum foi morto por dívida de jogo ou qualquer outro motivo me parece absurda. Müller matou Nussbaum em defesa da honra e livrou-se do corpo na floresta, o que não seria nada difícil. É duro dizer isso de um compatriota, mas lembre-se do que Müller fez com Von Schütz, há dois anos. Só que agora Müller sabia que não teria uma segunda chance com a justiça brasileira e preferiu fugir com sua esposa. O senhor está perdendo tempo investigando isso. A vida continua.

— Sim, a vida continua — retrucou o delegado. — Menos para Lorinda e para o padre Braun, não é?

Günther deu de ombros e inclinou a cabeça.

— O senhor está enganado se acha que tive alguma coisa a ver com isso. Eu não sei o que aconteceu porque não estava lá.

— Não estou acusando-o de nada — interrompeu Silva. — Estou apenas fazendo meu trabalho, que é fazer perguntas e descobrir a verdade.

— Eu sou um homem de negócios, um fazendeiro, um homem de bem. Ajudei centenas de refugiados e imigrantes a virem para cá. Não é justo que venha com essas suspeitas. E ainda mais sem provas!

Silva pediu calma com um leve gesto de mão. Blake, que estava percorrendo os olhos pelas lombadas das prateleiras, disse:

— Gosta de poesia, senhor Günther?

— Por que a pergunta? — respondeu o fazendeiro, parecendo surpreso.

— Há alguns livros bem interessantes na sua estante. Poesia é bom para espantar o tédio, não concorda?

O alemão fez uma careta, olhou para o relógio e de novo para Blake. Blake colocou a mão no bolso e retirou a carta e o exemplar do *Paraná-Norte*.

— Importa-se de dizer se conhece este poema?

— O que é isto agora? — protestou Günther, abrindo as palmas das mãos. — Eu não estou vendo sentido algum em...

— Responda, Günther — interrompeu o delegado.

O alemão encarou Silva sob os óculos redondos, pegou a folha e a examinou. Olhou para Blake, depois para o papel e falou depressa, com o tom de voz alterado:

— Não, não conheço este poema, senhor Blake.

— Tem certeza? Dê uma lida na última linha da primeira estrofe.

Günther empalideceu. Blake estudou o rosto do fazendeiro alemão, até que ele ergueu novamente os olhos.

— Não leio francês. Continuo sem entender — disse Günther.

— Dê mais uma olhada na última palavra da primeira estrofe. O senhor nunca ouviu falar de *noigandres*? Nunca enviou ou recebeu uma carta parecida? — perguntou Blake, fazendo um gesto vago em direção ao papel.

Outra negativa.

— Tampouco sabia que Nussbaum estava preparando um relatório sobre a real situação financeira da companhia de terras? — perguntou Silva.

Günther arregalou um pouco os olhos. Bebeu um gole d'água.

— Não, não sabia que Nussbaum estava preparando um relatório. E não estou entendendo aonde o senhor quer chegar com isso. Não posso falar sobre o que eu não sei.

Houve um silêncio momentâneo. Blake e Silva trocaram olhares. Silva fez um rápido "Não" com a cabeça enquanto Günther, de cenho franzido, consultava o relógio de pulso mais uma vez. Suspirou, apoiando as duas mãos no castão da bengala.

— Bem, se agora me dão licença... Eu preciso ir para minha reunião. Eu disse tudo o que tinha para dizer.

O delegado meneou a cabeça.

— Certo, senhor Günther. Se acaso se lembrar de algum detalhe, não deixe de me avisar. Sabe como a memória costuma nos trair.

— Claro, delegado. Sinto não poder ajudar mais — disse o alemão.

Os três homens ficaram de pé, pegaram seus chapéus e caminharam até a porta.

— Vamos, eu os acompanho até o portão — disse Günther, abrindo um sorriso.

— Parece que teremos uma safra magnífica de café este ano — comentou Silva.

— É verdade — respondeu Günther. — É verdade.

Na varanda, Blake deixou-se ficar um pouco para trás enquanto o delegado e Günther iam na direção dos carros. O escocês relanceou os olhos pelo quintal. Uma mocinha loira, de óculos, bastante bonita e com os cabelos presos para trás, estava empenhada em queimar o lixo, revirando o fogo num tambor enferrujado que havia no fundo do terreno. Ela tapava o nariz com uma das mãos e abanava o ar com a outra, parecendo odiar a tarefa, o cheiro e a fumaça. O rosto de Blake se iluminou. Ele desviou os olhos antes que ela o fitasse.

— Tudo certo, senhor Blake? — perguntou Günther, detendo-se um pouco, o sorriso ainda no rosto, os olhos cinza como granito, impenetráveis.

O escocês devolveu o sorriso e acenou positivamente. Debaixo de uma sibipiruna forrada de flores de amarelo intenso, os três homens se despediram sob o olhar do homem com cara de poucos amigos que abrira a porta para eles. Blake não perdeu a deixa e perguntou, em alemão:

— Já lhe falaram alguma vez que você se parece com o Max Schmeling, o boxeador?

O brutamontes fechou ainda mais a cara. Não abriu a boca, apenas olhou para seu chefe e depois por cima dos ombros de Blake, como um cão de guarda. Na cerca de balaústre repleta de alamandas o vento quente fazia a placa da Sociedade oscilar e ranger. Um caminhão-pipa passou molhando a rua. Os três homens apertaram-se as mãos e se despediram. Günther parou de sorrir assim que cumprimentou o chofer e entrou no banco de trás de um Chevrolet oito cilindros novinho em folha.

— Sujeito simpático — comentou Blake, apontando o polegar sobre um dos ombros, enquanto Günther seguia em direção oposta, o rosto franzido e duro como uma rocha.

— Rapaz, parece que sua coleção de inimigos está aumentado na cidade — disse Silva, dando uma risada. — Ele é um dos guarda-costas do senhor Günther — acrescentou, ajeitando o chapéu-panamá na cabeça. — E o senhor acertou o nome dele. Ele se chama Max, mais conhecido como O Sombra.

— E o que Günther tem que necessita de tantos seguranças?

Silva ergueu a mão, esfregando o polegar contra o indicador.

— Dinheiro.

Blake deu uma risada seca. Atravessaram a rua e entraram no carro.

— E então, mister? O que achou?

— Viu como Günther reagiu quando mostrei a carta e mencionei o relatório? Parecia que tinha visto um fantasma. Ele sabe de alguma coisa. Diria que ficou bastante perturbado.

— É, mas Günther tem bons álibis. Eu chequei todos eles. Não consegui encontrar nada estranho no dia em que aconteceram os crimes. Ele não teria tido a oportunidade.

— É, mas não foi o senhor mesmo quem falou que álibis, assim como podem ser conseguidos, podem ser derrubados?

O delegado tamborilou os dedos na lataria.

— Nós precisamos de provas, Blake. Alguma coisa que possa ter ocorrido no passado. Acha que ele pode ser o Trovador?

Blake deu de ombros.

— Ele tem uma máquina de escrever da marca Underwood no escritório.

— É, pode ser a máquina que procuramos. Só preciso de um jeito de entrar lá fora do horário de expediente e verificar os tipos. Também quero ver o que queimavam naquele lixo.

— Podemos dar um jeito nisso. Quer dizer, o senhor...

Blake coçou a nuca e fez um gesto em direção a Silva.

— O delegado tem amigos na polícia de São Paulo.

— Claro, do que precisa?

— Gostaria que o senhor tentasse levantar informações sobre as atividades desse Banco Alemão Transatlântico. É um dos bancos nos quais a companhia tem contas, no Brasil e no exterior. Acha que pode conseguir isso?

Silva ficou alguns segundos pensativo e aquiesceu.

— Não será problema, mister. Tenho bons contatos no Deops.

Blake continuou fitando o delegado, como se esperasse uma explicação.

— Ah, desculpe-me. Departamento Especializado de Ordem Política e Social. É o órgão responsável pela segurança do Estado, espionagem, coisas do tipo. Tenho contatos lá. Eles sabem recolher informações — afirmou o delegado, piscando o olho esquerdo.

— Ótimo — exclamou Blake. — De quantos dias os seus amigos precisam?

— Depende do serviço.

— Para levantar a ficha de alguns nomes, por exemplo. Alemães.

— Entregue-me o que quer saber e deixe o resto comigo.

Blake se despediu de Silva e saiu do carro.

— Vou andar um pouco, delegado. Estou precisando clarear as ideias.

— Alguma ideia de quem fez a gracinha do correio elegante com o senhor?

— Não — respondeu Blake. — Nenhuma pista.

Sob o som agudo de serras e martelos das novas construções da rua Maranhão o escocês foi brindado com o calor abafado e a poeira vermelha da rua. Passou pela quadra de tênis dos ingleses, deserta.

Quando chegou à esquina das Casas Pernambucanas com a farmácia São João, a rua estava cheia. Uma liquidação numa loja de tecidos já atraíra dezenas de curiosos. Mais adiante, pessoas entravam e saíam do comprido hotel Berlim, um dos primeiros em alvenaria da cidade. Um relógio fixado recentemente na fachada da ótica Nogueira mostrava três e meia. Pessoas desciam e subiam a avenida Rio de Janeiro com pressa e funcionários fechavam as portas do banco recém-inaugurado. Vindos do cinturão verde e dos patrimônios vizinhos à cidade, peões, trabalhadores e sitiantes de várias etnias enchiam as lojas de ferragens, quitandas e lojas de secos e molhados. Caminhando pela rua do Comércio, contornando automóveis, charretes e cavalos, Blake viu a cena já familiar dos caminhões com café e outros grãos descendo para a estação de trem, lotados de sacos. Debaixo da pequena plataforma da estação, ao lado do enorme pátio repleto de toras de araucária, peroba e madeiras de lei, o painel indicava os destinos de Rolândia, São Paulo e Ourinhos. Dois desses caminhões convertidos em coletivos saíam apinhados de passageiros ou chegavam com novos compradores, deixando as familiares nuvens roxas de poeira para trás, nuvens que demoravam para assentar. Quando passava em frente ao cinema, o tradutor leu o cartaz exposto na entrada: "A direção do Cine Londrina oferece aos seus assistentes, amigos das lutas de boxe, o grandioso espetáculo da sensacional peleja entre o negro americano JOE LOUIS e o alemão MAX SCHMELING." Blake não conteve uma risada. Acendeu um cigarro e ergueu a cabeça. O pôr do sol já começava a tingir de vermelho o fundo do céu.

## MIRANDA

— Então você foi a uma das festas na casa dos médicos? O que acontecia lá?

Na cozinha de sua casa, os olhos de Miranda se contraíram. Ela pegou um cigarro no maço sobre a mesa, riscou um fósforo e o acendeu, deu um trago e soprou a fumaça para o teto. Ele também colocou um cigarro na boca.

— Ora, mister Blake, use a sua imaginação.

— Orgias?

Miranda revirou os olhos, soltou uma baforada, fez uma careta e disse:

— Por favor, eu não quero mais falar sobre isso. Não quero me meter em mais confusão, está entendendo? — Então apontou para a boca do tradutor.

— O que foi? — perguntou Blake.

— Seu cigarro, está ao contrário.

Blake deu um riso seco, virou o cigarro, acendeu-o, deu uma tragada.

— Por que escolheu essa vida? — perguntou, enquanto abria mais uma garrafa de vinho. Serviu o líquido em duas canecas de metal, as mãos menos trêmulas agora. Inspecionou os olhos da moça e continuou: — Digo isso porque você me parece uma moça inteligente, sensível.

Miranda levantou-se e foi até janela. Olhou para o céu estrelado, deu um gole e disse:

— Eu não escolhi ser prostituta, mister Blake.

— Adam.

— Adam — repetiu a moça. — A vida me levou pra esse caminho. Você escolheu ser tradutor?

Blake deu de ombros.

— Não. — Depois fitou o vazio e disse, soltando uma risada seca, abafada: — Mas li em algum lugar que as duas são as profissões mais antigas do mundo.

Ela sorriu. Seu rosto se iluminou como uma flor branca. Depois se aproximou, deu mais um gole e levantou a caneca, fazendo um brinde no ar:

— Então, tá vendo? Temos alguma coisa em comum — disse, enquanto estudava Blake com seus olhos bonitos e espaçados. Suas faces já estavam afogueadas. — Agora me diga, cadê a sua mulher?

Blake suspirou e disse.

— Já contei essa história. Nós nos divorciamos no ano passado.

— Ah. Lá em Xangai — disse ela, estreitando os olhos

— Exato. Na China.

Miranda refletiu um pouco.

— O mais longe que eu consegui chegar foi neste buraco.

Blake deu de ombros, balançou a cabeça.

— Eu também. Só que no meu caso Londrina veio até mim. Se eu não estivesse em uma certa reunião eu não estaria aqui hoje.

— Pra você ver como são os caminhos... E pra piorar minha situação, só tem jacu e caipira nesta cidade. — Deu mais um gole e disse: — Tudo o que eu quero é juntar um dinheiro e ir embora pra bem longe.

— Longe como Londres?

Miranda deu de ombros.

— Por que não? Não vejo futuro nenhum para mim aqui. Na verdade, em lugar nenhum.

Ela tirou os olhos da janela, fitou o escocês e provocou:

— E então, quando é que você vai me dar umas aulas de inglês?

— *Anytime, my dear.*

— O que você falou?

— A qualquer hora, querida.

— *Anytime* — repetiu a moça, imitando a voz e a expressão de Blake —, *anytime*...

Uma aragem leve soprou nas árvores do quintal, que recendiam ao perfume forte das damas-da-noite. Pela janela era possível ouvir um choro de criança, vindo de uma casa vizinha, e um casal discutindo em voz alta. Uma porta bateu. Miranda inclinou-se para a frente e pareceu um pouco perturbada. Blake se levantou e fechou a janela. Deu meia-volta, caminhou até a cadeira e sentou-se, olhando o chão. Seu rosto tinha adquirido um ar triste. Miranda murmurou, a fala já tocada pelo vinho:

— Sinto pelo o que aconteceu com o seu filho. Eu também perdi o meu. Temos isso em comum.

Ele virou a cabeça, deu um olhar sério para a moça, respirou fundo.

— É, mas com você foi diferente.

— Hã?

— Você não estava completamente bêbada, você não estava de mãos dadas com um garoto que sumiu bem na sua vista. Um garoto que estava sob sua responsabilidade, seu filho. Já você foi forçada a fazer aquilo.

As sobrancelhas de Miranda ficaram oblíquas.

— Deve ter sido difícil...

Blake assentiu:

— Eu sou a causa dele ter desaparecido — disse, com voz fraquejante, desviando os olhos da moça. — Eu estraguei tudo. Lee era um bom menino.

Ficaram alguns segundos em silêncio.

— Bom, que tal a gente parar de falar de coisas tristes? — perguntou Miranda.

Ela se aproximou de Blake e levantou seu queixo com o indicador, num gesto delicado. Sentou-se na cadeira de vime, diante de Blake. Deu um olhar furtivo enquanto tomava um gole de vinho.

— Mais?

O escocês fez um gesto de recusa, mas por fim esticou a caneca.

— Você é meio calado, mas gosto de você.

— Ah.

— Deve ler um bocado de livros. E deve ser um homem muito solitário.

— E quem não é, senhorita? — disse Blake, inclinando a cabeça.

— Sua companhia me faz bem — disse a moça. — Muito bem.

Miranda tirou a gravata do pescoço do escocês e começou a desabotoar sua camisa. Blake olhou para seu próprio peito e depois para os olhos verdes da brasileira.

— Sobre aquelas coisas que você me contou, aquela história maluca da carta e... essas suspeitas todas, é verdade? Puxa, você é forte! — ela falou, com um brilho nos olhos.

Blake franziu o cenho e dirigiu um olhar reprovador para Miranda.

— Não. Foi um pesadelo que tive. O que você está fazendo?

— Deixe-me ver uma coisa. Você não fala muito, mas quando bebe... — disse Miranda, sentando-se em seu colo.

— Eu costumo ter sonhos estranhos, só isso... Olha, melhor esquecer tudo, para seu próprio bem. Pare com isso!

— Mas eu não posso me esquecer. Este Trovador devia ser muito apaixonado por essa senhora do castelo. Ele sofre por estar longe dela.

Blake olhou para Miranda e balançou a cabeça.

— Parece coisa que a gente vê no cinema.

— Mas não é um filme, Miranda. E o Trovador não é um homem sem rosto. Por favor, vamos mudar de assunto.

Miranda fitou o escocês, uniu os lábios e falou:

— Vai me dizer que esses poetas nunca dormiam com as mulheres dos reis? Ora, mister Blake...

O tradutor soprou o ar dos pulmões. Fitou o chão e, depois de alguns segundos, disse:

— Falo sério. Prometa-me que você não vai abrir a boca sobre o que lhe contei. Que vai esquecer. Para sua segurança.

— Tá bom, eu prometo. É bem capaz mesmo de alguém me perguntar sobre algum trovador neste fim de mundo... ou então sobre um castelo no meio da floresta.

Miranda riu. Depois ficou séria, lançou seus olhos brilhantes e inquiridores para Blake, a boca entreaberta. Buscou seu rosto, sua boca. Ele se esquivou.

Ela soltou um suspiro zangado.

— Você é tímido demais. Eu desisto — disse, se levantando. Hesitou um pouco e falou, num tom irônico: — Não é à toa que na sua terra eles usam aqueles vestidos...

— Acho que não... — disse Blake, dando um gole de vinho e se levantando também, com um meio sorriso nos lábios.

— Vai embora? — perguntou ela, correndo os dedos pelos cabelos ruivos de Blake.

— Não, a não ser que você queira. Já está meio tarde...

Blake e Miranda ficaram se encarando por alguns momentos. Em seguida sorriram, quase ao mesmo tempo. O escocês a enlaçou pela cintura e a puxou em sua direção. Seus rostos se tocaram e começaram a se beijar.

Fora uma longa e selvagem noite de amor. Blake levantou-se. Espreguiçou-se. Abriu a janela e apoiou as duas mãos no beiral. Amanhecia, e uma luz amarela já se filtrava das copas das árvores. O ar fresco invadiu o quarto. Alguns galos cantaram em pontos distantes da cidade. As aves nas árvores faziam um barulho ensurdecedor. Blake forçou a vista, os olhos feridos pela claridade. Virou o rosto para a moça.

— Miranda, venha ver uma coisa.

Quando a morena se aproximou da janela, cobrindo o corpo com o lençol, ele apontou para o norte da cidade. A 2 quilômetros rumo ao oeste, no ponto onde a área desmatada dos sítios novos e das plantações se encontrava com a mata, era visível uma faixa contínua de fogo e fumaça seguindo a crista do espigão.

— Isso é para os lados da fazenda Coati — explicou Miranda, soltando um bocejo e abraçando Blake por trás. — Deve ser para formar mais cafezais. Dizem que a fazenda é de um homem muito poderoso.

Um manto negro de fumaça tremulava, lembrando dedos longos e nervosos, pela vertente da colina, como as cortinas de um imenso teatro ao ar livre que estivesse em chamas. O vermelho e amarelo das labaredas, da altura das árvores, subia em espirais densas e furiosas. Pássaros apressados cruzavam o céu.

— Será que vai chegar na cidade?

— Nunca chega — respondeu Miranda, colocando a mão em seu ombro esquerdo. — Ou quase nunca.

O escocês fez uma careta, virou-se e deu um beijo carinhoso na testa de Miranda. Depois voltou o olhar para o paredão de chamas na linha do horizonte. Franziu o rosto. Tateou o bolso do paletó no espaldar da cadeira e tirou a carta.

— O que foi?

Blake desdobrou-a, alisou o papel e leu o trecho da canção 13:

*— Amor faz do pensar o meu braseiro*
*e o desejo é doce e corajoso, dá-lhe*
*sabor saber do mal que eu sinto ainda*
*e a chama é mais suave quanto mais arde,*

Blake não completou a estrofe. Deixou suas palavras flutuarem no ar, enquanto refletia.

— Bonito, o que é isso? — perguntou a moça — É daquele trovador?

— É. Como sabe?

Miranda meneou a cabeça:

— Acho que é você quem não consegue esquecer essa história.

O tradutor sorriu. Os dois se beijaram e olharam novamente pela janela. Na linha do horizonte de mata virgem, o fogo parecia fora de controle, e a fumaça que subia contrastava com o céu azul e límpido. O vento enlouquecido alimentava a fornalha da floresta. O colosso antes impenetrável rangia e estalava. As chamas dançavam e soltavam fagulhas furiosas, acendendo outras, numa onda de fogo.

— Em que está pensando?

— Gostaria de saber o que Lovat acharia disso — murmurou Blake, apontando para as chamas.

— Bom, eu vou dormir mais um pouco — disse Miranda, soltando um bocejo.

A floresta antes intransponível estava sendo engolida pelo fogo, deixando seu sangue enfumaçado e marrom em volutas negras que subiam ao céu, em direção a Nova Danzig. Blake olhou para cima. Um bando de urubus voava em círculos. Alguns subiam de repente, impulsionados pela corrente de ar quente, e mergulhavam no céu ardente de novembro. A voz de Miranda ecoou dentro do quarto, preguiçosa, morna como um cobertor.

— Por favor, Adam. Hoje é domingo. Volta pra cama.

— Seu pedido é uma ordem — disse Blake para Miranda, se inclinando sobre o lençol e buscando sua boca.

Blake voltava da casa de Miranda e caminhava para a companhia. Eram apenas oito da manhã, mas o sol já prometia um dia abrasador. Estava na esquina da rua Minas Gerais com a rua do Comércio. Ouviu buzinas insistentes às suas costas. Um carro freou a seu lado. Ainda de cabelos molhados, Blake se inclinou para a janela do motorista. O delegado Silva ordenou, com um gesto de cabeça:

— Entra aí, mister. Acharam o carro do doutor Müller.

O rosto de Blake se crispou e ele praguejou em voz baixa. O escocês contornou a frente do carro e entrou pelo banco do carona, batendo a porta.

## ROTA DE FUGA

— A carcaça do automóvel foi encontrada por dois peões que desmatavam uma fazenda em Rolândia. Estava numa trilha quase encoberta pelo mato — anunciou Silva, enquanto arrancava pela avenida Paraná, rumo à cidade dos alemães.

O delegado seguiu dirigindo por quarenta minutos, sempre em sentido oeste, para onde cresciam os novos núcleos urbanos plantados pela companhia, como um rosário acompanhando, a cada 15 quilômetros, os trilhos de trem. Passaram por uma capela e por um cemitério, cravados entre as novas plantações. A estrada estava seca. A marca dupla da terra vermelha, batida pela passagem dos automóveis, brilhava sob o sol e se estendia a perder de vista, ladeando fragmentos de floresta ainda virgem e imensos cafezais. Do alto de um espigão na estrada de São Rafael, Silva apontou para Blake a mata onde estava o automóvel. Pararam na entrada da fazenda Pomerânia, em que um dos peões deu informações sobre como chegar até o local onde o carro fora encontrado. Ao lado da mata, uma estradinha de terra serpenteava por uma plantação de café em floração. O Ford do delegado entrou no mar verde enquanto avançavam pelo carreador, descendo até a entrada de uma trilha escura na floresta. Silva lançou um olhar demorado para a mata.

— Daqui em diante, só a pé.

— Vamos lá — disse Blake. — Estou louco para ver esse carro.

O delegado estacionou à sombra de uma frondosa mangueira. Os dois saltaram do automóvel e seguiram pela trilha. A mata se fechou sobre eles. Os bambus tremulavam com o vento e cigarras enchiam o ar com um ruído áspero e insistente. No dossel dos arvoredos, o calor era quase insuportável, amenizado por sombras que caíam do alto das árvores.

O Studebaker do doutor Müller, totalmente carbonizado, jazia oculto pelo matagal que crescera ao redor. Os homens se aproximaram pela relva densa. O automóvel era visível apenas da metade para cima. Ervas daninhas e trepadeiras tomavam os painéis carbonizados, penetravam no capô e desapareciam, para ressurgir debaixo dos para-lamas queimados e enferrujados. Uma ipomeia havia florido ao lado do espelho retrovisor. A terra exalava um cheiro forte de húmus. Tiraram os paletós e, em mangas de camisa, começaram a trabalhar. Após uma busca preliminar no automóvel, Silva sondou o terreno ao redor, onde havia um grande bambuzal. Blake estava com a camisa molhada de suor, a barra da calça cheia de picões.

Depois de quinze minutos de inspeção no automóvel e nas imediações, Silva levantou-se, com um ar enfezado no rosto.

— Alguma coisa? — perguntou Blake, agachado próximo à lateral esquerda da carcaça, matando um borrachudo.

— Nada. Que merda! — exclamou o delegado, tirando o chapéu, passando um lenço no rosto enquanto levantava seu corpanzil com dificuldade.

Os dois fizeram uma revista no aglomerado de cinzas, vegetação, ferros dos restos do carro, mas nada acharam. Na meia hora seguinte, mais uma busca no matagal por sinais de covas ou fogueiras. Infrutífera também. Silva bebeu um gole da água do cantil e foi até a frente do automóvel.

— Não há muito mais a se ver por aqui, mister. Deve ter sido um fogaréu daqueles. Os vidros estouraram. Este carro esteve perto de explodir. Veja, ainda há marcas de fogo nas árvores abaixo dele.

— Quem fez isso usou gasolina e depois queimou o galão junto — opinou Blake, se abaixando mais uma vez e se enfiando no que havia sido o banco traseiro do Studebaker. Ele vasculhava o interior enquanto o delegado falava.

— Serviço bem-feito. Devem ter largado o automóvel aqui antes de pegarem o trem em Rolândia. A estação está só a 2 quilômetros daqui. A pé seriam menos notados.

A voz de Blake veio de dentro do carro:

— Ou então tiveram ajuda de alguém.

Silva fez uma careta de desapontamento, espantando os mosquitos com o chapéu.

— Bem, pelo menos agora sabemos qual foi a rota de fuga. Evitaram pegar o trem em Londrina. Devem ter tido algum problema com o carro, a correia estava ruim... Eles devem ter esperado aqui até a manhã do dia seguinte. É quando sai o trem para São Paulo. O médico conhecia bem esta região, pois fazia muitos atendimentos no campo. Eles podem ter dormido neste local, depois queimado o carro, para não deixar pistas, e ido a pé para Rolândia.

— Seria bom vasculhar o local mais um pouco para ver se há algum corpo enterrado.

— Sim, mas seria necessária uma verdadeira operação para remexer esta área toda. Não há a menor chance disso acontecer em pouco tempo.

O tradutor sacudiu a cabeça.

— Todos sabem que a companhia não fez nenhum esforço em esclarecer o que aconteceu naquela noite, Blake. Não será agora que eles vão querer remexer essa história.

Silva acomodou o chapéu sobre a careca.

— Vamos embora. Acho que por enquanto é isso.

— Só mais uns minutos, delegado — disse o tradutor, voltando a inspecionar o interior chamuscado do Studebaker.

Silva soltou um suspiro, se apoiou no capô, bebeu mais um gole d'água. Olhou para cima. O vento alvoroçou os galhos dos arvoredos, que rufaram de uma vez.

O delegado já terminava seu segundo cigarro quando Blake gritou do interior do veículo.

— *For fuck's sake!*

— O que disse?

Blake saiu do automóvel calcinado com um sorriso no rosto, o indicador balançando um inusitado objeto cilíndrico preto.

— O que acha disto?

— Um isqueiro.

— Reconhece este objeto?

— Não.

Blake depositou o inusitado objeto nas mãos de Silva:

— É uma miniatura do dirigível Hindenburg. O senhor deve ter ouvido falar do famoso zepelim.

— Sim, o tal charuto voador. De quem acha que é?

Blake deu de ombros.

— Não sei, mas tenho um palpite. No dia em que cheguei Razgulaeff acendeu meu cigarro com um isqueiro idêntico a este.

O delegado ergueu uma sobrancelha. Foi sua vez de praguejar em voz baixa. Fitou a relva, depois o carro e falou:

— Isso coloca Razgulaeff na cena do crime ou na rota de fuga.

— Exato.

— Mas só se provarmos que isto pertencia a ele.

— Ou que ele tenha emprestado o isqueiro a alguém.

— Ou que mentiu para nós sobre o que aconteceu de fato naquela noite — disse o delegado.

Houve um breve silêncio entre os dois. Os sons do vento na mata pareceram ainda mais intensos. Blake matou mais um borrachudo, pegou o cantil e bebeu a última gota, depois devolveu-o para o delegado e agradeceu.

— Vamos embora, já estou passando mal com este calor.

Silva franziu a testa e colocou as mãos sobre a barriga.

— E eu tenho um buraco em meu estômago.

Voltaram pela pequena trilha, o suficiente para passar apenas um carro, e alguns minutos depois entraram no Ford do delegado. O automóvel sumiu dentro do túnel verde formado pelas copas frondosas das árvores que beiravam a estrada de terra.

# NO BAR ELDORADO

Blake entrou no bar naquele fim de tarde de sábado, com uma lufada de ar quente que soprava da rua. Razgulaeff acenou para ele da extremidade do balcão. Estava sozinho, tomando uma cerveja. O escocês devolveu o gesto, tirou o chapéu, cumprimentou algumas pessoas e contornou algumas mesas. Alguns homens de chapéu que estavam sentados a uma mesa se levantaram, pegaram os tacos e se aproximaram da mesa de bilhar. Zeferino, o garçom, trazia uma sopa fumegante para um freguês. Quando Blake encostou no balcão, Razgulaeff pousou o jornal que estava lendo e inclinou o corpo para a frente.

— Ora, ora, quem vem lá... — disse o russo, tossindo e soltando uma risadinha. — Ainda não se cansou de bancar o grande detetive? Como vai, inglês?

Blake balançou a cabeça, encostou-se a uma distância do russo e sentou. Acenou para o garçom, girou o corpo e falou, olhando por cima dos óculos escuros.

— Já disse que sou escocês. O senhor insiste em me chamar de inglês. Não é a mesma coisa. E que história é essa de detetive?

— *Sorry, my friend* — desculpou-se o russo, imitando o sotaque britânico com sua voz danificada pelo tabaco. — É que ouvi dizer que o senhor anda fazendo um montão de perguntas por aí.

Adam Blake levantou o canto da boca, fitando o russo, em seguida deu uma olhada ao redor. Perto da porta de entrada, um pequeno grupo conversava sobre terrenos e lotes com três homens encostados no balcão. A maior parte das mesas ainda estava vazia. Blake ergueu o dedo e pediu um *scotch* para o Português, que o atendeu como se nunca houvesse conversado com ele. O russo fitava o escocês com curiosidade. Blake disse, em inglês, num tom casual:

— Ficou sabendo da última? Encontraram o carro do médico. Estava todo queimado. O delegado confirmou que era o Studebaker do doutor Müller.

Razgulaeff franziu a testa. Ele tossiu, olhou para a entrada do bar e de novo para Blake. Não disse nada.

— Naquela noite, quando Müller passou pelo bar, o senhor tem certeza de que ninguém seguiu no carro com ele?

Razgulaeff deu um sorriso.

— Já falei que não. Quando Müller saiu do bar ele estava sozinho.

— Sim, já estou me cansando de ouvir essa história.

Razgulaeff deu uma risada nervosa.

— Qual é o problema?

— O problema é que as coisas não se encaixam nessa versão — disse o escocês. — Poderia me emprestar o fogo, por favor?

O russo sacou o zepelim em miniatura. Blake tirou um Opera do maço e enfiou-o na boca. Depois acendeu o cigarro, olhando para o isqueiro em suas mãos:

— Outro dia ouvi o senhor contando da viagem que fez no dirigível Hindenburg.

O russo sustentou o olhar para Blake, como se não tivesse entendido.

— É que o delegado encontrou uma coisa curiosa nas ruínas do automóvel de Müller — acrescentou Blake, lhe dirigindo um rápido olhar. — Um isqueiro igual a este, com a diferença de que estava todo carbonizado, obviamente, como este. — Blake deslizou a mão no bolso do paletó e pousou a miniatura do Graf Zeppelin em cima do balcão, brincando com ele como se fosse o verdadeiro zepelim aproximando-se de um campo de aviação.

Razgulaeff franziu o cenho.

— Pode me explicar como este isqueiro foi parar no automóvel usado na noite da fuga? — Blake quis saber, soprando a fumaça por cima da cabeça calva do russo.

O russo limpou a garganta e disse:

— Deve ser uma das lembranças que eu trouxe da viagem. Creio ter dito isso ao senhor. Eles vendiam a bordo cartões-postais, chaveiros e outras coisas. Trouxe vários isqueiros como este e dei de presente a alguns funcionários.

— Para quem?

— Eu não me lembro! Sei que dei um de presente para Müller.

— Ah, então está tudo explicado. É apenas uma coincidência, não é?

O russo deu mais um gole no drinque, pousou o copo no balcão, olhou as horas no relógio de pulso e suspirou.

— Claro que se trata de uma coincidência.

— É curioso. O zepelim tem sido uma das principais peças de propaganda dos nazistas — disse Blake, como se não tivesse ouvido as palavras do russo. — O que o camarada Stalin diria se o pegasse com isso?

O russo praguejou em voz baixa. Depois inclinou-se para Blake com a mão direita em concha, olhou para os lados e sussurrou:

— Quer um conselho de amigo? Pare de ficar fazendo perguntas por aí. Está deixando um monte de gente irritada.

O hálito de uísque alcançou as narinas de Blake. Ele deu um passo para trás.

— O senhor gosta bastante de jogar, não é? Lorinda disse que o senhor tinha dívida de jogo com o contador. Nussbaum, como vocês dizem por aqui, levantou alguns "papagaios" para o senhor.

O olhos do russo ficaram parados, fitando o rapaz. Fechou a mão direita e bufou:

— Você está me acusando? — disse o russo, lançando um olhar vítreo para Blake.

— Dinheiro é sempre um belo motivo para se cometer um crime — disse Blake. Razgulaeff endireitou o corpo e fechou a cara. Blake prosseguiu: — O isqueiro o coloca dentro do carro aquela noite. Será que deu mesmo um isqueiro para Müller ou o senhor o perdeu dentro do veículo?

Os nervos do pescoço do russo ficaram tensos. Os olhos brilharam e se estreitaram. As narinas se dilataram. O russo grunhiu, com raiva:

— Três pessoas confirmaram que me viram aqui no bar na noite do crime. Estou limpo e o senhor sabe disso.

— Testemunhas podem ser compradas. Ainda mais nesta cidade.

A voz do russo soou alta, esganiçada e nervosa, desta vez em português:

— Quem você pensa que é? O delegado? — Bufou e prosseguiu: — Não gosto de falar mal dos mortos, mas, já que quer saber a verdade... eu não gostava nem um pouco de Nussbaum. Era um homem vaidoso, maquiavélico, que se achava melhor que todo mundo. Mas não tive nada a ver com o que aconteceu naquela noite. Eu não tinha motivo nenhum para matá-lo. Não devia um tostão furado para ele. Fale mais uma besteira dessas e eu quebro a sua cara — vociferou, em tom ameaçador.

— Estou tremendo de medo — ironizou Blake. — Sabe falar grosso? Pois eu também.

Alguns clientes já se aproximavam para ver o que estava acontecendo naquele canto do bar. O Português abriu a tampa do balcão e se aproximou dos dois, talvez estivesse prevendo mais uma briga.

— Por que não conta o que aconteceu de verdade naquela noite? O que vocês estavam tramando contra Nussbaum?

Uma sombra escura pousou nos olhos do gerente da Paraná Plantations. Ele cerrou os punhos e os dentes.

Numa fração de segundo, Razgulaeff saltou sobre Blake e os dois se engalfinharam. Razgulaeff socou o fígado do tradutor por três vezes enquanto Blake, meio desequilibrado, tentava imobilizá-lo pelo pescoço. Dois fregueses e o dono do bar seguraram os braços de Razgulaeff, que tinha os olhos incendiados e duros. Blake, também imobilizado pelas costas pelo barman e por mais dois homens, tinha agora um fio vermelho de sangue escorrendo do corte no supercílio.

— Cuide de sua vida! Senão vou acabar com sua raça — ameaçou Razgulaeff.

— Diga isso para o delegado. Aliás, olha ele chegando aí.

O russo olhou para a figura de Silva, encarou Blake e disse, em russo:

— Vá embora desta cidade o quanto antes. Estou avisando.

— O que está acontecendo? — bradou o delegado enquanto se aproximava dos brigões.

Razgulaeff ajeitou o paletó e falou, se recompondo:

— Nada, seu delegado. Estávamos bebendo e relembrando os tempos que o amigo escocês passou no Sudão. Nos tempos em que puseram este sujeito para correr por estar tendo um caso com a mulher do prefeito.

— Cale essa boca, Razgulaeff!

— Já reparou que ele conversa com algumas pessoas e elas depois desaparecem? Lorinda, Braun... E agora tem a pachorra de vir me acusar de alguma coisa!

O russo lançou um sorriso de escárnio para o tradutor, que apenas balançou a cabeça, unindo os lábios e devolvendo o sorriso. Silva apanhou o escocês pelo braço e algemou-o. Blake não fez qualquer resistência, os olhos sempre fixos em Razgulaeff.

— Vamos dar uma voltinha para esfriar sua cabeça, mister — sugeriu o delegado, sendo observado por Razgulaeff, que sorria de orelha a orelha. O delegado foi empurrando Blake para a saída do bar até que ambos ganhassem a rua do Comércio. O tradutor passou por um mar de rostos curiosos. Ninguém disse nada.

A voz de Razgulaeff escapou do fundo do bar:

— Silva, espreme que ele conta como matou a Lorinda — disse o russo, erguendo a voz e soltando uma gargalhada.

O delegado fez um basta com as mãos e indicou o banco de trás do automóvel para o escocês, que se mantinha calmo.

Chegando à delegacia, Silva retirou as algemas dos punhos de Blake e falou:

— Até aqui a encenação foi boa.

— O russo ficou muito assustado. Tem pavio curto. E pelo jeito odiava Nussbaum.

— Ele sabe de alguma coisa.

— É, mas só que ele ficou surpreso quando perguntei do isqueiro. Protestou demais quando o acusei. Não sei...

Os dois ficaram em silêncio por alguns instantes, fumando seus cigarros.

— Em todo caso, acho que esta história toda é um pouco diferente do que nos contaram — disse Blake, enquanto limpava o suor e o sangue do supercílio com um lenço.

Depois de alguns segundos, Silva acrescentou:

— Fique de olhos bem abertos. Sua vida corre perigo.

Silva se despediu de Blake e entrou de novo na delegacia. O escocês consultou o relógio. Seis da tarde. As ruas estavam cheias de gente. Os carros levantavam uma nuvem de poeira vermelha, que ardia nos olhos e parecia entrar por todos os poros. No caminho, o tradutor passou por uma barbearia. Quinze minutos depois pagou trezentos réis pelo serviço e, com o rosto fresco e os cabelos ruivos bem-cortados, seguiu para o alojamento.

Foi uma noite insone. Depois de passar um bom tempo estudando as fotos que conseguira com Hoffmann, o tradutor fazia anotações em sua caderneta. No alojamento da companhia tudo estava quieto. Blake tirou o relógio de pulso, que marcava meia-noite. Sublinhou alguns trechos do poema, colocou-o sobre a cômoda. Em seguida escreveu: "O trovador — aquele que procura." Próximo à palavra "arquivos" sublinhou "mensagens secretas", ao lado de um ponto de interrogação. Uma coleção de nomes, setas, pequenos mapas e palavras soltas se espalhavam pelas páginas abertas. Blake deu mais um gole de uísque da garrafinha e parecia entretido com uma operação complexa. Escreveu a palavra *noigandres* e partiu para um passatempo que aprendera com o pai. Ele ensinara que os anagramas mais perfeitos são aqueles que funcionam como tradução, comentário ou reflexão sobre a palavra escolhida. É um jogo em que a palavra faz gerar cópias dela mesma, mas em novas combinações e sentidos. Depois de um demorado processo de desmembramento, inversões, possibilidades de sentidos ocultos, o tradutor encarou a página. A página aberta da caderneta trazia:

*INSANER GOD* *(um Deus mais insano)*
*SIGNORA END* *(Signora, Fim)*
*AN ED SNORING* *(um Ed roncando)*
*AN END SIGNOR* *(um fim, senhor)*

Ele tomou mais um gole e pensou por um momento. Foi até a janela e acendeu um cigarro. Viu o céu semeado de estrelas, a constelação do Cruzeiro do Sul, as Três Marias. Um minuto depois voltou a se sentar, encarou o papel em branco sob a lamparina por uns instantes, umedeceu o lápis com a ponta da língua e escreveu:

*A DRONE SIGN* *(um signo de tédio)*
*AD REIGN NOS* *(AD nos reina) AD = Arnaut Daniel?*
*DANGER IS ON* *(perigo ativado)*
*A RED IN SONG* *(um vermelho [sangue?] na canção)*
*GROANED SIN* *(pecado grunhido) crime passional?*
*AN ED RESIGNS O* *(um Ed renuncia)*

Blake fez um círculo no último anagrama e observou-o por um tempo. Um gato apareceu na janela e Blake ergueu a cabeça. Levantou-se e foi até a janela, assustando o animal, que pulou de volta e saiu correndo para a escuridão do jardim.

O tradutor começava a fechar a janela quando sua atenção foi atraída para o outro lado da rua. As luzes tênues de alguns postes iluminavam aquele trecho da avenida Paraná. Blake pôde ver, sob uma árvore, um vulto parado. Viu uma chama na escuridão. Depois uma bituca de cigarro voar como um pequeno cometa sobre a rua de terra. Um riso seco, mais parecendo um rosnado, emergiu do escuro. Foi quando dois caminhões carregados de toras passaram, fazendo um ruído alto de tão pesados, impedindo por uns segundos a visão. Quando a poeira se assentou, Blake forçou a vista e viu que o vulto não estava mais lá. Seu corpo estremeceu. Fechou a janela.

Aproximou a lamparina para junto de sua mão esquerda. Apontou-a para o alçapão no forro do teto, onde guardara a arma. Soltou um suspiro, verificou se a porta estava trancada, sentou-se novamente, deu um gole de *scotch* e retomou a operação. Dessa vez escreveu a palavra *noigandres* deixando espaços maiores entre as letras. Inclinou levemente a cabeça, encarando a página. Ergueu a caneta. Outra palavra começou a se desfiar sob o seu lápis:

n o i g a n d r e s

o

n

d

r

i

n

a

"Falta o L para ser um anagrama de Londrina", escreveu. — L de Lorinda, Lovat, Levy... — murmurou Blake.

Então Blake começou a rir, um riso que encheu o quarto, cada vez mais alto e incontrolável. Depois girou o indicador ao redor da própria orelha direita e assobiou.

— Você está ficando louco, Adam. Completamente louco...

Jogou a caderneta preta sobre os livros. Depois, apurou os ouvidos e pôde escutar as cigarras na noite tranquila.

O tradutor esfregou as têmporas. Tirou a roupa, ficando só de ceroulas e camiseta. Jogou-se na cama, apagou a lamparina e dormiu, o Webley debaixo do travesseiro de palha.

# TRABALHO SUJO

Às três da manhã, Blake cruzou a avenida Paraná caminhando calmamente, exceto por uma olhada ocasional por cima dos ombros, o chapéu sobre os olhos. Algumas quadras depois, dobrou na rua Mato Grosso, e novamente à direita. Aproximou-se dos fundos da Sociedade Sul-Americana, imersa no escuro. Não havia vizinhos próximos. O tradutor tirou um par de luvas do bolso. As luzes fracas dos postes oscilavam com o vento quente que soprava na rua deserta. Entrou por uma abertura na cerca de mata-juntas que divisava os fundos do terreno. Acendeu sua lanterna de bolso e caminhou até o local onde vira a secretária de Günther queimando o lixo. Aproximou-se do latão. Inclinou-se sobre ele e passou a revirar seu conteúdo com a mão direita, a lanterna na mão esquerda iluminando bitucas, restos de frutas e borras de pó de café.

Se a intenção era queimar papéis, a umidade das frutas impediu que uma boa quantidade deles carbonizasse por inteiro. A secretária havia feito o serviço pela metade. Entre duas garrafas de *schnapps* vazias havia alguns papéis que atraíram a atenção de Blake e o fizeram inclinar o corpo para dentro do tambor. Memorandos e documentos de contabilidade. O escocês olhou mais uma vez para o portão de acesso à rua, o telhado pontudo da casa recortada pela escuridão, depois para as janelas da frente do escritório. Separou alguns papéis e enfiou-os no saco de estopa. Colocou-o sobre os ombros e caminhou até a pequena varanda. Tirou do bolso a chave mestra que o delegado emprestara. Depois de duas tentativas, a fechadura cedeu e a maçaneta deslizou sob seus dedos, abrindo a porta. Blake entrou e fechou-a atrás de si. Um cheiro de fumaça e álcool impregnava o ambiente. Iluminou a estante e um armário de aço. Forçou as gavetas. Trancadas. A luz da lanterna foi ziguezagueando até a parede oeste, para a mesa que ficava no fundo da sala, da secretária de Günther. Apenas o relógio de parede rompia o silêncio. Blake aproximou-se da Underwood preta. Examinou alguns papéis datilografados ao lado da máquina, aproximou o rosto e passou a comparar os defeitos nos caracteres com a carta do Trovador. Seus olhos brilharam.

— A carta foi escrita nesta máquina!

Blake endireitou-se lentamente, olhou para as janelas, depois contornou a mesa e foi para a porta de saída. Varreu o escritório com a lanterna. Girou a chave, trancou a porta. Saiu à varanda e olhou ao redor. Atravessou o terreno e saiu pela mesma abertura da cerca pela qual entrara dez minutos antes. Quando alcançou a rua do Comércio, seu corpo tremia. Blake acendeu um cigarro, enfiou o saco de estopa no ombro direito e seguiu com passos rápidos pelas ruas desertas da madrugada.

Quando chegou ao seu quarto, ele trancou a porta, forrou o chão com jornal, depois espalhou os itens sobre as folhas, separando os documentos. Tirou o paletó de linho, observando a camisa branca empapada de suor. Depois o chapéu, dando dois leves tapas para tirar a poeira e jogando-o sobre a mesa. Abriu uma garrafa de uísque e serviu-se de uma dose generosa, que ele sorveu de um só gole. Estalou os lábios e passou os minutos seguintes examinando o que conseguira em sua visita.

Entre vários rascunhos, havia alguns envelopes rasgados. Tiras e fragmentos de papel listavam nomes de empresas, com números indicando a respectiva porcentagem de terras nas áreas compradas junto à companhia. Outro item era um recibo chamuscado do Banco Alemão Transatlântico, listando transações com nomes que pareciam em código e que Blake ia transferindo para a caderneta. Blake soltou um murmúrio seco que ecoou no aposento. Algumas cifras fizeram o escocês ficar boquiaberto. Ele fez alguns cálculos rápidos e ficou comparando os números. Entre rascunhos de formulários, jornais velhos, um calendário de 1935, fichas de filiação com a sigla NSDAP,[16] encontrou uma correspondência entre o Banco Alemão Transatlântico, na cidade de São Paulo, a Sociedade Sul-Americana de Colonização e a Paraná Plantations, que parecia registro de pagamentos e operações de câmbio. Todos os papéis estavam em alemão e terminavam invariavelmente com a saudação *Heil Hitler.* Vários traziam no cabeçalho o timbre de uma suástica com um pinheiro-do-paraná no centro. Blake deu um riso seco e bebeu mais um gole de uísque. Em seguida anotou alguns nomes que foram surgindo dos documentos: empresas como Krupp, Vereingte Stahlwerke e IG Farben. Ludwig Aerdelert, Werner Hoffmann, Otto Braun, Helmut Braun, Walter Grämer, Günther, Speiser, Eckstein e Martha Schröeder. Alguns documentos vinham do consulado em Curitiba. Outros, estavam assinados por Otto Braun, do Centro Agrícola.

O último item que achara no lixo, um livro de poemas de Rilke algo chamuscado, chamou sua atenção. No alto da página, um carimbo dizia *Deutsche Buchgemeinschaft* (Clube de Livros dos Alemães). A data, 20 de julho, indicava que o prazo de devolução estava vencido havia alguns meses. Dentro dele, como marcador, estava a metade rasgada de uma foto. Mostrava uma mulher magra, em pose de estúdio, meio de perfil, o pescoço comprido como uma modelo de Modigliani. Tinha o cabelo curto, negro e ondulado, repartido ao meio. As sobrancelhas estavam desenhadas sobre a face branca, a boca mais volumosa pelo efeito do batom, e uma pinta preta e discreta no lado direito do queixo. Trazia uma tiara de joias na cabeça, que terminava em plumas brancas e delicadas, dando-lhe um ar aristocrático. Na parte inferior esquerda da fotografia, havia uma dedicatória, cujo *post scriptum* desejava boa viagem:

16. *Nationalsozialistische Deutsche Arbeiterpartei*, em alemão.

*Para E., amor, para sempre sua, W.*

*P.S. Gute Reise.*

— Que mundo pequeno... — refletiu Blake em voz alta. — A senhora Wallis Simpson.

Amanhecia quando Blake bateu na porta da casa do delegado. Silva abriu a porta com o olhar de quem estava dormindo até um minuto antes, a mão direita às costas. Quando viu quem era, seus ombros relaxaram, e ele enfim mostrou que estava armado.

— Desculpe-me procurá-lo a esta hora — disse Blake, com os olhos vermelhos.

— Entre — Silva deu passagem para Blake e fechou a porta. — Vamos para a cozinha.

Ainda arfando, Blake lhe estendeu o saco de estopa, enquanto o delegado servia duas canecas de café. Blake sentou-se, colocou-o sobre a mesa e anunciou:

— Guarde isso na eventualidade de alguma coisa acontecer comigo.

Silva franziu o rosto e lançou um olhar intrigado.

— Pelo jeito o senhor não dormiu nada esta noite, mister Blake. — Serviu o café e perguntou: — Minha chave funcionou?

O tradutor assentiu, bebeu um gole.

— Descobri algo muito estranho, delegado, e perigoso.

Blake passou os cinco minutos seguintes contando ao delegado Silva tudo sobre o que tinha encontrado na visita com Lovat à casa dos Müller, detalhes da morte de Lovat na Escócia. Mostrou o que havia recolhido aquela noite no lixo da Sociedade alemã, a foto de Wallis Simpson, pedaços de papéis de movimentos bancários e cartas e documentos que pareciam rascunhos de relatórios. Silva ouvia tudo soltando um grunhido ocasional.

— Achei que gostaria de ver isso. Estava na máquina do senhor Günther.

O tradutor estendeu o papel para o delegado, que lançou um olhar interrogativo para o escocês. Do lado, Blake colocou então a carta recebida em Londres.

— Os tipos da Underwood estão falhos, os As e Gs, como na carta do Trovador. Não há dúvida. A carta foi datilografada naquela máquina. É como uma impressão digital.

Silva arregalou um pouco os olhos enquanto examinava as folhas.

— Tem razão — concordou o delegado.

— Creio que precisamos interrogar Günther e outros funcionários da Sociedade imediatamente — disse Blake, depois de dar uma lenta tragada no cigarro.

— Bom, nós sabemos que, além da casa dos Müller, algumas reuniões da Sociedade Sul-Americana aconteciam na mesma sala onde fica a máquina de escrever. O padre disse que algumas reuniões do tal Clube do Livro também eram feitas ali. Qualquer um que estivesse na sala poderia ter feito isso.

Blake fez que sim com a cabeça, em seguida apanhou alguns papéis e olhou para o delegado.

— O que é?

— Um gráfico do faturamento da Paraná Plantations nos últimos anos.

Silva esticou a mão.

— Eu consegui no escritório. E este é um comprovante de uma remessa feita à matriz do Banco Alemão Transatlântico, em São Paulo. Autorizada por Nussbaum.

— Novecentos contos de réis — murmurou Silva, inspecionando a página. — É um bocado de dinheiro. E isto numa só operação?

— Sim. Note que o volume de vendas de lotes e de madeira não corresponde ao lucro em caixa dos últimos anos. Desde 1931 há um aumento significativo de produção, mas isso não se traduz em lucros. Aonde eles foram parar? O mesmo acontece com a venda dos lotes. Posso garantir que é uma quantidade enorme de dinheiro. Setenta mil metros cúbicos de madeira em um só ano? Isso o que está declarado!

Não é à toa que nas reuniões anuais da companhia em Londres eles reclamem apenas de prejuízos. Estão roubando a Paraná Plantations, Silva. Os dados dos balanços da companhia foram maquiados.

Silva refletiu um pouco.

— Com o que estamos lidando? Desvio de dinheiro?

— Ao que tudo indica, está mais para uma quadrilha, delegado. O senhor precisa apressar os homens em São Paulo para conseguir algumas informações.

— Calma, Blake. Eles estão trabalhando no caso.

— Há alguns nomes que descobri nos documentos. Gostaria que seus amigos do Deops checassem. — Blake pegou a caderneta preta, abriu-a numa página em que havia copiado os nomes. Arrancou a folha e passou para o delegado. — Estes aparecem várias vezes. Otto Braun, Walter Grämer ou Kraemer, Ernest Günther, Ludwig Aeldert, Kurt-Peter Müller, Martha Schröeder e Hans Henning von Cossel. Alguém está usando o bom nome da companhia e seu crédito para desviar dinheiro para a Alemanha.

O delegado coçou o queixo, com expressão preocupada.

Blake pegou a moringa e sorveu um gole d'água. Estava suando.

— E tem outro problema. Tenho sido vigiado — disse, enquanto se sentava. — Há uns dias entraram em meu quarto.

— Como sabe?

— Jogando talco no chão antes de sair.

— Quando foi isso?

— Um dia depois da briga com Razgulaeff. Quando voltei, achei pegadas de sapato no soalho. E não eram minhas. O sujeito devia estar com pressa, pois não descobriu o esconderijo que eu mantinha no forro. Por isso achei melhor entregar os documentos dentro deste saco a você. Esta pessoa deve estar bem curiosa para saber o que eu descobri.

— E não deve estar gostando nem um pouco disso — disse Silva.

Blake concordou e prosseguiu:

— Outra noite tinha um homem parado do outro lado da rua. Ele parecia estar vigiando minha janela.

— Viu quem era?

— Não. Estava escuro.

Blake apontou para os documentos sobre a mesa.

— Foi tudo o que descobri até agora. Recomendo que guarde-os em lugar seguro, e conte onde está para alguém de sua estrita confiança.

— O senhor tem razão. Não sabemos ainda com quem estamos lidando.

O escocês tirou o revólver Webley calibre 38 e algumas balas do saco de estopa. Afivelou o coldre no ombro, pôs o paletó e guardou a arma.

— E o senhor, tem novidades?

— Não.

Blake fez uma careta de impaciência.

— Onde está o senhor Günther?

— Tentei falar com ele ontem, mas fui informado de que ele está viajando.

— Viajando?

— Parece que foi para Santa Catarina. Vamos ter que esperar ele voltar.

Blake deu um riso seco.

— E quanto ao professor? Posso obrigá-lo a falar — disse Silva, fitando a foto em que Levy aparecia ao lado de Nussbaum, Wallis Simpson, Günther e outros convidados, todos exibindo sorrisos.

— Só o que sei, delegado, é que no passado está nosso futuro.

— O que disse?

— A chave do caso está no que aconteceu em 1° de abril de 1931, o dia em que esta foto foi tirada. O dia da visita do rei às terras da companhia.

— É a data que consta na carta com a canção — concordou Silva. — Levy estava presente no sarau e publicou este poema na sua coluna. Deve saber de alguma coisa.

— Creio que farei mais uma visita à Rolândia, delegado. Só que desta vez Levy terá que me receber. Se não conseguir, aparecerei com o senhor na porta da casa dele. — Blake deu um tapinha nos seus próprios joelhos e se levantou. — Bem... eu me vou agora.

Naquela noite Blake estava deitado no escuro, tentando dormir sobre a cama de palha, que fazia um ruído irritante toda vez que ele se mexia. Um ronco alto, do quarto ao lado, alcançou seus ouvidos. Em outro lugar do alojamento alguém entoava uma modinha e dedilhava as cordas de uma viola. A música cessou depois que alguém reclamou. Blake correu o olhar pelo quarto, pôs um cigarro no canto da boca e o acendeu. A insônia havia se instalado e não dava sinais de querer ir embora. Blake se endireitou, soprou o fósforo e o jogou sobre a escarradeira com um peteleco. Em seguida se abaixou e pôs-se a tirar os carrapichos que se recusavam a sair de suas calças. Por fim, se levantou e tirou as calças, jogando-as sobre uma cadeira. Foi até a janela. Lá fora, os sons da mata alcançavam a cidade. Ouviu-se um apito de trem rompendo a escuridão. Alguns vaga-lumes cortavam o ar e desapareciam no quintal da companhia. Blake contemplou as silhuetas da serraria e cerâmica Mortari, a cerca de 300 metros, em direção à linha do trem. Elas exalavam uma fumaça azulada pelo efeito da lua cheia, alta no céu das três horas da manhã. O ar que entrava no quarto amenizava o calor do dia retido nas paredes de tábuas. O tradutor fechou a janela, avançou até a mesinha, abriu a caderneta e tirou o lápis que marcava a página. Aproximou-a da luz mortiça do lampião. Ao lado das letras "W" e "E" escreveu "Wallis". Abaixo do E, Blake enfileirou alguns nomes:

*Edward*
*Ernest G.*
*Ernest S.*
*Erich*
*Eckstein*
*Emil*

Ficou com os olhos grudados na página por alguns segundos. Em seguida escreveu:

NOIGANDRES<br>
N I Ł S<br>
O<br>
~~N~~<br>
GA RE<br>
ND

NILSON GARDEN

Depois serviu-se de uma dose de uísque, bebeu, fechou a caderneta e apagou a lamparina.

## HERR PROFESSOR

Era uma quarta-feira, 25 de novembro, quando Blake estacionou diante da residência do famoso professor. O vento quente soprava do ponto em que a cidade terminava na mata. Blake desligou o motor. Pegou a arma no porta-luvas e colocou-a no coldre sob a axila direita enquanto saía do Ford. Respirou fundo enquanto rumava para a casa de Emil Levy. Bateu palmas. Seguiram-se os latidos dos pastores-alemães. Alguns segundos depois Sarah saiu na varanda e falou, por cima dos latidos:

— O senhor de novo?

Desta vez ela estava com um vestido preto, e seus cabelos negros, em ondas, ajeitados na altura da nuca. Uma bela mulher. Os olhos azuis grandes e penetrantes não se desgrudavam do estranho à sua porta. Traíam uma expressão de sofrimento. Sarah gritou para que os cachorros se calassem e eles obedeceram.

— Meu nome é Adam Blake. Sou da Paraná Plantations. Gostaria de ter uma palavrinha com o professor Levy.

Estudaram-se por alguns momentos. Ela balançou a cabeça e falou:

— É mesmo insistente, não? O que precisa conversar com ele?

— Senhorita, não voltaria se não fosse importante. É para um livro que estou escrevendo, sobre a companhia e os imigrantes — mentiu Blake.

Ela continuou examinando Blake, hesitou e disse:

— Tenho certeza de que vai encontrar outras pessoas que poderiam falar melhor sobre esse assunto em Rolândia, como o senhor Koch-Weser ou mesmo o Dr. Schauff.

Blake fez que sim.

— Tudo o que eu quero é fazer umas perguntas. Herr Levy era um acadêmico respeitável na Alemanha. Sou um admirador da obra dele. Estou colhendo alguns depoimentos. Sobre a vida das pessoas que a companhia ajudou a trazer para cá.

— Deixe-nos em paz — disse Sarah, contraindo o rosto.

Ela já estava quase sumindo porta adentro quando o escocês acrescentou, aumentando o tom de voz:

— Se importa de lhe dar um recado, ao menos? Diga que foi o falecido padre Braun quem recomendou que eu procurasse o professor.

A mulher parou na varanda, mordendo os lábios. Depois voltou os olhos azuis e gélidos para Blake:

— Vá embora, por favor. Meu tio está muito doente.

Uma voz abafada escapou de dentro da casa e em seguida a porta da frente se abriu devagar. Sob a soleira apareceu um homem baixinho, com uma barba branca e comprida. Usava óculos de lentes grossas e suíças fora de moda, que se espalhavam por sua face cor de vela. Os cabelos brancos e escassos desenhavam fios pela testa ampla. Tinha um nariz fino e comprido. A expressão dos olhos, de um azul-marinho, próximos um do outro, ainda era bem viva, realçada por sobrancelhas densas, espetadas e grisalhas. Era Emil Levy, a lenda viva dos estudos provençais. Os pastores-alemães recomeçaram a latir enquanto ele avançava pela varanda com certa dificuldade, arrastando os pés.

Herr Professor disse, com uma voz rouca e chiada, fazendo sinal para que o escocês se aproximasse:

— Deixe-me falar com o rapaz, querida.

Blake abriu o portão de chapa de ferro e avançou até a escada da varanda principal da casa sem tirar os olhos dos cachorros.

— Vai deixar este estranho entrar em nossa casa? — resmungou a mulher, em iídiche. — O senhor enlouqueceu?

Levy replicou, com a voz rouca:

— Deixe-me ver o que ele quer, Sarah!

Blake interveio, também em iídiche, e os latidos recomeçaram.

— Vejam, não precisam brigar por minha causa. Eu só queria ter a chance de conversar com a maior autoridade em provençal do mundo. Foi uma das últimas coisas que o padre Braun me pediu que fizesse antes de morrer — mentiu Blake.

O professor e a mulher se entreolharam, erguendo as sobrancelhas. Levy repetiu que entrasse. Sarah bateu o portão e sumiu pela lateral da casa, atraindo os cachorros com ela. Blake estendeu a carta de identificação da companhia. O professor ajeitou os óculos de aros de tartaruga, semicerrou os olhos e começou a ler as duas folhas. Depois cofiou a longa barba e esboçou um sorriso.

— Onde aprendeu iídiche assim?

— Sou tradutor-intérprete. Trabalho para a companhia de terras — explicou Blake, inclinando-se com cortesia. — É um prazer conhecê-lo finalmente, Herr Professor.

O velho inflou o peito, uniu os lábios e convidou-o para entrar. A casa era escura, o ar estagnado de ambiente fechado. O corredor de acesso ao escritório tinha as paredes forradas com livros. Algumas prateleiras pareciam a ponto de despencar. Levy se movia devagar pelo assoalho de madeira, virando-se de vez em quando para encarar seu visitante. Blake circulou pelo aposento. Os poucos espaços nas paredes que não estavam ocupados com os livros abrigavam um brasão da Universidade de Freiburg, fotos antigas de colegas e paisagens de castelos medievais. Em outro canto, fotos de família diante de uma casa no estilo alemão, com telhado pontudo e fachada em estilo enxaimel. Protegidos pelo vidro e pela moldura dourada, dois diplomas de ph.D. das universidades de Heidelberg e de Berlim ocupavam um lugar de destaque. Pilhas de pastas e manuscritos se amontoavam sobre uma máquina de escrever numa escrivaninha de tampo corrediço.

— Posso lhe servir alguma coisa? Um café ou um chá?

— Chá estaria perfeito, obrigado.

Levy dirigiu-se até o corredor estreito que dava para a cozinha. Blake contornou algumas pilhas de livros no chão e aproximou-se da estante. Passou alguns segundos correndo os olhos pela prateleira, de costas para o corredor. Logo identificou os oito volumes da *magnum opus* de Emil Levy, seu célebre dicionário provençal-alemão. A seu lado estava a coleção completa de *Romanische Studien* e da *Revue des Langues Romanes*. Desviando os olhos para a esquerda, Blake também notou o *Petit Dictionnaire Provençal-Français*, de 1923, de E. Levy, e um volume intitulado *Histoire Génerale du Languedoc*. Pegou o pequeno dicionário. As abas de couro estavam puídas, e o volume parecia ter sobrevivido a uma avalanche, manchado de terra. Abriu na letra N e correu os dedos sobre a página. Quando olhou para trás, Blake se deparou com o professor e teve um sobressalto.

— Achou algo que lhe interessa? — perguntou Levy, pegando o dicionário que Blake tinha nas mãos.

— Bela biblioteca — comentou Blake, erguendo as mãos vazias.

— Não me interprete mal, mas já vou avisando que não empresto mais meus livros — gracejou, enquanto se afastava em passos lentos de volta para sua poltrona.

— Por quê, professor?

O alemão deu de ombros.

— Tenho meus motivos. Um deles é que as pessoas quase nunca os devolvem. Eles são minha única distração neste fim de mundo. Sente-se, por favor — prosseguiu o professor, indicando a cadeira à sua frente com o lenço, enquanto enxugava a testa. — Já se acostumou com o maldito calor que faz aqui?

Blake assentiu e sentou-se. Levy fez o mesmo, emitindo uma careta de dor.

— Bem, em que posso ajudá-lo, senhor Blake?

— Pelo que Braun e Proença me contaram do senhor, penso que é um privilégio termos um intelectual do seu calibre vivendo aqui. Estou colhendo alguns depoimentos para um livro sobre a companhia. Seria um texto não sobre sua vida, mas sua obra, suas ideias, o senhor sabe. Quero recuperar uma bela história. Gostaria de fazer um paralelo entre o pioneiro das palavras e o pioneirismo do norte do Paraná.

Levy ajeitou os óculos sobre o nariz, inspirou fundo e resmungou:

— Creio que minha vida aqui é por demais tediosa para merecer atenção. Sou um homem entre dois mundos. Estou aposentado. Não tenho nada de interessante para dizer.

Sarah entrou na sala com o mesmo ar contrariado. Trazia duas xícaras de porcelana com chá e dois copos de água numa bandeja. Colocou-a sobre a mesa com displicência e lançou um olhar atravessado para o intruso. Não disse nada.

— Obrigado, querida — disse Levy, num tom ameno.

A mulher de olhos gélidos e nariz aquilino se dirigiu ao velho, com um sorriso forçado.

— Qualquer problema é só me chamar, estou na cozinha. — Em seguida se retirou, lançando um olhar desconfiado para Blake.

— O que o senhor dizia mesmo?

Blake sorriu com o canto da boca, enquanto retirava a caderneta preta e um lápis do bolso.

— O senhor deve ter saudade dos tempos da universidade. Foi uma época áurea, não? Pelo menos foi isso que o padre Braun me contou.

— Águas passadas, senhor Blake. Mas devo confessar que de vez em quando sinto falta daqueles tempos. Quer dizer, antes daquele homem subir ao poder. Sinto calafrios toda vez que vejo uma foto dele.

— É, para muita gente o passado pode mesmo parecer-se com outra vida, ou mesmo um país que se deixou.

O professor aquiesceu.

— Se é o caso, há pouca chance de que eu venha a ver minha Alemanha algum dia. O senhor não pode entender isso... Desde as malditas Leis de Nuremberg no ano passado os judeus viraram cidadãos de terceira classe. O governo está perseguindo e prendendo todos que ele considera dissidentes ao novo regime. Não só judeus, mas comunistas, artistas, intelectuais, políticos... Por pouco eu mesmo não fui enviado a um KZ.

— KZ?

— *Konzentration kamp*. Tenho amigos e conhecidos que foram enviados para Dachau, um campo que está funcionando há três anos, perto de Munique. Outros foram para Sachenhausen.

— As pessoas na Inglaterra estão bastante preocupadas com o que está acontecendo no seu país.

O professor ergueu as mãos e disse:

— Desculpe-me, mas acho que não estou em condições de continuar falando sobre isso. Me traz muitas memórias. Nem todas boas, infelizmente.

O tradutor correu os olhos pela sala e depois apontou para o famoso dicionário:

— A grande obra de sua vida.

O professor ergueu a cabeça, olhou para Blake e concordou, com um ar desanimado.

— Quarenta anos de trabalho, imagine! Para ganhar a fogueira, por ser considerada uma obra não alemã!

— Ele para na letra L, professor. O que aconteceu com o último volume?

— Ah, o grupo que trabalhava no dicionário foi obrigado a parar em 1933, quando nossa Sociedade de Estudos Provençais foi dissolvida. Todos perderam seus cargos nas universidades.

Levy fez uma pausa. Pareceu prestar atenção no barulho de louça que vinha da cozinha. Descansou as mãos sobre os joelhos e fitou a estante abarrotada por alguns instantes.

— Foi tudo o que consegui trazer. Meus livros — disse, voltando-se para Blake, com uma voz fraquejante. — Creio que era isso que eu tinha para dizer. Temo que não seja muito.

— Sem querer abusar de sua boa vontade, professor, o senhor poderia dar uma olhada neste documento que estou traduzindo?

— Ah, agora está falando a minha língua.

Blake inclinou o corpo e passou uma cópia da carta que ele mesmo havia datilografado, sem desviar os olhos de Levy. O professor retirou os óculos do bolso do paletó amarfanhado, esticou as mãos, alcançou o papel. Recostou-se de volta na cadeira e leu a primeira estrofe. Depois de algum tempo, em que as expressões de seu rosto foram do enfado à curiosidade, o professor pousou o papel na mesa.

— Sim, não há nada demais. Uma canção em provençal.

— O senhor poderia identificar a autoria?

Levy balançou a cabeça.

— Não me lembro. Eu já devo ter lido um milhão de poemas em minha vida. — Fez uma pausa, pôs o indicador na boca enrugada, pinçou o lábio inferior e falou: — Se minha memória não estiver me traindo, diria que é de Arnaut Daniel. Ele deixou seu primeiro nome nos versos finais, seguindo a convenção do gênero.

— Ah, então é ele mesmo — disse o tradutor. — É que há outro trovador de nome Arnaut. Arnaut de Mareuil. O padre contou que Daniel era exímio em rimas raras e palavras misteriosas, não é?

— Exato.

— O senhor não se lembra deste poema?

O professor fez que não com a cabeça.

— Curioso, pois o senhor mesmo publicou uma tradução na coluna "Página alheia", que o senhor assinava no *Paraná-Norte*.

— Pode ser. Há quanto tempo isso?

— Cinco anos.

— Não me lembro — disse o professor, secamente, se ajeitando na cadeira. — Eu parei de editar a coluna há alguns anos.

— Ora, o padre garantiu que o senhor tinha uma memória prodigiosa!

Levy consultou o relógio.

— Bem, espero tê-lo ajudado. — Fazia menção de se levantar quando Blake o interrompeu.

— Só por curiosidade, professor. Como o senhor traduziria a primeira estrofe?

Levy fez uma careta e recostou-se na cadeira. Lustrou as lentes com um lenço branco e pegou a folha que Blake empurrava em sua direção. O professor forçou a vista e leu, primeiro, o trecho em provençal. Depois fez a tradução, quase simultânea, da primeira estrofe para o alemão:

— *Vejo vermelhos, verdes, azuis, brancos, cobaltos/ Vergéis, plainos, planaltos, montes, vales;* — Depois ajeitou os óculos, murmurou alguma coisa em alemão e prosseguiu: — *A voz dos passarinhos voa e soa/ Em doces notas, manhã, tarde, noite. Fazem que eu dê cor à minha voz e cante/ Sobre uma flor cujo fruto é só de amor,/ O grão só de alegria e o olor que afasta o tédio.*

Blake balançou a cabeça, discordando.

— O que foi? — perguntou o professor, espiando Blake por cima dos óculos. — Algum problema?

— Não é isso. A versão é muito boa. São versos notáveis. Estou empacado neste último verso da primeira estrofe.

— Ah, sim. É uma língua curiosa, essa... — disse o professor, com um ar desconfiado que ele tentou disfarçar com um pequeno sorriso. — Bem, acho melhor o senhor ir...

— Só mais um minuto, professor. Como traduziria a palavra *noigandres*? É uma expressão singular, não?

Levy revirou os olhos e disse, impaciente:

— Não significa nada.

— Nada? Li que é um grande enigma entre os provençalistas.

— *Noigandres* não existe, nem nunca existiu. É *enoi gandres*. *Gandres* vem de *gandir*, que significa evitar, afastar, banir. *Enoi* é a forma arcaica de *ennui*, tédio, melancolia. Então temos *olor d'ennoi gandres*. É claro que o trovador está se referindo aqui a uma flor cujo aroma ou perfume afastava o tédio. A vida nos castelos era muito entediante, senhor Blake.

Blake deu um sorriso débil. Disse:

— Não tenho tanta certeza assim, professor.

— Não perca seu tempo com isso, senhor Blake, passar bem..

— Ele não poderia estar fazendo um trocadilho com afastar o tédio (*enoi gandres*) e noz-moscada (*noigandres*)? Arnaut não era o mestre do *trobar clus*? No tempo dele a palavra *noi* já era usada em alguns lugares na Provença no sentido de noz. Com todo respeito, do jeito que o professor fala, parece que o original é que não é fiel à sua tradução.

— Por favor, senhor Blake, estou cansado...

— *Noigandres*, professor. Tente se lembrar. A canção 13. O senhor sabe a que me refiro.

— Não, eu não sei — disse Levy, cada vez mais nervoso, rompendo contato visual com Blake.

O rosto de Blake mostrava que sua paciência havia se esgotado. Ele disse:

— Bem, então deve pelo menos estar sabendo da série de mortes que tem acontecido em Londrina nos últimos meses. Talvez se eu lhe contar sobre o que está acontecendo na cidade o senhor se lembre de alguma coisa do passado.

Levy ergueu a cabeça devagar, estreitando os olhos. As sobrancelhas grisalhas se eriçaram. Continuou calado.

— É claro que o senhor ficou sabendo da morte do padre, ou melhor, do seu ex-aluno de estudos provençais — continuou Blake.

Levy soltou um suspiro.

— Ora, senhor Blake, a adaptação a um novo país nunca é fácil, ainda mais no meio desta selva. Confesso que eu mesmo muitas vezes já pensei em fazer uma besteira. Suicídio é sempre uma coisa muito triste.

Blake o fitou um momento antes de dizer:

— Acontece que o padre Braun não se suicidou, professor. Ele foi assassinado.

— Assassinado? — perguntou Levy, num sobressalto, como se tivesse levado uma ferroada. Um barulho de louça se fez ouvir da cozinha.

— Assim como uma mulher chamada Lorinda, ou melhor, Martha Schröeder, e meu chefe, lorde Lovat. E esta palavra, professor, está por trás de tudo isso.

— Você está louco? Do que está falando?

— Alguém colocou a cabeça de Braun numa corda e o enforcou no sino da capela do colégio. Um pequeno número macabro. Eu e o delegado Silva estamos tentando descobrir a verdade sobre o que aconteceu. Ou ele estava de posse de alguma coisa importante ou então sabia de algo que não deveria saber — disse Blake.

Levy comprimiu os lábios e estremeceu.

— Mas quem faria uma coisa dessas? — perguntou Levy, engolindo em seco, a face enrubescida.

— Achei que o professor poderia me ajudar a responder isso.

— Eu?

— O senhor.

Levy continuou balançando a cabeça, em negativa.

— Vou abrir o jogo sobre o que está acontecendo — disse Blake, enfiando a mão no bolso do paletó. Retirou duas nozes-moscadas, a foto da recepção ao príncipe e uma bolinha de papel pardo. Desamarrotou-a e alisou-a com a unha do polegar.

— Veja se esta palavra lhe parece familiar. Foi encontrada na boca de Braun, na capela onde ele foi encontrado enforcado.

Com mãos trêmulas, o professor puxou a tira de papel com a palavra *noigandres* para perto do rosto. Seus olhos alargaram-se atrás das lentes ao lerem a palavra.

— Professor?

— S-sim? — balbuciou Levy, engolindo em seco, virando-se para ele. Seu rosto agora estava branco como mármore.

— Poderia iluminar um pouco as coisas para mim? Ou então vou começar a pensar que sabe bem mais do que está dizendo. Meu chefe foi assassinado enquanto assistia a uma corrida de cavalo. Uma substância curiosa provocou um ataque cardíaco fulminante. *Myristica fragrans* é o nome científico. Já ouviu falar?

Levy fez que não, piscando os olhos, parecendo zonzo.

— Noz-moscada. E descobrimos que ele foi morto pelo doutor Kurt-Peter Müller, que o senhor bem conheceu.

— O doutor Müller? — balbuciou Levy.

Ouviu-se o ruído de uma cadeira sendo arrastada, vindo da cozinha.

— Ele o matou com uma injeção letal de noz-moscada, que por coincidência é um dos significados possíveis da palavra *noigandres*. Pelo menos foi como o senhor a traduziu naquele seu pequeno dicionário — prosseguiu Blake, apontando para o volume de capa azul que ele havia consultado momentos antes. Então retirou do bolso duas nozes-moscadas e as depositou ao lado da carta. — Estas duas nozes foram encontradas no quarto de Lorinda. Ela foi assassinada há cerca de um mês em seu bordel, degolada. Braun foi morto pouco depois de ter dado a mim uma aula sobre Arnaut Daniel e a Canção 13, na qual figura esta palavra misteriosa. O curioso é que o livro em que ele mantinha o registro de empréstimos desapareceu. E, com o desaparecimento desse livro, o nome do assassino também pode ter desaparecido. Acredito que esteja com o Trovador.

— Trovador?

Um ruído de passos e um rangido se fizeram ouvir do soalho de madeira do corredor.

— Por que está me contando isso? Aonde quer chegar?

— Estou dizendo que tudo isso não são coincidências. Quando vistas dentro de um contexto, as coisas começam a fazer sentido. Um sentido perigoso.

Blake enfiou a mão no bolso do paletó e retirou a cópia fotostática da carta. Apontou para o papel timbrado da Paraná Plantations e colocou-o diante do professor:

— Esta carta com a canção de Arnaut Daniel foi enviada de Londrina. O senhor ia sempre à companhia enviar correspondências. E o papel timbrado, poderia ter conseguido com o Proença, que os imprime. Por caminhos que ninguém sabe, a carta foi parar na residência de fim de semana do rei Edward. Remetente desconhecido. A canção 13 de Arnaut Daniel. A mesma canção que o senhor publicou no dia 1º de abril de 1931. A data lhe diz alguma coisa?

A testa enrugada de Levy porejava de suor. Ele engoliu em seco.

— Vou refrescar sua memória — prosseguiu Blake, apontando para a fotografia. — Foi o dia da visita do príncipe Edward, o novo rei da Inglaterra. O senhor estava presente. As fotos não mentem, não é mesmo? A carta foi enviada no mesmo dia em que Nussbaum e os Müller desapareceram. Um poema em provençal, sua especialidade. Um poema que fora publicado, na sua tradução, em sua coluna. Todas as pistas apontam para o professor.

— O senhor está louco! Eu não enviei esta carta! — exclamou Levy, devolvendo o papel e lançando um olhar irritado para Blake.

— Acho que o senhor está escondendo alguma coisa.

— Eu não tenho nada a ver com isso!

— Agora chega! — gritou Sarah, aparecendo de repente no limiar da porta da sala. — Deixe-o em paz!

O tradutor se virou. A moça tinha uma Mauser apontada para o peito de Blake. Seus olhos estavam bem abertos, o rosto afogueado. Blake levantou as mãos lentamente.

A moça deu três passos em direção ao tio, brandindo a arma para o tradutor, os ombros encolhidos, as mãos trêmulas.

— Meu tio não tem nada a ver com isso. Ele nunca fez mal a ninguém. Saia ou atiro — ameaçou.

Blake sorriu sem separar os lábios e fitou o chão, como se medisse a distância que o separava da moça.

— Calma, senhorita — disse Blake, enquanto avançava alguns centímetros em direção à mulher com os braços levantados, num movimento arriscado.

Com os olhos arregalados, Levy tentou se levantar e caiu na cadeira. Nesse exato instante Sarah girou o corpo para olhar para ele. Foi quando Blake se jogou sobre a moça, que perdeu o equilíbrio e caiu de costas sobre uma pilha de livros. A arma disparou e atingiu o teto. Blake tomou a Mauser das mãos de Sarah. Por alguns instantes apenas a respiração pesada das três pessoas na sala e o latido dos cachorros lá fora se fizeram ouvir.

— Não quero machucar ninguém — disse o tradutor. — Só quero saber a verdade. Vim com meu chefe para descobrir o que estava acontecendo na companhia. Ele agora está morto e eu quero saber o motivo. Acho que o senhor sabe mais do que falou, professor.

— Conte para ele! — ordenou a moça para o tio, os olhos dardejando de ódio, e agora quase gritava. — Você já tem sofrido demais com esse silêncio. Nós não viemos para cá para sofrer, e sim para reconstruir as nossas vidas. Viemos fugindo dos nazistas, e fomos topar com um bando deles no meio dessa maldita selva! Todos os crimes que eles já cometeram... em nome dessa Sociedade...

— Não, Sarah, não!...

— Braun nunca foi seu amigo — disse a moça, com a voz trêmula e chorosa. — Era mais um deles, e o senhor sabe do que estou falando.

Levy pôs o rosto entre as mãos.

— O senhor tem que me ajudar, professor — ponderou Blake. — Se sabe de alguma coisa e se não cometeu nenhum crime, a hora de falar é esta, antes que mais pessoas ainda paguem com a vida. Há um assassino à solta e uma chance bem grande de que a próxima vítima venha ser o senhor... ou os dois. A vida de vocês corre sério perigo.

— Eu não posso, você não entende... — balbuciou Levy. — O senhor não sabe do que essa gente é capaz...

— É hora de pôr um ponto final nesta história — interrompeu Sarah, os olhos vermelhos e injetados. — Conte tudo o que ouviu naquela noite, ou então eu mesma vou falar!

Fazendo uma careta, o professor respirou fundo, endireitou as costas. Então olhou as fotografias de sua família na parede e depois o chão, os lábios trêmulos.

O escocês perguntou se a moça ficaria calma. Ela confirmou, sem tirar os olhos do tio, que a encarava com o rosto contraído. Blake colocou a arma no bolso do paletó e ajudou-a a se levantar. O professor esticou os dedos, pegou um garrafa atrás de um porta-retratos dos tempos da universidade. Então tomou um gole generoso de *schnapps*, enquanto Blake e Sarah sentavam-se a seu lado. Ela pegou a mão do tio e a acariciou, ofegante. Sussurraram algo entre eles que Blake não pôde ouvir. Depois de uns instantes de silêncio, Levy ergueu os olhos, abriu a boca para falar, mas as palavras não vieram. Deu mais um gole de *schnapps* e disse, a voz trêmula:

— Foi na visita do príncipe. A certa altura da festa, Frau Flöringer teve a ideia de fazer um sarau. Ela me convidou para a recepção. Já havíamos tomado um bocado de vinho quando pediram-me que recitasse esta canção, que eu publicara na minha coluna. Todos da comitiva receberam um exemplar do jornal na chegada à cidade.

— Quem pediu que lesse a canção?

— A senhora Wallis Simpson. Ela se encantou com o poema. Isso foi depois da Frau Flöringer alardear que eu era especialista em provençal. A senhora Simpson exigiu que eu lesse a canção no original, o que eu fiz. Então traduzi para o alemão.

Blake estreitou os olhos e perguntou:

— E depois?

O professor transferiu a atenção para Sarah, que o olhava com apreensão. Ergueu a garrafa de *schnapps* na altura da boca. Deu mais um gole e respondeu, fitando os olhos de Blake:

— Seguiu-se uma discussão animada. Parece que, além de poesia, a senhora Simpson era bastante afeita a enigmas e mistérios. Todos estavam meio altos, devo dizer. Então me encheram de perguntas. Falei sobre o amor cortês, e todos pareceram bastante interessados no tema. Então o príncipe me perguntou: "Mas o que o senhor quer dizer com *noigandres*?" Tive a infelicidade de contar a todos sobre a polêmica envolvendo esta palavra maldita, o episódio do castelo, o duelo dos trovadores, a trapaça de Arnaut Daniel. Era o poeta que estávamos lendo em nosso clube do livro. O senhor deve entender, estavam todos se divertindo, o tema era propício para uma visita real. Fui pegar uma bebida e quando voltei eles ainda estavam falando sobre a canção. Estavam bastante animados, eufóricos, eu diria, embora eu não soubesse o porquê.

Blake, que estava quieto como uma pedra, disse:

— Quem estava à mesa?

— O príncipe Edward, o casal Simpson, o doutor Müller, Nussbaum, o senhor Günther e Von Cossel.

— O chefe do partido nazista no Brasil.

— Exato. A certa altura eu me senti indisposto e tive a ideia de ir tirar um cochilo numa sala reservada do hotel, que estava deserta. Havia um divã atrás de um biombo que Frau Flöringer trouxera da Alemanha. Devo ter pegado no sono. Num dado momento fui acordado com um barulho de arrastar de sapatos, saltos no chão de madeira e vozes animadas. Então a porta se fechou. Creio que eram quatro ou cinco pessoas. Reconheci as vozes do príncipe de Gales, da senhora Simpson, de Müller, Günther, Nussbaum e Von Cossel.

— Havia mais alguém na sala?

— Não sei. É possível. Eu não vi nada, entende? Apenas ouvi. E acredito que ninguém tenha me visto, porque não creio que estaria aqui vivo. Sei que a conversa foi toda em alemão. E eu ouvi várias vezes eles mencionarem a palavra *noigandres*.

Blake esfregou a testa, concordando. Refletiu um pouco e perguntou:

— O que mais?

— Falaram em fortunas, em terras, em cifras, no quanto aquele encontro era importante para o partido, em muito dinheiro. Depois o príncipe mencionou uma reunião com o presidente Vargas para discutir os detalhes... Lembro-me muito da expressão "madeira de lei" e de nomes de árvores brasileiras.

Os olhos do velho professor cintilaram sob os óculos, como se lembrassem de algo. Ele pigarreou, abriu a boca e murmurou:

— Ouvi também Von Cossel dizer as palavras “madeira para Hitler”, depois do brinde. “Nós na Alemanha precisamos de madeira, é de grande significado e utilidade para o Reich”, disse ele.

Blake fitou o professor. O cigarro pendeu de sua boca. Seus olhos se tornaram sombrios e pensativos.

— Eu fiquei muito confuso com aquilo. Num dado momento o príncipe disse: “Satisfeito com a homenagem, Erich? Agora esta missão está em suas mãos”.

Blake arregalou os olhos.

— Foram essas as palavras?

— Foram essas as palavras — repetiu Levy.

Depois de alguns segundos olhando para os próprios joelhos, o rosto do professor se iluminou.

— Claro. Nussbaum.

— A palavra *noigandres* também se refere ao nome dele. Foi como o senhor a traduziu para o alemão no seu pequeno dicionário. O que aconteceu depois?

— Bem, ouvi Nussbaum reclamar um pouco da escolha. O príncipe o chamou pelo primeiro nome, Erich. Pareciam bastante íntimos. Nussbaum falou que todos estavam bêbados, mas foi interrompido pelo príncipe, que garantiu que a palavra *noigandres* era um bom nome para a operação.

— Um bom nome para a operação.

— Pois foram estas palavras que escutei. “Operação Noigandres”.

Blake coçou o queixo.

O professor anuiu, os olhos fitos no chão.

— Como sabe que era o príncipe que falava nessa hora? — perguntou Blake.

— A voz dele é inconfundível. Mesmo que fale alemão com perfeição, o sotaque dele é distintamente britânico. E ele falava pelos cotovelos. Coisas que eu não gostaria de ter ouvido, sendo judeu e sabendo o que Hitler está fazendo na Alemanha.

— Não se lembra mais de nada?

— Foram mais fragmentos de conversa. Eu não consegui ouvir tudo, estava me esforçando para que não ouvissem minha respiração.

Acho que nunca senti tanto medo em minha vida. — O professor deu um gole de *schnapps* e secou o rosto com o lenço.

Foi a vez de Blake balançar a cabeça. Suspirou. Seus pensamentos pareciam agora estar em outra parte. Tirou o maço do bolso, sacudiu um cigarro e rolou-o entre os lábios.

— Sabe me dizer se lorde Lovat estava presente na sala? — perguntou o escocês, acendendo o cigarro.

— Não creio que estivesse. Eu não me lembro de ter ouvido a voz dele. Todos só falaram em alemão. Eu me recordo apenas que na festa o lorde estava com uma expressão bastante séria. Nas duas vezes anteriores que o vira ele parecera um homem bem-humorado. Aparentava estar preocupado com alguma coisa.

O tradutor olhou para a janela e murmurou:

— Madeira do Paraná para o partido de Adolf Hitler.

O professor assentiu. Os dois ficaram em silêncio. Por uns instantes foi possível ouvir o ruído da mata ao redor, os pássaros. Levy pegou o copo, deu um gole, erguendo os olhos para Blake.

— Sim, senhor Blake. Há uma infiltração nazista na companhia de terras. Parte do dinheiro da madeira e da venda de terras da companhia, nos últimos cinco anos, tem sido destinada ao Partido Nazista Alemão. Tudo através de firmas de importação de madeira operadas pela Gestapo. E boa parte do lucro com as terras, também, pois essa Sociedade maldita não faz negócios apenas com os alemães.

— Espero que esteja me dizendo a verdade.

— Sim, é a verdade. Desde 1933 a Sociedade Sul-Americana tem sido supervisionada pela Gestapo. Todos os meus colegas judeus de Rolândia sabem disso. Todos sabem, mas ninguém vai admitir — disse Herr Professor, tocando o peito com a mão aberta. Parecia exausto. Tomou mais um gole, recostou-se na cadeira e respirou fundo: — Foi quando percebi que não deveria estar naquele lugar e ouvindo aquelas coisas daquela gente. Fiquei imóvel como um morto não ficaria.

— A canção 13, professor, com a palavra *noigandres*, é a senha secreta para o compromisso que eles assumiram aquela noite — disse Blake. — O *senhal.* O que aconteceu depois?

— Esperei todos saírem dali. Olhei no relógio. A reunião durou uns cinco minutos, mas para mim pareceu uma eternidade. Quando me levantei e saí de trás do biombo, decidi ir pela porta dos fundos, para não ser visto por ninguém saindo da sala. Eu estava apavorado. Então levei um tombo. Não sei como ninguém me viu, nenhum daqueles homens. Sujei meu terno branco de terra. Quando cheguei de volta à mesa contei que havia caído. Fiquei mais alguns minutos, para não levantar suspeitas, inventei a desculpa de que tinha de dar aulas na manhã seguinte e fui embora o mais rápido que pude...

Sarah apertou as mãos enrugadas e brancas do tio, confirmando:

— Naquela noite meu tio chegou em casa e me contou tudo. A princípio eu não quis acreditar, achei que ele tinha enlouquecido, mas depois... conhecendo melhor essa gente... sabendo dos crimes todos que eles estão cometendo...

— Por que não contou isso antes, professor?

— Sabe o que poderiam fazer comigo se descobrissem que eu estava ali, que ouvi o que eu não devia? Ou com meus parentes na Alemanha? Já ouviu falar dos campos de concentração? É demoníaco, senhor Blake, demoníaco...

— Temos vivido em estado de pânico desde então — interveio Sarah, com aflição na voz. — Nós não somos ninguém, e eles são pessoas poderosas. Eu já pedi mil vezes a meu tio que nos mudemos para São Paulo, onde podemos viver em paz, protegidos pela nossa comunidade.

— Evito até sair de casa — acrescentou o professor. — Tive de fingir um derrame. Não temos dinheiro. Todos os dias acho que algo de ruim possa acontecer comigo, pode acreditar nisso!

Sarah disse:

— Uma vez tivemos o portão e as janelas pichados com palavras ofensivas e a estrela de davi. Mas não associei isso ao que meu tio ouviu naquela noite. E ele também foi impedido de ensinar na Escola Alemã de Rolândia, senhor Blake. Um homem de sua reputação! Meu tio é um intelectual, ele não entende nada de lavoura, nem tem mais saúde para isso. E eu mal ganho o bastante costurando para fora. Também fui impedida de dar aulas.

Levy ergueu os olhos, assentindo, limpando mais uma vez a face suada com um lenço. A moça prosseguiu:

— Estamos sofrendo muitas dificuldades por sermos refugiados judeus. O senhor Koch-Weser me contou que o partido nazista brasileiro é o segundo maior fora da Alemanha. São quase 3 mil filiados. Existem 250 mil alemães vivendo hoje no Brasil.

— Sim, querida, mas nem todos os alemães são nazistas.

— Claro que não, meu tio. Amo nossa pátria, mas não o que esses miseráveis estão fazendo com ela e com o povo alemão. É terrível!

Levantando-se de repente, Blake amassou a bituca do cigarro num cinzeiro e anunciou:

— Vocês vêm comigo. Não há mais segurança para vocês neste lugar.

— Mas para onde? — perguntou Sarah.

— Buscar a proteção do delegado Silva. Não tenho como garantir a segurança de vocês. Nem a minha, para dizer a verdade.

Os Levy arrumaram alguns pertences, trancaram a casa, soltaram os cachorros, entraram apressadamente no carro de Blake e partiram rumo à delegacia de Londrina.

## A OPERAÇÃO

Inclinado sobre a mesa da delegacia, Ubirajara Silva massageou as têmporas ao terminar de ouvir o relato de Blake. Sentados à sua frente, Blake, Emil e Sarah Levy traziam expressões tensas.

— Deixe-me ver se entendi direito. O senhor está dizendo que *Noigandres* é o nome de um esquema secreto, uma operação criminosa internacional, envolvendo desvio de dinheiro da Paraná Plantations e remessas de madeira e dos lucros para a Alemanha?

Blake assentiu, apanhando de novo a carta com o poema provençal em papel timbrado da companhia.

— É o código. O código para a operação que conceberam aquela noite. O esquema é grande.

— Tem participação de bancos, empresas de navegação e armamentos, políticos do Reich, com supervisão da Gestapo[17] — disse Levy.

— E a data que aparece nesta carta — continuou o tradutor — refere-se ao dia em que o compromisso foi firmado. Primeiro de abril de 1931. O dia da visita de Edward.

— Falta-nos saber quem enviou a carta, e o motivo — disse o delegado, virando-se para o professor. — O professor tem algum palpite?

Levy balançou a cabeça negativamente.

Depois de alguns segundos de silêncio, Blake comentou:

— Lembro-me de ter lido na época que o príncipe se gabava de ter fechado vários contratos importantes no Brasil. Ele era tratado

17. *Geheime Staatspolizei*, ou "polícia secreta do Estado", controlada pela SS.

como nosso mais importante embaixador comercial no exterior. Lovat mencionou na viagem que algumas dessas transações tiveram a ver com a dívida externa brasileira. Pelo jeito, esta operação foi uma delas, delegado. As implicações são gravíssimas.

Silva coçou a testa.

— Começo a entender os motivos verdadeiros da visita real.

— O Giuliani tinha razão — comentou Blake. — Além da terra, a madeira é uma peça-chave da vinda da companhia para cá.

— O problema é que pessoas mal-intencionadas também descobriram isso — disse Sarah.

Depois de alguns segundos, o delegado voltou-se para Levy e perguntou.

— Por que não procurou a polícia antes?

— Desculpe, mas eu não confiava no delegado da época. Tinha medo de contar e me comprometer com a justiça.

O professor soltou um suspiro, olhou para a sobrinha e falou, com a voz embargada, empalidecido de medo:

— Tenho rezado cada dia de minha vida para que ninguém tenha me visto saindo daquela sala naquela noite. Os senhores não entendem...

— Meu tio viveu os últimos cinco anos apavorado, pensando na possibilidade de aqueles homens perversos desconfiarem de que ele tenha sido testemunha do esquema — disse Sarah. — Eles desaparecem com as pessoas. E não só na Alemanha.

Silva e Blake se entreolharam. Levy concordou, semicerrando os olhos com uma expressão de pesar.

— Por isso também me isolei nos últimos anos. E procurei evitar qualquer tipo de contato com eles, principalmente nas festas e reuniões que a Sociedade Sul-Americana promovia. Acham que eu ainda estaria vivo se alguém tivesse suspeitado de mim?

Sarah interveio de novo, linhas se formando sobre a testa, fitando o tio.

— Lembra do que os homens da SS falaram antes de embarcarmos em Hamburgo? "Não digam nada do que viram aqui." "Nós temos braços longos." "Nós encontramos vocês." Mas de nada adiantou nosso silêncio. Nossos parentes na Alemanha serão enviados para Dachau!

— Calma, senhorita — pediu o delegado, abrandando a voz.

— O que pensar de homens que usam crânios nos uniformes? Naquele ano mesmo vimos um desfile da Juventude Hitlerista pelas ruas de Rolândia, todos uniformizados — disse Sarah, mordendo os lábios.

— O que as pessoas não sabem no Brasil é que, desde que tomou o poder, aquele homem mau vem investindo todos os seus esforços em rearmamento — interveio Levy, colocando a mão sobre o ombro da sobrinha.

— Hitler? — perguntou o delegado.

Levy assentiu.

— Entende agora a pressa dos alemães com as estradas de trem? — continuou Blake. — O porquê de tantas autoridades do governo alemão visitando a região?

— A Sociedade foi fundada para ajudar os imigrantes e refugiados. Só que na verdade está roubando os ingleses e financiando nossa destruição — reclamou o professor, com a voz embargada.

— Uns cometem crimes carregando uma cruz, outros uma coroa, outros uma suástica... — disse Sarah.

Um breve silêncio se fez na sala da delegacia.

Blake falou:

— Delegado, se apenas um dos gráficos que obtive na companhia estiver certo seriam 70 mil metros cúbicos de madeira extraídos só no ano passado.

— Mas precisamos de provas concretas. Do contrário, será a palavra dos Levy contra a deles — comentou o delegado, soltando um suspiro e voltando-se para o professor mais uma vez. — O senhor confirmaria num tribunal tudo o que nos contou?

— Claro que sim — respondeu o professor.

— Levy é nossa principal testemunha — disse Blake. — O delegado tem como garantir a integridade física dele e a de Sarah?

— Posso cuidar isso. Nem que tenham que dormir em minha casa, com vigilância dia e noite.

O professor olhou primeiro para os próprios joelhos. Depois franziu os olhos sob as sobrancelhas grisalhas, pegou a mão de Sarah com um olhar de dor e assentiu.

— Faremos isso pelo bem de nosso povo.

— Agora, se me dão um minuto — pediu Silva, se levantando. — Preciso conversar com o senhor Blake em particular.

Os Levy se levantaram e o delegado os conduziu a outra sala. Quando a porta se fechou atrás dele, Blake disse, abaixando o tom de voz:

— O professor lembrou de tudo em detalhes. Ele não está mentindo.

— Não, não está. — O delegado contornou a mesa, abriu a gaveta, retirou um envelope em papel-manilha.

— Novidades de São Paulo?

Silva fez que sim.

O delegado apanhou de dentro da gaveta alguns ofícios que traziam o carimbo do Deops, com fichas que continham fotografias de homens, alguns com cabelos claros cortados à escovinha, outros com bigodes à Hitler. Jogou os papéis na mesa, diante dos olhos de Blake.

— Acabou de chegar. Veja se isto está bom para o senhor.

O tradutor se inclinou e passou a examinar algumas folhas.

— Eu não garanti que meus colegas do Deops eram bons profissionais? – disse Silva.

— O que descobriram?

— O primeiro nome de sua lista era o de Otto Braun. O tesoureiro do Banco Alemão Transatlântico. Sabe quem era seu irmão?

Blake balançou a cabeça.

— Helmut Braun.

— O padre Braun?

— Sim. — Silva empurrou o papel em direção a Blake. — Veja este outro ofício. Minhas fontes na polícia de São Paulo confirmaram que a Sociedade Sul-Americana de Colonização é um braço do NSDAP.

— Mais conhecido como Partido Nacional-Socialista dos Trabalhadores Alemães — disse o escocês, enrugando a testa.

Blake se inclinou para a frente para examinar melhor os documentos conseguidos na capital paulista.

— Uma empresa colonizadora de fachada que atua como uma célula do Partido Nacional-Socialista — continuou o delegado.

Blake ergueu os olhos para Silva.

— E Von Cossel?

O delegado coçou a nuca e prosseguiu:

— Também foi interrogado, e declarou ser o chefe nacional do partido sem o menor constrangimento. Disse ser até amigo do presidente Vargas e do próprio Adolf Hitler. Von Cossel esteve várias vezes na cidade. Numa delas, com o atual ministro da Economia da Alemanha, Helmut Schacht.

— Sim, Von Cossel estava na reunião que Levy escutou, em que firmavam o acordo e combinaram a operação.

— Eram frequentes os contatos com altos representantes do governo alemão, vindos de Curitiba, Rio ou de São Paulo, assim como as visitas do pessoal de Santa Catarina.

— As reuniões e festas sobre as quais os vizinhos comentaram, as que aconteciam na casa dos Müller. Continue.

— Temos fotos, fichas e documentos. Esses alemães são muito metódicos e organizados, costumam registrar tudo. E, claro, não há ninguém do governo brasileiro acompanhando como essas transações estão sendo conduzidas. Nosso governo tem feito vistas grossas, infelizmente.

— Agora, delegado, faltam-nos provas de como estão sendo feitas essas transações bancárias entre a Paraná Plantations, a sociedade colonizadora e o governo alemão. O homem que poderia nos dizer isso desapareceu. — Blake balançou a cabeça e voltou a folhear os papéis.

Silva olhou para o chão da sala, como se avaliando as informações.

— E quanto a Garden e Razgulaeff? — perguntou Blake. — Não sabiam de nada?

Silva deu uma risada seca.

— Se não estão mentindo, então não disseram tudo o que sabem, o que é mais ou menos a mesma coisa. Eles devem ser sócios ou cúmplices do esquema. Os homens da companhia de terras. Eu sempre desconfiei desse nosso prefeito...

Blake balançou a cabeça, incentivando-o a continuar.

— Está tudo aí — disse o delegado, apontando para os papéis outra vez. — Veja a lista da página seguinte. São todos filiados ao NSDAP. São empresários, fazendeiros, funcionários do governo alemão... O Banco Transatlântico funciona quase como uma sede nacional do partido no Brasil. Eles também conseguiram a informação de que Günther e Nussbaum fizeram pelo menos quinze visitas a São Paulo e ao banco nos últimos anos. A última foi em julho deste ano.

— Günther e Nussbaum?

— Exato. E de 1933 para cá Ernest Günther, como presidente da Sociedade Sul-Americana, viajou pelo menos três vezes à Alemanha. Numa delas acompanhado de Helmut Braun e da senhora Martha Schröeder. Em encontros com a alta cúpula nazista.

— Braun e Lorinda, ambos mortos — disse Blake. Pela janela, era possível ver a rua lá fora, a poeira vermelha.

— Todos se filiaram ao partido nazista brasileiro no mesmo ano que o doutor Müller, em 1933 — continuou Silva, conferindo o documento em suas mãos. — E há um detalhe importante sobre Nussbaum. No ano passado ele foi afastado do partido nazista por terem descoberto que ele tinha sangue judeu. Desde então as relações com Günther ficaram bastante frias.

— As leis de Nuremberg — murmurou o tradutor — chegaram até aqui. — Acendeu um cigarro, soprou a fumaça, recostando-se na cadeira. — Com o que estamos lidando exatamente, delegado?

Silva limpou a garganta, serviu-se de um copo d'água e disse:

— Assassinato, extorsão, lavagem de dinheiro, queima de provas e formação de quadrilha.

Os olhos de Blake se alargaram um pouco.

— Sim, mas precisaríamos pôr a mão em documentos que provem sua existência, seu modo de operação, algo como um... — Blake se deteve. Seu rosto se iluminou. — Um dossiê.

— Mas onde está esse dossiê?

O tradutor coçou a nuca. O rosto do delegado agora transparecia dúvida e impaciência.

— Se ele era o contador do esquema todo, o controlador, por que matá-lo? A galinha dos ovos de ouro!

— Conflito de interesses. Como contador-chefe, era ele quem definia para quem ia o lucro da fraude, os nomes. Ele mantinha registro de tudo. Quanto foi, para quem foi. Quem sabe houve algum desentendimento sobre a divisão dos lucros conseguidos com a fraude — argumentou Blake. — Ou, quem sabe, por algum motivo, ele tenha desejado deixar o esquema. Vamos supor que os demais parceiros não ficaram satisfeitos com isso. Nussbaum podia estar de posse de documentos comprometedores, algo que colocaria em risco a operação. As provas do esquema.

— Parece-me uma hipótese bastante razoável.

— Seria um bom motivo para desaparecerem com ele, não acha? Isso também explicaria o bilhete com a ameaça de morte. E o comentário de que Nussbaum não andava cooperativo ultimamente. — Blake colocou as mãos na mesa e sugeriu: — Temos que interrogar o senhor Ernest Günther o quanto antes, delegado.

— Ele continua fora da cidade.

— Gostaria de ver um mapa da região. Quero que me indique a direção para chegar ao castelo que a sociedade está construindo. Quero ver o que eles guardam por lá.

— O senhor não pensa em ir até lá sem mim, pensa?

Blake não respondeu. Levantou-se, apanhou o chapéu e caminhou na direção da porta. A voz de Silva o alcançou:

— Bem, não vá fazer nada sem me avisar antes. Vamos interrogar Razgulaeff e Garden amanhã de manhã. Eles terão que nos dar algumas explicações. De lá poderemos ir juntos até a casa do senhor Günther.

Na manhã seguinte, Blake foi até o escritório, pegou a chave do carro e saiu, cruzando a sala abafada, cheia de funcionários engravatados e em mangas de camisa.

O Ford parou sob as buganvílias diante da casa de Miranda. Blake saiu do carro, protegendo os olhos da luz do sol com a mão. Avançou pelo portão lateral e foi até a casa dos fundos. Quando os nós dos dedos bateram na madeira, a porta cedeu. Blake entrou. Por toda parte, móveis fora de lugar. Um urso de pelúcia ao lado de cacos de vidro. A casa estava revirada. Um bilhete datilografado repousava sobre a cama:

QUER SUA AMIGA DE VOLTA, BLAKE?
ENTÃO VENHA BUSCÁ-LA.
ELA ESTÁ ONDE CANTA O TROVADOR.

Seu corpo ficou rígido. Sua nuca se arrepiou. O vizinho espanhol se aproximou da porta da casa da frente, a respiração chiando entre os dentes. Contou como vira um homem sair com a moça, forçá-la a entrar num automóvel e depois partir em velocidade.

— Ele estava armado. Ela estava sangrando um pouco na cabeça. Ninguém pôde fazer nada — disse o espanhol. — Já foram chamar o delegado.

— Como era esse homem?

— Alto, loiro. Uns 50 anos. E ele também parecia ferido.

— Por que diz isso?

— Ele estava mancando.

— A que horas eles saíram?

— Por volta das oito. Eu estava indo para a roça.

Blake teve um sobressalto e correu para o Ford. Fez roncar o motor do carro e saiu em disparada, levantando uma nuvem de poeira. Um minuto depois, parou no posto da Anglo-Mexicana para abastecer. Olhou para a suástica no logotipo da empresa, acima da bomba de gasolina. Consultou o relógio. Nove e meia. Com um mapa da região nas mãos, conversou com o frentista e pediu algumas informações. Em seguida se jogou no interior do veículo, bateu a porta, agarrou o volante e partiu rumo a Rolândia.

# PARTE TRÊS

*Novembro-dezembro de 1936*

# O CASTELO

Blake dirigia a toda velocidade por aquela estrada. Virou o mapa da região, dobrado sobre o banco do carona, conferiu a localização mais uma vez. Pelo retrovisor, viu a nuvem de poeira vermelha que o Ford preto deixava para trás. As pedras e torrões faziam um barulho insistente ao baterem no assoalho do carro. Eram dez e meia da manhã quando o tradutor avistou Rolândia, no alto de um espigão. Passou pelo enorme portal de uma fazenda, ladeado por hibiscos vermelhos, freou o carro, virou-se sobre o banco e deu a ré. O carro patinou na terra seca e avançou por uma placa branca e imponente, em que se lia, em letras góticas:

FAZENDA NOVA GERMÂNIA
PROPRIEDADE PARTICULAR
NÃO ENTRE SEM SER CONVIDADO

No meio do pasto, que tremulava em ondas, o gado olhava para o invasor humano e se afastava assustado. Blake praguejava enquanto pisava fundo no acelerador, os olhos vasculhando a paisagem por algum sinal do castelo. O sol fazia a terra batida à sua frente brilhar como lâminas de aço. No ponto onde a estrada descia, reduziu a marcha e desligou o motor, fazendo o carro deslizar em ponto morto, cruzando um túnel de bambuzais. Um minuto depois, estacionou atrás de um barracão de madeira cinza coberto por trepadeiras.

Blake ficou meio minuto parado, braços apoiados no volante. Abriu o porta-luvas e retirou a arma. Conferiu o mapa mais uma vez. Em algum lugar perto dali, uma cachoeira rorejava. Ao enfiar a arma no coldre sob o paletó e sair do carro, avistou galpões de madeira de uma serraria vazia e entrou numa trilha de acesso ao castelo. Blake então viu uma torre de observação de 40 metros de altura, recém-pintada. Passou por uma cachoeira. Apurou os ouvidos e continuou caminhando. Depois de meio minuto ergueu a cabeça e viu, entre as árvores, as ameias e os telhados de uma construção branca, parecendo uma réplica de um castelo, despontar além das araucárias.

O pequeno castelo em estilo bávaro era circundado por um majestoso anel de mata nativa. Seus três andares eram encimados por cedros libaneses que zuniam com o vento. Andaimes e madeira exposta, pilhas de pedras e caixas para a mistura do cimento indicavam que a construção não estava terminada. O escocês avançou pela propriedade, a respiração ofegante, varrendo o lugar com o olhar. Cruzou o jardim. Em um trecho de sombra, contornou um tanque com bromélias e avançou, com cuidado, pelo limo escorregadio. Já estava em uma das laterais do castelo, evitando a entrada de cascalho, quando avistou um automóvel DeSoto vermelho-escuro 1932. Estava estacionado de qualquer modo, com as portas fechadas, e tinha um buraco de bala na lataria traseira. O capô ainda estava quente. Com a manga do paletó, Blake abriu a maçaneta da porta do motorista. Inclinou-se e enfiou a cabeça no interior do veículo. Franziu o nariz e reprimiu um espirro. O interior recendia a água-de-colônia. Virou-se. Da escada de acesso para o que parecia ser um pátio interno ou um jardim superior, Blake viu um pequeno lago circular que refletia uma fileira de araucárias. Subiu um lance de escadas protegidas por cercas vivas altas. Parou por um momento e apurou os ouvidos. Não ouviu nada a não ser sua própria respiração ofegante. Depois de breve hesitação, deu dois passos até o fim da cerca viva e olhou ao redor.

Miranda estava largada em uma cadeira. Pés e pulsos amarrados, a cabeça pendendo para o lado direito, os cabelos cobrindo o rosto. A seu lado, também sentado, Ernest Günther. Blake forçou a vista. O alemão tinha uma arma apontada para a cabeça da mulher. Duro em sua cadeira, Günther disse, em alemão:

— Não é hora para heroísmos. — Depois indicou um ponto do jardim com o queixo.

Blake girou o pescoço para a esquerda. A cerca de 4 metros havia um homem imóvel caído de costas na terra. Um homem corpulento e de maxilar maciço, terno preto, os joelhos dobrados para dentro, cabelo loiro à escovinha, com uma pequena pétala de sangue na testa e o pescoço degolado. Era Max, o guarda-costas.

Blake juntou as sobrancelhas, como se tentasse entender, voltou-se para Miranda e depois para Günther.

— O que fez com ela?

Günther inclinou o corpo um pouco para trás. O brilho do metal luziu de novo no rosto de Blake.

— Deve ser este maldito calor do norte do Paraná — disse o alemão.

Miranda contorceu-se e soltou um gemido. Blake deu dois passos para a frente.

— Sossegue — continuou Günther. — Sua amiga está desmaiada.

— Ela precisa de um médico!

— Não tenha pressa. Junte-se a nós. Teremos bastante ação hoje.

— Você terá muito a explicar, Ernest Günther... Ou devo chamá-lo de "E", o Trovador...

— Não sou quem procura — disse o alemão, fazendo uma careta de dor com o canto da boca, da qual escorria um fio de sangue.

Blake balançou a cabeça, vendo a arma apontada para a cabeça de Miranda. Ao constatar que Günther estava no comando, disse:

— Creio que ainda não achou ninguém para consertar o buraco de bala no seu carro.

— Meu sócio... — disse o alemão, com voz estrangulada — enganou a todos nós.

— Nussbaum iria revelar todo o esquema de fraude, não é? Tinha evidências que incriminariam todos. Ele ia acabar com vocês. O senhor, Garden, Razgulaeff e Braun... vocês o juraram de morte.

— Vejo que é um homem inteligente.

— Usaram a credibilidade da Paraná Plantations e de Lovat para os negócios dessa sociedade criminosa.

O alemão repuxou a boca salivada, deixando entrever os caninos. Fios de suor corriam por suas têmporas.

— Basta, senhor Blake. Creio que não está me entendendo. Ninguém vai sair vivo daqui.

A última palavra de Günther veio acompanhada de uma tosse e um gemido. Seu corpo mudou um pouco de posição. Günther olhou por cima dos ombros de Blake em câmera lenta, com nova expressão de dor. Ergueu o queixo e disse, a voz fraquejante:

— Nosso amigo resolveu aparecer...

Blake sacou a arma no mesmo instante em que ouviu um clique metálico às suas costas.

— Não se mexa, senhor Adam Blake. — Uma voz calma e grave falou: — Agora vire-se bem devagar.

Blake girou e viu um homem magro, cerca de 50 anos, terno preto, rosto comprido. Tinha bigodes que formavam duas aspas negras sob as narinas e lábios muito finos, como duas cicatrizes. Os olhos eram dois discos cinzentos, brilhantes e penetrantes. Os cabelos estavam pintados de branco. Ele estava plantado de pernas abertas, usava óculos de aros finos dourados e tinha uma arma na mão direita, apontada para o tradutor.

— Não vou dizer que é um prazer conhecê-lo porque nós já nos conhecemos, não é verdade?

O tradutor fitou o homem por alguns instantes. Avaliou a Luger 9mm e cada centímetro de seu rosto, que agora arreganhava uma dentadura postiça.

— Não está me reconhecendo?

Silêncio.

— Mais uma chance — disse o homem. E então ele entoou, com uma voz grave e melodiosa: — *Fazem que eu dê cor à minha voz e cante/ sobre uma flor cujo fruto se chama amor,/ prazer o grão, e o aroma de noigandres...* — O homem deu uma risada e prosseguiu: — Imagino que a esta altura o senhor deve estar bem familiarizado com minha obra, não é?

Blake não teve tempo de responder.

— Erich Nussbaum, ao seu dispor — anunciou o homem, inclinando-se com cortesia.

Blake engoliu em seco.

— Agora pegue sua arma, bem devagar. Descarregue as balas do tambor.

O escocês obedeceu.

— Vá até ali e jogue-a na água. — Nussbaum levantou o queixo. Deu uma risada abafada e curta. — Pode ir, a arma de Günther está descarregada.

Segurando a coronha do Webley, sempre olhando para o contador, Blake soltou a arma no pequeno lago, como se fosse um peixe devolvido ao aquário. Nussbaum acompanhou-o com passos calmos e firmes. A arma atingiu o fundo do ladrilho e o centro de uma suástica submersa, num baque abafado.

— Mãos para cima, bem atrás da cabeça — ordenou Nussbaum, o rosto calmo, a voz firme e tranquila, o cano da Luger apontado para o peito de Blake.

O tradutor ergueu os braços e cruzou os pulsos atrás da nuca enquanto o contador-chefe da companhia falava, acenando a arma em direção a Günther.

— Aquela armadilha para me matar parece não ter dado muito certo, não é? — disse Nussbaum, repuxando os lábios e voltando a encarar o escocês. — Devo dizer que a vinda de vocês para cá atrapalhou um pouco o meu plano. Não esperava que mandassem o próprio presidente da Paraná Plantations e um tradutor para ver o que tinha acontecido comigo. Tive de adiantar alguns acertos de contas e encontrar o que me pertence.

Blake fez menção de dizer algo quando a voz de Nussbaum voltou a encher o ar:

— Achei que depois daquele susto na mata você fosse desistir. Eu ainda não sabia quem era você. Por isso tive de improvisar.

Blake estreitou os lábios e exalou o ar pelas narinas.

— Você forjou seu desaparecimento para justificar queimas de arquivo e acertos de contas — disse Blake, em tom seco.

— Ora, o segredo do plano está na sua aparente simplicidade. Convenhamos, para agir eu precisava sair de cena, desviar a atenção do fato de que poderia estar vivo. É muito importante plantar informações falsas sobre si mesmo quando se planeja desaparecer. Já ouviu falar em falsas memórias? — disse Nussbaum.

— Forjou a cena do crime para parecer que havia morrido — acrescentou Blake, as mandíbulas contraídas. — Foi tudo uma farsa.

O alemão concordou com um gesto de cabeça, sorrindo com o canto da boca.

— Havia bastante sangue naquele cachorro. Nunca gostei de cachorros. Magdalene me odiou por ter feito aquilo. Bem, de qualquer forma, seria difícil levá-lo com ela para a Alemanha.

— Oskar.

Nussbaum riu sem fazer ruído, quase como um suspiro.

— Você sabe o que faz um animal quando acuado? Ele ataca. O senhor chegou muito perto de descobrir tudo. Como naquela noite na Lorinda.

Os olhos de Blake se estreitaram.

— Era você, o velho na mesa de jogo... E o tal barão Von Drachenfelz, na loja de ferragens...

Nussbaum exibiu os dentes mais uma vez.

Os olhos de Blake brilharam. Ele abriu a boca e murmurou:

— *Em fingir no jogo eu me esmero...*

— Muito bem, Mr. Blake, muito bem... — disse Nussbaum, virando-se. — Então, Günther? Já contou a Blake como ficou surpreso com a morte da nossa ex-associada?

Günther grunhiu alguma coisa.

— Você matou Lorinda — disse Blake.

— Ninguém gosta de admitir que errou, não é, Blake? Eu mesmo cometi alguns erros nos últimos tempos. Um deles foi contar onde estava meu dossiê para aquela aprendiz de vigarista, caso alguma coisa me acontecesse. Ela roubou meu dossiê. Quanto pagou a ela, Günther?

Günther ergueu o queixo, cerrou os dentes e disse:

— Você é um louco! Acha mesmo que deixaríamos que você destruísse tudo o que estamos construindo no Brasil para se vingar de uma vagabunda, uma americana?

Blake franziu a testa. Nussbaum olhou por cima dos óculos de aros redondos e riu com escárnio para Günther. Virou-se para o tradutor. Deu dois passos para o lado. Chutou uma cadeira, tirou os óculos e apontou a Luger para um assento ao lado de Blake:

— Sente-se. O preço do ingresso é o mesmo. Quero me divertir um pouco.

Blake obedeceu, fitando Nussbaum com um olhar inquisidor. Em cima da mesa havia uma pasta de couro branca, suja de terra vermelha. O contador olhou para ela, sentou-se e prosseguiu, num tom de voz calmo e pausado.

— Passei para pegar uns documentos que me pertencem. A esta altura você deve saber a que refiro.

— O dossiê que comprova a fraude dos últimos anos, o desvio dos lucros da Paraná Plantations, as remessas para o partido na Alemanha. A madeira. A Operação Noigandres...

O contador assentiu.

— Günther fez a gentileza de desenterrá-los para mim. Não estavam com a senhora Schröeder, nem com Braun, nem com Lovat. Estavam escondidos aqui, no jardim. Günther sempre se achou mais esperto do que eu. E ele ainda esperava lucrar por estar com esses documentos. Foi idiota o bastante para não destruí-los. Ele não esperava que eu estivesse vivo. Emboscá-lo era questão de tempo e oportunidade. E quanto a Max, que diabos, ele estava mesmo ficando velho! Ter uma pistola apontada para a boca de Angelika também me ajudou a convencê-lo a entregá-lo. Eu ameacei matar a amante dele se ele não me dissesse onde estava meu dossiê. — Virou a arma para Blake. — Também obriguei-o a sequestrar sua namorada, Blake, assim poderia atraí-lo. Eu precisava descobrir o que o senhor sabia. Meu tempo estava acabando.

— Você é um assassino! — exclamou Blake.

Nussbaum girou a cabeça e lançou um olhar frio e penetrante para o escocês.

— Não seja mal-agradecido. Só está vivo porque eu assim o permiti. Mas agora precisarei matá-lo também.

— Seu maldito traidor! — berrou Günther. — Ninguém trai o *Führer*!

— Surpreende-me você falar de traição! "A honra é a nossa lealdade." Não é este o lema que adotamos na nossa organização?

O contador arreganhou a boca e os dentes exageradamente brancos brilharam. Ajeitou os óculos com a ponta do dedo. A voz de Nussbaum voltou então, mansa, firme:

— Aquela tentativa fracassada de me matar foi seu grande erro.

— Müller... — Günther tentou prosseguir, a voz arquejando. — Ele não...

— Vocês pensaram na pessoa errada para executar o serviço. Müller, meu ex-companheiro de guerra, alguém que salvei no campo de batalha. A única coisa certa que você conseguiu fazer, Günther, foi desaparecer com minhas provas do esquema. Foi o que Lorinda confessou antes que eu a matasse. Vocês eram os únicos que poderiam saber onde estava meu dossiê. Vocês sabiam também que, sem ele, eu era um homem morto. Isso me deu uma ideia.

— A quem se refere quando diz vocês, além de Günther? — perguntou o tradutor.

— Ao seu rei, Edward, e minha ex-amante, Wallis Simpson.

O queixo de Blake caiu. O rosto de Nussbaum se contorceu.

— Günther ficou encarregado de me liquidar, a mando dos dois, mas não teve a coragem de me matar ele mesmo. Eis seu erro: caiu na besteira de contatar Müller para fazer o serviço, dois meses antes da minha, digamos, morte. Müller seria o bode expiatório e ainda ganharia um bom dinheiro por isso. Seria um plano perfeito. Eu lhes forneci documentos falsos e muito dinheiro. Entendeu agora?

— "WE" refere-se a Wallis e Erich, Erich Nussbaum...

O contador deu um sorriso de escárnio, encheu o peito de ar e disse:

— Eu e Wallis nos conhecemos em Xangai. Ela ainda era a senhora Winfield Spencer. Continuamos amantes em Londres depois que já estava casada com Simpson. Isso foi um pouco antes de ela conhecer aquele idiota, seu rei. Eu e Wallis tínhamos muitos planos, mas depois de dois anos aquela vadia pôs tudo a perder. Jogou fora tudo o que eu havia conseguido para nós, me passando para trás, se aliando com aquele verme e por fim o dominando, colocando na cabeça que seria a nova rainha da Inglaterra.

— Mas e quanto a Lovat?

— Não sabia se o dossiê havia ido parar nas mãos de Günther ou de Lovat. Não podia arriscar perdê-lo mais uma vez.

Nussbaum repuxou a linha de lábios finos.

— Então avisou Müller logo que Lovat chegou à Inglaterra, e ordenou que o matasse — disse Blake.

— Como diriam os ingleses, quem iria quebrar essa noz, não é? O detalhe da noz-moscada foi minha assinatura, meu *senhal.* O senhor sabe, eu tenho uma pequena audiência.

O austríaco limpou a saliva no canto da boca. Seus olhos agora estavam vidrados, umedecidos. Inclinou a testa para a frente e falou:

— Jurei que todos os que me traíram pagariam muito caro. Tenho certeza de que Edward, Wallis e meu ex-sócio — continuou, apontando a arma para Günther — entenderam muito bem o significado da minha carta.

— E o padre Braun? Por que o matou?

— Ele sabia demais. Como Lorinda. — O contador assentiu para Blake, cruzou as pernas. — Como você — prosseguiu Nussbaum, arreganhando um sorriso postiço enquanto arrumava os óculos sobre o nariz. — Sendo um tradutor, deve entender quando falo de traição. *Traduttore, traditore*, não é este o célebre adágio?

— E quanto a meu chefe?

— Em 1917, na Grande Guerra, campo de concentração de prisioneiros alemães no castelo Beaufort. Lovat era quem mandava. Eu e Müller fomos dois entre centenas que tiveram de comer o pão que o diabo amassou naquele lugar, cortando madeira. Confesso que fiquei surpreso quando reencontrei o "coronel Árvore" doze anos depois naquele hotel em Berlim. Na reunião em que discutimos e assinamos o contrato com a Sociedade para colonizar o norte do Paraná. Lovat nem sequer desconfiou de nós, mas nós sabíamos muito bem quem ele era. Digamos que foi um antigo acerto de contas. E eu não podia me dar ao luxo de deixar Lovat estragar meus planos.

Blake respirou. Perguntou:

— Como conheceu o rei Edward?

— Numa festa na embaixada alemã. Eu estava com o casal Simpson. Eu era seu guarda-livros, fazia a contabilidade deles, entre outras coisas... Fui eu quem apresentou Wallis para o então príncipe de Gales. O que não foi difícil, dado o pró-germanismo de Edward. Fui várias vezes ao forte nos últimos anos. Comecei a prestar serviços financeiros para Edward. Tornei-me seu principal contador. Ninguém sabia disso, é claro. Eu fazia certos tipos de operação financeira, lavagem de dinheiro... E havia outro simpatizante de nossas ideias, na diretoria da Paraná Plantations, Eckstein.

— Então se infiltraram na companhia...

— Você vai pagar caro por isso! — protestou Günther.

Nussbaum ergueu a pistola e deu um tiro para o alto.

O som seco ecoou nas árvores ao redor.

O contador retomou a fala, pausada, sem qualquer alteração na voz.

— Já estou pagando, Günther, e com sangue. O de Angelika e, em poucos momentos, o seu.

— Por favor, Nussbaum — pediu Blake, bufando pelo nariz. — Vamos conversar. As coisas não precisam terminar assim. Você já tem o seu dossiê.

Nussbaum uniu os lábios outra vez, olhou para a pasta de couro sobre a mesa, consultou o relógio no pulso esquerdo:

— Nada disso teria dado certo se eu não fosse o homem indicado por Edward para a Paraná Plantations, seu testa de ferro no esquema. Mas não bastava simplesmente me afastar de Wallis, me mandando para este fim de mundo. Ele tinha que mandar me matar.

Blake balançou a cabeça.

— Ninguém encontrou seu corpo.

Nussbaum franziu o rosto e sorriu com o canto da boca. Apontou a Luger para o peito do tradutor e falou:

— Ora, Blake... Não menospreze minha obra de arte. Deixe-me dar uma última lição antes de matá-lo. Talvez o seu erro tenha sido apenas este: enquanto você traduzia, eu escrevia uma nova obra. — Nussbaum riu e prosseguiu: — Tradução é como uma mulher. Se é bonita, não é fiel. Se é fiel, é quase certo que não seja bonita.

— Ou não é uma coisa nem outra, como no caso da senhora Simpson — provocou Blake, com o rosto vermelho, o ar vibrando nas narinas.

— Aqueles dois idiotas... — disse Nussbaum, rindo de orelha a orelha. — Imagine o pavor deles e de Günther quando receberam a carta do Trovador. Com a canção refresquei a memória do que havia se passado naquela noite, do nosso pacto, e revelei o que estava por vir. E Günther cuidou para que eles soubessem dos crimes que estavam acontecendo aqui. Como poderiam imaginar que eu estava vivo? — Olhou de relance para a pasta sobre a mesa branca e redonda e prosseguiu: — Como dizem os ingleses, a vingança é um prato que se come frio. Eles sabiam que, além do dossiê, tenho em minha posse fotos bastante comprometedoras de Wallis. Nenhum súdito vai querer uma vadia como rainha. Mas o jogo acabou. E eu sou o vencedor.

Nussbaum estufou o peito outra vez.

— Bem, agora tenho de completar minha missão. Pena que eu não seja uma mosca para ver os rostos dos homens em Berlim ao receberem a notícia do fim do nosso esquema. Quando perceberem que o plano de um rei inglês controlado por Hitler foi por água abaixo por causa do que aconteceu aqui. Eu estarei vingado. O senhor não acha que tenho motivos?

— Dinheiro.

— Errado, mister Blake. Dinheiro eu já possuo, diria que é hoje a minha única verdadeira paixão. Sabe o que vai acontecer quando o serviço secreto e o Parlamento inglês descobrirem que o rei da Inglaterra tinha negócios com a nossa Sociedade e com o partido nazista? Seus compatriotas vão adorar saber como a madeira e grande parte dos lucros imobiliários e ferroviários da Paraná Plantations, da qual Edward é o principal acionista, estão indo parar no programa de rearmamento ilegal da Alemanha. Minhas revelações vão dizimar os planos daquele verme e de Wallis. Eles estarão acabados. E eu serei o responsável por isso. Eu.

— As coisas começam a fazer sentido agora.

— Meu nome ficará gravado na história, e dentro em breve o senhor saberá por quê. Quer dizer, saberia, se fosse ficar vivo.

A respiração de Blake sibilou nas narinas.

Com a arma firme no punho direito, Nussbaum alisou o gatilho. Se levantou da cadeira e olhou para cima, conferindo o céu. Em seguida brandiu a Luger e falou:

— Adoraria passar a tarde com os senhores, conversando sobre minha infância infeliz e minhas desilusões, mas há um avião esperando por mim. — Nussbaum avançou em direção à mesa com passos lentos. Deu dois tapinhas na pasta de couro. Disse, com sarcasmo:
— Obrigado por guardá-la, Günther. — E, virando-se para Blake:
— Bem, já tenho o que quero. Fim de jogo para vocês.

Sua boca arqueou como um gancho sobre a pele pálida. Uma sombra de tensão se fez debaixo dos olhos semicerrados. Nussbaum tinha agora sete tiros naquela pistola e muita intimidade com seu mecanismo. Usou o polegar para abaixar novamente a trava de segurança do lado esquerdo da pistola. Lançou um curto olhar para o céu e depois para seus alvos. Como se ele se preparasse para um ritual. Um ritual de sangue.

A pulsação de Blake acelerou. Piscou para tentar tirar o suor dos olhos. Às suas costas, a menos de 4 metros, Miranda permanecia desfalecida. Ao lado dela, Günther tinha o rosto franzido, o olhar resignado. Blake abriu a boca para falar algo, mas a traqueia travou e a boca ficou seca. O Trovador plantou-se de pernas abertas, apontou o revólver na direção do peito de Blake. Uniu os lábios e disse:

— Ainda se lembra como termina minha canção, Blake?

O tradutor balançou a cabeça. Nussbaum entoou:

*— Vai, canção, agora, antes que o sol se levante*
*Já que Arnaut suas virtudes não sabe contar*
*Pois precisaria de um talento muito grande.*

O contador recitou a última palavra no instante em que um tiro escapou de dentro da mata. Pássaros levantaram voo, assustados. O ombro de Nussbaum foi atingido de raspão, o impacto forte o bastante para fazê-lo dobrar os joelhos e soltar a arma. Blake avançou sobre Nussbaum, os dois caíram no chão e começaram a lutar. A uns 50 metros, atrás de uma cerca viva, o delegado Silva abaixou sua arma e começava a se livrar dos galhos. Blake se desvencilhou de Nussbaum, se virou, jogou um punhado de terra nos olhos do austríaco, seguido de um cruzado poderoso que atingiu Nussbaum no queixo, fazendo seu corpo desabar numa cadeira branca ao lado do lago. Günther se levantou com dificuldade e começou a avançar mancando na direção dos homens. Ajoelhado a 2 metros da pistola, Blake girou o corpo para avistar Silva. Nussbaum o atingiu e em seguida saltou sobre a arma. Günther erguia os braços para golpear Nussbaum quando o contador virou-se e disparou, uma vez apenas, à queima-roupa. O tiro seco se fixou em sua testa como um terceiro olho. As pernas de Günther se retorceram e o corpo desmoronou, os olhos arregalados. Nussbaum se levantou e apontou a arma para o escocês. Foi quando Blake ouviu um novo disparo atrás de seus ombros, mais perto dessa vez. Nussbaum girou sobre os calcanhares, olhou o delegado se aproximando e atirou, sem direção. Silva o atingira no estômago. Com o impacto do tiro, a arma caiu da mão de Nussbaum outra vez. Ele cambaleou e caiu aos pés de uma cadeira, à beira do lago. Fez-se um silêncio, seguido de gemidos e de uma respiração ofegante. Desta vez Silva acertara em cheio. Sentado, urrando de dor, Nussbaum inclinou a cabeça e passou a examinar com olhos arregalados a pasta de sangue, carne e água em que havia se transformado o seu estômago. Não ia durar muito tempo.

Blake alcançou a Luger, se ergueu com dificuldade, a respiração arquejante, as pernas tremendo. Apontou a arma para Nussbaum. Observou a vida que se ia, enquanto os olhos do moribundo buscavam um ponto no espaço, ficavam opacos, o corpo rendendo-se à morte. O tradutor abaixou a Luger. Os lábios finos de Erich Nussbaum se abriram e sussurraram:

— Wal-lis...

As sílabas tremeram, com o sangue gorgolejante e ruidoso que brotou de sua garganta. Nussbaum emudeceu, seu corpo refletido pela água. As vísceras afloraram de vez de seu estômago, tingidas de pólvora, em espasmos. Seu corpo caiu para o lado, à beira do lago, como um boneco sem vida. A água duplicou seu rosto, seus olhos abertos que agora encaravam o vazio. Dos dedos do Trovador escorriam grossos fios de sangue que, lentamente, turvavam a água.

O som dos pássaros tornou-se audível de novo, com os gemidos de Miranda, que começava a recobrar a consciência. Uma lufada de vento fez os cedros ao redor do lago uivarem como num lamento. Debaixo do corpo de Nussbaum, uma poça de sangue se alargava e era rapidamente sugada pela terra vermelha.

— Tudo bem com o senhor? — perguntou Silva, resfolegando, enquanto se aproximava com a espingarda de caça em punho.

Blake fez que sim, pondo-se de pé com a ajuda do delegado.

— Há mais alguém aqui?

— Não sei... Talvez Angelika — disse Blake, apontando para o castelo.

O delegado virou-se e se aproximou do homem morto.

— Acho que o piloto dele terá de decolar sozinho — disse Blake, o sangue escorrendo pelo rosto, enquanto o delegado se inclinava para identificar o homem que havia atingido.

— Mas este é o senhor Nussbaum!

— O Trovador, delegado... O contador-chefe da companhia.

Silva coçou a cabeça, soltou um suspiro profundo. Com as pernas bambas, Blake foi até Miranda, tomou seu pulso e a desamarrou.

— Tudo bem com ela — informou Blake, arfando de alívio. — Só está inconsciente.

O delegado limpou a testa e agachou-se com dificuldade para examinar Günther. Silva virou o corpo do alemão. O tiro de Nussbaum fora certeiro. Nem mesmo era preciso se certificar pelo pulso.

O delegado e o tradutor ficaram curvados contemplando os dois corpos inertes estirados. As sombras agitadas das folhas flutuavam no ar. O som das cigarras perfurava o espaço.

Blake carregou Miranda nos braços e caminhou para a porta de vidro de uma imponente sala de estar do castelo, por onde Silva entrara em busca de Angelika. Colocou Miranda no sofá, foi ao jardim pegar a pasta de couro e voltou para o castelo. Passou pela sala com candelabros tchecos decorando o espaço. Viu o chão de mármore xadrez e a suntuosa escadaria, o tapete vermelho, uma mesa grande de reuniões, sentiu o aroma de madeira nova dos painéis, o salão de festas cortinado com vista para o jardim. Blake abriu uma das portas, ao lado da escadaria de acesso para um salão. Era um elevador. O castelo tinha algumas paredes cobertas com paisagens majestosas dos Alpes em várias estações. Com exceção da grande mesa, alguns móveis estavam cobertos por panos brancos e o aposento amplo parecia estar recebendo os últimos detalhes. Blake atravessou o salão de festas. Bem acima do aparador de uma lareira de mármore pairava um brasão de uma enorme suástica, tendo ao centro a silhueta de uma araucária, com sua forma de guarda-sol invertido, circundada pela frase, em alemão: GEMEINNUTZ GEHT VOR EIGENNUTZ.

— *O benefício comum vem antes do benefício privado* — murmurou Blake, diante da lareira. Colocou as luvas, pôs a pasta encardida sobre a mesa de reuniões e começou a retirar os documentos.

No andar superior, com arma em punho, o delegado foi abrindo as portas do castelo uma a uma. Atravessou um comprido corredor, olhou um sapato de mulher caído e foi até ele. Angelika estava no último quarto, sentada na cabeceira da cama, imóvel. Seus olhos abertos e paralisados pela rigidez da morte. Havia sido degolada. As pernas abertas, a cama coberta de sangue. Silva tirou o chapéu e fez o sinal da cruz sobre o peito. Parou diante da cama ensanguentada. Em seguida seus dedos fecharam os olhos da alemã.

No andar de baixo, ao lado de Miranda, Blake passou a folhear o dossiê de Nussbaum, o rosto respingado de terra vermelha e sangue. Pegou um lençol branco, limpou-se e continuou conferindo o conteúdo dos documentos.

Depois de passar alguns minutos verificando os demais aposentos, o delegado disse, enquanto descia as escadas:

— A moça também está morta.

O escocês ergueu a cabeça e sussurrou um palavrão. Inspirou pesadamente. Depois olhou de novo para os papéis, fazendo um gesto para que o delegado se aproximasse.

— Veja isto.

— O que é?

— São extratos, balanços originais, depósitos, transferências bancárias, cópia do contrato e detalhes da operação toda, além de correspondências entre Nussbaum e Edward. As provas que estávamos procurando. Tudo muito organizado. Há registros de depósitos regulares em uma das contas da senhora Simpson e em uma das contas do rei, na Suíça. Nussbaum manipulava os relatórios financeiros enviados a Londres. E há cartas, fotos... Como esta — disse Blake, pegando uma e mostrando para o delegado.

Silva assobiou e balançou a cabeça. Deu uma olhada em alguns documentos e falou:

— Não é preciso ser nenhum gênio para saber que seu rei está numa situação delicada. O que pretende fazer? Por tudo o que me contou, se revelar isso, pode ser um escândalo...

— Não sou eu quem decide sobre o destino desses documentos. Sei que preciso terminar meu trabalho. Lorde Lovat e outros foram mortos por causa disso. Preciso avaliar esses documentos, fazer um relatório e enviar tudo para o agente em São Paulo que me foi indicado.

— Quem é?

— Capitão MacMillan, Campo de Marte. Tenho que fazer que este dossiê chegue o quanto antes nas mãos desse homem.

— Posso providenciar isso, Blake.

O escocês agradeceu com um gesto de cabeça. Ficou calado por uns momentos, como se recompusesse os pensamentos. Olhou de novo para os documentos, colocou-os de volta na maleta suja de terra.

— Há pessoas importantes esperando para saber o que foi descoberto. É o mínimo que posso fazer pela memória de Lovat.

— Entendo... Eu também tenho muito a reportar. Preciso fechar este inquérito. Vamos, temos que chamar ajuda para levar Günther e os corpos para Londrina — disse, exalando o ar dos pulmões.

Blake ergueu os olhos para Silva e falou:

— Não sei se o senhor tem ideia da importância do que acaba de acontecer aqui.

O delegado alisou os bigodes fartos.

— Nada do que é humano me é estranho, Blake.

## FORTE BELVEDERE, MANHÃ DE 4 DE DEZEMBRO

Duas pedras de gelo tilintaram e estalaram no copo de cristal. O terrier Slipper, o cão favorito do rei, despertou de sua soneca, ergueu a cabeça e olhou em direção ao dono. O sorriso desapareceu do rosto de Edward e uma sombra ocupou seu lugar.

— Isso é um absurdo, Winston! — gritou o rei, batendo o punho contra a mesa. — Um monte de lixo!

O rosto magro e agora vermelho luzia sob o cabelo dourado cuidadosamente penteado, untado de brilhantina. A voz estava trêmula e ainda mais aguda. Edward jogou a pasta de documentos sobre a mesa, se levantou e atravessou a sala até a janela alta do escritório-biblioteca do Forte Belvedere. Era possível ver as nuvens baixas sendo empurradas sobre a floresta ao redor. Edward olhou para a lareira, foi até o bar e serviu-se de mais *scotch.* Caminhava com os ombros caídos, um pouco inclinado para a frente. A expressão furiosa de seu rosto contrastava com o terno preto de *tweed*, gravata vermelha e camisa branca. Churchill acompanhou os olhos azuis e faiscantes de Edward. Soltou uma baforada do charuto.

— Imagino que tenha uma explicação — murmurou Churchill, levando o copo à boca e depois apontando-o em direção à pasta.

Edward olhou de relance para os dois homens e acendeu um cigarro. O terceiro em meia hora. O relógio da sala marcava dez horas. Sir Walter Monckton, um sujeito alto, magro e sisudo, estava sentado na outra poltrona de couro com um elegante terno risca de giz. Estava de cabeça baixa, examinando alguns papéis enquanto fumava um charuto. O conselheiro do rei usava óculos com aros de tartaruga, que ajeitava de vez em quando sobre o nariz comprido. Comprimindo a boca, o advogado lançou um olhar desconfortável para Churchill. O homem corpulento prosseguiu, com voz firme, precisa, e que não escondia a gravidade da situação:

— Edward. Eu sou seu amigo e sempre lhe fui fiel. Mas as acusações são gravíssimas e altamente comprometedoras para a Coroa. E existem provas, provas materiais. Não sei mais de onde prosseguir deste ponto. Não sei como poderei ajudá-lo.

Sentado mais próximo à janela, Churchill estreitou os lábios e voltou a olhar para o gramado da propriedade, que se fundia com a silhueta dos carvalhos ancestrais do Grande Parque de Windsor. Edward soltou uma baforada nervosa para o teto e se aproximou dos dois homens, brandindo o indicador da mão direita.

— Isso é um complô de Baldwin para me desmoralizar. Não percebem? Primeiro foi aquele dossiê repugnante sobre a senhora Simpson... — disse, olhando com nervosismo para Monckton.

— *China Report,* sir.

— *China Report* — repetiu o rei, com uma voz esganiçada. — Acham que qualquer coisa que venha de Baldwin pode ser confiável? A quantidade de mentiras daquele relatório sobre Wallis seria capaz de encher uma sala do Museu Britânico.

— Senhor... — interveio Churchill.

— Baldwin não admite que eu lute pelo bem-estar dos meus súditos. São maus políticos como ele que querem que a Inglaterra mergulhe em outra guerra. As acusações são ridículas. São fabricações, distorções da verdade — disse o rei, uma veia saltando em seu pescoço.

— Calma, Majestade — pediu Monckton, sem esconder seu próprio nervosismo, batendo as cinzas do charuto num cinzeiro de prata.

— Calma? O senhor me pede calma? Isso é uma conspiração!

— Mas neste caso há um dossiê de fato, completo, todos os documentos e registros contábeis — interrompeu Churchill. — Para quem iam o dinheiro, as fotografias, os telegramas e as assinaturas. Tudo comprova o envolvimento de Vossa Alteza e sua anuência com as atividades da empresa no Paraná.

O rei balançou a cabeça, fez menção de dizer algo para Churchill quando o telefone tocou. Todos os olhos se concentraram no aparelho. Monckton se levantou, foi até a mesinha e atendeu, com voz jovial.

Um zumbido de uma voz estridente ecoou do outro lado da linha.

— Ah, sim, bom dia, senhora — falou Monckton no bocal negro em forma de sineta. Virando-se, olhou para Sua Majestade.

O rei atravessou a sala com passos decididos e retirou o fone das mãos do secretário. Depois o homem loiro e magro falou, com voz carinhosa e educada, e agora num inglês de sotaque levemente americano:

— Olá, Wally... Não, não posso falar agora... — Edward baixou os olhos e escutou por alguns segundos. — Eu ligo quando terminar. Já falei que não posso... Fique calma, querida... Sim, sim.

Murmurou algo incompreensível e desligou o telefone.

Mr. Monckton esperou que o rei retornasse à sua poltrona, limpou a garganta e disse:

— A questão nem é mais se o senhor pode ou não se casar com a senhora Simpson. Este dossiê é letal.

— Eu não tenho nada a ver com esses negócios espúrios que os senhores acabam de me descrever. Jamais colocaria meus interesses particulares acima do Império. Vocês querem é um bode expiatório.

— Nós? A quem Vossa Majestade se refere? Não seja injusto. Apenas estamos tentando encontrar uma saída para esta situação.

Edward ajeitou os punhos da camisa e ergueu o queixo. Uma fumaça densa de cigarro já pairava sobre a sala. Monckton e Churchill trocaram olhares ainda mais sérios. O conselheiro real ajeitou os óculos sobre o rosto pálido. Sua testa estava franzida.

— Quem elaborou este monte de lixo? Vansittart?

— Não, Alteza. Um homem chamado Erich Nussbaum.

Edward arregalou os olhos. Engoliu em seco, antes de perguntar:

— Quem?

— Um de seus ex-contadores, Alteza. Erich Nussbaum.

Edward continuou imóvel, o olhar petrificado, perdido num ponto da sala.

— O inspetor Hugh Sinclair identificou-o como um nazista bastante ativo em Londres até o ano passado, quando foi expulso do partido por ter sangue judeu — prosseguiu Churchill. — Vossa Majestade o conheceu, é claro. Não só o conheceu, como foi quem o indicou a Lovat, para que ele assumisse o cargo de contador-chefe da Paraná Plantations.

As mandíbulas de Edward se contraíram. Coçou a testa e disse:

— Eu... eu há muitos anos perdi contato com esse homem.

Churchill disse, fazendo uma pausa, como se as palavras pesassem na garganta:

— Bem, terei que tocar num ponto muito delicado, Majestade. Nussbaum teve um caso com a senhora Simpson, um pouco antes de conhecê-lo. Segundo Sinclair levantou, na época ele recebia ordens do novo embaixador alemão. Levava uma vida dupla em Londres como contador-chefe da Paraná Plantations e informante do governo de Adolf Hitler. A senhora Simpson foi vista várias vezes em companhia de Nussbaum na embaixada alemã. Há registros de visitas regulares dele ao forte, até ser transferido em 1931 para Londrina. Sinclair confirmou uma visita que o senhor e o casal Simpson fizeram à embaixada alemã, com a presença do ministro da Economia Helmut Schacht e de Nussbaum. Sinclair está com as fotos de Vossa Majestade ao lado desse homem na visita ao Paraná. Creio que o senhor será poupado de ver algumas fotos da senhora Simpson que estavam com Nussbaum.

— Esta ligação será catastrófica. E não é a primeira vez que lhe aconselho sobre essa matéria — sentenciou o velho conselheiro Monckton.

O rosto do rei traía uma combinação de raiva e ultraje. Monckton afagava os bigodes, com ar preocupado. Churchill sentou-se na ponta da cadeira e falou:

— O serviço secreto também levantou os encontros que Nussbaum tinha com a senhora Wallis Simpson no ateliê de uma costureira alemã chamada Anna Wolkof. Há uma semana Sinclair teve a informação de que a senhora Wolkof é uma espiã a serviço do governo alemão.

O rei rompeu seu longo e tenso silêncio. Seus lábios se curvaram com desprezo antes de perguntar:

— Onde ele está, esse Nussbaum?

— Morto. No Brasil — informou Churchill. — E, antes que morresse, roubou muito dinheiro e assassinou outras pessoas que sabiam do esquema. Ele também foi o mandante do assassinato de Simon Fraser, o lorde Lovat, seu sócio na Paraná Plantations.

Edward espantou-se. Churchill balançou a cabeça. Monckton continuou:

— Se me permite a franqueza, o dossiê compromete, e muito, o senhor e a senhora Wallis Simpson. O relatório mostra o que foi acordado naquela sua visita ao Paraná em 1º de abril de 1931, e todos os detalhes desta transação com os alemães. Traz inclusive a sua assinatura.

— Há algo mais que queira nos contar? — perguntou Churchill, coçando a ampla testa.

— Winston, eu só estava trabalhando pelo Império, fechando contratos favoráveis aos interesses britânicos, como sempre fiz. É de conhecimento público que assinei vários acordos comerciais naquela ocasião, encontrei-me com o presidente Vargas, mas não me lembro de ter discutido nenhum esquema dessa natureza. Eu nada tenho a ver com crimes.

— O que sabe sobre a Operação Noigandres? — perguntou Churchill. — Já ouviu falar?

Edward desviou os olhos do inspetor, em direção à janela, coçou o nariz com a mesma mão em que estava o cigarro apagado, e acendeu-o. Levantou o queixo e fitou os interlocutores, o rosto crispado.

— Senhores, estou lhes dizendo, tudo isto é um absurdo.

Edward se levantou, foi até o aparador da lareira e remexeu o carvão com um atiçador de brasas. Serviu-se de uísque. Churchill o acompanhou com o olhar. Os estalidos da lareira aumentaram. Churchill falou:

— Nussbaum detalhou tudo neste relatório que está em cima da sua mesa. É uma bomba prestes a explodir. E, para piorar a situação, nosso homem em Londrina confirmou que a polícia brasileira prendeu funcionários do Banco Alemão Transatlântico. Esse banco foi identificado, com provas, como um braço estratégico do partido nazista no Brasil. Nussbaum era responsável pela Operação Triangular envolvendo a Paraná Plantations, a sociedade administrada por Ernest Günther e o governo alemão. Ele fraudava a companhia.

Eles confirmaram as remessas de dinheiro, de grandes quantidades de madeira brasileira e dos lucros da companhia para a Alemanha. Erich Nussbaum construiu uma sofisticada operação de desvio de dinheiro e matéria-prima para o rearmamento do Reich. Ele fraudou a Paraná Plantations e outras companhias. Esse Nussbaum era um mestre dos números. Alguns funcionários estão sendo investigados por cumplicidade, mas ainda não temos certeza de que tomaram parte nesse esquema ou mesmo de que sabiam de sua dimensão. Estão afastados até que sejam apuradas todas as irregularidades. A empresa da qual o senhor é um dos sócios majoritários está um caos.

— De fato — interrompeu Monckton. — Soubemos agora de manhã que Eckstein, um dos diretores, morreu de um desastre de automóvel no centro de Londres, em circunstâncias ainda não esclarecidas.

O rei juntou as sobrancelhas atrás do uísque e virou o copo. Parecia ter agora uma tonelada de chumbo sobre os ombros.

Churchill deixou cair mais um naco de cinza sobre o cinzeiro de metal, olhou com gravidade para o rei e falou, com voz firme:

— Essa ligação, eu garanto, não será entendida como um gesto de cooperação internacional da Inglaterra para com a Alemanha. Não agora, quando as coisas indicam que nos encaminhamos para uma outra guerra.

O rei voltou-se para os dois homens com uma expressão furiosa. Churchill ficou alguns segundos estudando o homem baixo e loiro, por cima dos óculos.

— Imagine quando estas informações caírem nas mãos das velhas raposas da imprensa.

— É mesmo? — retrucou o rei, cruzando as mãos sobre o peito e levantando o queixo. — Do que poderiam me acusar?

Churchill olhou com desconforto para Monckton. O político se ajeitou na cadeira e respondeu, mordendo os lábios, demonstrando impaciência:

— De alta traição ao Império Britânico, senhor.

Edward respirou fundo e disse:

— Vocês estão me condenando antes de me julgarem! Querem me crucificar por algo que não cometi. De que lado está afinal, Winston?

— Só estou lhe apresentando os fatos.

— Fatos? É uma conspiração, um golpe!

— Sinclair já entregou o dossiê original e um relatório ao primeiro-ministro Baldwin — interveio Monckton.

O rei se engasgou com o uísque.

— Será que ouvi direito? Está me dizendo que este dossiê foi parar na mão de Baldwin?

— Isto mesmo, Majestade, no mesmo dia em que nós o recebemos. Foi enviado por intermédio do secretário de Lovat, Mr. Adam Blake.

— Não posso acreditar! — disse o rei, com voz exasperada.

— Estou apenas expondo os fatos, Majestade. Eu poderia ajudá-lo, em consideração à memória do seu pai, mas já lhe disse que estou sem forças no Parlamento. A sua situação é extrema e exige remédios amargos.

— Com este caso a crise se agravou de modo irrefreável — avaliou Monckton, com a voz aflita. — Não é mais uma simples questão de se Vossa Alteza pode ou não se casar com a senhora Simpson...

— Nem mesmo a hipótese de um casamento morganático,[18] que pensávamos em propor ao Parlamento — disse Churchill —, será mais levada em consideração.

Houve um longo silêncio. O rei refletiu um pouco, girou a cadeira para a janela e perguntou, de costas para Monckton e Churchill:

— O que propõem?

Churchill hesitou um pouco, balançou a cabeça redonda e aconselhou:

— Todos estão contra o senhor. Se me permite dizer, a saída mais honrosa e inteligente para Vossa Majestade seria negociar com Baldwin: ele encobriria este caso, aceitaria suas explicações e apresentaria o motivo do casamento com a senhora Simpson como uma questão constitucional. Todavia, o preço por este imbróglio internacional em que o senhor se meteu lhe custaria caro.

— E qual seria o preço?

---

18. Sendo plebeia, Wallis se casaria com o rei, mas perderia o tratamento de Alteza Real. Além disso, nem ela nem os filhos deste casamento herdariam os títulos e os privilégios do rei.

— A sua abdicação — disse Churchill.

Edward se virou e gritou:

— Jamais!

Churchill estendeu as mãos e as espalmou para a frente:

— O senhor mesmo tem considerado essa hipótese.

— Seria uma cortina de fumaça para evitar que a crise se alastre e os estragos sejam ainda maiores — acrescentou Monckton. — Mas antes vamos negociar com Baldwin.

Churchill ergueu as pálpebras pregueadas e se dirigiu ao rei, com voz diplomática:

— Baldwin o forçará a abdicar. Eu o conheço. Vai dizer que Vossa Alteza terá de renunciar ao trono, sob pena de demissão imediata de todo o Parlamento. Uma hipótese que já está sendo aventada na casa, por conta de sua decisão de se casar com a senhora Simpson. Se não aceitar, o rei corre o risco de ser acusado de traição contra seu próprio país.

— Deve haver outra saída.

Churchill pigarreou e disse:

— Sim, o senhor permanece no trono, dissolve o Parlamento e sofre as consequências de uma guerra civil. A população não compreenderia. Uma situação mais do que provável, se me permite dizer.

— O senhor viu os jornais de hoje? — disse Monckton.

Edward mexeu-se na cadeira, cobrindo o rosto com as mãos.

— Com todo o respeito a Vossa Majestade, devo dizer que concordo com sir Winston. Seria loucura continuar no trono. O senhor avalia as implicações políticas do que foi descoberto? E se esse dossiê vier a público? Todos os súditos terão ódio por seu rei, caso uma nova guerra contra a Alemanha aconteça, uma possibilidade não de todo remota. Será o maior escândalo da nossa monarquia recente. Vossa Alteza não deseja isso, deseja?

O rei contraiu os lábios e então caiu numa espécie de estupor. Olhou a foto de Wallis sobre a mesa e tocou o porta-retratos. Tinha um ar derrotado, como se a ponto de sofrer um colapso nervoso. O rei Edward levantou-se, caminhou em direção à ampla janela da sala de estar do Forte Belvedere, limpando o suor da testa com um lenço já úmido. Churchill apagou o charuto num cinzeiro de cristal. Os minutos se arrastavam.

— E quanto à senhora Simpson? — perguntou o rei.

— O melhor a se fazer, no momento, é conseguir que ela saia com segurança do país — asseverou Monckton.

O rei assentiu, crispando o rosto.

— Posso tentar negociar, junto a Baldwin, essa saída honrosa — acrescentou Churchill, erguendo sua figura corpulenta da cadeira. — A única, eu creio, na situação atual.

— O rei não precisa que outros tomem a decisão que só a ele cabe tomar, Winston. Mr. Monckton, prepare tudo para que a senhora Simpson saia em segurança da ilha o quanto antes.

— E Vossa Majestade, o que irá fazer?

Edward massageou as têmporas e recostou-se na cadeira, evitando contato visual com seus interlocutores. Refletiu por uns segundos. Em seguida levantou o queixo e disse:

— Gostaria de ficar a sós, cavalheiros. No momento apropriado comunicarei minha decisão. Isso é tudo — concluiu, os lábios caídos, o olhar furioso pousando sobre a pasta de documentos em cima da mesa.

A reunião daquela manhã de começo de dezembro estava terminada. Churchill e Monckton pegaram seus chapéus. Já se dirigiam para a porta de saída do escritório quando o telefone negro tocou outra vez. O homem alto e magro se apressou até a mesa e atendeu a ligação.

— Sim, sim... É Monckton. Comunicarei o recado. Com certeza, farei isso assim que o vir... Ele ainda não se levantou. Está com uma leve indisposição esta manhã. — Monckton olhou de relance para o rosto angustiado de Edward. Depois fitou o vazio enquanto ouvia a voz do outro lado da linha. — Farei isso... — prosseguiu, virando-se para os dois homens. — Certamente... Um bom dia para o senhor também.

Walter Monckton colocou o fone no gancho e anunciou:

— Baldwin, sir. Ele quer uma reunião de emergência com o rei Edward.

# NA ESTAÇÃO DE TREM

Quando Blake gritava pela terceira vez o nome de Miranda diante da porta azul descascada, um gato siamês se enroscou nas pernas do tradutor. O bichano soltou um miado e encarou-o, ronronando e fitando-o com seu olhar azul-cinzento e oblíquo. No céu, uma nuvem maior se desmembrava aos poucos em nacos de nuvens menores, como peças de um quebra-cabeça que se desfizesse. Adam Blake girou a maçaneta e logo o sorriso largo se transformou num risco tenso e se apagou. Dentro da casa de madeira tudo estava escuro e quieto.

— Miranda? — chamou Blake, já na cozinha, vasculhando o ambiente com o olhar. Caminhou até o quarto de paredes azuis, viu a cama pequena arrumada. O armário de roupas estava vazio. As gavetas das cômodas estavam abertas e vazias, com revistas esparramadas pelo chão. Alguns pares de sapatos, meias avulsas e um par de sandálias gastas restavam no assoalho. Havia um cinzeiro de vidro cheio de bitucas mordidas e com marcas de batom. Uma garrafa de vinho quebrada jazia no chão ao lado dos estilhaços do que havia sido um copo. Nenhum bilhete.

O escocês ficou parado no centro do quarto. Soltou um palavrão, foi até a cozinha e saiu para o quintal. Aspirando o ar fresco, olhou para cima e localizou o sol e as nuvens gordas, depois as árvores da vizinhança, imersas na fumaça. Refletiu por um instante, os olhos procurando um ponto no espaço. O gato estava agora deitado como um imperador chinês num pequeno monte de terra. O mato embaixo da cerca ainda estava úmido de orvalho. Forçou a vista e viu uma vizinha acenando para ele de uma cerca viva.

— Ela foi embora, foi pegar o trem para São Paulo — disse uma voz fraca de mulher, em japonês.

Blake girou o corpo e acenou para a mulher que andava com passos curtos e silenciosos em direção à cerca. Ela era muito velha e baixa, vestia um quimono bordô que lhe conferia elegância. Ele se aproximou e perguntou com voz polida, em japonês:

— O que disse?

Ela respondeu, as palavras saindo rápidas e sincopadas de sua boca:

— Ela foi embora. O trem parte às sete. É melhor o senhor se apressar.

Blake olhou o relógio e, num sobressalto, agradeceu e saiu correndo pela rua Acre, imersa na neblina daquela manhã. Estava a uma quadra da linha do trem quando uma longa composição, apinhada de toras, começou a cruzar a sua frente. Esperou três minutos que pareceram intermináveis. Olhou de novo dentro do *fog* e conferiu que o trem de São Paulo ainda estava lá. Entrou sem fôlego na plataforma e quase derrubou um funcionário da estação que orientava passageiros. Passou correndo pela bilheteria, enquanto se esquivava das pessoas aglomeradas ao lado do trem. Pulou no estribo do vagão e avançou com pressa, procurando a moça em todos os vagões de passageiro. O trem estava lotado. Famílias inteiras, em pé ou sentadas, se espremiam em desconfortáveis bancos de madeira. Havia um cheiro forte e azedo de suor e respiração humanos. No terceiro vagão, entre os bilheteiros que gritavam ordens para que as pessoas dessem mais espaço e anunciavam a partida, passageiros guardando as bagagens e crianças chorando, Blake viu Miranda. Estava sentada, e agarrava uma bolsa negra enquanto olhava pela janela. Blake contornou peões ainda sujos de terra, malas e sacos de estopa abarrotados, gaiolas com galinhas, homens suados e recendendo a álcool, vendedores, crianças e mulheres se abanando, num vozerio ensurdecedor. A moça estava distraída quando Blake vociferou:

— Para onde pensa que está indo?

Os olhos dela se viraram da janela para ele e brilharam de surpresa, depois se comprimiram de ódio.

— Me deixe em paz! Vou embora desta droga de cidade — resmungou.

Blake se inclinou, a alguns centímetros do rosto da moça.

— Vou voltar pra São Paulo — disse ela.

— Não acredito... Você ia partir assim, sem ao menos se despedir!

— Siga seu caminho. Eu sigo o meu.

Blake olhou para o bagageiro e apontou para uma mala de pelo de carneiro, ao lado de uma gaiola com dois periquitos amarelos.

— Esta é a sua mala?

— Vou chamar o guarda — ameaçou a moça.

Ele estalou a língua com desdém e a agarrou pelos ombros.

— Você vem comigo — ordenou, virando-se para Miranda.

— O que vai fazer? Me prender?

Ele deu uma risada seca. Ela bateu com os punhos em seu peito.

Blake agarrou seus pulsos num movimento brusco.

— Você é uma mocinha muito mal-agradecida. O delegado salvou nossas vidas. Já o agradeceu pelo que fez?

— Me deixe em paz — disse Miranda, num tom desesperado, tentando se soltar.

— Deixe de bobagem. Você não precisa ir embora. Vamos conversar.

Ele ignorava as pessoas ao redor, que assistiam à cena.

— Sinto muito, mas não posso deixá-la ir.

— Me solta. Canalha — disse ela, se esquivando e fuzilando Blake com o olhar.

— Pare com isso, Miranda, por favor. Chega.

— Chega digo eu. Eu não signifiquei nada. Era só uma peça no seu maldito quebra-cabeça. Sou é uma idiota. Acreditei que você fosse diferente dos outros. Você também me enganou... — Ela aspirou um pouco de ar e continuou: — Só queria me usar para conseguir suas informações, cachorro!

O escocês fitou-a. A tensão do casal havia tomado o vagão lotado àquela altura. Os passageiros, formando um mar de rostos, assistiam à cena como num teatro.

Blake pegou a mala no bagageiro.

— O que você está fazendo? — gritou ela.

— Isto.

A mala marrom da moça voou pela janela e quase atingiu um casal antes de se estatelar e se abrir no cimento da plataforma, espalhando todas as roupas e pertences da moça.

— Você é louco! — gritou Miranda. — Louco! E eu uma imbecil!

— Não vou mais abandonar de novo alguém que eu ame — disse Blake, tomando as mãos da moça. — Não desta vez.

Miranda se esquivou e saiu pelo corredor do vagão em busca de sua mala. Ele a seguiu, forçando caminho entre os passageiros. Na plataforma, contornando carrinhos de bagagens, ela recolhia as roupas e pertences enquanto despejava uma cascata de palavrões sobre Blake, que se aproximava. Ela se levantou e deu um tapa em seu rosto, que soou seco como um tiro pela plataforma. Blake abraçou Miranda e desferiu um beijo forte, à força, na moça: um beijo que caiu macio no alvo imóvel de sua boca. Ela grunhiu algo, as palavras saíram ininteligíveis e sufocadas, mas por fim sucumbiu, e o abraçou, se aninhando no corpo de Blake. As janelas dos trens estavam cheias de rostos curiosos, que acenavam para se despedir das pessoas na plataforma entre nuvens de vapor. O trem começou a se mover. O maquinista gritou para o guarda-freios. Um apito soou entre a fumaça. Blake se inclinou até a nuca de Miranda e sussurrou alguma coisa, tocando os lábios em sua orelha direita, enquanto a mão esquerda acariciava os cabelos negros e volumosos, seu rosto afundado contra seu paletó, na altura do peito. Depois de uns segundos ela se afastou um pouco e olhou para Blake, soluçando, com os olhos marejados, o corpo tremendo. Duas lágrimas rolaram dos olhos grandes pela pele morena, desceram pelo queixo e caíram. Seu sorriso fez sua face se iluminar. Os dois colaram os rostos. Depois se beijaram por um tempo, sob olhares escandalizados de uns e assobios de outros, no trem que agora deslizava pela estação.

## ADEUS, PARCEIRO

A chuva havia limpado o céu daquele 8 de dezembro, uma terça-feira. Ao abrir a janela do seu quarto para arejá-lo com a brisa fresca da manhã, Blake avistou a agora familiar silhueta em forma de triângulo da catedral de madeira, recortada pelos primeiros raios de sol, que escoavam, retilíneos, através dos galhos de uma jabuticabeira. Viu um jornal sendo arrastado na rua pelo vento, uma edição do *Paraná-Norte*. Alguns pombos arrulhavam numa brecha do telhado. Trinados de pássaros começavam a encher as árvores ainda imersas na escuridão. Fachos amarelos e vermelhos se reuniam na cordilheira de nuvens no horizonte. Blake ouviu sons ronronantes vindos de Miranda, que dormia profundamente. No vizinho, alguém já torrava grãos de café. Blake aspirou o cheiro suave e recitou, quase murmurando:

— *Vejo vermelhos, verdes, azuis, brancos, amarelos,*
*Jardins, matas, planícies, colinas e vales;*
*e as vozes dos passarinhos soam, lindas,*
*com doces acordes, de manhã, de tarde:*
*fazem que eu dê cor à minha voz e cante*
*sobre uma flor cujo fruto se chama amor,*
*prazer o grão, e o aroma de noigandres.*

Deu um leve sorriso, encostou a janela e voltou para a cama.

De noite, depois de voltar de Rolândia e se despedir dos Levy, Blake foi dizer adeus ao delegado. Ficou sabendo do inquérito instaurado por ele para apurar a participação de Garden e Razgulaeff na Operação Noigandres. Eles negaram qualquer envolvimento. A cidade estava em polvorosa e confusa com as últimas notícias. As versões eram as mais desencontradas. Nada ficara provado com relação à participação de Razgulaeff, mas corria a informação, vinda de Curitiba, de que Garden seria afastado do cargo por improbidade administrativa e corrupção. Ao mesmo tempo, o governo do estado decretara uma intervenção na companhia até que fosse apurado o escândalo. A empresa sofreria uma completa auditoria nas próximas semanas. Ordens expressas de ninguém menos que o presidente Getúlio Vargas.

Blake e Silva se puseram de pé, arrastando as cadeiras pelo soalho de peroba-rosa. O tradutor disse, colocando o chapéu:

— Não creio que Garden e Razgulaeff ficarão tristes com a minha partida.

O delegado concordou com um gesto de cabeça.

Na rua, o relógio redondo do lado de fora de uma loja mostrava: oito da noite. Soprava um vento forte e seco, que formava pequenos redemoinhos na rua empoeirada. De paletó sobre o ombro, Blake comentou, virando-se para o delegado, enquanto caminhavam para o carro:

— Aposto que em alguns anos o senhor será o prefeito.

— Ah, meu amigo — respondeu Silva, encolhendo os ombros, terminando de soltar uma baforada —, o futuro a Deus pertence. Sei que alguém precisa terminar de limpar esta cidade. Quero que meus filhos cresçam aqui. Não quero que aproveitadores e estelionatários deem o golpe e fiquem ilesos. Vamos ter que trabalhar muito para melhorar as condições do povo, corrigir as injustiças.

Blake soltou uma risada seca. O delegado perguntou:

— O que foi?

— É que o senhor já está falando como um político! — disse o escocês, dando um tapinha no ombro de Silva.

O delegado deu uma risada. A brisa úmida e refrescante vinda da mata os alcançou, movendo a folhagem das árvores. Perguntou:

— E agora, amigo? O que vai fazer da vida?

— Vou voltar para Londres. — Blake refletiu um pouco e continuou, fazendo uma careta: — E com certeza terei de procurar um novo emprego.

— Imagino que ainda não tenha tirado da cabeça aquela ideia maluca de ir atrás do homem que matou Lovat.

— Já falei o que penso, delegado. Ir atrás de Müller será a primeira coisa que farei quando voltar, tenha certeza disso. Imagino que o filho dele, se bem o conheço, queira fazer justiça.

O delegado concordou com um gesto de cabeça.

— É difícil imaginar o que se passava na mente de Lovat quando descobriu o que de fato estava acontecendo na companhia na sua ausência — prosseguiu Blake. — Ele ficou dividido entre sua fidelidade ao rei, filho de seu velho amigo, o rei George, e a verdade. Uma verdade que afetaria diretamente a companhia de terras, e mesmo seu nome e o de seu clã. Sua empresa sendo usada para ajudar a Alemanha!

— E quanto a Müller, algum palpite sobre onde ele está?

— Bem... — hesitou Blake. — Minha suspeita é de que o doutor está bem vivo e voltou para a Alemanha. Talvez tenha até mesmo voltado para o Brasil, com outra identidade. Hitler deve apreciar homens como ele.

Silva sustentou o olhar para o tradutor, que conferia as horas no relógio.

— Como estão as coisas com Miranda?

— Ela vai comigo para a Inglaterra. Nós vamos nos casar.

O rosto do delegado se iluminou.

— Ora, ora... Meus parabéns, rapaz. Você é um homem bom. Merece uma segunda chance.

— Todos nós merecemos, não é, delegado? — disse o escocês, olhando em direção ao carro. — Bem, Miranda está me esperando. O senhor sabe que pode contar comigo no que for preciso.

— E quanto a Levy e a sobrinha?

— Ninguém além de nós sabe que ele é nosso informante. Mas, por precaução, Sarah convenceu o velho professor a se mudar de Rolândia. Parece que vão para São Paulo, onde estarão protegidos pela comunidade judaica — disse Blake, anotando algo na caderneta. Rasgou a folha e a estendeu para Silva.

— O senhor sempre poderá me encontrar neste endereço. É a casa de minha mãe e meus irmãos em Inverness, na Escócia.

O delegado pegou o pedaço de papel, deu um sorriso e colocou-o no bolso.

— Mande uns cartões-postais de vez em quando.

— Quem sabe eu volto um dia.

Silva deu um tapinha no ombro de Blake e falou:

— Dizem que quem bebe da água de Londrina sempre volta. Eu terei o maior prazer em recebê-lo. Na prefeitura, é claro.

Apertaram-se as mãos. O tradutor entrou no carro, girou a chave de ignição. Blake encostou o braço esquerdo na porta do Ford.

— Obrigado por tudo. Até qualquer dia.

— Ei, senhor Blake. Já que gosta tanto de palavras, não vai me perguntar o que quer dizer Ubirajara?

O tradutor abriu um sorriso.

— Senhor da floresta — respondeu, dando a ré. Então ergueu dois dedos até as têmporas e lançou-os em direção ao delegado, sorrindo.

Silva devolveu o gesto e acompanhou o carro com o olhar até que ele desaparecesse pela rua. Em seguida inclinou o corpo para trás um pouco para olhar o céu estrelado. O ar da noite bafejou em seu rosto. Silva riu para si mesmo, soltou um suspiro de satisfação e desapareceu atrás da porta da delegacia.

O escocês dirigia devagar e via, pela última vez, as ruas da jovem cidade apinhadas naquele começo de noite. Amanhã elas seriam passado. Funcionários das lojas faziam um grande barulho ao cerrarem as portas de aço de correr dos poucos estabelecimentos iluminados daquele trecho da avenida. Sob o familiar zunido e o chiar metálico das serrarias espalhadas pela cidade, sitiantes que vinham da Wartha, do Heimtal ou de Nova Danzig vender seus produtos e fazer compras voltavam para suas propriedades. As lâmpadas exibiam seu amarelo débil e mortiço, suspensas sobre algumas casas de comércio como um rosário encravado na noite da fronteira. De alguns estabelecimentos escapavam sons de locutores de rádio, em estações distintas, trazendo notícias recentes e as canções e sucessos da hora. A notícia de que naquele fim de novembro de 1936 o governo nazista abolira 2 mil obras escritas por judeus passaria como uma informação de um mundo muito distante. Alemanha e Japão haviam assinado um pacto contra a ameaça do comunismo. Mas tudo o que havia naquele trecho de rua eram alguns sujeitos mal-encarados batendo boca diante do Eldorado com um inspetor de quarteirão. A qualquer hora do dia ou da noite, por muitos anos ainda, seria possível contemplar as caravanas de compradores e migrantes desembarcando de paus de arara ou na estação de trem, vindos de Minas ou do Nordeste, arrastando suas tralhas pelo poeirão da avenida, rumo a uma vida nova. Todos vindo engrossar a frente pioneira. O sonho da Terra Prometida, da nova Califórnia, ainda estava vivo. A vida corria naquele lugar, como se só o presente existisse, persistente como água numa rocha, fluindo como o dinheiro e as esperanças. Um lugar para onde, durante muito tempo ainda, correriam o suor, a coragem e os mais estranhos sonhos humanos.

# 11 DE DEZEMBRO DE 1936

Em seu quarto, Blake terminara de ajeitar duas malas de couro de carneiro ao lado de pilhas de roupas arrumadas e pertences pessoais. Examinou por um tempo uma medalha de São Jerônimo, padroeiro dos tradutores, que ele havia ganhado de Lovat quando ingressara na universidade. Deu mais uma lida no telegrama que recebera de Sinclair um dia antes, avisando-o dos desdobramentos em Londres, e que também mencionava o estranho acidente fatal com Eckstein em Piccadilly Circus.

Sentou-se, amarrou os sapatos, se levantou.

O rádio Crosley estava sintonizado na BBC. Um ar quente soprava pela janela. Blake acendeu um cigarro. Encostou-se no peitoril, fumando, enquanto contemplava alguns pássaros que passavam apressados pelo céu. O ar do entardecer beijou seu rosto. Quando ergueu os olhos, viu uma pequena aeronave que encheu o ar com um ronco metálico e se afastou para o lado sul da cidade, rumo ao campo de aviação. Na rua, alguns quadrados luminosos e vacilantes já começavam a se acender nas casas. Miranda abraçou-o por trás, aninhando seu corpo ao dele.

— Mil réis pelos seus pensamentos.

Ela usava um belo vestido branco. Estava linda.

— Estava me lembrando de quando pousei na cidade com Lovat — disse Blake. — Parece que foi em outra vida. Ele se foi cedo demais.

— Deve sentir falta dele.

Blake pensou um pouco, fez que sim, depois virou-se para Miranda.

— Lovat era um bom homem. Foi um segundo pai para mim. Mas não sei se posso dizer que o conhecia de verdade.

A morena assentiu, erguendo os olhos. Os dois deram-se as mãos e trocaram um sorriso de reconhecimento. Enquanto bebiam um vinho para celebrar, conversavam animados sobre o futuro, traçando planos: as perspectivas de vida na Inglaterra, a adaptação à língua e a um novo país. Miranda estava radiante. Ele já havia lhe ensinado algumas frases em inglês e ela aprendera rápido. O casal se preparava para tomar o trem para São Paulo no dia seguinte. O escocês consultou o relógio, voltou os olhos para o rádio. Sentou-se na cadeira de vime verde, soltando um longo suspiro.

— Nossa, como você está ansioso...

A música cessou, dando lugar a uma voz, num inglês corretíssimo, que dizia interromper a programação para trazer um pronunciamento de Sua Majestade, o rei Edward VIII.

— Está sendo transmitido direto do castelo de Windsor. São dez horas da noite em Londres — disse Blake.

— Parece mentira — exclamou a jovem, segurando com força as mãos de Blake, que agora tinha os olhos grudados no rádio. — Ouvir a voz de um rei, pelo rádio! Já temos uma história para contar aos nossos filhos.

Ela ergueu as sobrancelhas para Blake e sorriu. Deu um gole de vinho.

— Você adora um mistério. Vou ter que ir me acostumando com isso, não é?

— Psst... querida, só um segundo.

Após alguns ruídos de estática e microfones, as palavras do rei Edward VIII emergiram do aparelho, como se saíssem do fundo de um abismo:

— *Finalmente, sou capaz de dizer minhas próprias palavras.*

Blake se inclinou e aumentou o volume. Miranda sentou-se ao seu lado na cama. A voz que os alcançava era calma, pausada e algo metálica:

— *Nunca pretendi esconder nada, mas até agora não me foi constitucionalmente possível falar...*

O rádio chiou e saiu da frequência. O resto da frase flutuou, inaudível, pelo ar do quarto.

— Mas que diabos! — protestou Blake, em inglês.

Demorou alguns segundos para que ele conseguisse sintonizar de novo na BBC.

— Não estou entendendo nada — reclamou Miranda. — O que ele está falando?

A voz que falava entre o chiado do aparelho, correta, mas algo afetada e irritante, com som de vidro moído, agora dizia:

— *... pois todos vocês conhecem as razões que me fizeram renunciar ao trono. Mas quero que entendam que, ao tomar esta decisão, eu não esqueci o país nem o Império que eu, como príncipe de Gales, e ultimamente como rei, tenho por vinte e cinco anos tentado servir. Mas vocês precisam acreditar em mim quando lhes digo que julguei ser impossível carregar um peso de tamanha responsabilidade e cumprir meus deveres de rei, e como eu desejaria, sem a ajuda e o apoio da mulher que eu amo.*

Blake não conseguiu segurar uma risada ao ouvir as últimas palavras do rei e se levantou, rindo de um jeito que parecia um sopro entre os dentes. Ele voltou-se para Miranda:

— Ele está abdicando do trono.

— Está o quê?

Depois de outra pausa, o chiado de estática encheu o ar do quarto. Vinda do outro lado do Atlântico, a voz prosseguia no mesmo tom monocórdio:

— *... e quero que saibam que esta decisão é minha e só minha. Foi algo que eu tive de julgar apenas por mim mesmo e...*

Blake desligou o rádio. Voltou os olhos para a janela e depois para Miranda, que o fitava com um olhar intrigado. Ela ia perguntar algo quando ele se ergueu, deu um sorriso aliviado para ela e cingiu sua cintura. Beijaram-se. Depois de alguns segundos, Miranda recuou um pouco o rosto dos lábios dele e perguntou, com os olhos brilhando de curiosidade:

— Que tal agora traduzir o que ele disse?

Pela janela do alojamento da Paraná Plantations a Lua nova era uma ameixa amarela achatada, suspensa sobre a silhueta do paredão da mata. Lá em cima, o céu parecia o imenso manto de um monarca, cravejado de pérolas cintilantes que boiavam no escuro da noite de Londrina.

# AGRADECIMENTOS

Durante o período que passei escrevendo *O trovador*, as seguintes pessoas me ajudaram com leituras, ideias, material, sugestões e críticas: Nelson Tomazzi, Lys Locatelli, Jaques Brand, Raquel Frota, José Ciro Lopes (*in memoriam*), Fernando Alexandre, Samuel Leon, Fátima Santos, Bernardo Pellegrini, Domingos Pellegrini, Marcos Losnak, Gabriel Lessa, Iara Lessa, Gislene Macedo, Monica Berger, Nelson de Oliveira, Luiz Dolhnikoff, Tony Hara.

Também aos escritores Marçal Aquino e Rodrigo Lacerda, que leram a primeira versão do livro. Agradeço ainda às funcionárias Célia e Rosângela, do Museu Carlos Weiss (Londrina) e da Biblioteca Pública de Londrina, a Leila Rosa e Marco Soares, do CDPH (UEL) e da biblioteca da Universidade da Carolina do Norte em Chapel Hill (EUA), John e Virginia Stamler (Iowa City), Larry Bold (Manasota Key), Guiomar de Grammont, Clarice Goulart, Luiza Miranda, Laiane Flores e Lucas Bandeira (Record), bem como a todos os que de alguma forma ajudaram, com suas palavras de incentivo e crítica, a execução e o término deste trabalho.

Meu agradecimento especial a Maurício Arruda Mendonça, com quem este livro foi longamente discutido desde sua origem.

Este livro foi composto na tipologia Sabon LT Std, em corpo 11/15, e impresso em papel off-white no Sistema Cameron da Divisão Gráfica da Distribuidora Record.